MAGIA DO SANGUE

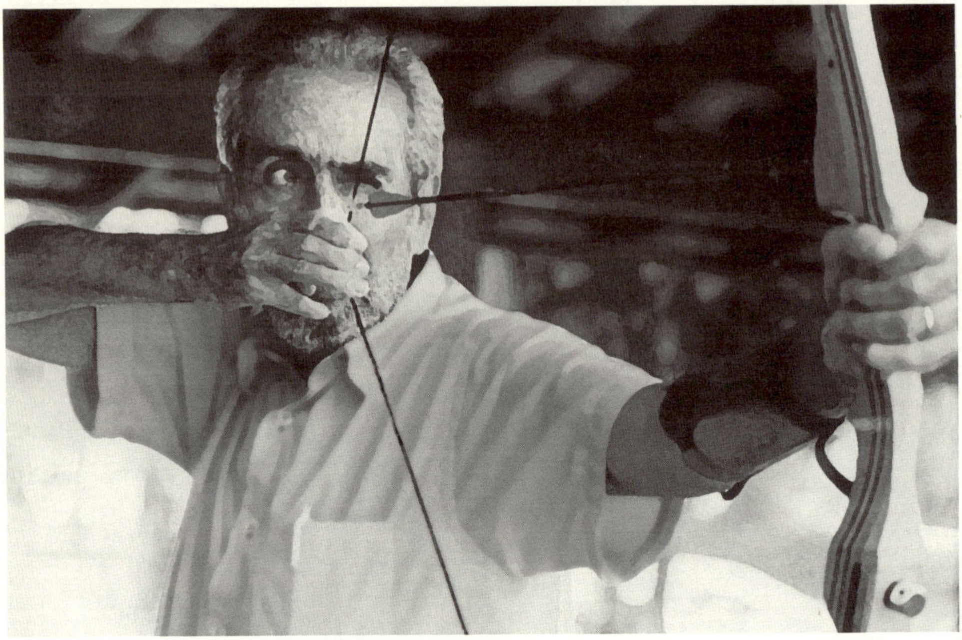

O ARQUEIRO

Geraldo Jordão Pereira (1938-2008) começou sua carreira aos 17 anos, quando foi trabalhar com seu pai, o célebre editor José Olympio, publicando obras marcantes como *O menino do dedo verde*, de Maurice Druon, e *Minha vida*, de Charles Chaplin.

Em 1976, fundou a Editora Salamandra com o propósito de formar uma nova geração de leitores e acabou criando um dos catálogos infantis mais premiados do Brasil. Em 1992, fugindo de sua linha editorial, lançou *Muitas vidas, muitos mestres*, de Brian Weiss, livro que deu origem à Editora Sextante.

Fã de histórias de suspense, Geraldo descobriu *O Código Da Vinci* antes mesmo de ele ser lançado nos Estados Unidos. A aposta em ficção, que não era o foco da Sextante, foi certeira: o título se transformou em um dos maiores fenômenos editoriais de todos os tempos.

Mas não foi só aos livros que se dedicou. Com seu desejo de ajudar o próximo, Geraldo desenvolveu diversos projetos sociais que se tornaram sua grande paixão.

Com a missão de publicar histórias empolgantes, tornar os livros cada vez mais acessíveis e despertar o amor pela leitura, a Editora Arqueiro é uma homenagem a esta figura extraordinária, capaz de enxergar mais além, mirar nas coisas verdadeiramente importantes e não perder o idealismo e a esperança diante dos desafios e contratempos da vida.

NORA ROBERTS

MAGIA DO SANGUE

LIVRO TRÊS DA TRILOGIA PRIMOS O'DWYER

ARQUEIRO

Título original: *Blood Magick*

tradução: Maria Clara de Biase
preparo de originais: Rachel Agavino
revisão: Flora Pinheiro e Rebeca Bolite
diagramação: Valéria Teixeira
capa: Rita Frangie
adaptação de capa: Ana Paula Daudt Brandão
imagens de capa: fotoedu/ Shutterstock (casa);
Capture Light/ Shutterstock (cão); Andrew Roland/ Shutterstock (árvores)
design de textos de capa: Kristin del Rosario
impressão e acabamento: Bartira Gráfica e Editora S/A

CIP-BRASIL. CATALOGAÇÃO NA PUBLICAÇÃO
SINDICATO NACIONAL DOS EDITORES DE LIVROS, RJ

R549m Roberts, Nora, 1950-
Magia do sangue/Nora Roberts; tradução de Maria Clara de Biase. São Paulo: Arqueiro, 2015.
288 p.; 16 x 23 cm. (Primos O'Dwyer ; 3)

Tradução de: Blood magick
Sequência de: Feitiço da sombra

ISBN 978-85-8041-471-4

1. Romance americano. I. Biase, Maria Clara de. II. Título. III. Série.

CDD 813
15-26862 CDU 821.111(73)-3

Editora Arqueiro Ltda.
Rua Funchal, 538 – conjuntos 52 e 54
Vila Olímpia – 04551-060 – São Paulo – SP
Tel.: (11) 3868-4492 – Fax: (11) 3862-5818
E-mail: atendimento@editoraarqueiro.com.br
www.editoraarqueiro.com.br

Para Kat,
uma das luzes mais brilhantes
em minha vida

Como as estrelas parecem distantes
e como está distante nosso primeiro beijo
e, ah, como é velho meu coração.
– William Butler Yeats

Dizem que isso chama sangue,
sangue chama sangue.
– William Shakespeare

1

Verão de 1276

Em um dia claro do final do verão, Brannaugh colheu ervas, flores e folhas para unguentos, poções e chás. Vizinhos e viajantes vinham até ela em busca de esperança e cura. Vinham até ela, a Bruxa da Noite, como antes iam até sua mãe, com dores no corpo, no coração e no espírito e pagavam com moedas, serviços ou trocas.

Ela, seu irmão e sua irmã haviam construído suas vidas em Clare, muito longe de Mayo, seu antigo lar. Longe da cabana na floresta em que tinham vivido e onde a mãe morrera.

Assim ela construíra sua vida, mais satisfeita e alegre do que acreditara ser possível desde aquele terrível dia em que a mãe lhes dera quase todo o seu poder e os enviara para longe, sacrificando-se para garantir que ficassem seguros.

Tudo tinha sido apenas tristeza, dever e medo, pensou Brannaugh, quando ela fez o que lhe foi pedido e conduziu seu irmão mais novo e sua irmã pequena para longe de casa.

Eles haviam deixado para trás o amor, a infância e toda a inocência.

Longos anos. Os primeiros foram passados como a mãe pedira, com sua prima e o marido dela – seguros, cuidados e bem-vindos. Mas, com o passar do tempo – e o tempo passa –, chegara a hora de deixar aquele ninho, abraçar quem e o que eles eram e sempre seriam.

Os três Bruxos da Noite.

Seu dever e objetivo acima de todos os outros? Destruir Cabhan, o bruxo das trevas, assassino de seu pai, Daithi, o bravo, e de sua mãe, Sorcha. Cabhan, que de algum modo havia sobrevivido ao feitiço que Sorcha, mesmo agonizando, lançara contra ele.

Mas em um dia tão esplendoroso do final do verão tudo parecia muito distante – os terrores daquele último inverno, o sangue e a morte da última primavera.

Ali, no novo lar que ela havia criado, o ar tinha o perfume do alecrim em seu cesto e das rosas que o marido plantara para comemorar o nascimento de seu primogênito. As nuvens brancas e fofas eram como carneiros no prado azul do céu e a floresta e os pequenos campos que ela e seus irmãos desbravaram eram verdes como esmeraldas.

O filho de Brannaugh, que ainda não completara 3 anos, estava sentado em uma área ensolarada tocando o pequeno tambor que o pai fizera. Ele cantava, assoviava e batucava com uma alegria tão inocente que os olhos de Brannaugh arderam de amor.

A filha, que mal completara 1 ano, dormia segurando sua boneca de pano favorita, sob a vigilância de Kathel, o fiel cão da família.

E outro filho se mexia e chutava em seu ventre.

De onde estava, Brannaugh podia ver a clareira e a pequena cabana que ela, Eamon e Teagan haviam construído quase oito anos antes. Crianças, pensou. Na época eram apenas crianças, só que não puderam aproveitar a infância.

Ainda moravam por perto: Eamon, o leal, forte e verdadeiro, e Teagan, bondosa e justa. Tão felizes agora, pensou Brannaugh, e Teagan tão apaixonada pelo homem com quem se casara na primavera.

Tudo tão tranquilo, apesar das batidas e dos assovios de Brin. A cabana, as árvores, as colinas verdes salpicadas de ovelhas, os jardins e o céu azul brilhante.

E isso teria de terminar. Em breve.

Estava chegando a hora – ela percebia isso com tanta nitidez quanto sentia os chutes do bebê em seu ventre. Os dias ensolarados dariam lugar a dias sombrios. A paz terminaria em sangue e batalha.

Brannaugh tocou no amuleto com o símbolo do cão. A proteção que sua mãe conjurara com magia do sangue. Em breve, muito em breve, precisaria novamente dessa proteção.

Pressionou a mão sobre a lombar, que doía um pouco, e viu seu marido cavalgando na direção de casa.

Eoghan, tão bonito, tão dela. Olhos verdes como as colinas, cabelos cacheados na altura dos ombros, pretos como corvos. Alto e reto, ele vinha montado tranquilo na robusta alazã, com sua voz alta – como frequentemente estava – entoando uma canção.

Pelos deuses, ele a fazia sorrir, fazia seu coração se elevar como um pássaro voando. Ela, que estivera tão certa de que não poderia ter nenhum amor, nenhuma família além da sua de sangue, nenhuma vida além de seu objetivo, sentira um amor mais profundo do que os oceanos por Eoghan de Clare.

Brin se ergueu de um pulo e começou a correr o mais rápido que suas pequenas pernas lhe permitiam, chamando o pai:

– *Da, Da, Da!*

Eoghan se inclinou e puxou o filho para a sela. As risadas do homem e as do menino chegaram até Brannaugh. Os olhos dela arderam de novo. Naquele momento, teria dado todo o seu poder, cada gota que recebera, para poupá-los do que estava por vir.

O bebê a quem dera o nome de sua mãe choramingou e o cachorro deu um leve latido de alerta.

– Eu ouvi, Kathel – falou Brannaugh e, pousando o cesto, foi pegar a filha e a cobriu de beijos enquanto Eoghan ia para seu lado.

– Olhe aqui, veja o que encontrei na estrada. Um ciganinho perdido.

– Ah, bem, acho que deveríamos ficar com ele. Talvez seja útil na limpeza e depois poderemos vendê-lo no mercado.

– Ele pode nos render um bom dinheiro. – Eoghan beijou o alto da cabeça do filho, que dava risadinhas. – Vamos, rapaz.

– Cavalo, *Da*! – Brin virou a cabeça, seus grandes olhos pretos suplicantes. – Por favor! Cavalo!

– Uma volta rápida e depois quero meu chá. – Ele piscou para Brannaugh antes de partir em um galope que fez o garoto gritar de alegria.

Brannaugh pegou o cesto e acomodou a pequena Sorcha no quadril.

– Venha, velho amigo – disse para Kathel. – Está na hora do seu tônico.

Ela foi para a bela cabana que Eoghan construíra com mãos hábeis e braços fortes. Lá dentro atiçou o fogo, acomodou a filha e começou a preparar o chá.

Acariciando Kathel, encharcou-o do tônico que conjurara para mantê-lo saudável e com a boa visão. Seu guia, seu coração, pensou. Poderia prolongar a vida dele por mais alguns anos. E saberia quando chegasse a hora de deixá-lo ir.

Mas ainda não. Não, ainda não.

Pôs na mesa bolos de mel e um pouco de geleia. O chá estava pronto quando Eoghan e Brin entraram de mãos dadas.

– Bem, isso parece ótimo.

Ele acariciou a cabeça de Brin e se inclinou para beijar Brannaugh, prolongando o beijo como sempre fazia.

– Você chegou cedo – comentou Brannaugh, e então seu olhar de mãe notou os dedinhos de Brin quase alcançando um bolo. – Lave as mãos primeiro, filho, depois se sente como um cavalheiro para tomar seu chá.

– Elas não estão sujas, mãe – alegou ele, estendendo as mãos.

Brannaugh apenas ergueu as sobrancelhas ao ver aquelas mãozinhas encardidas.

– Vão lavá-las. Vocês dois.

– Não discuta com as mulheres – disse Eoghan a Brin. – Essa é uma lição que você vai aprender. Terminei o telheiro para a viúva O'Brian. O filho dela é inútil como tetas em um bode e saiu para cuidar de seus próprios assuntos. A verdade é que foi mais rápido sem ele.

Eoghan contou sobre esse trabalho enquanto ajudava o filho a secar as mãos, depois falou sobre o próximo enquanto segurava a filha e a balançava no alto, fazendo-a dar gritinhos de alegria.

– Você é a alegria desta casa – murmurou Brannaugh. – A luz dela.

Ele a olhou tranquilamente e pousou o bebê de novo.

– Você é o coração dela. Sente-se, descanse seus pés um pouco. Tome seu chá.

Eoghan esperou. Ah, ela sabia que ele era o mais paciente dos homens. Ou o mais persistente, o que quase sempre era a mesma coisa, pelo menos com pessoas como seu Eoghan.

Então, quando as tarefas e o jantar terminaram e as crianças foram postas para dormir, Eoghan pegou a mão dela.

– Quer dar uma volta comigo, querida? A noite está linda.

Quantas vezes, perguntou-se Brannaugh, ele lhe dissera essas palavras quando a cortejava – quando ela tentava afastá-lo como um mosquito?

Naquele momento apenas pegou seu xale – um dos seus favoritos, que Teagan lhe fizera – e o pôs sobre os ombros. Depois olhou de relance para Kathel, deitado perto da lareira.

Tome conta dos bebês para mim, disse-lhe, e deixou Eoghan levá-la para fora, para a noite fria e úmida.

– A chuva está chegando – disse ela. – Antes de amanhecer.

– Então estamos com sorte de ter a noite. – Ele pôs a mão sobre a barriga de Brannaugh. – Está tudo bem?

– Sim. Ele é um homenzinho inquieto, sempre se mexendo. Como o pai.

– Nós estamos em uma boa situação, Brannaugh. Podemos pagar por um pouco de ajuda.

Ela o olhou de esguelha.

– Você tem alguma queixa sobre o estado da casa, as crianças, a comida na mesa?

– Não, nenhuma. Vi minha mãe se matar de trabalhar. – Enquanto ele falava, massageou a lombar de Brannaugh, como se soubesse da dor leve e incômoda ali. – Não quero isso para você, *aghra*, meu amor.

– Estou bem, juro.

– Por que está triste?

– Não estou. – Era mentira, percebeu Brannaugh, e nunca mentia para ele. – Estou, um pouco. Carregar bebês deixa uma mulher um pouco boba de vez em quando, como você deveria saber. Eu não chorei baldes de lágrimas quando estava esperando Brin e você trouxe o berço que havia feito? Chorei como se o mundo fosse acabar.

– De alegria. Isto não é alegria.

– Há alegria. Hoje mesmo fiquei aqui olhando para nossos filhos, sentindo o bebê se mexendo dentro de mim, pensando em você e na vida que temos. Muita alegria, Eoghan. Quantas vezes eu lhe disse não quando você me pediu para ser sua?

– Uma vez já foi de mais.

Brannaugh riu, embora as lágrimas lhe apertassem a garganta.

– Mas você pediu de novo e de novo. Cortejou-me com canções, histórias e flores silvestres. Ainda assim, eu lhe disse que não seria esposa de nenhum homem.

– Nenhum homem além de mim.

– Nenhum homem além de você.

Ela respirou o ar da noite, sentindo o cheiro dos jardins, da floresta e das colinas. Assimilou o que se tornara seu lar, sabendo que o deixaria pelo lar da infância e pelo destino.

– Você sabia o que eu era, o que sou. E ainda assim me quis. Não quis meu poder, mas a mim.

Isso significava tudo no mundo para Brannaugh e ela havia aberto seu coração, que antes estava determinada a manter trancado.

– E quando não pude mais evitar amá-lo, eu lhe contei tudo, recusando-o novamente. Mas você pediu de novo. Lembra-se do que me disse?

– Vou repetir. – Ele se virou para Brannaugh e segurou as mãos dela como fizera anos antes. – Você é minha e eu sou seu. Aceitarei tudo o que você é. Eu lhe darei tudo o que sou. Ficarei com você, Brannaugh, a Bruxa da Noite de Mayo, no fogo e no dilúvio, na alegria e na tristeza, na guerra e na paz. Olhe dentro do meu coração, porque você tem esse poder. Olhe dentro de mim e conheça o amor.

– E eu fiz isso. E faço. Eoghan. – Brannaugh chegou mais perto dele, enterrou-se em seu peito. – Há muita alegria.

Mas ela chorou.

Eoghan a acariciou e acalmou, depois a afastou para ver seu rosto à luz pálida da lua. Então compreendeu:

– Precisamos voltar – deduziu ele. – Para Mayo.

– Em breve. Em breve. Sinto muito...

– Não. – Ele a beijou de leve, fazendo-a se calar. – Não me diga isso. Não ouviu minhas palavras?

– Como eu podia saber? Até mesmo quando você as disse, quando elas conquistaram meu coração, como podia saber que eu me sentiria assim? Tudo em mim gostaria de ficar. Apenas ficar aqui com você, deixar todo o resto para trás, distante. Mas não posso. Não posso nos proporcionar isso. Eoghan, nossos filhos...

– Nada tocará neles. – Ele pôs uma das mãos na barriga de Brannaugh. – Nada nem ninguém. Eu juro.

– Você precisa jurar, porque quando chegar a hora terei de deixá-los e enfrentar Cabhan com meu irmão e minha irmã.

– E comigo. – Ele a segurou pelos ombros com ardor e ferocidade brilhando em seus olhos. – O que você enfrentar, eu enfrentarei.

– Você precisa jurar. – Com gentileza, Brannaugh levou as mãos dele à sua barriga, onde o filho chutava. – Nossos filhos, Eoghan, você precisa jurar protegê-los acima de tudo. Você e o marido de Teagan têm de protegê-los de Cabhan. Eu não seria capaz de fazer o que devo se não soubesse que o pai e o tio deles os guardariam e protegeriam. Se você me ama, Eoghan, jure isso.

– Eu daria minha vida por você. – Ele encostou sua testa na de Brannaugh e ela sentiu seu conflito de homem, marido e pai. – E daria minha vida pelos nossos filhos também. Juro protegê-los.

– Sou abençoada por ter você. – Brannaugh ergueu as mãos de Eoghan de sua barriga e as levou aos lábios. – Você não me pediria para ficar?

– Tudo o que você é – lembrou-lhe ele. – Você fez um juramento e esse juramento também é meu. Estou com você, *mo chroi*, minha querida.

– Você é a luz em mim. – Suspirando, ela apoiou a cabeça no ombro de Eoghan. – A luz que brilha em nossos filhos.

Ela usaria tudo o que era para proteger essa luz, tudo o que vinha da luz, para finalmente vencer a escuridão.

BRANNAUGH ESPEROU, APROVEITANDO CADA DIA E SE AGARRANDO A TUDO o que lhe proporcionava. Quando seus filhos tiravam um cochilo e o que estava dentro dela insistia em que descansasse também, sentava-se perto da lareira com o livro de feitiços da mãe. Estudava e acrescentava os seus próprios, suas palavras e seus pensamentos. Sabia que isso seria passado adiante junto com o amuleto. Para seus filhos e descendentes que cumpririam o objetivo da Bruxa da Noite caso ela, Eamon e Teagan falhassem.

Sua mãe jurara que eles – ou alguém de seu sangue destruiriam Cabhan. A própria Brannaugh tinha visto um desses descendentes, uma pessoa de outro tempo, tinha falado com ele. E sonhara com outra: uma mulher com seu nome que usava o amuleto que ela usava agora e, como ela, era um dos três.

Os três de Sorcha teriam filhos, que por sua vez teriam seus próprios descendentes. Assim o legado e o objetivo seriam mantidos até que fossem cumpridos. Ela não negaria isso – não poderia negar nem fugir.

E ela não negaria – não poderia negar – a agitação crescente em seu sangue à medida que o verão chegava ao fim.

Mas tinha filhos, uma casa e animais para alimentar e cuidar, uma horta para colher e uma pequena cabra para ordenhar. Vizinhos e viajantes para curar e ajudar.

E magia, magia brilhante, para preservar.

Então, com seus filhos cochilando – e Brin resistira bravamente a fechar os olhos –, saiu para tomar ar.

E viu a irmã, com a trança loura balançando às costas, vindo pelo caminho com um cesto.

– Você deve ter me ouvido desejando sua companhia. Estou doida para conversar com alguém que tenha mais de 2 anos.

– Eu trouxe pão preto, porque assei mais do que precisava. E também queria estar com você.

– Tenho sentido fome o dia inteiro, então vamos comer um pouco agora. – Rindo, Brannaugh abriu os braços para a irmã.

Teagan, tão bonita com seus cabelos como a luz do sol e os olhos como as campânulas que a mãe adorava.

Brannaugh a abraçou – depois a afastou de novo.

– Você está esperando um filho!

– E você não podia ter me dado a chance de lhe dizer isso eu mesma? – Radiante, Teagan se aproximou para outro forte abraço. – Eu só tive certeza hoje de manhã. Acordei e soube que havia vida em mim. Não contei para Gealbhan, porque precisava contar para você primeiro. E ter certeza absoluta. Agora tenho. Estou falando demais. Não consigo parar.

– Teagan. – Brannaugh ficou com os olhos úmidos ao beijar as bochechas da irmã e se lembrar da garotinha que chorara naquela manhã sombria tantos anos antes. – Abençoada seja, *deirfiúr bheag*, irmãzinha. Entre. Vou lhe fazer um pouco de chá, algo bom para você e para a vida que carrega.

– Quero contar para Gealbhan perto do riacho onde ele me beijou pela primeira vez– disse Teagan, entrando com Brannaugh e tirando o xale. – E depois contar para Eamon que ele será tio de novo. Quero música e vozes alegres. Você e Eoghan podem trazer as crianças esta noite?

– Sim, é claro. Teremos música e vozes alegres.

– Sinto falta da mamãe. Ah, sei que isso é bobagem, mas quero falar com ela. Quero contar para o papai. Estou carregando uma vida dentro de mim, uma que veio deles. Foi assim com você?

– Sim, todas as vezes. Quando Brin nasceu e, depois, minha Sorcha, eu a vi por um momento, apenas um momento. Eu a senti e senti o papai também. Senti os dois lá quando meus bebês choraram pela primeira vez. Havia alegria e tristeza nisso, Teagan. E depois...

– Conte-me.

Com os olhos cheios daquela alegria e tristeza, Brannaugh cruzou as mãos sobre a criança dentro dela.

– O amor é tão ardente e pleno! Aquela vida que você carrega não em seu ventre, mas em seus braços, sabe? O amor que a domina... Você acha que conhece o amor e então de repente ele está ali e você percebe que nada se compara a ele. Agora sei o que ela sentia por nós. O que ela e papai sentiam por nós. Você saberá.

– Pode ser maior do que isto? – Teagan pôs a mão em sua barriga. – Já parece enorme.

– Pode e será. – Brannaugh olhou para as árvores e a mata exuberantes. Então seus olhos se embaçaram. – Esse filho em você não será o escolhido, embora vá ser forte e ágil. O que virá a seguir também não. A filha, a terceira, virá depois. Ela será um dos três. Parecida com você, com o coração bondoso e a mente afiada. Você a chamará de Ciara. Um dia ela usará o símbolo que nossa mãe fez para você.

Subitamente tonta, Brannaugh se sentou. Teagan correu para ela.

– Eu estou bem. Estou bem. Isso apareceu para mim tão rápido que eu não estava pronta. Ando um pouco mais lenta hoje em dia. – Ela deu um tapinha na mão de Teagan.

– Eu nunca olhei. Não pensei nisso.

– Por que deveria pensar? Você tem o direito de ser apenas feliz. Eu não queria ter estragado isso por nada.

– Você não estragou. Como poderia ter estragado alguma coisa me contando que terei um filho, depois outro e uma filha? Fique sentada onde está. Vou terminar de preparar o chá.

Ambas olharam na direção da porta que se abriu.

– Ele sem dúvida tem faro para pão fresco, o Eamon – disse Teagan quando o irmão entrou com seus cabelos castanhos desgrenhados como sempre ao redor de um rosto incrivelmente belo.

Eamon sorriu e farejou o ar como um cão.

– Sem dúvida tenho faro, mas não precisei dele para vir aqui. Vocês puseram luz suficiente ao redor da casa para iluminar a lua. Se queriam conjurar um feitiço tão brilhante, podiam ter me contado.

– Não estávamos conjurando. Só conversando. Vamos dançar *céili* na cabana esta noite. E você pode fazer companhia a Brannaugh quando eu for embora para contar a Gealbhan que ele vai ser pai.

– Como há pão fresco, eu posso... Pai, é? – Os olhos muito azuis de Eamon se encheram de alegria. – Que notícia maravilhosa!

Ele ergueu Teagan, girou-a uma vez e depois outra quando a irmã riu. Pousou-a em uma cadeira, deu-lhe um beijo e sorriu para Brannaugh:

– Eu faria o mesmo com você, mas isso acabaria com as minhas costas, porque você está grande feito uma montanha.

– Nem pense em passar minha geleia nesse pão.

– Uma bela montanha. Uma que já me deu um sobrinho lindo e uma sobrinha encantadora.

– Isso poderia fazê-lo merecer um bocado de geleia.

– Gealbhan vai ficar muito feliz. – Gentil, como sempre era com Teagan, Eamon passou os dedos pelo rosto dela. – Então você está bem, não é, Teagan?

– Eu me sinto mais do que maravilhosa. Estou com vontade de preparar um banquete, o que será conveniente para você, não é?

– Ah, sim, será.

– E você precisa encontrar uma boa mulher – acrescentou Teagan –, porque seria um bom pai.

– Estou mais do que satisfeito com vocês duas tendo os bebês e me deixando ser o tio feliz.

– Ela tem cabelos como o fogo, olhos como o mar tempestuoso e um brilho de poder. – Brannaugh se recostou, passando a mão por sua barriga. – As coisas vêm em ondas hoje em dia. Um pouco dele, eu acho. Ele está impaciente. – Então Brannaugh sorriu. – É bom ver a mulher que o arrastará, Eamon. Não só para a diversão, mas também para a paixão.

– Não estou atrás de mulher. Não de uma em particular.

Teagan estendeu o braço e pôs sua mão sobre a dele.

– Você acha e sempre achou que não deve ter uma esposa porque tem irmãs para proteger. Está errado, sempre esteve. Somos três, e nós duas somos tão competentes quanto você. Quando se apaixonar, não poderá controlar isso.

– Não discuta com uma mulher grávida, ainda mais se ela for uma bruxa – disse Brannaugh, alegre. – Eu nunca procurei o amor, mas ele me encontrou. Teagan esperou por ele, e ele a encontrou. Você pode correr dele, *mo dearthair*, meu irmão. Mas ele o encontrará. Quando formos para casa. – Os olhos dela ficaram úmidos de novo. – Maldição, parece que fico lacrimejando a cada vez que respiro. Vá se preparando, Teagan. O estado de espírito muda de uma hora para outra.

– Você também sentiu isso. – Eamon pôs a mão na de Brannaugh para os três ficarem unidos. – Nós vamos para casa, em breve.

– Na próxima lua. Devemos partir na próxima lua cheia.

– Eu gostaria que pudéssemos esperar – murmurou Teagan. – Até você dar à luz, embora eu saiba em minha cabeça e em meu coração que não podemos.

– Eu terei esse filho em Mayo. Ele nascerá em nosso lar. Contudo... este também é nosso lar. Não para você – disse ela para Eamon. – Você aguardou, esperou o momento propício e ficou, mas seu coração, sua mente e seu espírito sempre estiveram lá.

– Nos disseram que voltaríamos para casa. Então eu esperei. Os três que vêm de nós também esperam. – Eamon passou os dedos pela pedra azul que usava no pescoço. – Nós os veremos de novo.

– Eu sonho com eles – disse Brannaugh. – Com a que tem meu nome e os outros também. Eles lutaram e perderam.

– Lutarão de novo – disse Teagan.

– Eles o feriram. – Um brilho feroz surgiu nos olhos de Eamon. – Ele sangrou, como sangrou quando a mulher chamada Meara, a que veio com Connor, dos três, o atingiu com sua espada.

– Ele sangrou – concordou Brannaugh. – E se curou. Ele se recupera. Tira poder da escuridão. Não consigo ver de onde e como, só sentir. Não consigo ver se mudaremos o futuro, se acabaremos com Cabhan. Mas eu os vejo e sei que se não conseguirmos eles lutarão de novo.

– Então vamos para casa descobrir como. Assim os que vêm de nós não lutarão sozinhos.

Brannaugh pensou em seus filhos dormindo lá em cima. Seguros e ainda inocentes. E nos filhos dos filhos de seus filhos, em outro tempo, em Mayo. Nem seguros e nem inocentes, pensou.

– Nós descobriremos. Vamos para casa. Mas esta noite festejaremos. Teremos música. E nós três agradeceremos pela luz a todos que vieram antes de nós. Pela vida – disse ela, com uma das mãos pousada levemente na barriga da irmã e outra na sua própria.

– E amanhã começaremos a pôr fim ao que tirou a vida de nosso pai e nossa mãe – falou Eamon, levantando-se.

– Você pode esperar com Brannaugh? – pediu Teagan. – Eu gostaria de ir falar com Gealbhan agora.

– Hoje lhe dê só alegria. O resto pode ficar para amanhã. Reserve hoje só para a alegria, porque o tempo é muito curto.

– Vou fazer isso. – Ela beijou a irmã e o irmão. – Peça a Eoghan que leve a harpa.

– Com certeza levará. Nós encheremos a floresta de música que ecoará pelas colinas.

Quando Teagan saiu, Brannaugh se sentou de novo e Eamon empurrou o chá na direção dela.

– Beba. Você está pálida.

– Um pouco cansada. Eoghan sabe. Eu falei com ele e está pronto para partir, deixar tudo o que construiu aqui. Nunca pensei que seria difícil voltar. Nunca achei que ficaria dividida.

– Os irmãos de Gealbhan cuidarão da terra aqui para você e Teagan.

– Sim, e isso é um conforto. Não para você. A terra aqui nunca foi para você. – Havia novamente alegria e tristeza misturadas. – Você vai ficar em Mayo, não importa o que aconteça. Não consigo ver o que Eoghan, eu e nossos filhos faremos, mas Teagan voltará para cá, vejo isso claramente. Este é o lugar dela agora.

– É – concordou ele. – Ela sempre será uma Bruxa da Noite de Mayo, mas seu lar e coração estão em Clare.

– Como será para nós, Eamon, não estar juntos como estivemos durante toda a vida?

Os olhos de Eamon, azuis e selvagens como os do pai, fitaram bem dentro dos dela.

– Distância em espaço não significa nada. Sempre estaremos juntos.

– Eu sou uma boba e ando chorosa. Detesto isso. Se esse estado de espírito não mudar, vou me amaldiçoar.

– Bem, você ficou irritadiça e propensa a dizer palavras rudes perto do fim da gravidez da jovem Sorcha. Talvez eu prefira as lágrimas.

– Pois eu não. – Ela bebeu o chá, sabendo que a acalmaria. – Vou acrescentar mais um pouco do tônico que dei a Kathel e Alastar, para a viagem. Roibeard ainda se sai bem sem isso. Ele é forte.

– Ele está caçando – disse Eamon, referindo-se ao falcão. – Vai cada vez mais longe. Agora voa todos os dias para o norte. Assim como nós, sabe que partiremos em breve.

– Ele avisará sobre nossa chegada. Seremos bem-vindos em Ashford Castle. Os filhos de Sorcha e Daithi. Os Bruxos da Noite serão bem-vindos.

– Vou cuidar disso. – Eamon se recostou segurando o próprio chá e sorriu para a irmã. – Cabelos como o fogo, é?

Como ele queria, Brannaugh riu.

– Ah, e você vai ficar cego e sem palavras quando vocês se conhecerem, eu lhe garanto.

– Não eu, minha querida. Não eu.

2

PARA AS CRIANÇAS, AQUILO ERA UMA AVENTURA. A IDEIA DE UMA longa jornada, de ir para um lugar novo – tendo como prêmio, ao fim, um castelo – deixava Brin especialmente ansioso por partir.

Enquanto Brannaugh guardava as coisas de que precisariam, pensou mais uma vez naquela manhã muito tempo atrás, quando se apressava em fazer o que sua mãe mandara – empacotar tudo o que lhe fora dito para levar. Tão urgente e definitivo, pensava. E aquele último olhar para a mãe ardendo com o poder que lhe restava, fora da cabana na floresta.

Agora estava empacotando as coisas para voltar – um dever, um destino, que sempre aceitara. Pelo qual ansiara – até o nascimento de seu primogênito, até ser inundada de amor pelo menino que, mesmo naquele momento, corria de um lado para outro quase febril em seu entusiasmo.

Mas ela ainda tinha uma tarefa a cumprir ali.

Juntou tudo de que precisava – tigela, vela, livro, ervas e pedras. E, olhando de relance para seu garotinho, sentiu ao mesmo tempo orgulho e pesar.

– Está na hora dele, na hora disso – falou para Eoghan.

Compreendendo, ele lhe beijou a testa.

– Vou levar Sorcha para cima. Está na hora de ela ir para a cama.

Brannaugh assentiu, se virou para Brin e o chamou.

– Não estou cansado. Por que não podemos partir agora e dormir sob as estrelas?

– Partiremos de manhã, mas antes há coisas que você e eu precisamos fazer.

Ela se sentou e abriu os braços.

– Primeiro sente-se comigo. Meu filho – murmurou quando ele subiu em seu colo. – Meu coração, você sabe o que eu sou.

– Ma – disse Brin, aconchegando-se nela.

– Sim, mas sabe, porque nunca escondi de você, o que sou além disso. Bruxa da Noite, guardiã da magia, filha de Sorcha e Daithi. Esse é o meu sangue. É o seu também. Está vendo a vela?

– Foi você quem fez. Mamãe faz velas e assa bolos, papai monta cavalos.

– É isso que você acha? – Ela riu e decidiu deixá-lo ter essa ilusão por um pouco mais de tempo. – Bem, é verdade que fiz a vela. Está vendo o pavio, Brin? Está frio e sem luz. Olhe a vela, Brin, olhe a vela. Veja a luz e a chama, a pequena chama, e o calor, a luz por vir. Há luz e chama em você. Olhe o pavio, Brin.

Ela sussurrou isso repetidamente e sentiu a energia do filho começar a se estabilizar e os pensamentos dele começarem a acompanhar os seus.

– Luz é poder. Poder é luz. Em você, de você, através de você. Seu sangue, meu sangue, nosso sangue, sua luz, minha luz, nossa luz. Sinta o que habita em você, o que espera em você. Veja o pavio, ele espera por sua luz. Por seu poder. Traga-o. Deixe-o aumentar devagar, devagar, gentil e puro. Procure por ele, porque ele lhe pertence. Procure, toque, aumente. Traga a luz.

O pavio faiscou, apagou, faiscou de novo e depois se acendeu.

Brannaugh deu um beijo no alto da cabeça de Brin. Pronto, pensou, pronto, a primeira lição foi aprendida. E seu filho nunca mais seria apenas uma criança.

Alegria e tristeza, para sempre entrelaçadas.

– Você se saiu muito bem.

Brin virou o rosto para cima e lhe sorriu.

– Posso acender outra?

– Sim – disse ela, e o beijou de novo. – Mas agora preste atenção, porque há mais para aprender e saber. E a primeira coisa que você deve saber e jurar é não fazer mal para ninguém com o que você é, com o que tem. Seu dom, Brin, não fará mal para ninguém. Jure para mim, para si mesmo, para todos os que vieram antes e todos os que virão depois.

Brannaugh ergueu seu punhal e o usou na palma de sua mão.

– Faremos um juramento de sangue. De mãe para filho, de filho para mãe, de bruxo para bruxa.

Com olhos solenes, Brin estendeu a mão para Brannaugh e pestanejou à rápida dor quando ela o cortou.

– Juro não fazer mal a ninguém – disse Brin quando a mãe pegou sua mão e misturou seu sangue com o dele.

– Juro não fazer mal a ninguém – repetiu Brannaugh. Depois puxou a mãozinha para perto, beijou o pequeno ferimento e o curou. – Agora você pode acender outra vela. E depois faremos feitiços de proteção juntos. Para você, sua irmã e seu pai.

– E para você, mãe?

Ela tocou em seu pingente.

– Já tenho o que preciso.

NA NEBLINA DA MANHÃ, BRANNAUGH SUBIU NA CARROÇA, SUA GAROTINHA agasalhada ao seu lado. Olhou para o filho, tão corado de prazer na sela, na frente do pai. Olhou para a irmã, serena e calada sobre Alastar; o irmão, com a espada do avô ao seu lado, alto e ereto sobre o cavalo que ele chamava de Mithra. E Gealbhan, firme e esperando sobre a bela égua que Alastar emprenhara três verões antes.

Ela deu o comando para a velha égua de arado de Gealbhan e se pôs a caminho, com Brin deixando escapar um grito de entusiasmo. Olhou apenas uma vez para trás, para a casa que aprendera a amar, e perguntou a si mesma se a veria de novo.

Depois olhou para a frente.

Uma curandeira era bem-vinda em todos os lugares – como um harpista. Embora o bebê pesasse em sua barriga e frequentemente ficasse inquieto, ela e sua família encontraram abrigo e hospitalidade pelo caminho.

Eoghan tocou música e ela, Teagan ou Eamon prepararam unguentos e poções para os doentes ou feridos. Gealbhan ofereceu seus braços fortes e suas mãos calejadas.

Certa noite dormiram sob as estrelas como Brin desejara, e houve conforto em saber que o cão, o falcão e o cavalo guardavam o que era dela.

Não encontraram nenhuma dificuldade ao longo do caminho, mas então Brannaugh soube que a notícia se espalhara. Os três Bruxos da Noite estavam atravessando Clare rumo a Galway.

– A notícia também vai chegar a Cabhan – disse Eamon quando eles pararam a fim de deixar os cavalos descansarem e as crianças brincarem livremente por algum tempo.

Brannaugh se sentou entre ele e Teagan enquanto Gealbhan e Eoghan davam água para os cavalos e Eamon pescava.

– Estamos mais fortes do que antes – lembrou-lhe Teagan. – Viajamos para o sul quando éramos crianças. Não somos mais crianças e estamos indo para o norte.

– Ele está preocupado. – Brannaugh acariciou a barriga. – Porque você e eu carregamos mais do que antes.

– Eu não duvido de seu poder nem sua determinação.

– E ainda assim se preocupa.

– Eu me pergunto se deve ser agora, mesmo sabendo que sim – admitiu Eamon. – Sinto isso como vocês duas, mas ainda assim seria mais fácil se houvesse tempo para terem seus filhos adequadamente antes de enfrentarmos o que temos de enfrentar.

– O que tem de ser será, mas na verdade estou feliz por interrompermos nossa viagem por um dia para visitarmos nossos primos. E, por todos os deuses, será ótimo ficar um dia fora daquela maldita carroça.

– Estou sonhando com os bolos de mel de Ailish, porque ninguém os faz melhor do que ela.

– Sonhando com a barriga – disse Teagan.

– Um homem precisa comer. Arrá! – Ele puxou a linha e o peixe que mordera o anzol. – E então comeremos.

– Você vai precisar de mais de um – disse Brannaugh, fazendo todos se lembrarem das mesmas palavras que a mãe dissera em um dia bonito e feliz no rio, em casa.

Eles deixaram a região selvagem e acidentada de Clare, empurrados por ventos ferozes e uma súbita chuva torrencial. Passaram pelas colinas verdes de Galway, por campos com ovelhas balindo, cabanas com fumaça saindo de chaminés. Roibeard voava à frente, por baixo e através de camadas de nuvens que transformavam o céu em um mar cinzento e macio.

As crianças cochilavam na carroça aninhadas entre as trouxas, e Kathel, sempre alerta, estava sentado ao lado de Brannaugh.

– Há mais cabanas do que me lembro. – Ao lado dela, Teagan cavalgava o incansável Alastar.

– Os anos passam.

– Esta é uma terra boa... Quase posso ouvir Gealbhan pensando isso.

– Então você se estabeleceria aqui? Gosta deste lugar?

– Sim, mas também gosto da nossa cabana na floresta em Clare. E ainda assim, quanto mais perto chegamos de casa, mais anseio por ela. Todos nós tivemos de deixar isso de lado por muito tempo, mas agora... Está sentindo isso, Brannaugh? O chamado do lar?

– Sim.

– Você tem medo?

– Sim. Do que está por vir, mas, acima de tudo, de falhar.

– Não falharemos. – Ao ver o olhar penetrante de Brannaugh, Teagan balançou a cabeça. – Não, não tive uma visão, mas tenho uma certeza. Que fica mais forte à medida que nos aproximamos de casa. Não falharemos, porque a luz sempre vence a escuridão, embora possa demorar mil anos.

– Parece nossa mãe falando – murmurou Brannaugh.

– Ela está em todos nós, por isso não falharemos. Ah, olhe, Brannaugh! Aquela árvore ali com os galhos retorcidos. É a que Eamon disse para nossa prima Mabh que ganhava vida na lua cheia, para assustá-la. Estamos perto da fazenda de Ailish. Quase lá.

– Continuem, vão em frente.

Com o rosto alegre como se fosse criança outra vez, Teagan jogou a cabeça para trás e riu.

– Eu vou.

Cavalgou até o marido, riu de novo e depois se pôs a galope. Ao lado de Brannaugh, Kathel ganiu e tremeu.

– Vá, então. – Brannaugh o acariciou.

Kathel pulou da carroça e correu atrás do cavalo com o falcão voando acima deles.

Aquilo era uma volta ao lar, porque eles tinham morado na fazenda por cinco anos. Brannaugh achou o lugar tão bem cuidado como sempre, com novas construções e um novo cercado onde cavalos jovens saltitavam.

Ela viu um menino pequeno com cabelos louros, muito interessado em Kathel. E quando o menino sorriu, soube que era Lughaidh, o mais novo e último filho de sua prima.

A própria Ailish correu para a carroça. Ela estava um pouco mais redonda e havia mechas grisalhas em seus cabelos claros. Mas seus olhos estavam vivos e jovens como sempre.

– Brannaugh! Ah, veja a nossa Brannaugh! Seamus, venha ajudar sua prima a descer da carroça.

– Eu estou bem. – Brannaugh desceu sozinha e abraçou a prima. – Ah, faz bem para o meu coração ver você de novo.

– E faz bem para o meu ver você. Ah, você está linda, como sempre. Como sua mãe. E aqui está nosso Eamon, tão bonito! Nossos três primos voltaram, como você disse que fariam. Eu mandei os gêmeos irem buscar Bardan no campo. E, Seamus, corra e avise Mabh que os primos dela estão aqui.

Com os olhos lacrimejantes, ela abraçou Brannaugh outra vez.

– Mabh e o marido têm a própria cabana logo do outro lado do caminho. Ela está quase pronta para ter o primeiro filho. Vou ser avó! Ah, não consigo controlar minha língua. É Eoghan, não é? E Gealbhan, de Teagan. Bem-vindos, todos vocês. Sejam bem-vindos. Mas onde estão seus filhos?

– Dormindo na carroça.

Nada os acordaria exceto os bolos de mel de Ailish de que Eamon se lembrava tão bem. Então Conall, que era um bebê de colo quando Brannaugh o vira pela última vez, levou os filhos dela para verem uma nova ninhada de cachorrinhos.

– Eles vão ficar bem, eu lhe dou a minha palavra – disse Ailish servindo chá. – Conall, que você ajudou a trazer ao mundo, é um bom rapaz. Vamos deixar os homens cuidarem dos cavalos e do resto enquanto vocês duas têm um pouco de descanso.

– Bendito descanso. – Brannaugh bebericou o chá e deixou o fogo aquecê-la, acalmá-la. – Estou sentada em uma cadeira que não se move.

– Coma. Há outro filho em você que também precisa comer.

– Eu sinto muita fome durante o dia e metade da noite. Teagan não sente tanta ainda. Mas sentirá.

– Ah, você está esperando um filho? – O rosto de Ailish brilhava de alegria quando ela parou de mexer o chá e pôs as mãos sobre o coração. – Minha doce e pequena Teagan vai ser mãe. Os anos, para onde vão? Você era apenas um bebê. Vai ficar até chegar sua hora? – perguntou ela para Brannaugh. – Mayo ainda está a certa distância e o bebê não demora a nascer. Posso ver que não demora.

– Só um ou dois dias, e fico muito grata por isso. O bebê vai nascer em Mayo. É para ser assim. Deve ser.

– Deve ser? – Ailish segurou a mão de Brannaugh e depois a de Teagan. – Deve ser? Vocês construíram suas vidas em Clare. São mulheres, mães. Devem ir até a escuridão que as espera?

– Nós somos mulheres, mães e mais. Não podemos dar as costas a nada disso. Mas não se preocupe, prima. Não pense nisso. Temos hoje, com chá, bolos e família.

– E voltaremos aqui. – Quando Ailish e Brannaugh olharam para ela, Teagan apertou uma das mãos contra o coração. – Eu sinto, muito forte. Vamos voltar. Acredito nisso. Acredito em nós. E a fé nos fortalece.

– Sendo assim, vocês terão toda a minha fé.

Eles tiveram música, festa e família. E, por uma noite e um dia, paz. Ainda assim, Brannaugh estava desassossegada. Embora o marido dormisse na cama que Ailish lhes oferecera, ela ficou sentada perto do fogo.

Ailish se aproximou, usando sua camisola e um xale grosso.

– Você precisa de um pouco do chá que sempre fez para mim quando eu estava perto de dar à luz e o bebê pesava tanto que eu não conseguia dormir.

– Eu procuro por ela no fogo e na fumaça – murmurou Brannaugh. – Não posso evitar olhar. Sinto tanta fala dela que dói. Mas a tristeza pela morte da minha mãe é de um tipo que nunca acabará.

– Eu sei. – Ailish se sentou do lado dela. – Ela vem até você?

– Em sonhos. Há momentos, mas apenas momentos, em que anseio ouvir a voz dela, que ela me diga que estou fazendo a coisa certa. Que estou fazendo o que ela quer que eu faça.

– Ah, meu amor, você está. Você está. Lembra-se do dia em que nos deixou?

– Sim. Ao partir, eu a fiz sofrer.

– Partir sempre faz sofrer, mas acabei entendendo que isso era o certo. Antes de você ir embora, me falou de Lughaidh, o bebê que eu esperava. Disse que ele deveria ser o último, porque nem eu nem um bebê sobreviveríamos a outro parto. E me deu uma poção para beber a cada lua até o frasco ficar vazio. Assim eu não teria mais filhos. Isso me entristeceu.

– Eu sei. – E a compreendia mais agora, que tinha os próprios filhos. – Você é a melhor das mães e foi uma mãe para mim.

– Eu não teria vivido para ver meus filhos adultos, ver minha filha mais velha esperando o próprio filho. Para ver Lughaidh, tão doce e alegre e, como você disse, com a voz de um anjo.

Ailish fez um sinal afirmativo com a cabeça e ela própria observou o fogo, como se revisse aquele dia na fumaça e nas chamas.

– Você lançou proteção sobre mim e os meus, me deu os anos que eu podia não ter tido. Você é o que ela desejaria. Mesmo que me entristeça o fato de você partir para enfrentar Cabhan, sei que deve fazer isso. Nunca duvide de que ela se orgulha de você. Nunca duvide, Brannaugh.

– Você me conforta, Ailish.

– Eu terei fé, como Teagan pediu. Acenderei uma vela todas as noites. Eu a acenderei com a pouca magia que tenho para que ela brilhe para você, Teagan e Eamon.

– Eu sei que você teme o poder.

– É o meu sangue também. Você é minha como era dela. Farei isso todos os dias, ao pôr do sol, e na pequena luz porei minha fé. Saberei que arde para você e os seus. Saberei disso e ficarei segura.

– Nós vamos voltar. Tenho fé nisso. Vamos voltar e você segurará a criança que agora está dentro de mim.

ELES SEGUIRAM VIAGEM, COM UM CACHORRINHO MALHADO DADO PARA AS crianças com muita formalidade e promessas de uma visita mais longa quando voltassem.

O ar se tornou mais frio, o vento, forte.

Mais de uma vez Brannaugh ouviu no vento a voz de Cabhan, sedutora e maliciosa.

Eu espero.

Ela via Teagan olhar para as colinas ou Eamon levar a mão ao pingente e sabia que eles tinham ouvido também.

Quando Roibeard mudou de direção e Alastar tentou segui-lo, Kathel pulou da carroça e correu por um caminho em uma bifurcação na estrada.

– Esse não é o caminho. – Eoghan parou seu cavalo perto da carroça. – Nós chegaríamos a Ashford amanhã, mas esse não é o caminho.

– Não, não é o caminho para Ashford, mas o caminho que devemos seguir. Confie nos guias, Eoghan. – Há algo que devemos fazer primeiro. Sinto isso.

Eamon parou do outro lado.

– Perto do lar – disse ele. – Quase perto o suficiente para saboreá-lo. Mas recebemos um chamado.

– Sim, recebemos. E o atenderemos. – Ela estendeu o braço e tocou no braço do marido. Devemos fazer isso.

– Então faremos.

Ela não conhecia o caminho e, contudo, sabia qual era. Com sua mente conectada com a do cão, conhecia a estrada, as curvas, as colinas. E ah, sentia aquela escuridão, Cabhan se expandindo, ávido por tirar o que ela tinha, e mais.

O sol nebuloso se punha na direção das colinas a oeste, mas ainda assim eles prosseguiram. As costas de Brannaugh doíam por causa das horas na carroça, e ela sentiu a sede aumentar. Mas eles prosseguiram.

Brannaugh viu a sombra na escuridão que se aproximava, tornando-se visível com os campos ao redor. Um lugar de adoração, pensou. Podia sentir isso. E um lugar de poder.

Parou a carroça e respirou fundo.

– Ele não pode atravessar. É forte demais para ele entrar.

– Algo aqui – murmurou Eamon.

– Algo brilhante – disse Teagan. – Forte e brilhante. E antigo.

– De antes de nós. – Grata pela ajuda, Brannaugh deixou seu marido erguê-la da carroça. – De antes de nossa mãe. Antes de qualquer tempo que conhecemos.

– Uma igreja. – Gealbhan estendeu o braço para erguer Teagan da sela. – Mas não há ninguém aqui.

– Eles estão aqui. – Cansada, Teagan se apoiou em Gealbhan. – Aqueles que vieram antes de nós, que consagraram este solo. Eles não o deixarão passar. Este é um lugar sagrado.

– Esta noite, é nosso. – Brannaugh deu um passo para a frente e ergueu as mãos. – Deuses e deusas da luz, nós vos invocamos na noite. Pelo poder que nos destes, pelo objetivo que nos move, buscamos vossa bênção. Uma noite dentro de vossas paredes antes que qualquer destino se cumpra, este alívio, este repouso. Somos os três de Sorcha. Bruxos da Noite que vêm a vós. Por vossa vontade, que assim seja.

Luz brilhou como o sol através das janelas e portas se abriram com um vento como a respiração. E de dentro veio calor.

– Somos bem-vindos aqui. – Sorrindo, ela pegou a filha no colo e toda a fadiga da longa jornada desapareceu. – Somos bem-vindos.

Brannaugh pôs as crianças para dormir em leitos improvisados no chão da igreja. E ficou grata pelos dois estarem cansados demais para choramingar ou discutir, porque sua energia momentânea já diminuíra.

– Você os está ouvindo? – sussurrou Eamon.

– Até mesmo eu os estou ouvindo. – Eoghan examinou a igreja, as paredes de pedra e os bancos de madeira. – Eles estão cantando.

– Sim. – Gealbhan pegou o cachorrinho no colo para acalmá-lo. – Suave e lindamente. Como anjos ou deuses poderiam cantar. Este é um lugar sagrado.

– Oferece mais do que um santuário à noite. – Apertando as costas com uma das mãos, Brannaugh se levantou. – Oferece bênção e luz. Esta noite fomos chamados para este lugar por aqueles que vieram antes de nós.

Teagan tocou leve e reverentemente o altar.

– Construído por um rei em retribuição a uma gentileza. Uma promessa cumprida. Construído aqui, perto de um caminho de peregrinos. Esta abadia se chama Ballintubber.

Ela ergueu as mãos e sorriu.

– Posso ver tudo isso. – Teagan se virou para seu marido. – Sim, este é um lugar sagrado e buscaremos a bênção daqueles que nos chamaram.

– Como o rei, temos uma promessa a cumprir – disse Brannaugh. – Eoghan, meu amor, pode me trazer o livro de minha mãe?

– Sim. Vou trazer, se você se sentar. Sente-se, Brannaugh. Está muito pálida.

– Na verdade estou cansada, mas eu lhe asseguro que isso deve ser feito e será bom para todos nós. Teagan...

– Sei do que precisamos. Vou...

– Sente-se – insistiu seu irmão. – Vou pegar tudo de que precisamos e vocês duas descansem por um momento. Gealbhan, juro pelos deuses que você deve se sentar sobre elas se não descansarem um pouco.

Gealbhan só precisou tocar no rosto de sua esposa e segurar a mão de Brannaugh para fazê-las prestar atenção.

– O que deve ser feito? – perguntou ele a Teagan.

– Uma oferenda. E um pedido. Uma reunião. Cabhan não pode vir aqui. Ele não pode vir aqui, ou ver este lugar. Aqui ele não tem nenhum poder. E aqui podemos nos reunir com os nossos.

– Do que você precisa?

– Você é o melhor de nós. – Ela lhe beijou o rosto. – Se você ajudar Eamon, juro que Brannaugh e eu vamos esperar aqui e descansar.

Quando ele se foi, ela se virou depressa para Brannaugh.

– Você está com dor.

– Não são as dores do parto. Você aprenderá que o bebê frequentemente lhe dá um indício do que está por vir. Isso passará. Mas o resto é bem-vindo. O que faremos aqui exigirá força.

Elas tiraram uma hora para descansar, se preparar.

– Devemos lançar o círculo e fazer a oferenda – disse ela para Eoghan. – Não tema por mim.

– Você me pediria para não respirar?

– É de seu amor e sua fé e do amor e da fé de Gealbhan que nós precisamos.

– Então vocês os têm.

Eles lançaram o círculo e o caldeirão flutuou acima do fogo que tinham feito. Água fluiu das mãos de Teagan para o caldeirão. Brannaugh acrescentou ervas e Eamon, cascalho.

– Isto vem do lar que construímos.

– E isto do lar que procuramos. Pequenas coisas, uma flor seca, um seixo, um pedaço de casca de árvore.

Teagan abriu uma pequena bolsa e acrescentou seu precioso conteúdo.

– Valem mais do que ouro ou prata. Nós lhes oferecemos. Aqui, um cacho de cabelo do meu primogênito.

– Uma pena do meu guia. – Eamon a acrescentou ao caldeirão borbulhante.

– Este amuleto que minha mãe fez para mim.

– Ah, Teagan – murmurou Brannaugh.

– Ela desejaria isso. – Teagan o acrescentou à oferenda.

– Nós lhes oferecemos o que nos é caro e acrescentamos a isso esta lágrima de bruxa. E selamos com sangue esta mistura para mostrar que nossos corações são leais.

Com uma faca consagrada, cada um deles ofereceu seu sangue, e, com isso, o caldeirão borbulhante ferveu e fumegou.

– Pai, mãe, sangue do nosso sangue, ossos de nossos ossos, nós, órfãos, demonstramos para sempre nossa fé. Concedam-nos aqui, neste lugar sagrado, nesta hora sagrada, a força e o privilégio de seu poder. Com sua dádiva não poderemos falhar e venceremos Cabhan. Agora imbuam de seu poder os três bruxos que somos. Que assim seja.

O vento havia se agitado do lado de dentro das paredes. A chama da vela se tornara brilhante. Mas às últimas palavras que os três proferiram juntos, o vento girou e a luz cintilou.

As vozes que tinham murmurado se elevaram.

Brannaugh segurou as mãos de seus irmãos e, com eles, caiu de joelhos.

A luz, as vozes, o vento a atingiram com força. E também o poder.

Depois veio o silêncio.

Brannaugh se levantou de novo e se virou com Teagan e Eamon.

– Você estava iluminada – disse Eoghan, maravilhado. – Como as próprias velas.

– Somos os três. – A voz de Teagan se elevou e ecoou no profundo silêncio. – Mas há muitos. Muitos antes de nós, muitos que virão depois.

– A luz deles é nossa; a nossa é deles. – Eamon ergueu seus braços, os de suas irmãs elevados. – Nós somos os três, e nós somos um.

Cheia de luz e não mais cansada, Brannaugh sorriu.

– Nós somos os três. Projetamos nossa luz na escuridão, a procuramos nas sombras. E venceremos.

– Por nosso sangue, nós venceremos – disseram juntos.

DE MANHÃ, À LUZ SUAVE DO DIA, ELES PARTIRAM DE NOVO. SEGUIRAM PELA estrada com colinas verdes, água azul brilhante e um sol providencial. Foram na direção das pedras cinza de Ashford, onde os portões estavam abertos para eles, a ponte estava abaixada e o sol brilhava sobre a água e a terra em que nasceram.

E assim os filhos de Sorcha voltaram ao lar.

3

Inverno de 2013

Branna O'Dwyer acordou com o tempo cinzento e uma chuva constante. E não desejou nada além de se entocar e voltar a dormir. Sempre achara que as manhãs chegavam cedo demais. Mas, gostando ou não, o sono se fora, fazendo surgir aos poucos um desejo persistente de café.

Irritada, como costumava ficar de manhã, calçou meias grossas e pôs um suéter sobre a fina camiseta com que dormira.

Por hábito e uma meticulosidade arraigada, atiçou o fogo para as chamas alegrarem o quarto. E com seu cão Kathel se espreguiçando no tapete diante da lareira, arrumou a cama e a cobriu com os travesseiros bonitos de que gostava.

Em seu banheiro, escovou os longos cabelos pretos e depois os prendeu para o alto. Depois do café, tinha trabalho a fazer – e muito. Franziu a testa para si mesma no espelho e pensou em acrescentar um pouco de magia, porque a noite agitada se refletia em seu rosto. Mas não viu nenhum motivo para isso.

Então voltou para o quarto e fez festa em Kathel para que ele abanasse o rabo.

– Você também ficou agitado, não foi? Eu o vi falando em seu sonho. Você ouviu as vozes, meu garoto?

Eles desceram juntos em silêncio, porque a casa estava cheia, como era comum naqueles dias. Seu irmão e Meara dormiam na cama dele, e sua prima Iona dividia a dela com Boyle.

Todos amigos e parentes. Ela os amava e precisava deles. Mas, Deus a ajudasse, gostaria de ter um tempo sozinha.

– Eles estão aqui por minha causa – disse para Kathel enquanto os dois desciam a escada do belo chalé. – Como se eu não pudesse cuidar de mim mesma. Não lancei proteção suficiente ao redor do que é meu, e deles, para conter uma dúzia de Cabhans?

Aquilo precisava parar, decidiu, indo direto para a cafeteira. Um homem do tamanho de Boyle McGrath dificilmente ficaria confortável na pequena cama de sua prima Iona. Ela precisava convencê-los a ir embora. Em todo caso, não havia sinal ou sombra de Cabhan desde o Samhain.

– Nós quase o pegamos. Droga, quase acabamos com ele.

O feitiço, a poção, ambos tão fortes, pensou, começando a fazer o café. Não tinham funcionado por tanto tempo? E o poder, pelos deuses, o poder aumentara como uma enchente naquela noite na velha cabana de Sorcha.

Eles o haviam ferido, derramado seu sangue e o expulsado uivando – lobo e homem. E ainda assim...

Aquilo não tinha acabado. Ele havia escapado e estava se curando, se recuperando.

Não tinha acabado, e às vezes ela se perguntava se algum dia acabaria.

Abriu a porta e Kathel correu para fora. Com ou sem chuva, o cão queria fazer a corrida matutina. Ela ficou à porta aberta, no ar congelante de dezembro, olhando na direção da floresta.

Sabia que ele estava esperando para além dela. Neste tempo ou em outro, não saberia dizer. Mas voltaria e eles tinham de estar prontos.

Mas ele não viria naquela manhã.

Fechou a porta ao frio, atiçou o fogo da cozinha e acrescentou combustível para o cheiro de turfa acalmá-la. Serviu-se de café e saboreou o primeiro gole e o curto tempo de silêncio e solidão. E, com uma magia própria, o café clareou sua mente e melhorou seu humor.

Nós venceremos.

As vozes, lembrou-se. Muitas vozes se elevando e ecoando. Luz, poder e objetivo. No sono, sentira aquilo tudo. E aquela única voz, tão clara e segura.

Nós venceremos.

– Vamos rezar para vocês estarem certos a respeito disso.

Ela se virou.

A mulher estava em pé com uma das mãos protetoramente sobre a barriga e um grosso xale amarrado ao redor de um vestido longo azul-escuro.

Quase como um espelho, pensou Branna. Quase como olhar para um vidro. Os cabelos, os olhos, o formato do rosto.

– Você é Brannaugh, filha de Sorcha. Eu a conheço dos sonhos.

– Sim, e você é Branna, do clã O'Dwyer. Eu a conheço dos sonhos. Você tem meu sangue.

– Sim. Sou um dos três. – Brannaugh tocou no amuleto que nunca tirava, com o símbolo do cão, enquanto sua sósia fazia o mesmo.

– Seu irmão veio até nós com a mulher dele, certa noite em Clare.

– Connor e Meara. Ela é como uma irmã para mim. – Branna tocou em seu coração. – Aqui. Você entende.

– Ela salvou meu irmão do mal, derramou sangue por ele. Ela também é como uma irmã para mim. – Com um pouco de espanto no rosto, a Brannaugh de Sorcha olhou ao redor da cozinha. – Que lugar é este?

– Minha casa. E sua, porque você é muito bem-vinda aqui. Quer se sentar? Posso lhe fazer chá. Este café não seria bom para o bebê.

– Tem um cheiro ótimo. Mas apenas sente-se comigo, prima. Sente-se por um momento. Este lugar é maravilhoso.

Branna olhou ao redor da cozinha – arrumada, bonita, como ela a desenhara. E realmente maravilhosa para uma mulher do século XIII, supôs.

– Progresso – disse enquanto se sentava à mesa da cozinha com a prima. – Poupa tempo. Você está bem?

– Sim, estou muito bem. Meu filho não tarda a chegar. Meu terceiro. Ela estendeu o braço e Branna segurou sua mão.

Calor e luz, uma fusão de poder muito forte, muito real.

– Você lhe dará o nome de Ruarc, porque ele será um campeão.

Aquilo trouxe um sorriso para o rosto de sua prima.

– Eu lhe darei.

– No Samhain, nós, os três, e mais três que estão conosco combatemos Cabhan. Embora o tenhamos ferido, feito queimar e sangrar, não acabamos com ele. Eu a vi lá. Vi seu irmão com uma espada, sua irmã com uma varinha e você com um arco. Você não estava esperando um filho.

– No meu tempo ainda faltam duas semanas para o Samhain. Nós fomos até vocês?

– Sim, na cabana de Sorcha, para onde o atraímos, e em nosso tempo, quando voltamos para ele na tentativa de capturar Cabhan. Quase conseguimos, mas não foi o suficiente. Meu livro, o livro de Sorcha. Eu poderia lhe mostrar o feitiço, o veneno que conjuramos. Você pode...

Brannaugh ergueu uma das mãos e apertou a outra contra a lateral do corpo.

– Meu filho está vindo. E me puxando de volta. Mas ouça, existe um lugar sagrado. Uma abadia. Fica em um campo, a um dia de viagem para o sul.

– Ballintubber. Iona e Boyle vão se casar lá na próxima primavera. É um lugar sagrado, um lugar forte.

– Cabhan não pode ir lá, não é capaz de enxergar. É um lugar sagrado, e aqueles que nos fizeram zelam por ele. Eles deram para nós, os três de Sorcha, sua luz, sua esperança e força. Na próxima vez em que vocês enfrentarem Cabhan, estaremos com vocês. Descobriremos como. Venceremos. Se não for para serem vocês, haverá outros três. Acredite, Branna dos O'Dwyers. Descubra como.

– Eu não posso fazer mais nada.

– Amor. – Ela apertou com força a mão de Branna. – Eu aprendi que o amor é outro guia. Confie em seus guias. Ah, ele está impaciente. Meu filho vem hoje. Alegre-se, porque ele é outra vela brilhante contra a escuridão. Acredite – repetiu ela, e desapareceu.

Branna se levantou e, com um pensamento, acendeu uma vela para a nova luz, a nova vida.

E, com um suspiro, aceitou que sua solidão estava terminando.

Então começou a fazer o café da manhã. Tinha uma história para contar, e ninguém ia querer ouvi-la com o estômago vazio. Acredite, pensou... Bem, ela acreditava que era parte de seu destino cozinhar para um batalhão quase diariamente.

Jurou que quando eles mandassem Cabhan para o inferno tiraria férias em algum lugar quente e ensolarado – onde não tocaria em um bule, uma panela ou uma frigideira durante dias.

Começou a misturar a massa para as panquecas – uma receita nova que queria experimentar – e Meara entrou.

Sua amiga estava vestida para o dia de trabalho nos estábulos, com calças grossas, um suéter quente e botas resistentes. Havia trançado seus longos cabelos castanhos como casca de árvore e lançou um olhar cauteloso para Branna com seus olhos escuros de cigana.

– Eu prometi que faria o café da manhã hoje.

– Acordei cedo, depois de uma noite agitada. E já tive companhia esta manhã.

– Tem alguém aqui?

– Tinha. Faça os outros descerem para eu contar minha história para todos de uma só vez. – Ela hesitou por apenas um momento. – Seria melhor Connor ou Boyle telefonar para Fin e perguntar a ele se pode vir também.

– Cabhan. Ele voltou?

– Ele está vindo, isso é certo, mas não foi ele.

– Vou chamar os outros. Todos acordaram, então não devem demorar muito.

Branna assentiu e pôs bacon para fritar em uma frigideira.

Connor veio primeiro, e seu irmão cheirou o ar como Kathel faria.

– Seja útil – disse-lhe ela. – Ponha a mesa.

– É para já. Meara disse que aconteceu algo, mas não era Cabhan.

– Você acha que eu estaria tentando fazer estas panquecas se tivesse tido um encontro com Cabhan?

– Não. – Ele pegou pratos no armário. – Ele fica nas sombras. Está mais forte do que antes, mas não totalmente curado. Mal o sinto agora, mas Fin disse que ele não está totalmente curado.

E Finbar Burke saberia, pensou Branna, porque ele tinha o sangue de Cabhan, bem como a marca da maldição de Sorcha.

– Ele está a caminho – acrescentou Connor.

Ela apenas assentiu e Connor foi até a porta e a abriu para Kathel.

– E olhe para você, molhado como uma foca.

– Enxugue-o – começou Branna, e depois suspirou quando Connor realizou a tarefa apenas deslizando as mãos pela pelagem molhada. – Temos toalhas na lavanderia para isso.

Connor apenas sorriu, com um brilho rápido em seu belo rosto e uma piscadela de seus olhos verde-musgo.

– Ele ficou seco mais rápido e você não tem uma toalha molhada para lavar.

Iona e Boyle entraram de mãos dadas. Um casal de pombinhos apaixonados, pensou Branna. Se alguém tivesse lhe sugerido um ano antes que o taciturno, frequentemente sem modos e antes brigão Boyle poderia parecer um pássaro do amor ela teria rido até suas costelas racharem. Mas lá estava ele, grande e de ombros largos, seus cabelos desgrenhados e seus olhos castanho-amarelados um pouco sonhadores ao lado de sua fada radiante, a prima americana dela.

– Meara vai descer logo – anunciou Iona. – Ela recebeu um telefonema da irmã.

– Está tudo bem? – perguntou Connor. – Com a mãe dela?

– Sem problemas. Apenas alguns detalhes do Natal.

Sem que lhe fosse pedido, ela pegou talheres para terminar o que Connor começara, e Boyle pôs o bule no fogo para o chá.

Então a cozinha de Branna se encheu de vozes, movimento e – ela admitia agora que tomara café – calor familiar. E depois de excitação quando Meara entrou correndo, agarrou Connor e o puxou para uma dança.

– Vou empacotar o resto das coisas da minha mãe. – Ela bateu com o pé rapidamente no chão, bateu os saltos de seus sapatos um contra o outro, bateu com o pé no chão mais uma vez e depois agarrou Connor de novo para um forte beijo. – Ela vai ficar com minha irmã Maureen de vez. Aleluia, e obrigada ao menino Jesus em sua manjedoura!

Mesmo quando Connor sorriu, ela parou e apertou as mãos contra seu rosto.

– Ah, meu Deus, que filha terrível eu sou, uma pessoa totalmente horrível. Dançando porque minha própria mãe vai morar com minha irmã em Galway e não terei de lidar com ela todos os dias.

– Você não é uma coisa nem outra – corrigiu-a Connor. – Está feliz porque sua mãe está feliz?

– É claro que sim, mas...

– E por que não deveria estar? Ela encontrou um lugar onde está satisfeita, onde tem netos para mimar. E por que você não deveria se alegrar um pouco porque ela não vai lhe telefonar duas vezes por dia quando não conseguir trocar uma lâmpada?

– Ou queimar outro pernil de cordeiro – acrescentou Boyle.

– Essa é a pura verdade, não é? – Então Meara executou outra rápida dança. – Sim, estou feliz por ela. E louca de alegria por mim mesma.

Quando Fin entrou, Meara se lançou para ele – e deu a Branna um momento para se ajeitar, como ela sempre fazia ao ver Fin entrar pela porta.

– Você perdeu uma inquilina, Finbar. Minha mãe vai morar com minha irmã. – Ela também lhe deu um forte beijo e o fez rir. – Isso é para lhe agradecer, e não diga que não é preciso, pelos anos de aluguel baixo e por manter o pequeno chalé no caso de ela querer voltar para Cong.

– Ela foi uma boa inquilina. Manteve o lugar limpo e arrumado como uma igreja.

– O chalé realmente está bonito agora, com as modernizações que fizemos.

Enquanto Iona terminava de pôr a mesa, Connor pegou seu primeiro café.

– Espero que Fin encontre logo alguém para morar lá.

– Estou estudando essa possibilidade.

Mas foi para Branna que ele olhou, foi ela que ele examinou. Depois não disse nada e pegou o café de Connor para si mesmo.

Branna manteve as mãos ocupadas e desejou desesperadamente ter acrescentado aquela magia. Nenhuma noite agitada se revelava no rosto bonito dele, naqueles olhos verdes penetrantes.

Fin parecia perfeito – homem e bruxo –, com seus cabelos pretos como corvos molhados de chuva, seu corpo alto e esguio enquanto ele tirava sua jaqueta preta de couro e a pendurava em um gancho.

Durante toda a sua vida ela o havia amado, entendido e aceitado, e seria sempre assim. Mas na primeira e última vez em que tinham cedido um ao outro – tão jovens e inocentes – a marca surgira nele.

A marca de Cabhan.

Uma Bruxa da Noite de Mayo nunca poderia ficar com alguém que tinha o sangue de Cabhan.

Poderia trabalhar com ele, como trabalhara, e trabalharia, porque Fin provara repetidamente que queria o fim de Cabhan tanto quanto ela. Mas nunca poderia haver mais.

Saber que isso doía nele a ajudava e enfrentar aquela situação? Talvez um pouco, admitiu. Apenas um pouco.

Branna pegou no micro-ondas a travessa cheia de panquecas que já tirara da frigideira e acrescentou as últimas.

– Vamos nos sentar e comer. Esta é a receita de sua avó, Iona. Vamos ver se eu a fiz se orgulhar.

Quando Branna ergueu a travessa, Fin a pegou dela. E ao fazer isso, a olhou nos olhos.

– Eu soube que você tem uma história para acompanhá-las.

– Sim, tenho. – Ela pegou uma travessa cheia de bacon e salsichas, a levou para a mesa e se sentou. – Menos de uma hora atrás eu me sentei aqui e tive uma conversa com Brannaugh de Sorcha.

– Ela esteve aqui? – Connor parou enquanto deslizava uma pilha de panquecas para seu prato. – Em nossa cozinha?

– Sim. Eu tive uma noite agitada, cheia de sonhos e vozes. A de Brannaugh era uma delas. Não podia ter certeza do lugar porque era vago e disperso, como os sonhos costumam ser. – Ela pegou apenas uma panqueca para si mesma. – Eu estava aqui, pegando minha primeira xícara de café, me virei e lá estava Brannaugh. Ela se parece comigo, ou eu me pareço com ela. Fiquei surpresa com quanto somos parecidas, embora ela estivesse no fim da gravidez. Vai ter seu filho hoje, ou não hoje, porque no tempo dela ainda faltam duas semanas para o Samhain.

– O tempo muda – murmurou Iona.

– Como você diz. Eles foram para a abadia de Ballintubber a caminho daqui. Foi onde o sonho me levou.

– Ballintubber. – Iona se virou para Boyle. – Eu os senti lá, lembra? Quando você me levou para conhecer o lugar, eu os senti, sabia que eles tinham ido lá. É um lugar muito forte.

– Sim, é – concordou Branna. – Mas eu fui lá mais de uma vez, como Connor. Nunca os senti.

– Você não foi depois que Iona chegou – salientou Fin. – Não foi desde que os três estão juntos em Mayo.

– É verdade. – E uma boa observação, teve que admitir. – Mas eu vou, nós vamos. No dia do seu casamento, Iona, se não antes. Ela disse que os outros, os que vieram antes de nós, guardam o lugar, de modo que Cabhan não pode entrar lá, não pode ver lá dentro. É um verdadeiro santuário, se acharmos que precisamos de um. Eles, os que vieram antes de nós, deram luz e força para os três. E esperança, que acho que era do que Brannaugh mais precisava.

– Você também precisa – disse Iona. – Todos nós precisamos. Esperança também não nos faria mal nenhum.

– Sou mais adepta de agir do que de esperar, mas era do que Brannaugh precisava. Pude ver isso. Ela disse, no sonho e aqui, que nós venceremos. Para acreditar nisso, e que eles estarão conosco quando enfrentarmos Cabhan de novo. Para descobrir como. Para saber que, se não for para nós acabarmos com ele, outros três virão. Nós venceremos.

– Nem que isso demore mil anos – acrescentou Connor. – Bem, eu gosto de esperança, e gosto de agir. Mas certamente não quero esperar mil anos para ver o fim de Cabhan.

– Então descobriremos como, aqui e agora. Eu comi panquecas uma vez quando fui para Montana, no Oeste americano – comentou Fin. – Lá tem outro nome...

– *Flapjacks*, aposto – sugeriu Iona.

– Isso mesmo. Elas são ótimas. Estas são melhores ainda.

– Você viajou muito – disse Branna.

– Sim. Mas chega de viagens até isto terminar. Porque, como Connor, também não quero esperar mil anos. Descobriremos como.

Do nada?, pensou Branna tentando conter a irritação.

– Brannaugh disse que eles estariam conosco na próxima vez em que o enfrentássemos. Mas eles estavam no Samhain e ainda assim ele escapou.

– Apenas quase lá, ou muito pouco – lembrou Connor. – Como sombras? Isso poderia ser parte do feitiço do sonho que lançamos. Como os traríamos totalmente? Isso poderia ser feito? Se pudéssemos descobrir *como*, como poderíamos não acabar com ele? Os primeiros três, e nós três. E os outros três conosco.

– O problema é o tempo. – Fin se recostou com seu café. – As mudanças. Nós estávamos lá no Samhain, mas pelo que você disse, Branna, eles não estavam. Por isso eram apenas sombras e não puderam participar. Temos de fazer os tempos coincidirem. Não o nosso tempo ou o deles, mas o mesmo. Isso é interessante, um enigma interessante para resolver.

– Mas que tempo e quando? – perguntou Branna. – Eu descobri dois, e ambos deveriam ter funcionado. O solstício e depois Samhain. O tempo deveria ter estado do lado da luz. Os feitiços que fizemos, o veneno que criamos, tudo foi feito para combinar com aquele tempo e lugar específicos.

– E nas duas vezes nós o ferimos – lembrou-lhe Boyle. – Nas duas vezes ele sangrou e fugiu. E na última? Deveria ter sido fatal.

– O poder de Cabhan é tão sombrio quanto o nosso é iluminado – salientou Iona. – E a fonte do poder dele o cura. Só que desta vez está demorando mais.

– Se pudermos encontrar o covil dele! – O rosto de Connor se tornou severo. – Se pudermos ir até ele quando estiver enfraquecido!

– Eu não consigo encontrá-lo. Até mesmo nós dois juntos falhamos –

lembrou-lhe Fin. – Ele tem o que precisa, ou o que o alimenta é o suficiente para se esconder. Esperaremos até se arrastar para fora de novo e eu ou um de nós puder senti-lo.

– Eu esperava que fosse no Yule, mas está quase chegando. – Branna balançou a cabeça. – Esperava que pudéssemos enfrentá-lo no Yule, embora isso fosse mais por um desejo meu do que por saber que esse era o momento. Não descobri isso nas estrelas. Pelo menos ainda não.

– Parece-me que temos um esboço do trabalho necessário. – Boyle ergueu um dos ombros. – Descobrir o dia, o tempo. Descobrir como trazer os primeiros três para ele, se isso for uma possibilidade real.

– Eu acredito que é. – Fin olhou para Branna.

– Vamos estudar isso, trabalhar nisso.

– Tenho tempo esta manhã.

– Eu preciso levar estoque para a loja. Mal estou conseguindo dar conta das festas de fim de ano.

– Posso ajudar amanhã, é meu dia de folga – ofereceu Iona.

– Vou aceitar.

– Quero terminar de fazer algumas compras – acrescentou Iona. – Meu primeiro Natal na Irlanda. E Vovó vem. Mal posso esperar para vê-la e lhe mostrar a casa... Bem, o que há dela. – Ela se inclinou para Boyle. – Estamos construindo uma casa na floresta.

– Ela mudou de ideia sobre os azulejos do banheiro grande de novo – disse Boyle para todos.

– É difícil decidir. Eu nunca construí uma casa. – Ela olhou para Branna. – Ajude-me.

– Eu lhe disse que há poucas coisas de que eu gostaria mais. Espere até amanhã e passaremos uma hora no fim do dia tomando vinho e examinado amostras de azulejos, tintas e coisas do gênero.

– Connor e eu começamos conversar sobre como gostaríamos que nossa casa fosse, construída no campo perto do chalé. E meu cérebro virou mingau na mesma hora. – Meara girou um pedaço de panqueca em xarope. – Realmente não entendo nada de construção de casas ou de tinta de paredes.

– Bem, venha tomar o vinho e brincaremos com a sua também. E falando em casas – acrescentou Branna ao ver a porta se abrir para seus pensamentos do início da manhã. – Todos vocês têm casas, a de Boyle e a de Meara. Não precisam ficar aqui todas as noites.

– Ficamos melhor juntos – insistiu Connor.

– Não passa pela sua cabeça que dormir no apartamento de Meara significaria mingau de aveia na maioria das manhãs?

Ele sorriu.

– Isso seria um fator.

– Eu sei fazer um ótimo mingau de aveia – provocou-o Meara.

– Eu sei, querida, mas você provou estas panquecas?

– Confesso que nem mesmo meu mingau de aveia mais famoso está à altura delas. Você quer um pouco de espaço – disse ela para Branna.

– Eu gostaria, de vez em quando.

– Trabalharemos nisso também.

– Parece que temos muito em que trabalhar. – Boyle se levantou. – Eu diria que temos de começar limpando a cozinha de Branna e indo para o trabalho com o qual ganhamos a vida.

– Que horas você volta da loja? – perguntou Fin para Branna.

Ela havia esperado que a mudança de assunto o tivesse feito se esquecer disso, e deveria saber que não. Além do mais, não podia evitar trabalhar com ele, admitiu. Não pelo bem maior.

– Por volta das duas.

– Então estarei aqui às duas. – Ele se levantou, pegou seu prato e o levou para a pia.

ERA PRECISO GANHAR A VIDA E, NA VERDADE, BRANNA GOSTAVA DO MODO como ganhava a dela. Quando sua casa ficou vazia e em silêncio, subiu para se vestir para o dia e abaixou o fogo da lareira.

Lá embaixo, em sua oficina, passou a hora seguinte embalando os bonitos sabonetes que fizera na véspera e acrescentando fitas e flores secas aos frascos de loções que já enchera.

Ela acondicionou as velas com aroma de *cranberry* em bonitas caixas de presente que comprara para o Natal.

Depois de examinar a lista que sua gerente lhe dera, acrescentou unguento, óleo de banho e vários cremes, e anotou o que precisava repor. Depois começou a carregar caixas para o carro.

Pretendia deixar o cão em casa, mas Kathel tinha outros planos e pulou para dentro do carro.

– Quer passear, não é? Então está bem. – Depois de uma última conferida, ela deslizou para trás do volante e fez o curto trajeto para a vila de Cong.

A chuva e o frio desencorajavam os turistas atraídos para a área em dezembro. Encontrou as ruas íngremes vazias, as ruínas da abadia desertas. Como um lugar parado no tempo, pensou com um sorriso.

Ela a adorava, vazia na chuva ou cheia de pessoas e vozes em um dia bonito. Embora de vez em quando vendesse direto em sua oficina – especialmente para aqueles que vinham em busca de um amuleto ou feitiço –, decidira abrir sua loja na vila, onde turistas e moradores locais podiam visitá-la com facilidade. E, como sempre era prática, onde podiam comprar algum produto para trocar dinheiro.

Estacionou diante do prédio caiado da Bruxa da Noite, a loja de esquina com a bonita rua transversal.

Kathel saltou atrás de Branna e apesar da chuva esperou pacientemente enquanto ela descarregava a primeira caixa do estoque. Branna abriu a porta com o cotovelo e, com alegre tilintar de sinos, entrou no ambiente de cheiros deliciosos e luzes bonitas que ela mesmo criara para si mesma.

Todos os lindos frascos, tigelas, caixas em prateleiras e velas acesas contribuíam para a atmosfera – e aquele cheiro delicioso. Cores suaves para acalmar e relaxar, fortes para energizar, cristais posicionados de modo a aumentar o poder.

E, é claro, a preocupação com as festas de fim de ano demonstrada com a pequena árvore, as folhagens e os frutos silvestres, alguns enfeites que comprara de uma mulher em Dublin, as varinhas adornadas com pedras e pendentes de pedra que comprara de um catálogo wicca porque as pessoas esperavam essas coisas em uma loja chamada Bruxa da Noite.

E lá estava Eileen, seu corpo de fada sobre o degrau de um banco, limpando uma prateleira alta. Ela se virou, os óculos verdes escorregando pelo nariz achatado.

– Bem, aí vem ela. Estou feliz em vê-la, Branna. Espero que tenha trazido mais daquelas velas de *cranberry*, porque vendi a última há quinze minutos.

– Trouxe mais duas dúzias, como você pediu. Achava que era muito, mas se acabaram você estava certa de novo.

– É por isso que você me tornou gerente.

Eileen desceu do banco. Seus cabelos louro-escuros tinham um corte chanel desestruturado e ela sempre se vestia com elegância – hoje com botas de cano alto sob um vestido verde-escuro. Mal media um metro e meio de altura e havia tido e criado cinco filhos robustos.

– Então tem mais no carro? Vou buscar.

– Não vai não, porque não há nenhuma necessidade de nós duas nos molharmos. – Branna pôs a primeira caixa sobre o imaculado balcão. – Você pode desembalar e fazer companhia para Kathel, porque ele insistiu em vir junto.

– Ele sabe onde eu guardo petiscos especiais para cães bons e adoráveis.

Enquanto Eileen falava, Kathel abanou o rabo e se sentou educadamente, quase lhe sorrindo.

Branna saiu para a chuva de novo, ouvindo a risada de Eileen atrás dela.

Precisou ir até o carro três vezes, e ficou realmente ensopada.

Ela agitou as mãos de cima a baixo de seu corpo, enxugando-se como Connor enxugara o cão naquela manhã. Algo que faria diante de poucos fora de seu próprio círculo.

Eileen nem pestanejou e continuou a desembalar o estoque. Branna a escolhera para gerenciar a loja e os vendedores, que trabalhavam em meio expediente, por muitas razões práticas. Mas a principal eram os sopros de poder que sentia em Eileen e sua aceitação de tudo o que Branna era.

– Eu fiz quatro turistas animados, das Midlands, irem ao museu do Quiet Man, do filme *Depois do vendaval*, e almoçar no pub. Eles pararam aqui e gastaram juntos 360 euros.

E a principal daquelas razões práticas, pensou Branna, era o dom de Eileen de guiar o cliente certo para os produtos certos.

– Essa é uma boa notícia em um dia chuvoso.

– Quer tomar um pouco de chá, Branna?

– Não, obrigada. – Em vez disso, Branna arregaçou as mangas e ajudou Eileen a desembalar e arrumar o estoque. – E então, como vão as coisas?

Como ela havia esperado, Eileen tirou sua mente dos problemas contando fofocas da vila, notícias dos filhos, do marido e das noras (duas, e outra em junho), dos netos e o que mais havia para contar.

Alguns clientes vieram durante a hora em que Branna trabalhou e não saíram de mãos vazias. E aquilo foi bom para a alma e para o bolso.

Ela havia criado um ambiente agradável ali, lembrou Branna para si mesma. Cheio de cores, luz e cheiros, bem arrumado como seu espírito organizado exigia e decorado artisticamente, conforme seu bom gosto.

E Branna agradeceu mais uma vez aos deuses por Eileen e os outros que trabalhavam para ela, por lidarem com os clientes e permitir que ela tivesse tempo em sua oficina para criar.

– Você é um tesouro para mim, Eileen.

O rosto de Eileen corou de prazer.

– Que coisa linda de dizer.

– É verdade. – Ela beijou a bochecha com covinha de Eileen. – Como nós duas somos felizes por fazer o que amamos e fazemos muito bem todos os dias! Se eu tivesse de trabalhar no balcão e coisas assim, como nos primeiros meses da loja, ficaria totalmente louca. Então você é meu tesouro.

– Bem, e você é o meu, porque ter uma patroa que me deixa à vontade é uma dádiva.

– Então agora vou deixá-la à vontade e nós duas faremos o que amamos e fazemos muito bem.

Quando ela e Kathel saíram, Branna se sentiu revigorada. Uma ida à sua loja costumava melhorar seu humor, e hoje havia melhorado mais do que na maioria dos dias. Ela dirigiu através da chuva por estradas que conhecia tão bem quanto a própria cozinha e depois se sentou por um momento do lado de fora de seu chalé.

Uma boa manhã, pensou, apesar da lugubridade do dia. Ela havia conversado com a prima, uma dos primeiros três, à mesa de sua cozinha. Pensaria muito sobre a esperança e fé necessárias.

Tinha conferido o estoque de sua loja, passado uma ou mais horas com uma amiga, observado pessoas levarem coisas que fizera com as próprias mãos. E essas coisas iriam para os lares delas, pensou. Ou de outros, como presentes e lembranças. Coisas boas e úteis, e além disso bonitas, porque ela valorizava a beleza tanto quanto a utilidade.

E pensando nisso, ergueu uma das mãos e fez a árvore em frente à sua janela e as luzes ao redor de sua oficina brilharem.

– E por que não acrescentar um pouco de beleza e luz a um dia sombrio? – perguntou para Kathel. – Agora, meu garoto, temos trabalho a fazer.

Branna foi direto para a oficina e atiçou o fogo enquanto Kathel se acomodava no chão diante da lareira.

Ela tinha dito a Fin que voltaria por volta das duas, sabendo que seu plano era voltar ao meio-dia. Um pouco mais tarde do que planejara, notou, mas ainda tinha quase duas horas de silêncio e solidão antes de precisar lidar com ele.

Pôr um avental banco e fez biscoitos de gengibre porque isso a agradava. Enquanto esfriavam e seu cheiro enchia o ar, reuniu as coisas necessárias para fazer os kits de velas na nova lista que Eileen lhe dera.

Esse trabalho a acalmava. Não ia negar que ela acrescentava um toque de magia, mas era para o bem. No final das contas, isso era cuidado, arte e ciência.

No fogão derreteu ácido e vela, acrescentou óleos essenciais e a tinta que ela mesma fizera. Os cheiros de maçã e canela se juntavam ao de gengibre. Com um bocado de cera, fixou os pavios nos pequenos potes de vidro com bordas caneladas e os manteve retos e firmes com uma fina varinha de bambu. Despejar cera exigia paciência, parar e usar outra varinha para espetar a cera vermelho-maçã a fim de impedir a formação de bolhas de ar. Então ela despejou e espetou até os pequenos potes ficarem cheios e serem postos para esfriar.

Um segundo grupo, branco, puro e com cheiro de baunilha, e um terceiro – porque três era um bom número – cheirando a pinheiros e refrescante como a floresta. Sazonais, e era a época deles, portanto meia dúzia de kits deveria ser suficiente.

O próximo que fez talvez levasse na primavera.

Satisfeita com o trabalho, olhou para o relógio e viu que eram quase duas e meia. Fin estava atrasado, mas isso era bom, porque ela havia tido tempo para terminar o que precisava, como desejara.

Mas de modo algum esperaria por ele para o próximo trabalho.

Tirou e pendurou o avental, fez um pouco de chá e pegou dois biscoitos no pote. Sentou-se e abriu o livro de Sorcha, o seu próprio, seu caderno de anotações e o laptop.

Sozinha no silêncio, começou a estudar tudo o que eles já haviam feito e o que poderiam aperfeiçoar.

Fin chegou – 35 minutos atrasado –, e ensopado. Ela mal o olhou e disse com firmeza:

– Não suje meu chão.

Ele murmurou algo que Branna ignorou e se enxugou rapidamente.

– Não há nenhum motivo para ficar aborrecida por eu ter me atrasado. Uma das éguas ficou doente e precisou de cuidados.

Ela frequentemente se esquecia de que Fin também trabalhava.

– Foi muito grave?

– Grave o suficiente, mas ela vai ficar bem. É a Maggie. Pegou a tosse dos estábulos de repente. O remédio poderia tê-la curado, mas eu... bem, preferi não arriscar.

– Não, não. – E ela o conhecia. Ele tinha um fraco por animais e tudo e todos que precisavam ser cuidados. – E nem poderia. – Agora Branna conseguia ver que aquilo tinha sido bastante grave, e também a fadiga nos olhos de Fin.

– Sente-se. Você precisa de um pouco de chá.

– Seria bom, ou alguns biscoitos dos quais senti o cheiro. Os de gengibre?

– Sente-se – repetiu Branna, e foi acender o fogo da chaleira.

Mas ele andou ao redor, inquieto.

– Vejo que você esteve trabalhando. Velas novas ainda não enfeitadas.

– Tenho uma loja para suprir. Não posso passar todos os momentos do meu dia pensando no maldito Cabhan.

– Você pode passar vendo ofensas da minha parte onde elas não existem. E acontece que quero algumas velas.

– Essas que acabei de fazer são de kits para presente.

– Então vou ficar com dois, porque preciso comprar presentes, e mais... – Ele foi até algumas prateleiras. – Gosto dessas que você tem aqui em pote espelhados. Vão refletir a luz. – Ele ergueu um pote e o cheirou. – *Cranberry*. Cheira a Yule, o que é adequado, não é? Vou querer uma dúzia.

– Eu não tenho uma dúzia dessas em estoque. Só as três que você viu.

– Você poderia fazer o restante.

Ela fez o chá e o olhou de esguelha.

– Sim. Você terá de esperar até amanhã.

– Vou esperar. E estas velas finas também, as brancas compridas e as vermelhas menores.

– Você veio trabalhar ou fazer compras?

– É bom fazer as duas coisas ao mesmo tempo, em um só lugar. – Ele pegou o que queria e pôs tudo sobre o balcão para mais tarde.

Depois que se sentou, ergueu seu chá e a fitou nos olhos. O coração de Branna deu um salto, mas ela o ignorou.

– Do outro lado do rio, como já sabíamos. Ele se recupera na escuridão, nas profundezas. Em uma caverna, eu acho, mas não sei ao certo em que tempo e onde.

– Você procurou por ele. Mas que droga, Fin...

– Através da fumaça – disse ele, frio. – Não faz sentido andar por aí em um dia horrível como este. Olhei através da fumaça e, como a fumaça, a visão estava indistinta e embaçada. Mas posso lhe dizer que ele não está tão fraco quanto estava, até mesmo dias atrás. E há algo com ele, Branna. Algo... mais.

– O quê?

– Acho que aquilo com que ele barganhou para ser o que é, ter o que tem. Está ainda mais escuro, mais profundo, e acho... Eu não sei – murmurou Fin, esfregando a marca em seu ombro. – Acho que essa coisa usa Cabhan tanto quanto ele a usa, e em sua fraqueza pude ver isso. Mais do que vi antes. Apenas senti essa coisa. Mas tenho certeza de que ele está se curando e não vai demorar muito para voltar.

– Então estaremos prontos. O que deixamos passar, Fin? Essa é a pergunta. Vamos descobrir a resposta.

Ele mordeu um biscoito e sorriu pela primeira vez desde que entrara.

– Talvez precise de mais de dois desses para me sustentar enquanto examino esses malditos livros de novo.

– Tem mais no pote se precisar. Agora... – Ela deu um tapinha em seu livro. – Primeiro a poção.

4

DOÍA-LHE OLHAR PARA ELA – TÃO PERTO, MAS DISTANTE COMO SAturno. Sustentava-o, muito mais do que os biscoitos de gengibre, ver o rosto dela, ouvir sua voz e sentir o cheiro, apenas dela, entre os outros da oficina.

Usara tudo o que sabia para matar seu amor por ela. Lembrara-se de que ela tinha se afastado dele, o deixado de lado. Tivera outras mulheres, tentado preencher com seus corpos, suas vozes e sua beleza o vazio que Branna deixara nele.

Deixara sua casa, várias vezes por meses seguidos, apenas para ficar longe dela. Viajar, ir para lugares próximos e distantes, desconhecidos e familiares.

Fizera uma sólida fortuna com trabalho, tempo, bom senso e determinação. Havia construído uma bela casa e assegurado que seus pais teriam tudo de que precisavam, embora eles tivessem se mudado para Nova York para ficarem perto da irmã de sua mãe. Ou, frequentemente pensava, ficar longe de qualquer conversa ou pensamento sobre magia e maldições. Por isso, não podia culpá-los.

Ninguém poderia dizer que ele tinha desperdiçado sua vida ou suas habilidades – mágicas ou não. Mas nada que havia feito eliminara ao menos uma fração daquele amor.

Pensara em uma poção, um feitiço, mas sabia que a magia do amor – para trazê-lo ou afastá-lo – tinha consequências muito além da pessoa que o desejava, ou desejava que ele acabasse.

Não usaria e nem poderia usar seu dom para acalmar seu coração.

Era frequente se perguntar se era melhor ou pior saber que Branna também o amava, também sofria. Em alguns dias, admitiu, encontrava um pouco de conforto nisso. Em outros, isso era o inferno na terra.

Mas por enquanto nenhum deles tinha outra escolha. Tinham de ficar juntos, trabalhar juntos, unidos com o único objetivo de destruir Cabhan, derrotá-lo, acabar com ele.

Então eles trabalharam na bela oficina de Branna, concordando e discordando enquanto tomavam incontáveis xícaras de chá – e enfim puseram um pouco de uísque nelas –, examinando os livros, escrevendo e reescrevendo um novo feitiço com que nenhum deles ficava satisfeito e revendo cada passo das duas batalhas anteriores.

E nenhum deles descobriu nada novo nem encontrou outra resposta.

Branna era a bruxa mais sagaz que ele conhecia – e frequentemente a mais rígida em sua ética. E linda. Não só de rosto e corpo, com aqueles cabelos sedosos e olhos cinza afetuosos. O que ela era, seu poder e sua presença, acrescentavam mais, e sua dedicação irrestrita à sua arte, ao seu dom e sua família, mais ainda.

Ele estava condenado a amá-la.

Então trabalhou com ela e depois pagou pelas velas – o preço integral, sem desconto, pensou, achando graça, porque, pelos deuses, sabia que Branna O'Dwyer era uma bruxa prática. Depois a deixou e dirigiu para casa sob a chuva constante.

Primeiro foi ver como estava Maggie e ficou satisfeito com a melhora dela. Deu à doce égua metade de uma maçã e lhe dedicou um pouco de seu tempo e sua atenção. Visitou o resto dos cavalos, lhes dedicando tempo também. Ele se orgulhava do que havia construído ali, do que ele e Boyle haviam construído ali e nos estábulos de aluguel. Também se orgulhava da escola de falcoaria próxima.

Connor a dirigia maravilhosamente, pensou.

Se não fosse por Cabhan, poderia partir no dia seguinte para a Índia ou África, a América ou Istambul, sabendo que Boyle e Connor cuidariam de tudo o que eles haviam construído.

E era isso que faria quando eles acabassem com Cabhan. Escolheria um lugar no mapa e partiria. Veria algo novo. Qualquer coisa exceto o que havia ali, porque ali estava tudo o que ele amava profundamente.

Deu um petisco para Besouro, o pequeno cão do estábulo. Então, em um impulso, o pegou no colo e o levou para casa, achando que eles poderiam apreciar a companhia um do outro.

Ele gostava de silêncio e solidão tanto quanto Branna – ou quase tanto.

Mas as noites eram muito longas em dezembro e o frio e a escuridão eram implacáveis. Não podia ir para a casa de Boyle em cima da garagem como frequentemente fizera no passado, e imaginava que Boyle e sua Iona fossem ficar na casa de Branna embora ela tivesse tentado desencorajar isso.

Eles a protegeriam, como ele não podia proteger.

Essa solidão trouxe uma raiva e uma frustração que precisou conter.

Pôs o cão no chão dentro da casa. Agitou uma das mãos para acender o fogo na lareira e outra na direção da árvore que pusera perto da grande janela da frente.

O cão correu ao redor, sua alegria por estar do lado de dentro era tão evidente que Fin sorriu e se acalmou um pouco. Sim, eles apreciariam a companhia um do outro.

Dirigiu-se à cozinha, onde a luz se refletia em todas as superfícies brilhantes, e pegou uma cerveja.

Ela só tinha ido à sua casa uma vez, e quando Connor estava lá, machucado. Mas podia ver Branna lá. Sempre a vira lá. Feria seu orgulho admitir que construíra o lugar pensando nela, nos sonhos que um dia eles tiveram juntos.

Levou algumas das velas de Branna para a sala de jantar, pôs as finas em castiçais de prata e espalhou algumas das dispostas em potes espelhados. Sim, eles refletiam bem a luz, concluiu. Embora fosse improvável que Branna visse o trabalho dela naquele espaço.

Pensou em fazer um pouco de comida, mas desistiu porque detestava cozinhar. Decidiu improvisar algo depois, porque não era uma boa ideia ir comer no pub com aquela chuva torrencial.

Podia descer e passar um pouco da noite vendo programas esportivos na TV grande, ou passar o tempo com um ou dois jogos. Podia tomar outra cerveja na frente da lareira com um livro que não fosse sobre magia e feitiços.

– Eu posso fazer o que quiser – disse ele para Besouro. – E a culpa é minha de nada me agradar, não é? Talvez seja apenas a chuva e a escuridão. O que me agradaria é uma praia quente, sol forte e uma mulher receptiva. E isso não é totalmente verdade, é?

Ele se agachou e fez Besouro ficar paralisado de alegria com uma massagem na barriga.

– Seria bom se todos nós ficássemos felizes com tão pouco quanto um pequeno cão de estábulo. Bem, chega. Estou farto de mim mesmo. Vamos subir e trabalhar, porque quanto mais cedo isso terminar mais cedo descobrirei se aquela praia quente afinal de contas é a solução.

O cão o seguiu com submissa devoção quando ele voltou e subiu a larga escada para o segundo andar. Fin pensou em uma chuveirada quente, talvez também uma sauna, mas foi direto para a oficina. Lá também acendeu o fogo, as chamas tremulando em uma moldura de turmalina verde profundo enquanto o cão explorava.

Ele havia desenhado cada centímetro da sala – com um pouco de ajuda de Connor. Os balcões de trabalho de granito preto, os armários fundos de mogno, as largas tábuas corridas de cipreste em toda a casa. Janelas altas e arqueadas, a do centro de vitral com a imagem de uma mulher com um manto branco ajustado por um cinto incrustado de pedras. Ela segurava em uma das mãos uma varinha e na outra uma bola de fogo enquanto seus cabelos pretos esvoaçavam ao vento.

Era Branna, é claro, com a lua cheia atrás e a floresta profunda ao redor. Mesmo no vidro, a Bruxa da Noite o observava com olhos cheios de poder e luz.

Ele tinha uma escrivaninha antiga e pesada sobre a qual havia um computador de última geração. Os bruxos não temiam a tecnologia. Um armário com portas grossas entalhadas continha uma coleção de armas de todo o mundo. Espadas, um machado grande com lâmina ampla, velas, varinhas, livros, sinos, punhais e várias poções e ingredientes.

Branna gostaria da sala, pensou, porque, no que dizia respeito a trabalho e modo de viver, ele era quase tão organizado quanto ela.

Besouro ergueu os olhos para ele abanando o rabo, esperançoso. Entendendo-o, Fin sorriu.

– Vá em frente. Sinta-se à vontade.

O cão abanou o rabo com mais força, correu e pulou para um sofá, descreveu um círculo e se acomodou com um suspiro de total satisfação.

Fin trabalhou noite a dentro, lidando com coisas práticas como amuletos – proteção necessária renovada com regularidade –, tônicos e poções. Algo específico para Maggie. Purificou alguns cristais – o que considerava serviço doméstico – porque também precisava fazer isso.

Tinha se esquecido completamente de jantar, mas percebeu que o cão estava com fome. Desceu, com Besouro em seus calcanhares. Fez um sanduíche, algumas batatas fritas e fatiou uma maçã. Como não havia trazido comida para cachorro, dividiu sua refeição com Besouro, divertindo a ambos atirando pedaços de sanduíche para o cão pegar no ar com a mesma facilidade com que pegava os besouros que deram origem a seu nome.

Considerando outra vez a praticidade, deixou o cão sair, conectando sua mente com a de Besouro para saber se o pequeno cão tinha ido para os estábulos depois de resolvidas as questões práticas.

Mas Besouro voltou correndo para a porta da cozinha, se sentou e esperou até Fin abri-la para ele.

– Está bem, parece que você vai passar a noite aqui. E, nesse caso, certamente precisa mais de um banho do que eu. Está cheirando aos estábulos, amiguinho. Vamos dar um jeito nisso.

No banho, o chuveiro quase fez Besouro fugir, mas Fin foi rápido. E rindo, carregou o cão.

– É só água. Mas vamos espalhar sabão por toda parte.

Besouro tremeu, lambeu os muitos jatos que recebeu e se aconchegou ao peito nu de Fin quando ele lhe esfregou um pouco de sabonete líquido.

– Está vendo? Não está tão ruim agora, não é? – Ele o acariciou gentilmente para acalmá-lo, assim como para limpá-lo. – Nada mau.

Fin apontou para o teto. Luzes com cores suaves se acenderam e música soou, suave e agradável. Ele pôs Besouro no chão e se permitiu o prazer dos jatos quentes enquanto o cão lambia os azulejos molhados.

Fin foi rápido, mas não o suficiente para enxugar Besouro antes de ele se sacudir, molhando todo o banheiro. Sua própria risada ecoou enquanto o pequeno cão lhe lançava um olhar de satisfação.

Com a bagunça arrumada, Fin foi para o quarto e jogou no chão uma das grandes almofadas do sofá da área de estar. Mas o cão, já totalmente à vontade, pulou para a cama grande e alta e se deitou como um rei, relaxado.

– Bem, pelo menos você está limpo.

Ele próprio foi para a cama e decidiu ler um livro em vez de ver TV antes de dormir.

Quando Fin apagou a luz, Besouro estava roncando baixinho. Fin achou aquele som um pequeno conforto, e se perguntou o quanto era patético o ronco de um cão aliviar a solidão.

No escuro, com o fogo reduzido a brasas, pensou em Branna.

Ela se virou para ele, seus cabelos uma cortina preta, sedosos e espalhados sobre seus ombros nus. O fogo brilhava em chamas douradas que tornaram os olhos de Branna prateados e com aquele brilho dourado dançando neles.

E ela sorriu.

– Você anseia por mim.

– Dia e noite.

– E me quer aqui, em sua grande cama, sua bela casa.

– Quero você aqui. Em todos os lugares. Você me tortura, Branna.

– É? – Ela riu, mas o som não foi cruel. Foi cálido como um beijo. – Não, Finbar, não só eu. Nós torturamos um ao outro. – Ela passou um dedo pelo peito dele. – Você está mais forte do que antes. Eu também estou. Você se pergunta se nós seríamos mais fortes juntos?

– Como eu posso me perguntar, como posso ter qualquer dúvida, tão repleto de você como estou?

Fin segurou os cabelos de Branna e a puxou para ele. E Deus, ah Deus, o gosto dela depois de tanto tempo, depois de uma vida inteira, era como vida após a morte.

Rolou, apertando-a sob ele, se aprofundando na maravilha daquilo. Os seios, mais fartos, mais macios, mais bonitos do que se lembrava, e o coração dela batendo sob suas mãos enquanto se arqueava para ele.

Uma perturbação e uma tempestade dos sentidos – a sensação da pele de Branna, sedosa como os cabelos e quente, muito quente, afastando todo o frio. A forma dela, as belas curvas, o som dela sussurrando seu nome, se movendo sob ele, afastando toda a solidão.

Seu sangue pulsava por ela; seus batimentos cardíacos se aceleraram quando ela enroscou as mãos em seus cabelos como costumava fazer e as desceu por suas costas. Agarrou seus quadris, se arqueou para cima e se abriu.

Ele mergulhou nela. A luz explodiu, branca, dourada, faiscando como fogo, o mundo todo em chamas. O vento soprou em uma torrente para transformar aquele fogo em um rugido. Em um instante, um segundo, o prazer veio.

Então veio o relâmpago. E depois a escuridão.

– Não conheço este lugar – disse Branna.

– Nem eu. Mas...

Alguma coisa, algo que ele conhecia, em algum lugar profundo. Profundo demais para alcançar. Densas florestas, redemoinhos de vento, e algum lugar perto de um rio.

– Por que estamos aqui?

– Algo está perto – foi tudo o que Fin disse.

Ela ergueu a mão e segurou uma pequena bola de fogo.

– Precisamos de luz. Você pode encontrar o caminho?

– Algo está perto. Você deveria voltar. É a escuridão que está perto.

– Não vou voltar. – Ela tocou em seu amuleto e fechou os olhos. – Sinto isso.

Quando Branna começou a andar, ele apertou a mão dela com mais força. Encontraria um modo de protegê-la, se necessário. Mas a urgência de ir em frente o fez prosseguir.

Árvores grossas, sombras profundas que pareciam brilhar no escuro. Nenhuma lua, nenhuma estrela, apenas o vento que fazia a noite gritar.

Nela, algo uivou, e o uivo foi faminto.

Fin desejou uma arma, buscou poder dentro de si mesmo, puxou uma espada e a pôs em chamas.

– Magia negra – murmurou Branna. Ela também parecia brilhar, iluminada pelo próprio poder. – Por toda parte. Isto não é o lar.

– Não, mas é perto o suficiente. Não agora, mas muito tempo atrás.

– Sim, muito tempo atrás. O covil de Cabhan? Poderia ser? Você sabe dizer?

– Não está igual. Está... diferente.

Ela concordou com um aceno de cabeça como se sentisse a mesma coisa.

– Deveríamos chamar os outros. Deveríamos ter nosso círculo completo. Se este for o lugar dele.

– Ali. – Fin a viu, escura no escuro. A boca de uma caverna na vertente de uma colina.

Não levaria Branna para dentro, pensou. Não a levaria porque lá dentro estava a morte. E pior.

Enquanto pensava nisso, o velho saiu. Usava um manto tosco e botas de montaria gastas. Seus cabelos e sua barba eram um longo emaranhado grisalho. Havia loucura e magia nos olhos dele.

– Vocês chegaram cedo demais. Vocês chegaram tarde demais.

Enquanto falava, o velho ergueu uma das mãos. Sangue pingava dela e se espalhada pelo manto tosco.

– Isso está acabado. Acabado, como eu estou. Vocês chegaram cedo demais para ver isso e tarde demais para impedi-lo.

– O que está acabado? – perguntou Fin. – Quem é você?

– Eu sou o sacrifício. Sou o pai da escuridão. Fui traído.

– Posso ajudá-lo.

Mas quando ela começou a ir para a frente, poder rugiu para fora da caverna a atirando para trás, junto com Fin, e fazendo o velho cair no chão, onde seu sangue se empoçou, preto como a terra.

– A futura Bruxa da Noite – disse o velho. – A cria de Cabhan. Não há nenhuma ajuda aqui. Ele devorou a escuridão. Estamos todos condenados.

Fin se levantou e tentou empurrar Branna para trás.

– Ele está lá. Está lá. Posso senti-lo.

Mas quando tentou correr na direção da caverna, Branna o segurou.

– Sozinho não. Não é para você fazer isso sozinho.

Fin se virou para ela, ele mesmo quase louco.

– Ele é meu; eu sou dele. Seu sangue fez com que as coisas fossem assim. É sua maldição que eu carrego e eu *vou* me vingar.

– Não por vingança. – Branna se agarrou a ele. – Porque isso o condenaria. Não por vingança. E não sozinho.

Mas Fin acordou sozinho, coberto de suor, a marca em seu braço ardendo como se fosse recente.

E ainda podia sentir o cheiro de Branna nos lençóis e em sua pele. No ar.

Encostado nele, o cão estremeceu e ganiu.

– Está tudo bem agora. – Ele o acariciou distraidamente. – Por enquanto acabou.

Tomou um banho para limpar o suor, pegou calças e um velho suéter e o vestiu enquanto descia a escada. Deixou o cão sair e mal notou que a chuva havia parado e o sol fraco do inverno estava surgindo.

Precisava pensar com clareza, por isso começou a fazer café. Praguejou ao ouvir a batida na porta da frente.

Então pensou em Maggie e se apressou em atender, mesmo ficando mais calmo ao se lembrar de que a égua estava bem.

Abriu a porta para Branna.

Ela entrou, empurrando-o para trás com as duas mãos.

– Você não tinha nenhum direito! Canalha, não tinha nenhum direito de me levar para seu sonho.

Fin segurou os dois punhos dela antes de Branna poder empurrá-lo de novo. E pensou novamente que ela quase brilhava, mas dessa vez de fúria.

– Eu não fiz isso, não de propósito. Pelo que sei você me levou para o seu.

– Eu? Besteira. Você me teve em sua cama.

– E você pareceu gostar bastante. – Como estava segurando as mãos de Branna, ela não podia estapeá-lo, mas tinha poder suficiente e o usou para lançá-lo dois passos para trás. Aquilo também ardeu um pouco. – Pare. É melhor você se acalmar, Branna. Está em minha casa agora. Não sei se a levei, se você me levou ou algo mais nos levou juntos. E não consigo pensar, porque ainda não tomei nem uma maldita xícara de café.

Com isso, ele se virou e andou a passos largos para a cozinha.

– Bem, nem eu. – Ela o seguiu. – Quero que você olhe para mim.

– E eu quero meu maldito café.

– Droga, olhe para mim, Finbar. Olhe para mim e me responda. Você me levou para seu sonho, sua cama?

– Não. – Ele passou a mão pelos cabelos. – Eu não sei, mas se fiz isso, foi em meu maldito sono e não de propósito. Droga, Branna, eu não a enfeitiçaria. O que quer que pense de mim, não deveria achar isso. Eu nunca a usaria assim.

Ela respirou e esperou um segundo.

– Eu sei. Desculpe-me, porque é claro que eu sei disso, agora que estou mais calma. Sinto muito. Eu estava... perturbada.

– Não admira. Eu também não estou muito bem.

– Eu gostaria de uma xícara de café, se não se importa.

– Certo.

Fin se dirigiu à cafeteira – do tipo que Branna estava querendo porque também fazia cafés sofisticados, chás e chocolates.

– Quer se sentar? – Fin ergueu o queixo na direção da pequena área envidraçada onde Branna imaginou que ele tomava seu café de manhã.

Ela deslizou para um dos bancos estofados em um tom de laranja queimado e estudou a tigela de madeira – brilhante como vidro – cheia de maçãs muito vermelhas.

Eles eram adultos, lembrou a si mesma, e não podiam evitar discutir o que acontecera naquela grande cama.

– Eu não vou, nem posso, culpar você ou nenhum homem por onde a mente o leva no sono – começou ela.

– Eu não posso, nem vou, culpar você ou nenhuma mulher por onde a mente a leva. – Ele pousou o café de Branna, servido em uma enorme caneca branca, na mesa diante dela. – Porque pode ter sido você tanto quanto eu.

Branna não havia pensado nisso e por um momento ficou em confuso silêncio. Deu-se tempo para pensar provando o café e descobriu que estava exatamente como gostava.

– É justo.. Ou, como eu não me dei a chance de pensar nisso antes, poderiam ter sido outros poderes bem diferentes.

– Outros?

– Quem pode dizer? – Ela ergueu as mãos, mais frustrada do que zangada. – O que sabemos é que eu vim ou fui levada para sua cama, e nesse estado de sonho começamos o que pessoas saudáveis poderiam começar.

– Sua pele é macia como pétalas de rosa.

– Não é de admirar – disse ela tranquilamente –, porque eu uso o que faço, e faço produtos ótimos.

– Por alguns instantes, Branna, foi como costumava ser, e mais.

– Por alguns instantes, ambos estávamos enfeitiçados. E o que aconteceu, Fin, quando nós nos unimos? Naquele momento? Relâmpago, tempestade, luz e depois escuridão. Fomos atirados em outro tempo e lugar. O preço pago por aqueles instantes pode ser mais claro?

– Não, para mim não está nada claro. O que descobrimos, Branna? Pense.

Ela cruzou as mãos sobre a mesa, deliberada e firmemente, e deixou a emoção de lado.

– Certo. Na escuridão e densa floresta, sem lua ou estrelas, um forte vento uivando por entre as árvores.

– Um rio. Correndo em algum lugar atrás de nós.

– Sim. – Ela fechou os olhos e se lembrou. – Tem razão, sim. O rio atrás, o poder à frente. A escuridão dele, e ainda assim fomos nessa direção.

– A caverna. O covil de Cabhan, eu sei disso.

– Não vimos nenhum sinal dele.

– Eu o senti, mas... não era como é agora. Outra coisa. Não está nada claro, mas embora eu não saiba onde estávamos, senti algo familiar. Como se eu devesse saber. Então apareceu o velho.

– Eu não o conhecia.

– Nem eu, mas tive novamente a impressão de que devia conhecer.

– Uma mudança de tempo, acho. Não estávamos no presente, e não quando poderíamos saber mais. Ele se referiu a si mesmo como o sacrifício.

– E o pai da escuridão. Sangrava sem parar. Louco e moribundo, mas havia poder nele. Desaparecendo, mas havia.

– O sacrifício de Cabhan? – perguntou Branna, e depois se aprumou. – O pai de Cabhan? – Ela disse isso enquanto via o mesmo pensamento nos olhos de Fin. – Poderia ser?

– Bem, ele foi gerado por alguém. Ah, ele me chamou de a cria de Cabhan e chamou você de futura Bruxa da Noite. Ele nos conhecia, Branna, embora no tempo dele ainda não tivéssemos nascido. Ele nos conhecia.

– Ele não tornou Cabhan o que é. – Ela balançou a cabeça e se permitiu sentir de novo o que sentira. – Não havia o suficiente nele para isso. Mas...

– Na caverna havia mais. – Mais calmo, Fin relaxou a mão que fechara sobre a mesa. – O velho conjurou mais do que podia suportar, trouxe a escuridão, lhe forneceu uma fonte?

– O sangue de Cabhan. O pai dele. E o sangue do pai se esvaindo. A vida dele se esvaindo no chão. Em sacrifício? Deus, Fin, Cabhan matou o próprio pai, o sacrificou para ganhar a escuridão?

– Deve ser sangue – murmurou Fin. – Deve ser sempre sangue. A escuridão o exige; até mesmo a luz o exige. Cedo demais para ver. Se tivéssemos ficado, nós o teríamos encontrado, assumindo o poder que tem? Vindo, e não totalmente formado?

– Então isso aconteceu enquanto o velho estava deitado morrendo. Irrompeu, não é? Arremessando-nos de volta, quebrando qualquer feitiço sob o qual estivéssemos. E estava frio, você se lembra? Sentiu isso? Ficou brutalmente frio por um instante antes de aquilo acabar e eu acordar em minha própria cama.

Fin se levantou agitado, andando de um lado para outro.

– Cabhan não poderia ter desejado que estivéssemos em nenhum lugar perto de seu covil, ou que soubéssemos de sua origem.

– Se estamos certos em relação a isso.

– Ele não nos levou para lá, Branna. Por que levaria? Quanto mais soubermos, mais poderemos usar para acabar com ele. Outros poderes, você disse. E eu digo que outros poderes nos enviaram para lá, independentemente de esses poderes estarem fora ou dentro de nós.

– Por que apenas nós dois? Por que não os seis?

– Futura Bruxa da Noite, cria de Cabhan? – Ele deu de ombros. – Você sabe muito bem que nem sempre há lógica na magia. Precisamos voltar, descobrir mais.

– Eu não estou atrás de sexo com você para podermos voltar no tempo, para a caverna de Cabhan.

– Mas você daria sua vida por isso. – Ele fez um gesto com a mão para que Branna não o interrompesse. – Eu não quero sexo como uma ferramenta mágica, nem mesmo com você. E quero estar totalmente no controle na próxima jornada, não ser levado por outras forças ou meios. Tenho de pensar sobre isso.

– Quero que você jure.

– O quê? – Distraído, ele olhou para trás e a viu se levantar da mesa, seus cabelos longos soltos e um tanto desgrenhados. Seus olhos de algum modo calmos e ao mesmo tempo ferozes.

– Jure, Finbar. Jure que não voltará sozinho. Não fará isso sem mim, sem nosso círculo. Você não está sozinho e não agirá como se estivesse. Me dê sua palavra, aqui e agora.

– Você me considera tão imprudente, tão propenso à autodestruição?

– Eu o vejo como vi no Samhain, quando você teria deixado nosso círculo e segurança para ir atrás de Cabhan sozinho, mesmo correndo o risco de nunca mais voltar para seu próprio tempo e lugar. Você nos dá tão pouco valor, Fin? Tão pouco valor a ponto de se afastar e nos deixar para trás?

– Eu dou muito valor a você e aos outros, mas tenho o sangue dele, vocês não. – As palavras tiveram um sabor amargo, mas eram verdadeiras. – E ainda assim não agirei sozinho. Não farei isso porque, se algo desse errado, poria você e os outros em risco. Tudo.

– Aperte minha mão. – Branna estendeu a dela. – Aperte minha mão para selar o juramento.

Fin apertou a mão dela. Luz fluiu por entre os dedos deles, chiou e estalou. E como um pavio, a chama se acendeu.

– Bem. Bem – disse ele em voz baixa. – Isso não acontecia há algum tempo.

Branna sentiu o calor se espalhar nela – conforto e tormento. Teria aumentado, perguntou-se, se ela tivesse ido na direção de Fin, se aproximado dele?

Ela puxou sua mão e deu um passo para trás.

– Preciso contar aos outros antes que eles comecem o dia. Você será bem-vindo.

– Conte você para eles. – E ele precisava de um pouco de distância dela. – Tenho coisas para fazer.

– Então está bem. – Branna começou a ir para a porta da frente, acompanhada por Fin. – Vou trabalhar com Iona hoje e veremos o que podemos fazer. Talvez seja melhor nós todos nos encontrarmos, mas não esta noite. Um pouco mais de tempo para analisar tudo. Amanhã à noite, se estiver bom para você.

– Você vai cozinhar.

– Meu destino na vida.

Fin desejou passar a mão pelos cabelos dela, senti-los como sentira no sonho. Mas não a tocou.

– Vou levar vinho.

– Seu destino na vida. – Branna passou pela porta quando ele a abriu. Depois se virou e ficou por um momento envolta na bruma da manhã. – Você construiu uma boa casa, Fin. Certamente bonita, mas também com uma energia forte e agradável.

– Você viu pouco mais do que a cozinha.

– Bem, ela é a alma de um lar. Se você puder vir amanhã por volta das três, poderemos trabalhar antes de os outros chegarem para o jantar.

– Vou dar um jeito de estar lá.

Ele esperou enquanto Branna ia para seu carro e se surpreendeu quando ela parou e olhou de novo para trás com um sorriso rápido e travesso.

– Eu deveria ter mencionado que sua pele também é como pétalas de rosa, mas de um modo masculino, é claro.

Fin riu e a tensão em sua barriga diminuiu mesmo enquanto ela ia embora.

5

DEPOIS QUE BRANNA CONTOU A HISTÓRIA, PEDIU AO CÍRCULO PARA pensar nos significados dela e então fez outro pedido:

– Eu gostaria que a casa ficasse sem homens esta noite, se vocês não se importarem, para passar um tempo aqui com as mulheres bebendo vinho e escolhendo cores de tintas e coisas desse tipo. Connor e Boyle, podem me fazer o favor de invadir a casa de Fin e ficar lá? Façam o que os homens fazem em uma noite livre de mulheres. Não quero saber o que poderia ser.

Connor hesitou e ela cutucou a barriga dele com o dedo.

– E não fique pensando que nós três precisamos de proteção masculina. Duas de nós são bruxas e a outra poderia lhe dar um chute no traseiro se você a irritasse.

– Vou tentar não irritá-la. Então está bem. O que você acha, Boyle, de arrastarmos Fin para o pub e depois voltarmos cambaleando para casa dele?

– Eu topo. Ele deve querer companhia, suponho – disse Connor com um olhar para Branna.

– Querendo ou não, precisa dela. Vou estar na oficina. Iona, quando você acabar aqui, eu a porei para trabalhar.

– Vou chegar por volta das seis – disse-lhe Meara, e esperou até Branna sair da sala. – Essa situação é terrível para eles dois. Não sei como conseguem suportar. Então pelo menos vamos lhes dar um pouco de paz e diversão esta noite.

– Isso nós podemos fazer. – Boyle esfregou uma das mãos no ombro de Meara e se virou para Iona. – É bom você ficar com Branna hoje.

Ela esperava poder ajudar, saber o que dizer – e o que não dizer. E quando Iona foi para a oficina, Branna já estava ao fogão com uma dúzia de potes espelhados sobre o balcão.

– Tenho uma encomenda destas velas, por isso quero fazê-las logo, e estou pensado em preparar alguns kits com os frascos pequenos, de loção para as mãos, esponjas e sabonetes. Pôr nas caixas vermelhas que me enviaram a mais e amarrá-las com a fita xadrez vermelho e verde. Eileen pode colocá-los em promoção, já que a empresa não me cobrou pelo envio em excesso por ter sido erro deles. Algumas pessoas vão esperar até o último minuto para fazer as compras de Natal, por isso devem vender bem.

Instintivamente, Iona foi até Branna e, sem dizer nada, pôs os braços ao redor de sua prima.

– Eu estou bem, Iona.

– Eu sei, mas só porque você é muito forte. Eu não estaria. Saiba que pode contar comigo se precisar extravasar.

– Extravasar o quê?

Com uma meia risada, Iona recuou.

– Quero dizer, pôr a raiva para fora, xingar.

– Isso não tem nenhum propósito.

– Pôr a raiva para fora e xingar *é* o propósito. Então quando você precisar fazer isso, conte comigo. Vou pegar os frascos e as caixas. Sei onde estão.

– Obrigada por isso. Por tudo. Você pode levar os kits pequenos para a loja quando estiverem prontos? Eu gostaria que fossem entregues lá assim que possível.

– Claro. Mas você só os quer no estoque ou quer que eu saia daqui?

Sua prima era muito intuitiva, pensou Branna.

– As duas coisas, mas no que diz respeito a você, brevemente. Estou feliz por você estar aqui, mas me faria bem um pouco de tempo sozinha. E quando você voltar, nós duas poderemos começar o trabalho mais essencial.

– Está bem. – Iona pegou as caixas e começou a montá-las. – Quantas destas?

– Meia dúzia, obrigada.

– Acho que você está certa, se quer a minha opinião.

– Sobre as caixas?

– Não. Sobre o que aconteceu. Sobre ser outro poder que atraiu você e Fin.

– Não sei se estou certa ou apenas concluí isso.

– Acho que está. – Ela passou as mãos pelos cabelos loiros e olhou para cima. – E espero não estar cutucando uma ferida, mas talvez você e Fin queiram estar juntos, talvez esse desejo desperte de vez em quando e talvez por algum motivo a noite passada tenha sido uma dessas ocasiões.

– Muitos "talvez" em sua certeza, prima.

– Em torno da ferida, eu acho. Não há nenhuma dúvida sobre o desejo ou seu despertar. Desculpe-me, Branna, é impossível não vê-lo ou senti-lo, especialmente agora que nos unimos com mais frequência.

Branna manteve as mãos ocupadas e a voz calma.

– As pessoas desejam o que não podem ter.

A ferida, lembrou-se Iona, e não insistiu naquilo.

– O que eu quero dizer é que é muito possível que vocês dois estivessem um pouco vulneráveis na noite passada, com as defesas ou proteções um pouco baixas. E isso tenha aberto a porta para aquele outro poder. Não Cabhan, porque isso não faz absolutamente nenhum sentido.

– Isso nos machuca. – Era possível sentir dor em sua voz. – Ele vive para nos machucar.

– Sim, mas... – Iona balançou a cabeça. – Ele não nos entende. Não entende o amor, a lealdade ou o verdadeiro sacrifício. Entende a luxúria, é claro. Não duvido que saiba que você e Fin se desejam, mas nunca entenderá o que há por trás disso. Sorcha entenderia.

Branna parou de trabalhar nas velas e olhou para Iona.

– Sorcha.

– Ou as filhas dela. Pense nisso.

– Pensando nisso, lembro-me de que foi a própria Sorcha que amaldiçoou todos os descendentes de Cabhan, o que é o caso de Fin.

– É verdade. Ela estava errada, mas é verdade. E claro, considerando que Cabhan matou o marido dela e a separou de seus próprios filhos, talvez ela fizesse a mesma coisa de novo. Mas ela conhecia o amor, o entendia e deu seu poder e sua vida por ele. Você não acha que ela o usaria se pudesse? Ou que seus filhos o usariam?

– Então ela, ou eles, lançaram o feitiço do sonho? Em que estávamos juntos, com todas as nossas defesas baixas, para nos reunirmos.

Ela começou a andar de um lado para outro, revendo aquilo em sua mente.

– E quando no unimos, usaram o poder disso para nos enviar para o passado. Cedo demais e tarde demais.

– Ok, pense nisso. Mais cedo, o que quer que tivesse acontecido naquela caverna poderia tê-los atraído para dentro, além do limite do que seriam capazes de combater. Mais tarde, vocês não teriam falado com o velho, que poderia ser, e eu acho que é, o pai de Cabhan.

Iona pegou a fita e os frascos enquanto Branna trabalhava em silêncio.

– O que estou dizendo é que acho que vocês viram o que era para verem. Precisamos descobrir um modo de ver mais, e é nisso que devemos trabalhar. Eles não podem fazer isso por nós, não é? E eu acho, cutucando de novo a ferida, que tinha de ser apenas você e Fin juntos, porque vocês dois precisam resolver, não evitar, enterrar ou ignorar, seus sentimentos.

– Os meus estão resolvidos.

– Ah, Branna.

– Posso amá-lo e estar decidida a viver sem ele. Mas agora vejo que grande parte disso estava confuso em minha mente. Todos aqueles sentimentos que eu não conseguia entender direito. Você fez boas observações, Iona. Nós vimos o que era para vermos, e trabalharemos com base nisso.

Ela relanceou os olhos para Iona e sorriu antes de despejar mais cera perfumada.

– Você aprendeu muito desde o dia em que entrou por aquela porta, com toda aquela chuva e aquele casaco cor-de-rosa, falando sem parar de tanto nervosismo.

– Se ao menos eu conseguisse aprender a cozinhar!

– Bem, algumas coisas estão além do nosso alcance.

Ela terminou as velas, e, juntas, as duas prepararam a meia dúzia de belos kits para presente. Quando sua prima foi para Cong, Branna desfrutou de sua solidão tomando chá perto da lareira, com a cabeça de Kathel em seu colo.

Ela estudou as chamas e deixou seus pensamentos vagarem. Depois, com um suspiro, pôs o chá de lado.

– Então certo, certo. – Ela estendeu as mãos para o fogo. – Clareiem para mim e me deixem ver através da fumaça e no fogo, levem-me para onde a luz deseja.

Imagens nas chamas, vozes através da fumaça. Branna se deixou flutuar na direção delas, deixou-as a atraírem, rendendo-se ao chamado que sentira no sangue e nos ossos.

Quando eles clarearam, ela estava em uma sala onde outro fogo ardia baixo e velas tremulavam. Sua prima Brannaugh estava sentada em uma cadeira cantando baixinho para o bebê ao seu seio. Ela ergueu os olhos, seu rosto iluminado, e disse:

– Mãe?

– Não. – Branna saiu das sombras. – Não, sinto muito.

– Eu ansiei por ela. Eu a vi quando meu filho veio ao mundo, a vi observando, a senti abençoando. Mas só isso, e ela se foi. Eu ansiei por ela.

– Eu pedi à luz para me levar para onde ela quisesse. Ela me trouxe para cá.

Branna se aproximou e baixou os olhos para o bebê, seus cabelos escuros e suas bochechas macias, seus olhos escuros e intensos enquanto se ocupava de sugar o seio da mãe.

– Ele é lindo. Seu filho.

– Ruarc. Ele veio muito rápido e a luz ficou muito brilhante com seu nascimento. Eu vi minha mãe na luz mesmo enquanto Teagan o conduzia para fora de mim, para o mundo. Eu achei que não ia ver você de novo, não tão cedo.

– Quanto tempo para você?

– Seis dias. Nós estamos em Ashford, somos bem-vindos aqui. Ainda não fui para a cabana, mas Teagan e Eamon foram. Ambos viram Cabhan.

– Você não viu.

– Eu o ouvi. – Ela olhou para a janela enquanto embalava o bebê. – Ele me chama, como se eu fosse responder. Como chamava minha mãe, agora me chama. E você?

– Ele me chamou e vai chamar de novo, imagino, mas isso não lhe fará bem algum. Você tem conhecimento de uma caverna, do outro lado do rio?

– Há cavernas submersas nas colinas.

– Uma de poder. E um lugar de escuridão.

– Nós não temos permissão para atravessar o rio. Nossa mãe e nosso pai nos proibiram. Eles nunca falaram de um lugar assim, mas ouvi alguns anciãos falarem da caverna de Midor, fazendo o sinal contra o diabo enquanto falavam.

– Midor. – Pelo menos um nome com o qual trabalhar, pensou Branna. – Você conhece as origens de Cabhan? Não há nada sobre isso no livro de Sorcha.

– Ela nunca falou sobre isso. Éramos crianças, prima, e no fim não houve tempo. Ajudaria saber?

– Não tenho certeza, mas saber sempre é melhor do que não. Eu estive lá, em um sonho. Com Fin. Finbar Burke.

– Dos Burkes de Ashford? Não, não – disse ela depressa. – Esse é o do seu círculo que tem o sangue de Cabhan. O sangue dele o atraiu para aquele lugar, e atraiu você com ele?

– Eu não sei, e ele também não sabe. Ele não é Cabhan, não é como Cabhan.

Brannaugh olhava para o fogo.

– É seu coração que está falando, prima, ou sua cabeça?

– Ambos. Ele sangrou conosco. Você mesma viu, ou verá na noite de Samhain. E julgará por si mesma. Midor – repetiu. – A luz me trouxe para cá, e pode ser apenas por isso. Eu nunca ouvi falar da caverna de Midor. Acho que isso pode estar enterrado no tempo, mas sei como pegar uma pá e cavar.

Ambas olharam na direção da janela alta quando o uivo se fez ouvir lá fora.

– Ele caça e espreita. – Brannaugh apertou o filho contra o peito. – Desde que voltamos para casa uma garota da vila já desapareceu. Ele empurrou a escuridão contra as janelas, faz sua névoa girar. Tome cuidado com as sombras.

– Eu tomo e tomarei.

– Pegue isto. – Mudando seu bebê de posição ela estendeu a mão, onde havia uma lança de cristal clara como água. – Um presente para você, e uma luz.

– Obrigada. Vou mantê-lo comigo. Fique bem, prima, e bênçãos de luz para você e seu filho.

– Para vocês também. Samhain – murmurou ela enquanto Branna se sentia arrastada para longe. – Vou pôr veneno na ponta das minhas flechas e fazer tudo o que puder para acabar com ele.

Mas não vai conseguir, pensou Branna sentada novamente diante da própria lareira estudando o cristal em sua mão. Não no Samhain.

Em outra ocasião, se os deuses quisessem, mas não no Samhain.

Ela se levantou, pondo o presente em seu bolso. Preferindo seu laptop aos livros, começou a pesquisar sobre a caverna de Midor.

– EU NÃO ENCONTREI ABSOLUTAMENTE NADA. – BRANNA ESTAVA SENTADA espetando com o garfo a salada que fizera para acompanhar um belo *penne* e pão de azeitona.

– Não sei se você pode procurar no Google a caverna de um bruxo do século XII ou XIII. – Meara passou manteiga no pão.

– Você pode procurar quase tudo no Google.

– Esse é um nome irlandês? Midor? – perguntou Iona.

– Não um que eu tenha ouvido. Mas ele poderia ter vindo de qualquer lugar, das profundezas do inferno pelo que sabemos, e morrido na frente daquela caverna.

– E quanto à mãe de Cabhan? – Iona gesticulou com seu vinho na mão. – Se estivermos certos, Midor tem de ter gerado Cabhan com alguém. Onde está a mãe? Quem é a mãe?

– Não há nada, absolutamente nada sobre isso no livro de Sorcha, no livro da minha bisavó. Talvez não seja importante. – Branna apoiou o queixo em sua mão. – Droga. Só um pouco, ou Fin e eu não teríamos ido àquela velha caverna.

– Nós vamos descobrir. Ah, esta massa está maravilhosa – acrescentou Meara. – Vamos descobrir, Branna. Talvez seja a fé absoluta de Connor passando para mim, mas acredito nisso. As coisas estão recomeçando, percebe? Você está tendo encontros com A Brannaugh de Sorcha, e você e Fin estão transando e viajando no sonho.

Iona contraiu os ombros e depois os relaxou de novo ao ver no rosto de Branna que Meara lidara com aquilo da maneira certa.

– Não foi bem uma transa – admitiu Branna. – Foi ainda pior que ejaculação precoce. Eu digo que o destino é uma droga. Foi tipo: aqui está, Branna, lembra-se disso? Depois: bem, tudo o que você terá são lembranças. E então mais uma vez sangue, escuridão e malefícios.

– Você está cansada. – Iona estendeu a mão e acariciou o braço dela.

– Esta noite sim, com certeza. Nunca ninguém me tocou como Fin, e esta noite estou cansada o suficiente para dizê-lo em voz alta. Nunca ninguém tocou meu corpo, meu coração ou meu espírito como ele. E ninguém tocará. Saber disso, bem, é cansativo.

Iona começou a falar, mas Meara balançou a cabeça e a silenciou.

– Eu não precisava ser lembrada disso. Foi cruel, mas a magia pode ser cruel. Eis um dom, e ah, olhe o que você é, o que você tem. Mas você nunca pode ter certeza do preço que terá de pagar por isso.

– Ele também pagou – disse Meara com gentileza.

– Sei que sim. Mais do que qualquer outro. Era mais fácil quando eu podia ficar zangada ou me sentir traída. Mas não posso fazer o que preciso com raiva e ressentimentos. Livrar-me deles traz muitas coisas de volta. Então tenho de perguntar como fazer o que preciso quando sinto tudo isso. Também tenho de me livrar desses sentimentos.

– Amor é poder – disse Iona após um momento. – Acho que mesmo quando dói, é poder.

– Talvez. Não, *é* sim– corrigiu-se Branna. – Mas há uma linha tênue entre usá-lo e não ser tragado por ele, não é? E neste momento eu me sinto oprimida, desequilibrada e...

A voz de Branna falhou e ela pôs uma das mãos sobre a de Iona e a outra sobre a de Meara.

– Tome cuidado com as sombras – murmurou, olhando para a janela onde elas cavavam buracos profundos na parede de névoa.

– Não, fique sentada tranquila – disse quando Meara começou a se levantar. – Apenas fique sentada tranquila. Ele não pode entrar no que é meu, por mais que tente. Mas estou sentada aqui na minha cozinha bancando a idiota. Sentada aqui me lamentando e lhe permitindo deslizar ao redor das minhas paredes e janelas se alimentando da minha autopiedade. Bem, ele já se alimentou o bastante.

Branna se levantou, ignorando o rápido "Espere!" de Iona. Indo direto para a janela, a abriu e estendeu para fora uma bola de fogo, depois outra, depois duas ao mesmo tempo enquanto a fúria de seu poder crepitava ao redor dela.

Algo desumano rugiu. E a névoa se inflamou como um estopim antes de desaparecer.

– Tudo bem agora. – Branna fechou a janela com um pequeno estalo.

– Caramba! – Iona, que estava em pé com uma bola de fogo na palma da mão, deu um suspiro trêmulo. – Caramba! – repetiu.

– Acho que ele não gostou disso. E estou me sentindo melhor. – Depois de limpar as mãos, palma contra palma, ela voltou, se sentou e pegou o garfo. – Agora você deveria apagar esse fogo, Iona, e terminar sua massa. – Ela a provou. – Porque está maravilhosa, se me permitem dizer. E, Meara, você pode enviar uma mensagem para Connor. Avise para eles tomarem cuidado, embora eu não ache que Cabhan esteja disposto a se meter com eles esta noite.

– Claro.

– Ele pensou em atingir as mulheres – disse Branna enquanto comia. – Sempre as subestimará. E pensou em se alimentar de alguns dos meus sentimentos. Agora está engasgado com eles. É a luz que ele não suporta. – Com um estalar de dedos, a luz no ambiente brilhou um pouco mais. – E alegria, e teremos um pouco disso, porque nada me deixa mais feliz do que escolher cores, acabamentos e coisas assim.

Ela comeu mais algumas garfadas.

– Então, Iona, você pensou em travertino para o banheiro principal?

– Travertino. – Iona deu outro suspiro e conseguiu dizer: – Hum.

– E ainda temos de tratar dos detalhes do casamento, e mal falamos do seu, Meara. Há alegria aqui. – Ela segurou novamente as mãos de suas amigas. – Do tipo que as mulheres conhecem. Então vamos tomar mais vinho e falar sobre casamentos e transformar pedra e vidro em lares.

CONNOR LEU A MENSAGEM DE MEARA: "CABHAN ESTEVE NO CHALÉ."

– Não – disse rapidamente quando os dois amigos afastaram as cadeiras da mesa. – Ele já foi. Meara disse que Branna o expulsou com o rabo ardendo entre as pernas.

– Vou conferir lá fora, longe da luz e do barulho.

– Vamos nos certificar disso – acrescentou Fin, se levantando e deixando o calor do pub.

– Nós deveríamos voltar – insistiu Boyle.

– Meara disse que não. Disse que Branna precisa de uma noite só com mulheres e jurou que elas estão seguras em casa. Ela não subestimaria isso, Boyle.

Connor se abriu, fez o que pôde para bloquear as vozes, o riso ao redor dele.

– Ele não está por perto. – Olhou para Fin para confirmar quando seu amigo voltou.

– Ele está irritado e ainda do lado fraco – disse Fin. – Longe do chalé e daqui. Eu deveria tê-lo sentido. Se estivéssemos lá...

– Apenas sombras e névoa – interpôs Connor. – É só o que ele ainda arrisca. Mas chega de pub, não é? Vamos voltar para sua casa?

– É fácil vigiar de lá, quer Branna goste disso ou não.

– Concordo. Não, deixe comigo. – Boyle tirou algumas notas do bolso e as jogou sobre a mesa. – Você não queria falar com Connor?

– Sobre o quê? – perguntou Connor.

Fin apenas vestiu a jaqueta e esperou, porque metade do pub tinha algo a dizer para Connor antes de ele ir embora. O homem atraía pessoas como mel atraía moscas, pensou Fin, percebendo que ele mesmo ficaria meio louco se tivesse esse poder.

Lá fora, eles se espremeram no caminhão de Fin porque haviam decidido – depois de considerável discussão – ir em um só veículo.

– Era sobre a escola que eu queria falar – começou Fin.

– Que eu saiba não há nada de errado. É sobre as cavalgadas para observação de falcões, porque eu tenho pensado muito em acrescentar isso?

– Também poderemos falar disso. Estou com os documentos da sociedade prontos.

– Sociedade? Boyle vai ser seu sócio nisso?

– Já tenho trabalho demais nos estábulos, mas assim mesmo obrigado – disse Boyle, tentando arranjar espaço para esticar as pernas.

– Bem, então quem vai ser? Ah, não me diga que é aquele idiota do O'Lowrey, de Sligo. Sem dúvida O'Lowrey conhece bem os falcões dele, mas sob todos os outros aspectos é um idiota.

– Não O'Lowrey, outro completo idiota. Você vai ser meu sócio, seu idiota.

– Eu? Mas... Bem, eu dirijo o lugar, não é? Não há nenhuma necessidade de me tornar seu sócio.

– Não preparei os documentos por necessidade, mas porque é o certo e está na hora. Eu teria feito isso imediatamente, mas você estava inclinado para a construção tanto quanto para os falcões. E dirigir a escola poderia não ser conveniente para você, lidar com a papelada, o pessoal e todo o resto. Mas é, de outra forma não poderia ter se encarregado das caminhadas para observação de falcões e do treinamento. Mas tudo isso é para você, portanto, bem, está feito.

Connor não disse nada até Fin parar na frente da casa dele.

– Eu não preciso de documentos, Fin.

– Não, não precisa, nem eu. Eu e Boyle também não precisamos em nossa sociedade. Mas os advogados, os coletores de impostos e todos precisam. Então nós os leremos, assinaremos e resolveremos isso. Você estaria fazendo um favor para mim, Connor.

– Isso é besteira. Não é nenhum favor para...

– Se vocês dois vão brigar por causa disso durante metade da noite, podem me deixar sair deste maldito caminhão porque estou preso entre vocês?

Fin saiu.

– Vamos tomar mais algumas cervejas e ele vai assinar os papéis e se esquecer de que fez isso.

– Não há cerveja suficiente em todo o condado de Mayo para me fazer esquecer o que quer que seja.

A irritação na voz de Connor fez Boyle balançar a cabeça tentando esquecer o assunto. E fez Fin pôr as mãos nos ombros de Connor.

– *Mo dearthair*, você acha que eu estou fazendo isso por obrigação?

– Eu não sei por que você está fazendo isso.

– Ah, droga, Connor. A escola é mais sua do que minha, e sempre foi. Ela não *existiria* se não fosse por você, por mais que eu quisesse isso. Sou um homem de negócios, não sou?

– É o que dizem.

– E isso é um negócio. Também tem a ver com os falcões, dos quais gosto tanto quanto você. – Ele ergueu seu braço, sem luva. Em segundos Merlin, seu falcão, pousou como uma pena em seu punho.

– Você se preocupa com ele quando eu estou fora.

– É claro.

Fin inclinou sua cabeça para o falcão se esfregar nela.

– Ele é parte de mim, como Roibeard é de você. Eu confio em você para cuidar dele. Quando isso acabar e Cabhan estiver derrotado, não vou poder ficar aqui, pelo menos não por um tempo.

– Fin...

– Precisarei ir embora, para a minha própria sanidade. Terei que ir, e neste momento não sei dizer se voltarei. Preciso que você me faça esse favor, Connor.

Irritado, Connor cutucou com força o peito de Fin.

– Quando isso acabar, você vai ficar. E Branna vai ficar com você, como um dia ficou.

– Acabar com Cabhan não vai tirar a marca. – Fin ergueu novamente o braço e fez Merlin abrir as asas e voar. – Branna não pode ser minha, não de verdade, enquanto eu carregar essa marca. Até eu conseguir me livrar disso não posso lhe pedir para ser minha. E eu lhe juro, Connor, que não posso viver sabendo que ela é apenas uma pedra atirada para longe todas as noites e nunca será minha. Houve um tempo em que pensei que poderia. Agora sei que não posso.

– Vou assinar os documentos, se é isso que você quer. Mas também lhe digo, olho no olho, que quando isso acabar, e acabará, você vai ficar. Escreva isso, Finbar. Escreva o que eu digo. Eu aposto cem pratas nisso, aqui e agora.

– Feito. – Ele passou um dos braços ao redor dos ombros de Connor. – Vamos tomar uma cerveja e ver se conseguimos convencer Boyle a fazer algo para comermos porque acabamos não comendo no pub.

– Ótima ideia.

BRANNA NÃO CONSEGUIA DORMIR. MUITO DEPOIS DE A CASA ESTAR EM silêncio, perambulou por ela, conferindo portas, janelas e amuletos. Ele estava lá fora, à espreita. Sentia-o como uma sombra sobre um raio de sol. Ao subir a escada para voltar ao andar de cima, afagou a cabeça de Kathel.

– Nós deveríamos dormir – disse-lhe. – Nós dois. Há mais trabalho para ser feito amanhã.

No quarto, aumentou o fogo pelo calor e conforto de sua luz. Podia andar mentalmente através daquelas chamas, pensou. Mas sabia que suas visões poderiam não trazer calor e conforto.

E por ora bastava de frio.

Em vez disso, quando Kathel se instalou, ela pegou seu violino. Ele a observou untar o arco com breu e bateu com o rabo, como se seguindo o ritmo. Só isso já a fez sorrir enquanto se dirigia às janelas.

De lá, podia olhar para fora, na direção das colinas, da floresta e do céu onde a lua flutuava para dentro e para fora das nuvens e estrelas tremulavam como velas distantes.

E ele podia ver lá dentro, pensou, vê-la atrás do vidro, atrás dos amuletos. Fora de alcance.

E isso a fez sorrir mais.

Olhe o quanto quiser, pensou, porque nunca terá o que é meu.

Pousou o violino no ombro e fechou os olhos por um momento enquanto a música despertava nela.

E tocou, as notas elevando seu coração, seu ânimo, seu sangue e suas paixões. Devagar, ritmada e lindamente o poder cantou através das cordas, lançando seu desafio contra o vidro e a escuridão.

Emoldurada pela janela e com a luz do fogo dançando atrás dela, Branna tocou tanto o que o atraía quanto o que o repelia enquanto o cão a observava, suas amigas dormiam e a lua flutuava.

Em sua cama, sozinho na escuridão, Fin ouviu a música de Branna e sentiu o que se erguia do coração dela penetrar no seu próprio.

E a desejou.

6

BRANNA TIROU A MANHÃ PARA TAREFAS DOMÉSTICAS – ARRUMAR E encerar a casa à altura que Connor frequentemente chamava de seus temíveis padrões. Ela se considerava uma criatura de ordem e sentido, e mais feliz quando seu ambiente refletia não só essa ordem como também seus próprios gostos.

Agradava-lhe saber que as coisas continuavam onde as queria, o que, em sua opinião, era um modo prático de economizar tempo. Para funcionar da melhor maneira possível, ela precisava de cor, textura e coisas bonitas que alegravam o coração e agradavam os olhos.

Coisas bonitas e ordem exigiam tempo e esforço, e Branna gostava das tarefas domésticas, de sua rotina simples e comum. Apreciava o cheiro suave de casca de laranja quando a mobília era encerada com a solução feita por ela, e do leve aroma de *grapefruit* deixado para trás quando lavava o banheiro.

Almofadas fofas e macias transmitiam um ar acolhedor em um belo arranjo que proporcionava conforto e agradava aos olhos.

Isso feito ela trocou as velas, regou as plantas e encheu seu velho balde de cobre de mais turfa para a lareira.

Meara e Iona tinham arrumado a cozinha antes de irem para os estábulos, mas... não o suficiente para o gosto de Branna.

Então, enquanto a roupa batia ruidosamente na máquina, ela se ocupou de fazer uma lista mental do que queria do supermercado e uma segunda lista de possíveis novos produtos para sua loja. Cantarolando enquanto planejava, realizou a última das tarefas domésticas passando a vassoura de pano no chão da cozinha. Então o sentiu.

Embora seu coração pulasse, forçou-se a se virar devagar para onde Fin estava, à porta que levava à sua loja.

– Uma canção alegre para limpar.

– Eu gosto de limpar.

– Um fato que sempre foi um mistério para mim. Como você consegue parecer tão encantadora fazendo isso? Estou errado ou combinamos de trabalhar esta manhã?

– Você não está errado, só chegou cedo. – Deliberadamente, ela voltou à sua vassoura de pano. – Leve a chaleira para a oficina. Estou quase terminando.

Ela tivera sua manhã, seu tempo sozinha para fazer o que gostava, lembrou a si mesma. Agora era hora do dever. Trabalharia com Fin porque aquilo precisava ser feito. Ela aceitava isso, e passara a aceitar Fin como parte de seu círculo.

O dever nem sempre era fácil, pensou. Atingir um objetivo tão vital quanto aquele que era almejado exigia sacrifício.

Pôs de lado a vassoura e o balde e levou para a lavanderia o pano de limpeza que enfiara no cós da calça. Demorou apenas mais um minuto para se preparar para as próximas horas e foi para a oficina.

Fin havia atiçado o fogo e o calor foi bem-vindo. Não era tão estranho como antes vê-lo ao fogão na oficina dela, fazendo chá.

Ele tinha tirado o casaco e estava de calças pretas, com um suéter da cor das sombras da floresta e o cão ao seu lado.

– Se você está querendo um biscoito, é melhor pedirmos para ela primeiro – disse ele. – Não estou dizendo que você não merece um ou um pouco de descanso ao lado da lareira. – Ele parou o que estava fazendo e sorriu para o cão. – Com medo dela, eu? Bem, me insultar não é o modo de você ganhar um biscoito, é?

Branna ficou desconcertada, como sempre ficava, por Fin conseguir entender Kathel tão facilmente quanto ela.

E como acontecera com Branna na cozinha, ele a sentiu e se virou.

– Ele está esperando um biscoito.

– Eu percebi. Também está cedo para isso – disse Branna olhando para seu cão. – Mas ele pode comer um, é claro.

– Eu sei onde os biscoitos estão.

Fin abriu um armário enquanto Branna atravessava a oficina. Pegou a lata e a abriu. Antes de poder oferecer o biscoito, Kathel se levantou e pôs as patas em seus ombros. Olhou nos olhos de Fin por um momento e depois lambeu gentilmente seu rosto.

– Não há de quê – murmurou Fin quando o cão se abaixou de novo e aceitou o biscoito.

– Ele tem um coração bondoso e gentil – disse Branna. – Afeição e grande tolerância a crianças. Mas ele ama de verdade uns poucos escolhidos. Você é um deles.

– Ele morreria por você, e sabe que eu também.

A verdade daquilo a abalou.

– Nesse caso é melhor trabalharmos para nenhum de nós morrer.

Branna pegou seu livro.

Fin terminou o chá e levou duas canecas para o balcão ao qual ela estava sentada.

– Se você está pensando em mudar a poção que fizemos para destruí-lo, está errada.

– Ele não está destruído, está?

– Não foi a poção.

– Então o que foi?

– Se eu soubesse, ele já estaria destruído. Mas sei que isso lhe causou terror e dor, muita dor. Ele queimou e sangrou.

– E fugiu. Não – continuou Branna antes de Fin poder falar. – Não me diga que poderia ter acabado com ele se eu tivesse deixado você ir. Isso não era uma opção e nunca será.

– Já lhe ocorreu que é exatamente isso que precisa ser feito? Que eu, que tenho o sangue e a marca dele, devo terminar o que seu sangue começou, o que me amaldiçoou, e acabar com ele?

– Não, porque não é verdade.

– Você parece ter muita certeza disso, Branna.

– Tenho mesmo. Está escrito, foi passado de geração para geração. São os filhos de Sorcha que devem e vão acabar com ele. Porque todos aqueles que falharam antes de nós não tinham algo que nós temos: você.

Ela usou toda a sua força de vontade para manter a mente calma e as palavras racionais.

– Eu acredito que você é essencial para isso. Ter alguém que veio de Cabhan ajudando a acabar com ele, trabalhando com os três, é algo novo. Não está em nenhum dos livros. Não tenho a menor dúvida de que nosso círculo é mais forte com você.

– Também tem certeza disso?

– Não tenho a menor dúvida – repetiu ela. – Eu não queria você nisso, mas por fraqueza da minha parte e um egoísmo do qual me arrependo. Nós formamos nosso círculo e se for quebrado... acho que fracassaremos. Você me deu a sua palavra.

– Isso pode ter sido um erro, mas eu a manterei.

– Nós podemos acabar com ele. Sei disso. – Enquanto falava, ela tirou o cristal de seu bolso e o virou na luz. – Connor, Iona e eu, todos nós vimos os primeiros três. Não em sonhos comuns, mas despertos. Nós nos conectamos com eles, em corpo e espírito, e isso nunca foi escrito.

Fin ouviu as palavras, a lógica nelas, mas não conseguiu aparar as arestas da frustração e da dúvida.

– Você acredita demais nos livros, Branna.

– Sim, porque as palavras neles têm grande poder. Você sabe disso tanto quanto eu. – Ela pôs a mão sobre o livro. – As respostas estão aqui, as já escritas e as que escreveremos.

Ela abriu e folheou o livro.

– Aqui eu escrevi que você e eu viajamos em um sonho para a caverna de Midor, e vimos a morte dele.

– Isso não é uma resposta.

– Levará a uma, quando voltarmos.

– Voltarmos? – O interesse de Fin foi despertado. – Para a caverna?

– Fomos levados para lá. Teríamos mais, aprenderíamos mais e veríamos mais se fôssemos por conta própria. Não consigo encontrar nada sobre esse homem. O nome não significava nada para a Brannaugh de Sorcha. Precisamos procurar por ele.

Fin queria voltar, pensava nisso todos os dias, contudo...

– Não sabemos o lugar nem o tempo. Estamos sem rumo, Branna.

– Isso pode ser feito. Com o resto do nosso círculo aqui para nos trazer de volta, se necessário. O pai de Cabhan, Fin. Quantas respostas ele poderia ter?

– As respostas de um louco. Você viu a loucura, assim como eu.

– Você voltaria sem mim se pudesse. Mas precisa que sejamos nós dois.

Fin não podia negar isso.

– Havia morte naquela caverna.

– Há morte aqui, sem as respostas. A poção deve ser mudada... não, não a essência dela, nisso você tem razão. Mas o que fizemos foi especificamente para o Samhain. Você quer esperar até o próximo Samhain para tentar de novo?

– Não.

– Eu não consigo ver o tempo, Fin, você consegue? Não consigo ver quando deveríamos tentar de novo, e sem essa simples resposta estamos cegos. – Ela se levantou e andou pela sala. – Pensei no solstício... Isso fazia sentido. A luz vence a escuridão. Depois no Samhain, quando o véu fica mais fino.

– Nós vimos os primeiros três. O véu ficou mais fino e os vimos conosco. Mas não totalmente – acrescentou antes que Branna pudesse fazer isso.

– É o solstício, mas de inverno? Ou o equinócio da primavera? É Lammas ou Bealtaine? Ou nenhum dos dois?

A irritação e raiva que sentia de si mesma por falhar aumentou enquanto Branna se virava para ele.

– Eu nos vejo na cabana de Sorcha, lutando. Vejo a névoa e a escuridão, as mãos de Boyle queimando, você sangrando. E falhando, porque fiz a escolha errada.

Com uma meia risada, apenas um toque de escárnio nela, Fin arqueou as sobrancelhas.

– Então agora é tudo culpa sua, não é?

– O tempo, essa escolha, *foi* minha. E nos dois casos eu estava errada. Todos os meus cálculos cuidadosos estavam errados. Então é preciso mais para acertar dessa vez. Dessa terceira vez.

– Três é um número mágico.

Ela deu um suspiro e esboçou um sorriso.

– É o que dizem. Aquilo de que precisamos pode estar lá, facilmente disponível, se voltarmos. Então, você vai sonhar comigo, Fin?

Para o inferno e de volta, pensou ele.

– Sim, mas primeiro vamos ter certeza do feitiço do sonho. Certeza dele e do caminho de volta. Não quero que você se perca do outro lado.

– Não vamos nos perder. Primeiro vamos ter certeza do caminho de ida e volta. É o tempo de Cabhan, são as origens dele, estamos de acordo sobre isso?

– Sim. – Então Fin suspirou. – O que significa que você planeja me sangrar de novo.

– Apenas um pouco. – Foi a vez de Branna arquear as sobrancelhas. –

Todo esse drama por causa de um pouco de sangue de um homem que ainda agora disse que morreria por mim?

– Eu preferiria não morrer disso.

– Não – disse Branna quando ele começou a tirar o suéter. – Não da marca. As origens dele, Fin. Ele não tinha a marca no início.

– O sangue da marca é mais dele.

Ela fez o que raramente fazia, foi até Fin e pôs uma das mãos sobre a marca da maldição.

– Não, não disto. Da sua mão e da minha, para que nossos sangues e sonhos se entrelacem.

– Você já escreveu o feitiço?

– Apenas partes, e em minha cabeça. – Ela sorriu para Fin, se esquecendo de si mesma o suficiente para deixar sua mão no braço dele. – Eu penso muito enquanto limpo as coisas.

– Vá à minha casa e pense o quanto quiser porque seu irmão deixou o quarto que usa lá um pequeno desastre.

– Connor é o melhor homem que conheço, e também o mais desorganizado. Ele simplesmente não percebe a bagunça que faz. Isso é um dom, um com o qual Meara terá de lidar nos próximos anos.

– Ele disse que está pensando em se casar no solstício, no campo atrás deste chalé.

– Connor e Meara gostam de ficar ao ar livre o máximo possível, então acho que combina com eles. – Ela se virou para pegar uma tigela e seu caldeirão menor.

– Eles combinam um com outro.

– Ah, claro que sim, apesar de terem ficado muito surpresos com isso. E com Boyle e Iona antes deles, vamos ter casamentos na primavera e no verão, novos começos e, se os deuses quiserem, deixar o resto para trás.

Ela pegou as ervas que queria, já secas, água da chuva que recolhera na lua cheia e extrato destilado de valeriana.

Fin se levantou e foi buscar um moedor e um pilão.

– Eu faço isso – disse ele, pesando as ervas.

Durante algum tempo eles trabalharam em um confortável silêncio.

– Você nunca ouve música aqui – comentou Fin.

– Música me distrai, mas, se você quiser ouvir, pode buscar o iPod na cozinha.

– Não, assim está bom. Você tocou na noite passada. Tarde da noite.

Surpresa, Branna ergueu os olhos de seu trabalho.

– Sim. Como você sabe?

– Eu a ouvi. Você costuma tocar tarde da noite. Quase sempre músicas tristes e bonitas. Na noite passada não foram tristes, mas fortes. E ainda assim bonitas.

– Você não deveria ser capaz de ouvi-las.

Ele ergueu os olhos e os fixou nos de Branna.

– Alguns laços não podem ser desfeitos, por mais que desejemos ou tentemos. Mesmo quando eu estava viajando, em lugares distantes, houve momentos em que a ouvi tocar como se estivesse do meu lado.

Aquilo fez Branna sentir um aperto no coração.

– Você nunca disse isso.

Fin apenas deu de ombros.

– Sua música me trouxe para casa mais de uma vez. Talvez devesse ser assim. Tigela ou caldeirão? – perguntou.

– O quê?

– As ervas que eu esmaguei. Ponho na tigela ou no caldeirão?

– Na tigela. O que o trouxe para casa desta última vez?

– Eu vi Alastar, e soube que ele era necessário. Negociei e o comprei, e providenciei para que fosse enviado para cá. Mas não era a hora certa para mim. Então vi Aine e soube que ela era para Alastar e... mais. A beleza e o espírito dela me atraíram, e pensei, ela deve ir para casa, mas não era a hora certa para mim. Então Iona veio para a Irlanda, Mayo, andou pela clareira de Sorcha e através da floresta na sua direção. Na chuva, usando uma capa de chuva cor-de-rosa, cheia de entusiasmo, esperança e magia ainda inexplorada.

Impressionada, Branna parou o que estava fazendo.

– Você a viu.

– Eu a vi ir para casa, para você, e soube que eu deveria fazer o mesmo. Cabhan veria, e saberia. Viria, e com os três eu finalmente poderia acabar com ele.

– Como você viu Iona, e até mesmo a capa de chuva cor-de-rosa dela? – Desconcertada, Branna passou as mãos pelos cabelos e soltou os grampos para fixá-los de novo. – Ela não é do seu sangue. Você se pergunta como?

– Eu me pergunto muitas coisas, mas nem sempre obtenho respostas. – Fin deu de ombros de novo. – Cabhan sabia que ela era um dos três, então talvez tenha sido por meio dele que eu vi, e soube.

– Isso deveria lembrá-lo, quando tiver dúvidas, de que seu sangue fortalece nosso círculo. – Ela acendeu as velas e depois o fogo sob o caldeirão pequeno. – Fogo brando leva a fervura constante. Vamos deixá-lo assim enquanto escrevemos o feitiço.

Quando Connor entrou, ficou em silêncio, porque havia magia no ar. Branna e Fin estavam em pé com as mãos estendidas sobre o caldeirão do qual se erguia uma fumaça azul-clara.

– Sono para sonhar, sonho para voar, voo para buscar, busca para conhecer. – Ela falou as palavras três vezes, e Fin a acompanhou.

– Sonho como um, como um para ver, ver a verdade, verdade para saber.

Estrelas cintilaram através da fumaça.

– Luz estelar, guie-nos através da noite e nos traga de volta para a luz em segurança. – Branna ergueu uma das mãos e com a outra apontou para um frasco fino e claro.

Líquido se ergueu do caldeirão, azul como a fumaça e brilhante de estrelas, e em um fluxo gracioso entrou no frasco. Fin o tampou.

– Pronto. Acabamos. – Ela deu um suspiro.

– Outro feitiço do sonho? – Connor atravessou a sala. – Quando vamos atrás de Cabhan?

– Não é para isso, ainda não. – Branna passou novamente as mãos pelos cabelos, murmurou um palavrão para si mesma e dessa vez apenas soltou os grampos. – Que horas são? Droga, droga, onde o dia foi parar?

– Naquilo. – Fin apontou para o frasco. – Ela quase me comeu vivo quando eu tive a audácia de sugerir tirarmos uma hora para almoçar.

– Ela faz isso quando está trabalhando – concordou Connor, dando um ruidoso tapinha no ombro de Fin. – Mas sempre há o jantar. – Ele deu um sorriso esperançoso para Branna. – Não é?

– Os homens e suas barrigas. – Ela pôs o frasco para curar em um armário. – Vou preparar alguma coisa porque é melhor todos nós conversarmos sobre o que Fin e eu fizemos hoje. Me deixem um pouco sozinha.

– Eu acabei de chegar – replicou Connor.

– Você quer uma refeição quente e quer que eu a faça, por isso saiam da casa e me deem um pouco de espaço para providenciar isso.

– Só quero uma cerveja antes...

Fin segurou o braço de Connor e pegou seu casaco.

– Vamos relaxar no pub porque me faria bem caminhar ao ar livre. E uma cerveja.

– Sendo assim, eu topo.

Quando Kathel saiu pela porta com eles, Branna acenou para os três.

– Uma caminhada também faria bem para ele. Não voltem antes de uma hora, e mandem o recado para os outros.

Sem esperar por uma resposta, ela se virou e foi para a cozinha.

Imaculada, pensou, e maravilhosamente silenciosa – algo ótimo depois de horas de trabalho e conjuração. Ela gostaria de tomar uma taça de vinho perto da lareira, e ficar sem fazer nada durante aquela hora, por isso teve de se lembrar de que também gostava das tarefas domésticas.

Pôs as mãos nos quadris e tirou o resto de sua cabeça.

Poderia saltear alguns peitos de frango em ervas e vinho e assar batatas vermelhas em azeite de oliva e alecrim. Tinha vagens da horta que havia escaldado e congelado – poderia acrescentar amêndoas e fazer *almondine* com elas. E como não tivera tempo de assar mais pães com fermento, e todos os haviam devorado como formigas em um piquenique, faria apenas alguns pães de cerveja rápidos. E isso seria bom o suficiente para todos.

Primeiro escovou as batatas, as cortou em pedaços e passou por ervas e azeite, acrescentou um pouco de pimenta e alho picado e as pôs no forno. Preparou a massa do pão – tomando um grande gole de cerveja enquanto cozinhava –, pôs bastante manteiga derretida em cima dos pães e os pôs para assar junto com as batatas.

Como os peitos de frango estavam congelados, sacudiu uma das mãos e os descongelou. Depois os cobriu com uma marinada que havia feito e engarrafado.

Satisfeita por ter adiantado as coisas, serviu-se daquele vinho e tomou o primeiro gole onde estava. Decidindo tomar um pouco de ar e caminhar, pegou uma jaqueta, enrolou um cachecol no pescoço e levou seu vinho lá para fora.

Frio e tempestuoso, pensou, mas uma mudança do calor que ela e Fin haviam gerado na oficina. Com o vento soprando em seus cabelos, foi até o jardim dos fundos, visualizando onde as flores se abririam e as fileiras de vegetais cresceriam na próxima primavera.

Notou que ainda tinha algumas rosas, e amores-perfeitos, é claro, que mostrariam suas faces alegres na neve ou gelo se os tivessem. Repolhos de inverno e flores cor de laranja e amarelas brilhantes de calêndula, que ela apreciava por sua cor e seu sabor picante.

Poderia fazer uma sopa no dia seguinte, acrescentar um pouco de calêndula e também cenouras que cobrira com camadas de matéria vegetal para suportarem o tempo mais frio.

Até mesmo no inverno os jardins a agradavam.

Bebericou seu vinho e andou a esmo, mesmo quando as sombras se aprofundaram e a névoa chegou à beira da sua casa.

– Você não é bem-vindo aqui – disse Branna calmamente.

Tirou a pequena faca do bolso e a usou para cortar calêndulas, algumas bocas-de-dragão exuberantes e amores-perfeitos. Faria um pequeno arranjo de flores de inverno para a mesa, pensou.

– Eu serei. – Cabhan estava em pé, bonito e sorridente, a pedra vermelha do pingente brilhando à luz bruxuleante. – Você ansiará por me receber em sua casa. Em sua cama.

– Você ainda está fraco de sua última *recepção* e, além disso, delirando. – Então ela se virou e bebericou seu vinho enquanto o estudava. – Não pode me seduzir.

– Você é muito mais do que os outros. Nós dois sabemos disso. Comigo, será mais ainda. Mais do que qualquer um jamais imaginou. Eu lhe darei todo o prazer que você nega a si mesma. Posso assumir a aparência dele.

Cabhan sacudiu uma das mãos na frente do rosto. E Fin sorriu para ela.

E ah, aquilo foi uma punhalada no coração de Branna, como se ela própria tivesse cravado a pequena faca em si mesma.

– Apenas uma casca.

– Eu posso soar como ele – disse Cabhan com a voz de Fin. – *Aghra, a chuid den tsaol.*

O punhal girou no peito de Branna quando ele pronunciou as palavras que Fin costumava dizer a ela: *meu amor, minha vida.*

– Você acha que isso me enfraquece? Tenta-me a ser receptiva a você? Você é tudo o que desprezo. É o motivo de eu não ser mais dele.

– A escolha foi sua. Você me afastou. – Subitamente ele era Fin com 18 anos, muito jovem e cheio de tristeza e raiva. – O que você quer que eu faça? Eu nunca a decepcionei. Não me dê as costas. Não me afaste.

– Você não me contou – disse Branna. – Eu me entreguei a você, e a mais ninguém, e você tem o sangue dele. Você é dele.

– Eu não sabia! Como podia saber? Isso apareceu em mim, Branna, me queimou. Não estava aí antes...

– Antes de nos amarmos. Faz mais de uma semana e você não disse nada, e só falou agora porque eu vi. Eu sou um dos três. – Lágrimas arderam nos olhos de Branna, mas ela se recusou a deixar que elas embargassem sua voz. – Eu sou uma Bruxa da Noite, descendente de Sorcha. Você é de Cabhan, da escuridão e da dor. Você mente, e foi isso que partiu meu coração.

– Chore, bruxa – murmurou ele. – Extravase sua dor. Dê-me suas lágrimas.

Branna se viu em pé diante dele, na beira de sua propriedade, e o rosto era o de Cabhan. E aquele rosto se iluminou na escuridão quando a pedra vermelha se tornou mais brilhante.

Lágrimas inundavam os olhos de Branna. Com toda a força de vontade que conseguiu reunir, as reprimiu e manteve a cabeça erguida.

– Não vou chorar. Você não vai obter nada de mim além disso.

Ela pegou sua faca de jardinagem e conseguiu enfiá-la superficialmente no peito de Cabhan enquanto agarrava o pingente com a outra mão. O chão tremeu sob seus pés; a corrente queimava como gelo. Por um instante os olhos de Cabhan ficaram vermelhos como a pedra, e então a névoa girou, rosnou e desapareceu, e Branna não estava segurando nada além da pequena faca com sangue na ponta.

Ela olhou para sua mão, a queimadura na palma. Fechando-a, ergueu seu punho, aqueceu a queimadura causada pelo frio e a suavizou e curou.

Talvez suas mãos estivessem tremendo – não havia nenhuma vergonha nisso –, mas ela pegou as flores e a taça de vinho que deixara cair.

– Um desperdício de vinho – disse em voz baixa enquanto ia na direção da casa.

Mas não, pensou, um desperdício de tempo.

Ela havia virado as batatas, tirado o pão do forno e se servido de uma nova taça de vinho quando o restante de seu círculo começou a chegar.

– O que eu posso fazer que não dê azia em ninguém? – perguntou Iona lavando as mãos.

– Pode picar aquele alho ali.

– Eu sou boa em picar, e também em cortar.

– Picar está bom.

– Você está bem? – perguntou Iona baixinho. – Parece um pouco pálida.

– Estou muito bem, eu lhe garanto. Tenho algo para contar a vocês, mas prefiro esperar até tudo ficar pronto.

– Está bem.

Branna se concentrou em cozinhar, deixando as vozes fluírem ao seu redor enquanto trabalhava. Não precisou pedir ajuda – outros puseram a mesa, serviram vinho e arrumaram comida em travessas ou tigelas.

– Você tem uma lista de supermercado? – perguntou Meara enquanto as travessas e as tigelas eram passadas ao redor da mesa. – Se não tem, pode elaborar uma que farei as compras para você, se não tiver nada contra isso.

– Você vai fazer minhas compras de supermercado?

– De agora em diante vamos nos revezar, já que você fica presa na cozinha fazendo a maioria das refeições. Limpar tudo depois já deixou de ser justo. Então faremos as compras.

– Comecei a fazer uma lista e planejava ir ao supermercado amanhã.

– Vai ser a minha vez de ir, se você concordar.

– Por mim tudo bem.

– Se houver algo que você queira levar para a loja, posso aproveitar e passar lá.

Branna começou a falar e depois olhou ao redor da mesa, estreitando os olhos.

– Qual o motivo de tudo isso, o supermercado, levar meu estoque para a loja?

– Você parece cansada. – Quando Connor revirou os olhos e suspirou, Boyle fechou a cara. – Por que negar?

– Muito obrigada por deixarem isso claro para mim – disparou Branna.

– Você quer a verdade ou uma versão atenuada? – Boyle fechou ainda mais a cara. – Você parece cansada, só isso.

Com os olhos ainda apertados, Branna passou as mãos pelo rosto e acrescentou um pouco de magia. Agora estava quase brilhando.

– Pronto, assim está melhor.

– É por dentro que você está cansada.

Ela começou a se virar para Fin e Connor ergueu as mãos.

– Ah, pare com isso, Branna. Você está pálida e com os olhos pesados, e estamos vendo isso. – Quando ela começou a se levantar, ele apontou um dedo e empurrou um pouco a mesa para colocá-la de volta em sua cadeira.

Dessa vez Branna não precisou de magia para ficar com as bochechas coradas.

– Você quer me desafiar, é?

– Parem, vocês dois – ordenou Iona. – Parem. Você tem todos os motivos para parecer cansada, com tudo o que está fazendo, e nós temos todo o direito de aliviar um pouco sua carga. Pelo amor de Deus! É só uma ida ao supermercado, limpeza e *tarefas*. Droga, vamos fazer isso para você ter tempo para respirar. Então não fique tão irritada.

Branna se sentou de novo e explodiu.

– Pouco tempo atrás você pedia desculpas a cada dois minutos ou menos. Agora dá ordens.

– Eu evoluí. E a amo. Todos nós a amamos.

– Eu não me importo de ir ao supermercado – disse Branna, mais calma. – E nem me importo muito de realizar as tarefas domésticas. Mas fico grata de dividi-las com vocês por enquanto, porque todos estaremos ocupados com coisas mais importantes, e Yule está quase chegando. Deveríamos ter luz e alegria no Yule. E teremos.

– Então está combinado – disse Iona. – Se ninguém tiver mais nada a acrescentar, vou cozinhar amanhã. – Ela espetou um pouco de frango com o garfo e sorriu. – Achei que isso encerraria o assunto.

– Definitivamente. – Branna estendeu o braço para apertar a mão dela. – E há outro assunto que precisa ser discutido. Cabhan esteve aqui.

– Aqui? – Connor se levantou. – Na casa?

– É claro que não na casa. Seja razoável. Você acha que ele conseguiria passar pela proteção que eu lancei, e que você também lançou? Eu o vi lá fora. Saí para o jardim dos fundos para dar uma olhada nas plantas de inverno e pegar um pouco de ar, porque tinha trabalhado o dia inteiro dentro de casa. Ele teve a audácia de aparecer na beira do jardim, que é o mais perto que pode chegar. Nós conversamos.

– Depois que Connor e eu fomos para o pub – disse Fin, frio. – E só está nos contando isso agora?

– Eu queria fazer o jantar, o que já é bastante confuso com a cozinha cheia de pessoas. E quando nos sentamos, a conversa começou a girar em torno da minha má aparência.

– Em momento algum falei em má aparência – murmurou Boyle.

– Em todo caso, estou contando para vocês agora, ou estaria, se Connor parasse de ficar examinando todas as janelas e voltasse para a mesa.

– E você não sabe por que eu não gosto de deixá-la sozinha.

Ela lançou um olhar irritado para o irmão.

– Cuide da sua vida ou da próxima vez vai me insultar com nós na língua. Eu estava passeando pelo jardim, tomando uma taça de vinho. A luz mudou e a névoa veio.

– Você não nos chamou.

Dessa vez ela apontou um dedo para o irmão.

– Pare de me interromper. Não, não chamei porque queria saber o que Cabhan tinha a dizer, e não estava em dificuldades. Ele não podia me tocar e nós dois sabíamos disso. Eu não arriscaria minha pele, Connor, mas, mais do que isso, você e todos aqui deveriam saber que eu nunca arriscaria o círculo, o que temos de fazer. Não por curiosidade ou orgulho. Eu não arriscaria isso por nada.

– Deixe-a terminar. – Embora Meara ficasse tentada a chutar a perna de Connor por baixo da mesa, a apertou de modo confortador. – Porque nós realmente sabemos disso. Assim como sabíamos que ele tentaria atingir Branna antes de isso ser feito.

– Uma tentativa fracassada, pelo menos dessa vez – continuou Branna. – As propostas de sempre. Ele me fez a dele, dar-me mais poder do que eu podia sonhar e besteiras desse tipo. Ainda estava com um pouco de dor, escondendo-a, e com a pedra vermelha mais fraca. Mas ainda tinha poder em sua manga. Ele se transformou em Fin.

No silêncio, Fin ergueu os olhos de sua taça de vinho e a fúria neles se refletiu nos olhos de Branna.

– Em mim?

– Como se essa ilusão fosse enfraquecer todas as minhas defesas. Mas ele tinha um pouco mais. Estava cauteloso, e nos observa há uma vida inteira. Ele se transformou de novo, em você com 18 anos. Voltou ao dia...

– Em que ficamos juntos. Pela primeira vez. A única vez.

– Não àquele dia, mas a uma semana depois. Quando eu soube da marca. Tudo o que você sentiu e disse, o que eu senti e disse, tudo da forma como aconteceu. Ele sabia o suficiente para me fazer sentir isso, me levar à beira da minha proteção. Nutriu-se disso de modo que o brilho da pedra aumentou, assim como a arrogância dele, porque não entendia que eu tinha mais do que o suficiente para pegar minha faca de jardinagem e lhe dar uma boa espetada. Quando fiz isso, agarrei a corrente da pedra e vi medo. O medo dele. Mas ele se transformou em névoa e não consegui segurá-la nem agir rápido o suficiente para quebrar a corrente. É gelada. Queima como gelo – murmurou, estudando a palma de sua mão. – E ao segurá-la, por um instante senti a escuridão e a avidez de Cabhan, e quase senti o medo dele.

Connor pegou a mão da irmã.

– Eu cuidei disso – garantiu-lhe Branna enquanto ele procurava lesões. – Dava para ver a marca dos elos da corrente na palma.

– Mas você não se arriscaria.

– Não. Connor, ele não podia me tocar. E se tivesse sido rápido o suficiente para pôr a mão em mim quando agarrei a corrente, a vantagem teria sido minha.

– Tem certeza? – Fin se levantou, andou ao redor da mesa e estendeu sua mão. – Deixe-me ver. Eu saberei se restou algo dele.

Sem dizer nenhuma palavra, Branna pôs sua mão na de Fin e ficou quieta enquanto sentia o calor correr sob sua pele, para seu sangue.

– E se Cabhan tivesse tirado a faca de você? – perguntou Boyle. – E se a tivesse usado contra você, cortado sua mão ou seu braço quando você segurou a corrente?

– Tirado a faca de mim? – Ela ergueu sua faca de mesa. E segurou uma rosa branca. – Ele me deu uma oportunidade. Eu a aproveitei e não lhe dei nenhuma. – Ela olhou para Fin. – Ele não pôs nada em mim.

– Não. – Fin soltou a mão dela, voltou e se sentou. – Nada.

– Ele tem medo de nós. Percebi isso. O que fizemos, o mal que lhe causamos, lhe dá medo. Não posso negar que ele obteve um pouco de força das minhas emoções, mas sangrou por isso, e fugiu.

– Ele vai voltar. – Fin manteve seus olhos nos dela enquanto falava. – E o medo o fará atacar mais violentamente a fonte do medo.

– Cabhan sempre vai voltar até acabarmos com ele. E embora possa atacar mais violentamente, quanto mais medo ele tiver, menos será.

7

FIN ESTAVA PENSANDO EM SAIR COM O FALCÃO. SELARIA BARU. DECIDIU isso tomando seu café com o dia nascendo. Selar o cavalo, apitar para chamar seu falcão e partir. Tirar uma manhã inteira para si mesmo.

Eles tinham a poção do sonho, e embora houvesse mais trabalho a fazer, Deus sabia que ele precisava de um pouco de tempo e distância de Branna. Uma maldita manhã não faria muita diferença.

– Vamos levar isso, não é? – disse ele para Besouro, que estava esparramado no chão roendo alegremente um osso de couro que Fin comprara no supermercado em um momento de fraqueza. – Você pode ir, para eu ter todos os complementos. Cavalo, cão, falcão. E estou com vontade de dar um longo galope.

E se Cabhan fosse atraído para ele, bem, não seria como se ele tivesse ido procurá-lo.

Olhou na direção da porta ao ouvir a batida. Um dos cavalariços, pensou, porque eles viriam pelos fundos. Mas viu Iona pelo vidro.

– Acordou cedo? – perguntou, abrindo a porta para ela.

– Ah, sim, bem cedo. – Seu sorriso brilhava como o Natal. – Vou buscar Vovó no aeroporto.

– Claro, eu tinha me esquecido de que ela vinha. Vai ficar até o Ano-novo, não é?

– Veio para o Natal, o Yule, e vai embora no dia 2 de janeiro. Eu gostaria que ficasse mais.

– Vou ficar feliz em vê-la. Todos nós vamos. E ela vai voltar na primavera para o seu casamento, não é?

– Sem dúvida. Não consegui convencê-la a ficar direto, mas pensando bem provavelmente é melhor assim.

– Fora de perigo.

– Até agora. E ninguém vai conseguir convencê-la a se hospedar na casa de Branna enquanto estiver aqui. Vou levá-la para a casa de uma amiga dela, Margaret Meeney. Você a conhece?

– Ela me ensinou a escrever e a fazer contas e ainda me diz para não andar com os ombros curvados se me vê na vila. Uma professora nata, a Sra. Meeney. Você quer café?

– Obrigada, já tomei minha cota. Ah, aí está Besouro. Oi, Besouro.

Quando ela se agachou para acariciar o cão, Fin ficou um pouco sem graça.

– Ele vem aqui de vez em quando.

– É bom ter companhia. A Sra. Meeney não me ensinou a escrever e a fazer contas. – Ela ergueu os olhos para Fin. – Eu não cresci com você como os outros. Não tenho a mesma história.

– Isso não muda o que somos agora.

– Eu sei, o que é um milagre constante para mim. Esta família. Você é minha família, Fin, mas não tenho com você ou Branna a história que os outros têm, por isso talvez possa dizer o que os outros não podem, ou dizer de um modo diferente. Cabhan o usou, usou o que aconteceu entre vocês para tentar atingir Branna. Isso magoa você, tanto quanto a magoa. – Iona se aprumou. – Seria mais fácil se afastar, deixar isso para os três. Mas você não fez isso. Não fará. Em parte por causa de sua necessidade de corrigir uma injustiça. Uma injustiça cometida contra você. Em parte pela família, por seu círculo, seus amigos. E todo o resto, todas as partes do resto, por Branna.

Ele se apoiou no balcão e enfiou as mãos nos bolsos.

– São muitas partes.

– Há muitas partes em você. Não crescemos juntos, não vi você e Branna se apaixonarem ou sofrerem por causa do que os separou. Mas vejo quem são agora, vocês dois. E do meu ponto de vista, ela está errada em não se permitir ter amor, alegria. Isso faz todo o sentido do mundo, mas ainda assim é errado. E você está errado, Fin. Errado por acreditar, bem em seu íntimo, que ela está fazendo isso para puni-lo. Se fosse verdade, Cabhan não poderia ter usado você para magoá-la.

– Preciso ir.

– Há muita bondade em você. – Ele se afastou do balcão, pôs as mãos no queixo dela e a beijou. – Muita luz. Se você soubesse cozinhar, juro que transformaria Boyle em uma mula e roubaria você para mim.

– Vou manter essa carta na manga. Teremos o Natal, teremos família. Sei que você e Branna prefeririam usar esse feitiço do sonho imediatamente. Mas Connor estava certo na noite passada. Teremos nosso tempo em família, nosso final de ano com cores, luz e música. Jogaremos isso na cara dele primeiro.

– Nós fomos vencidos nos votos sobre isso, e entendo o seu lado.

– Ótimo. – Ela estendeu a mão para a porta e se virou.

– Você precisa dar uma festa. Esta casa fabulosa implora por uma. Deveria dar uma festa de Ano-novo.

– Uma festa? – A rápida mudança o desequilibrou. – Aqui?

– Sim, uma festa; aqui. Não sei por que não pensei nisso antes. Está na hora de varrer o velho e deixar entrar o novo. É isso! Uma festa de Ano--novo. Vou enviar uma mensagem de texto para Boyle. Vamos ajudar você a planejá-la.

– Eu...

– Tenho de ir.

Iona fechou a porta rapidamente, deixando-o com a testa franzida atrás dela.

– Meu Deus, Besouro, parece que vamos ter uma festa.

Ele decidiu pensar depois sobre isso e tudo o que implicava. Ainda queria cavalgar. Sairia, deixaria Baru conduzi-lo e Merlin voar e caçar. Besouro teria a grande aventura da jovem vida dele.

E a caminho de casa pararia nos estábulos, e na escola de falcoaria, para dedicar um tempo a ambos. Se sobrasse algum tempo depois disso tudo, veria se poderia ajudar na oficina de Branna. Embora achasse que ela gostaria tanto quanto ele de ficar um dia inteiro longe um do outro.

Lá fora nos estábulos, enquanto selava seu grande cavalo preto, teve uma conversa com Sean cujo tema variou entre cavalos, uma encomenda de alimentos, mulheres, futebol e novamente cavalos.

Conduziu Baru para fora e então parou.

– Talvez eu dê uma festa de Ano-novo.

Sean pestanejou e empurrou seu boné para trás.

– Na casa grande aqui?

– Sim, claro.

– Ah. Uma festa na casa grande... Do tipo elegante?

– Não muito. – Ele não havia pensado sobre isso e achou que deveria ter consultado Iona, já que a festa tinha sido ideia dela. – Basta tirar o cocô de cavalo das botas.

– Ah – repetiu Sean. – E vai haver música?

Fin suspirou.

– É claro. E também comida e bebida, antes que você pergunte. Acho que às nove horas está bom. – Ele pegou Besouro do chão e subiu na sela.

– Uma festa na casa grande – disse Sean enquanto Fin batia com os calcanhares em Baru e o punha a galope.

Quando Fin olhou para trás, viu seu cavalariço de longa data com as mãos nos quadris estudando a casa como se nunca a tivesse visto.

O que significava que já passava da hora de dar uma festa, supôs.

Besouro vibrou de entusiasmo enquanto eles galopavam ruidosamente, o cavalo irradiando ondas de prazer com a chance de correr e o falcão gritando radiante no alto enquanto voava em círculos.

E já passava da hora de fazer isso também, percebeu.

Embora parte dele ansiasse pela floresta, por seu cheiro e pela melodia das árvores à brisa, dirigiu-se à área aberta. Então foi para os campos, a elevação suave da colina, e deixou o cavalo correr pelo verde enquanto o falcão pairava no azul.

Parou e pôs sua luva. Ele e Merlin não precisavam dela, mas era melhor vesti-la no caso de haver alguém por perto. Ergueu o braço e elevou sua mente. O falcão mergulhou, se exibiu em uma bonita volta que fez Fin rir e depois deslizou para a luva como um deus emplumado.

O cão estremeceu e observou os dois.

– Nós nos entendemos, está vendo? É assim que funciona. Então agora vocês dois também são irmãos. Quer caçar? – perguntou ele a Merlin.

Em resposta o falcão voou, gritando enquanto circundava o campo.

– Vamos caminhar um pouco. – Fin desmontou e pôs Besouro no chão.

O cão imediatamente rolou na relva e latiu, por pura diversão.

– Ele ainda é jovem. – Fin acariciou o pescoço de Baru quando o cavalo olhou de modo compassivo para o cão.

Era disso que precisava, pensou Fin caminhando com o cavalo. De espaço aberto, ar. O dia estava frio, mas também claro e brilhante.

O falcão se arremessou e pegou sua presa.

Fin se apoiou em Baru e olhou para o verde, o marrom e as finas colunas de fumaça que subiam das chaminés.

Sentia muita falta disso quando estava viajando, pensou. Da terra de seu sangue e seus ossos, seu coração e espírito. Sentia falta do verde, das colinas ondulantes, do cinza das pedras, do marrom forte da terra arada para o plantio.

Abandonaria tudo isso de novo – teria de fazê-lo quando terminasse o que precisava terminar. Mas sempre voltaria, atraído para a Irlanda, atraído para Branna, atraído... Iona tinha dito isso. Atraído para a família.

– Eles não o querem aqui.

Fin continuou apoiado no cavalo. Sentira Cabhan vindo. Talvez quisesse que ele viesse.

– Você é meu. Eles sabem disso. Você sabe. Sente isso.

A marca no ombro de Fin latejou.

– Desde que a marca surgiu em mim, você tenta me seduzir, me atrair. Poupe-me de suas promessas e mentiras, Cabhan. Eles me apoiaram, e estou atrás de um pouco de ar e espaço aberto.

– Você veio para cá. – Cabhan atravessou o campo em um fino mar de névoa, seu manto preto ondulando e a pedra vermelha brilhando. – Para longe deles. Veio para mim.

– Não para você. Nem agora nem nunca.

– Meu filho...

– Não. – A raiva que ele conseguira controlar explodiu. – Nunca.

– Mas você é. – Sorrindo, Cabhan afastou o manto de seu ombro, expondo a marca. – Sangue do meu sangue.

– Quantas mulheres você estuprou antes de plantar a semente que lhe trouxe um filho?

– Só precisei da destinada a ter meu filho. Eu lhe dei prazer, e tirei mais. Eu lhe darei Branna, se for ela que você quer. Ela se deitará com você de novo, quantas vezes você quiser. Basta vir para mim, se juntar a mim, para ela ser sua.

– Ela não é sua para que você a dê para mim.

– Ela será.

– Não enquanto eu viver. – Fin estendeu uma das mãos, com a palma virada para a frente, e trouxe o poder. – Venha para mim, Cabhan. Sangue para sangue, como você diz. Venha para mim.

Ele sentiu aquele cabo de guerra, o calor de seu poder queimando. Viu, como Branna, um lampejo de medo. Cabhan deu um passo cambaleante para a frente.

– Não me desafie!

Cabhan cruzou os braços e os torceu. E quebrou o feitiço.

– Eles o trairão, o abandonarão. Quando você estiver deitado, frio, com seu sangue no chão, não chorarão por você.

Ele se encolheu na névoa, se abaixou, se arqueou e se transformou no lobo. Fin viu sua espada com o olho da mente, embainhada na oficina. E, erguendo a mão, a segurou.

Enquanto chamava os outros, seu círculo, o lobo investiu.

Mas não contra ele, não contra o homem segurando uma espada flamejante e ardente de poder. Contra o pequeno cão que tremia na relva alta.

– Não!

Fin pulou e desferiu um golpe. Só atingiu a névoa, e mesmo ela se dissipou enquanto o cão sangrava na relva, seus olhos vidrados de choque e dor.

– Não, não, não, não.

Ele começou a cair de joelhos. O falcão gritou; o cavalo relinchou. Ambos partiram para cima do lobo que voltara a se formar atrás de Fin.

Com um uivo, o lobo desapareceu de novo.

Quando Fin se ajoelhou, Branna estava lá.

– Ah, meu Deus! – Ele estendeu as mãos, mas ela as segurou e afastou.

– Deixe isso comigo. Deixe isso comigo. Minha força é curativa, e os cãos são meus.

– O pescoço dele. Cabhan dilacerou o pescoço dele. Ele é inofensivo, mas Cabhan investiu contra ele em vez de contra mim.

– Eu posso ajudar. Fin, olhe para mim, olhe para mim. Fin.

– Eu não quero o seu consolo!

– Deixe isso com ela. – Connor se agachou ao lado de Fin e pôs uma das mãos no ombro dele. – Deixe-a tentar.

Já lamentando pela vida que sentia se esvair, Fin ficou ajoelhado, impotente, sentindo raiva e culpa.

– Aqui. Aqui – sussurrou Branna pondo as mãos sobre o pescoço ensanguentado. – Agora lute comigo. Ouça-me, e lute para viver.

Besouro revirou os olhos. Fin sentiu o coração do animal se desacelerar.

– Ele está sofrendo.

– A cura dói. Ele precisa lutar. – Ela voltou seu olhar para Fin, cheio de poder e fúria. – Diga-lhe para lutar, porque ele é seu. Não posso curá-lo se ele desistir. Diga-lhe!

Embora o afligisse pedir, Fin pôs as mãos sobre as de Branna. *Lute.*

Tanta dor! Branna a sentiu. Fez sua garganta arder, o próprio coração fraquejar. Ela manteve seus olhos nos do pequeno cão e irradiou seu poder e calor para ele.

Primeiro dentro, pensou. Curar o que estava dilacerado. No campo frio, com o vento soprando, suor escorria de sua testa.

De algum lugar, ouviu Connor lhe dizer para parar. Aquilo era demais, mas ela sentia a dor, o lampejo de esperança. E o grande sofrimento do homem que amava.

Olhe para mim, disse para o cão. *Olhe para dentro de mim. Dentro de mim. Veja dentro de mim.*

Besouro ganiu.

– Ele está voltando, Branna. – Connor, ainda examinando o campo e em guarda, pôs a mão no ombro da irmã e lhe ofereceu o que tinha.

O ferimento aberto se estreitou e começou a se fechar.

Besouro virou a cabeça e lambeu de leve a mão de Branna.

– Isso – disse ela, gentil. – Isso. Mais um pouco. Só mais um pouco. Seja corajoso, rapazinho. Seja corajoso por mais um momento. Por mim.

Quando Besouro abanou o rabo, Fin apenas encostou sua testa na de Branna.

– Ele vai ficar bem. Seria bom que bebesse um pouco de água, e precisará repousar. Ele...

Branna não pôde evitar, não conseguiu se conter e abraçou Fin.

– Ele está bem agora.

– Eu lhe devo...

– É claro que não, e não quero que você diga isso, Fin.

Ela se afastou e segurou o rosto dele com as mãos. Por um momento ficaram ajoelhados, com o cão abanando o rabo corajosamente entre eles.

– Agora você deve levá-lo para casa.

– Sim. Para casa.

– O que aconteceu? – perguntou Connor. – Pode nos contar? Nós dissemos a Iona para não vir. Cristo, ela estava indo buscar a avó no aeroporto, em Galway.

– Agora não, Connor. – Branna se levantou. – Vamos saber dos detalhes mais tarde. Leve-o para casa, Fin. Tenho um pouco de tônico que lhe faria bem. Vou buscar. Mas tudo de que ele realmente precisa é de repouso.

– Você iria comigo? – Ele odiou perguntar, precisar pedir, mas ainda temia pelo pequeno cão. – Cuidar dele um pouco mais, só para garantir?

– Sim. É claro. Connor, você pode levar Baru, os falcões e Kathel de volta. Logo estarei em casa.

– Bem, eu...

Mas Branna pôs sua mão na de Fin. E ela, Fin e o pequeno cão se foram em um piscar de olhos.

– Bem, como eu estava dizendo... – Connor passou os dedos pelos cabelos e ergueu os olhos para onde o falcão de Fin e o seu próprio, Roibeard, voavam em círculos. Ele acariciou a cabeça de Kathel e depois montou em Baru. – Vou cuidar do resto.

NA COZINHA, COM O CÃO EM SEUS BRAÇOS, FIN TENTOU DECIDIR O QUE faria em seguida.

– Eu deveria tirar esse sangue dele.

– Não aqui – disse Branna, chocada, quando Fin se dirigiu à pia da cozinha. – Não pode dar banho em um cão no mesmo lugar em que lava sua louça. Você deve ter uma lavanderia, um tanque.

Embora não visse a diferença, Fin mudou de direção e passou pela porta que levava à lavanderia com paredes brancas brilhantes e robustas máquinas pretas. Abriu um armário e pegou sabão para lavar roupa.

– Não com isso, pelo amor de Deus, Fin! Não se dá banho em um cão com sabão de lavar roupa. Você precisa do sabonete líquido que usa para lavar as mãos.

Ele poderia ter salientado que o maldito sabão líquido estava debaixo da maldita pia da cozinha onde pretendera lavar o cão. Mas Branna estava andando ao redor, tirando seu casaco, pendurando-o em um gancho e arregaçando as mangas.

– Me dê o cão; vá buscar o sabonete.

Então estava certo, pensou Fin. Tudo bem. De qualquer maneira seu cérebro estava em frangalhos. Foi buscar o sabonete e voltou.

– Você está se saindo bem – murmurou Branna para Besouro, que a olhava com adoração. – Só está cansado e um pouco trêmulo. Vai tomar um belo banho morno – continuou ela enquanto a água escorria no tanque. – Um pouco de tônico e um longo cochilo e vai ficar novo em folha.

– Eu sempre me perguntei o que isso significa. – Fin despejou sabão na água corrente.

– Chega, chega, Fin. Você vai afogar o pobrezinho em bolhas.

Fin pôs o frasco sobre o balcão.

– Eu tenho algo lá em cima. Uma poção que deve fazer bem para ele.

– Eu cuido do Besouro se você for buscar.

– Fico grato, Branna.

– Eu sei. Eu cuido dele e você vai buscar. Não é uma boa ideia?

– Ele gosta do chuveiro.

Com o cão sentado no mar de bolhas olhando comicamente nos olhos de Fin, Branna se virou.

– O quê?

– Não importa. Vou buscar o tônico.

– Você gosta do chuveiro, é? – murmurou ela esfregando Besouro quando Fin saiu.

O cão lambeu as bolhas e a mão de Branna, e ela teve uma visão muito clara de Fin nu rindo enquanto segurava o cão dentro de um boxe de vidro cheio de vapor e com jatos de água por todos os lados.

– Hum. Ele não mudou muito, não é,? Ainda tem algo de garoto tomando um banho de chuveiro com um cão.

Aquilo a divertiu e comoveu, o que não era um problema. E a excitou, o que era.

Fin voltou com um bonito frasco hexagonal contendo um líquido verde-escuro. Quando Branna curvou seu dedo, ele o destampou e estendeu para ela cheirar.

– Ah, sim, é exatamente do que ele precisa. Se você tiver um pequeno biscoito, pingue três, não, quatro gotas nele. Vai descer mais fácil e Besouro achará que é um petisco.

Sem pensar, Fin enfiou a mão no bolso e pegou um biscoito para cães do tamanho de um polegar.

– Carrega isso no bolso, no caso de você ou o cão aqui ficar com fome?

– Eu não sabia quanto tempo ficaríamos fora – murmurou Fin, e pingou as gotas.

– Ponha o biscoito de lado para o tônico penetrar. Poderíamos usar uma toalha velha.

Fin saiu de novo e voltou com uma toalha felpuda cor de musgo.

– Algodão egípcio – observou Branna, erguendo suavemente o cão e o enrolando na toalha antes de ele poder se sacudir.

– Eu não tenho uma toalha velha. E ela vai ser lavada, não é?

– É claro que vai. – Branna enxugou o cão rapidamente e lhe beijou o focinho. – Agora está melhor, não é? Limpo e cheiroso como um pomar de frutas cítricas. Um egípcio. Dê-lhe o petisco, Fin, porque ele é um bom garoto, e corajoso.

Besouro dirigiu aquele olhar de adoração e confiança a Fin e depois comeu o petisco oferecido.

– Ele podia ter tomado um pouco de água antes... – Ela olhou para baixo, e ficou horrorizada. – Porcelana? Você está pondo água e comida para o cão em tigelas de porcelana fina?

– Elas estavam à mão. – Confuso, Fin pegou Besouro, atirou a toalha sobre o balcão e depois posicionou o cão perto da tigela de água.

Besouro bebeu ávida e ruidosamente durante quase um minuto. Depois deu um pequeno arroto e se sentou olhando para Fin.

– Ele só precisa de um lugar quente para dormir um pouco – disse Branna.

Fin pegou o cão no colo, tirou uma almofada do sofá no salão e o jogou na frente da lareira.

Algodão egípcio, tigelas de porcelana e uma almofada adamascada, pensou Branna. O cão do estábulo se tornara um pequeno príncipe.

– Ele está cansado. – Fin ficou agachado, acariciando Besouro. – Mas sem dor. O sangue está limpo. Não há nenhum veneno nele.

– Agora ele vai dormir e acordar mais forte. Tive de estimulá-lo a voltar. Havia perdido muito sangue.

– Ele vai ficar com uma cicatriz aqui. – Fin passou um dedo de leve sobre a linha fina e irregular no pescoço do cão.

– Como Alastar.

Fin assentiu e se levantou quando o cão dormiu.

– Fico lhe devendo essa.

– Você não me deve nada, e é um insulto a nós dois dizer isso.

– Não é um insulto, Branna, é gratidão. Vou buscar um pouco de vinho para você.

– Fin, não posso beber às duas da tarde.

– Certo. – Ele teve de passar as mãos pelo rosto, tentar recuperar o equilíbrio. – Chá, então.

– Não vou recusar. – E aquilo o manteria ocupado até se acalmar um pouco mais, pensou Branna enquanto Fin voltava para a cozinha.

– Besouro é dos estábulos. Faz uns dois anos que apareceu. Eu nem estava aqui. Foi Sean quem o limpou e alimentou. E Boyle quem escolheu o nome.

– Ele pode ter vindo aqui por um motivo maior do que uma cama de palha, restos de comida e algumas palavras gentis. Está em sua casa agora, dormindo em uma almofada adamascada diante da lareira. Você o levou no Samhain.

– Ele estava à mão, como as tigelas.

– Mais do que isso, Fin.

Fin deu de ombros e mediu o chá.

– Ele tem um coração forte e nunca pensei que Cabhan lhe prestaria qualquer atenção. Ele é...

– Inofensivo. Pequeno, inofensivo e dócil.

– Uma noite eu o trouxe para dentro. Ele tem um jeito de olhar para a gente... por isso eu o trouxe para dentro.

Sim, ele ainda tinha algo de garoto, pensou Branna, e toda sua bondade nata.

– Um cão é uma boa companhia. Em minha opinião, a melhor.

– Ele corre atrás do próprio rabo sem nenhum bom motivo além de estar lá. Eu não tenho nenhum biscoito – percebeu Fin depois de uma rápida procura. – Para humanos.

– Chá está bom. Só chá.

Sabendo que Fin gostaria de ficar perto do cão, Branna se sentou em uma cadeira perto da lareira e esperou até ele trazer o chá e se sentar com ela.

– Conte-me o que aconteceu.

– Eu queria dar uma boa e rápida cavalgada. Ir para um espaço aberto, as colinas.

– Como eu queria caminhar em meu jardim. Entendo essa necessidade.

– Sei que sim. Pensei em cavalgar e passear com meu falcão, e levei Besouro junto para lhe proporcionar uma aventura. Meu Deus!

– Seu cavalo, seu falcão, seu cão. – Branna quase pôde ver a culpa aumentando, e esperou que diminuísse de novo. – Por que não levaria? Você é o único de nós que pode se conectar com todos os três.

– Eu não estava procurando por Cabhan, mas na verdade fiquei mais do que satisfeito por ele me encontrar.

– Como eu, caminhando em meu jardim. Entendo isso também. Ele o atacou?

– Começou com aquela conversa fiada. De que tenho o sangue dele e que todos vocês vão me trair, abandonar e tal. Você acharia que ele está tão entediado com tudo isso quanto eu, mas ele nunca para. Embora dessa vez tenha prometido dar você para mim, se eu quisesse, o que foi algo novo.

Branna inclinou a cabeça, sua voz seca como pó.

– Ah, ele prometeu?

– Sim. Ele entende bem o desejo. Entende a luxúria, mas não entende nada de coração ou espírito. Sabe que eu quero você, mas nunca entenderá por quê. Eu virei o jogo. Comecei a atraí-lo para mim. Isso foi uma surpresa para ele, por um momento eu consegui, e isso o desequilibrou. Eu chamei os três, porque tínhamos nos prometido isso e quando ele se transformou em lobo tirei a espada do armário no andar de cima e a inflamei.

Fin parou por um momento para pensar e continuou:

– Eu poderia tê-lo mantido afastado, tenho certeza. Tê-lo mobilizado, com Baru e Merlin comigo, até vocês virem e o atacarmos juntos. Mas ele não investiu contra mim. Foi para o lado e agarrou Besouro pelo pescoço. Foi tudo muito rápido. Eu o golpeei, mas ele se esquivou. Investiu contra o cão, que mal tem o peso de uma pedra, dilacerou o pescoço dele e depois desapareceu antes que eu pudesse desferir um único golpe. Em momento algum investiu contra mim.

– Mas ele fez isso. Atingiu seu coração. Baru, Merlin, você mesmo? Houve uma batalha. O pequeno cão, um golpe que atingiu você sem nenhum risco para ele. Cabhan sempre foi um maldito covarde e sempre será.

– Ele se formou atrás de mim quando fui socorrer o cão.

Porque, Branna sabia, Fin havia pensado no cão antes de pensar em sua própria segurança.

– Ele sabia que você cuidaria do ferido e indefeso. Do que é seu.

– Eu o teria enfrentado de homem para homem, bruxo para bruxo. – Os olhos muito verdes de Fin se inflamaram quando a raiva superou a culpa. – Eu queria isso.

– Como todos nós queremos, mas não é do estilo dele. Você pode ter vindo de Cabhan, mas não é dele. Cabhan não desiste de você porque não entende o motivo de você escolher não ser como ele.

– Você me deixou por causa dele. Porque sou dele.

– Eu o deixei porque estava chocada, magoada e zangada. E quando isso passou, porque fiz um juramento. Jurei para Sorcha e todos aqueles que vieram depois usar tudo o que somos para livrar o mundo de Cabhan.

– E de todos que vieram dele.

– Não, não. – Em outros tempos a indignação teria vindo primeiro, mas Branna ainda sentia a culpa de Fin sob tudo o mais que ele sentia. – Você veio de Cabhan, mas é um de nós. Eu aprendi o significado disso. Aprendi a acreditar que os que vieram antes de nós não foram bem-sucedidos porque não tinham você. Não tinham o sangue de Cabhan do lado deles. Não tinham você Fin, com seu poder, sua lealdade e seu coração.

Ele ouviu as palavras e acreditou na sinceridade dela. E contudo...

– Eu sou um de vocês, mas você não vai ficar comigo.

– Como eu posso pensar nisso, Fin? Como eu posso pensar nisso se mesmo agora sinto a urgência do que juramos aumentar de novo? Não consigo ver além disso, e quando consigo, quando me permito pensar sobre como pode ser quando tudo terminar, não consigo ver nada da vida que um dia pensamos que teríamos juntos. Éramos tão jovens...

– Isso é besteira, Branna. O que sentíamos um pelo outro era mais antigo que o tempo. Não éramos jovens tolos brincando de amar.

– O quanto seria mais fácil se tivéssemos sido? O quanto seria mais fácil agora? Se só tivéssemos brincado disso, Fin, não estaríamos destinados a pensar no amanhã. Que futuro poderíamos ter? Que vida, você e eu?

Ele olhou para o fogo, mais uma vez sabendo que ela falava a verdade.

E no entanto...

– Nenhum, eu sei disso, e ainda assim parece mais do que cada um de nós tem sem o outro. Você é o resto de mim, Branna, e neste momento estou cansado demais para fingir que não é.

– Você acha que eu não lamento o que poderia ter sido? – A dor irradiava dela para as palavras. – Que não quero isso?

– Eu pensei isso. Sobrevivi pensando isso.

– Então você estava errado e pode ser que eu também esteja cansada demais para fingir. Se dependesse apenas do meu coração, ele seria seu.

Branna deu um trêmulo suspiro enquanto Fin desviava o olhar do fogo para o rosto dela.

– Ele não pode ser de mais ninguém. Já está perdido. Mas não é só isso, não posso agir de acordo com o que *poderia ser*. Quando meu pai me deu isto eu tinha uma escolha. – Ela ergueu o pingente. – Ele me disse que eu poderia aceitá-lo ou não. Mas se eu aceitasse, a escolha estaria feita. Eu seria um dos três e juraria tentar, acima de tudo, acabar o que Sorcha começou. Eu não vou trair você, Fin, mas também não vou trair meu sangue. Não posso pensar em vontades e desejos, não posso trabalhar com *hipóteses*. Meu objetivo foi estabelecido antes de eu nascer.

– Eu também sei disso. – Havia momentos em que esse conhecimento o fazia se sentir vazio. – Seu objetivo exige sua mente, seu poder e seu espírito, mas você não pode separar seu coração do resto.

– Esse é o único modo de eu conseguir fazer o que precisa ser feito.

– Admira-me você acreditar que todos os que vieram antes desejariam sua infelicidade.

– É claro que eu não acredito nisso. Acredito que todos os que vieram antes precisam que eu faça o que deve ser feito, o que cada um de nós jurou fazer. Eu... – Ela hesitou, incerta de como expressar seus sentimentos. – Eu não sei, Fin, não sei como fazer o que devo e ficar com você. Mas juro que não é porque quero magoá-lo ou puni-lo. Talvez quisesse muito tempo atrás, quando era jovem e estava magoada e assustada. Mas agora não, de forma alguma.

Ele ficou em silêncio por um momento e depois olhou de novo para Branna.

– Diga-me uma coisa. Uma única coisa. Você me ama?

Ela poderia mentir. Ele saberia que ela estava mentindo, e a mentira ajudaria. Mas mentir era covardia.

– Eu nunca amei ninguém como amei você. Mas...

– Basta. Basta ouvir você dizer o que não me disse durante mais de 12 anos. Fique grata por eu ter uma dívida para com você. – Havia fogo ardendo atrás dos olhos dele. – Pelo que está dormindo lá, caso contrário eu encontraria um modo de levá-la para minha cama e acabar com este tormento.

– Sedução? Persuasão? – Ela atirou seus cabelos para trás e se levantou. – Eu não vou para a cama de nenhum homem a menos que isso seja uma escolha minha.

– É claro, e uma feita apenas com a cabeça. Para uma mulher tão inteligente, você é surpreendentemente estúpida.

– Agora que você voltou a me insultar, vou embora. Tenho trabalho que estou negligenciando.

– Vou levá-la em casa – disse Fin enquanto ela se preparava para mandá--lo pelos ares. – Não há nenhum sentido em dar a Cabhan outro alvo hoje caso ele ainda esteja por perto. E vou ficar e trabalhar com você, conforme o combinado. O objetivo também é meu, Branna, por mais que nossos pensamentos sobre a vida que levamos em torno desse objetivo sejam diferentes.

Ela ainda poderia mandá-lo pelos ares. Criar vapor suficiente e mantê-lo aumentando. Mas viu o olhar rápido e preocupado que ele lançou para o cão.

Droga.

– Tudo bem, porque há muito trabalho a fazer. Traga o cão. Besouro vai dormir no carro e depois Kathel cuidará dele.

– Eu me sentiria melhor assim. Ah, mais uma coisa: Iona me disse que eu devo dar uma feta de Ano-novo aqui. É isso.

– Uma festa?

– Por que todo mundo me diz isso como se eu estivesse falando em outra língua?

– Talvez porque eu não me lembre de você alguma vez ter dado uma festa.

– Sempre há uma primeira vez – murmurou ele, e pegou o cão.

8

BRANNA CULPOU BESOURO. ELE A AMOLECERA. E FIN LHE BAIXARA AS defesas com suas toalhas e tigelas elegantes e seu amor por um cão de estábulo.

Ela tinha dito mais do que pretendia e mais do que admitira para si mesma. Em sua opinião, as palavras tinham tanto poder quanto os atos, e agora as dissera para ele, quando poderia ter sido mais racional e prático guardá-las para si.

Mas agora estava feito e sabia muito bem como reerguer suas defesas. No que dizia respeito a Finbar Burke, ela fazia isso havia mais de uma década.

E, na verdade, havia coisas de mais para fazer, coisas de mais acontecendo ao seu redor para se preocupar com isso.

Eles haviam tido um Yule lindo e tranquilo, tornado ainda mais especial com a presença da avó de Iona. Quando observaram o solstício e a noite mais longa, ela pôde começar a esperar pela primavera.

Mas o Natal veio primeiro.

Era um feriado de que ela gostava especialmente – todo aquele alvoroço. Gostava de fazer compras, embrulhar, decorar e assar. E naquele ano em particular todo esse trabalho lhe proporcionou um curto alívio de tudo o que descrevera para Fin como seu *objetivo.*

Havia esperado fazer uma grande *céili* no feriado, mas isso pareceu muito arriscado com Cabhan à espreita. Certamente no ano seguinte, prometeu a si mesma. No próximo ano receberia seus pais, outros primos, vizinhos, amigos e os demais.

Mas este ano seria seu círculo e a avó de Iona, e isso era uma coisa boa e divertida.

Com seus pães e biscoitos assados, junto com a torta natalina de frutas que serviria com molho de manteiga e conhaque, deu uma olhada no ganso assando no forno.

– Sua cozinha está com o cheiro da minha infância. – Mary Kate, a avó de Iona, entrou. Seu rosto, ainda corado do frio, estava radiante quando ela atravessou a cozinha para dar um beijo na bochecha de Branna. – Iona está pondo alguns presentes embaixo da árvore e provavelmente sacudindo alguns também. Vim ver o que eu poderia fazer para ajudar.

– É bom ver você, e fico mais do que agradecida por ter um par de mãos habilidosas aqui.

Bem arrumada e elegante com um suéter vermelho-vivo, Mary Kate foi cheirar as panelas.

– Eu soube que você ensinou Iona a cozinhar uma ou duas coisas, o que foi mais do que consegui fazer.

– Ela está disposta a aprender e tem melhorado. Antes de mais nada vamos tomar um pouco de vinho. Afinal de contas, é Natal. Você foi ver a casa nova?

– Sim. Vai ficar bonita, não é? E eles me disseram que ficará pronta até o casamento, ou um pouco antes. Alegra meu coração ver Iona tão feliz.

Ela pegou o vinho que Branna lhe ofereceu.

– Eu queria um momento a sós com você, Branna, para lhe dizer o quanto significa para mim você e Connor darem um lar para ela, uma família.

– Iona é da família, e também uma boa amiga.

– Ela tem um ótimo coração. Foi difícil para mim mandá-la para cá. Não para a Irlanda e vocês. – Mary Kate olhou na direção da frente da casa. – Mas para o que tudo isso representaria. Mandá-la para cá sabendo o que isso poderia significar, e o que sei que significa. Pensei em escrever para você para lhe dizer que ela estava vindo, e depois desisti porque seria como lhe pedir para recebê-la, fazer você se sentir na obrigação de ajudá-la a aperfeiçoar seus dons. E isso deveria ser uma escolha.

Mais uma vez Branna pensou em Fin.

– Nós temos escolha?

– Acredito que sim. Eu escolhi dar o amuleto para Iona, embora me doesse fazer isso. Uma vez dado, não pode ser tomado de volta. Mas era dela, para usar, carregar. Eu soube desde a primeira vez em que a segurei. Eu segurei você e Connor quando eram apenas bebês. E soube, como seu pai e sua tia também souberam. E agora vocês três são adultos, e chegou o momento, o que não aconteceu comigo, seu pai e sua tia.

Mary Kate foi até a janela e olhou para fora.

– Eu o sinto. Ele não vai perder tempo comigo. Iona se preocupa com isso, mas ele não vai perder tempo comigo. Não sou nada para ele agora. Mas tenho poder suficiente para ajudar se necessário.

– Talvez, quando o dia chegar.

– Mas não hoje. – Mary Kate se virou e sorriu de novo. – Então hoje vou ajudar na cozinha. – Ela tomou um longo gole de vinho. – *Nollaig Shona Duit*, feliz Natal.

FOI PRECISO UM POUCO DE MAGIA PARA EXPANDIR A MESA E ACOMODAR sete pessoas e toda a comida, mas Branna queira um banquete – e também evitar conversas sobre Cabhan.

– Nós não vamos comer assim amanhã na casa da minha irmã – anunciou Meara provando o recheio de Branna. – Maureen, minha mãe e eu poderíamos concorrer ao título de pior cozinheira da Irlanda.

– Então vamos nos empanturrar esta noite, comer cautelosamente lá e voltar para cá para comer as sobras. – Connor espetou um pedaço de ganso.

– É o meu primeiro feriado importante com a família de Boyle. – Iona irradiava felicidade ao olhar ao redor da mesa. – Vou levar pudim de pão e não concorrerei ao título de pior cozinheira porque Vovó me ajudou a fazer. Vamos escolher um feriado, Boyle, para recebermos convidados. Tornar isso uma tradição. Como estão indo as coisas para o Ano-novo, Fin?

– Bem.

– Posso fazer pudim de pão.

Ele sorriu, afetuosamente.

– Vou encomendar a comida.

– Comida pronta?

Ele olhou de relance para Branna ao perceber o choque dela.

– Pronta – disse, firme. – Eu olho para o cardápio e digo: isto, aquilo e um pouco destes, pago e está resolvido.

– Você vai gostar mais da festa se não se preocupar – disse Mary Kate alegremente.

– Com certeza todos vão, porque gostariam menos se eu tentasse cozinhar.

– Isso é verdade – disse Boyle com sinceridade. – Ele contratou Tea and Biscuits.

– Você contratou uma banda?

Dessa vez Fin deu de ombros para Branna.

– As pessoas gostam de música, e a banda é boa. Se os convidados quiserem tocar violino ou gaita, tudo bem.

– Vai ser uma boa *créic*, uma boa diversão – decretou Connor.

– Quantas pessoas vão? – perguntou Branna.

– Não sei exatamente. Só espalhei a notícia.

– Você pode ter metade do condado lá!

– Não espalhei a notícia tanto assim, mas, se esse for o caso, o serviço de bufê terá muito trabalho.

– Patrick e eu costumávamos dar esse tipo de festa – lembrou-se Mary Kate. – Ah, naquele tempo não podíamos pagar um bufê, mas espalhávamos a notícia para amigos e vizinhos. Isso é simpático. Uma boa *céili*.

– Branna não ficou muito feliz com essa ideia – interpôs Connor. – Ela preferiria que não tivéssemos nenhum tipo de festa até acabarmos com Cabhan.

– Não vamos trazê-lo para a mesa esta noite – disse Branna em um tom que não admitia discussões. – Fiquei sabendo que Kyra ganhou um anel de Natal. É verdade, Connor?

– Sim, e você deve andar com os ouvidos grudados no chão, porque pelo que sei só o ganhou na noite passada. Ela o está exibindo por toda parte. – Pensando na gerente de seu escritório, ele apontou com o garfo para Fin. – Quando você for à escola de falcoaria, elogie-o como se fosse o Diamante da Esperança. Ela se irrita com facilidade.

– Meus ouvidos grudados no chão me dizem que Riley... Você se lembra dele, Boyle, porque lhe deu um soco alguns meses atrás.

– Ele mereceu.

– Sim, e parece que mereceu um de novo, de Tim Waterly, dono de um haras em Sligo. Eu já fiz alguns negócios com Tim, e deu tudo certo. Você diria que ele é um homem educado, mas deu um soco em Riley durante uma discussão acalorada sobre se tentar vender feno mofado era uma boa prática comercial.

– Riley é um filho da mãe. Desculpe-me, Vovó.

– Não precisa se desculpar, porque um homem que tenta vender feno mofado, ou pior, maltrata um animal como ele fez com sua doce égua Querida, é realmente um filho da mãe. Pode me passar aquelas batatas, Meara? Acho que ainda tenho espaço para um pouco delas.

Eles se banquetearam e alguns suspiraram enquanto tiravam os pratos, mas ainda assim comeram torta ou creme, ou um pouco de ambos. Então houve o champanhe de Fin e a troca de presentes. Alegria, abraços e uma pausa quando os cantores de músicas natalinas passaram.

E nenhum sinal de Cabhan, pensou Branna examinando as janelas outra vez.

Ela foi discretamente para a cozinha examinar de lá e Fin a seguiu.

– Se você não quer atrair Cabhan, pare de procurar por ele.

– Vim buscar outra garrafa de champanhe.

– Veio buscar preocupação e aborrecimento. Ele está entocado, Branna. Tenho meu modo de olhar.

Fin pegou a garrafa e a pôs sobre o balcão.

– Eu só quero que esta noite seja... perfeita.

– E está sendo. Tenho algo para você.

Ele pegou sua mão vazia, a virou e estendeu uma caixa embrulhada em papel dourado e com um elaborado laço prateado em cima.

– Nós já trocamos nossos presentes.

– Ainda falta um. Abra-o, e eu abrirei isto. – Ele se virou para o champanhe.

Novamente desconcertada, ela desembrulhou e abriu a caixa enquanto Fin tirava a rolha, produzindo um som abafado.

Branna viu que o frasco era antigo – e lindo. O vidro facetado irradiava luz, refletindo-a e o fazendo parecer brilhar em sua mão. Um dia contivera poder, pensou ela, muito tempo atrás. Então passou um dedo sobre a tampa de vidro. A cabeça de um dragão.

– É lindo. Lindo e antigo, e ainda emana poder.

– Eu o encontrei em um antiquário em Nova Orleans, embora não tivesse vindo de lá. Foi passado de mão em mão antes de chegar àquele antiquário onde eles não tinham a menor ideia do que era. Eu soube que era para ser seu assim que o peguei. Isso já faz alguns anos, porque eu não sabia ao certo como lhe dar ou se você o aceitaria.

Ela olhou para o frasco.

– Você acha que eu sou dura.

– Eu não acho nada. Acho que você é forte, o que torna isso duro para nós dois. Ainda assim, não poderia deixá-lo naquele antiquário onde eles não sabiam o que tinham, e não quando eu sabia que era para ser seu.

– Você sabe que quando eu olhar para ele pensarei em você.

– Bem, há essa vantagem. Mesmo assim, é seu.

– Vou guardá-lo em meu quarto e, embora isso não seja prudente, vou pensar em você quando olhar para ele. – Ela não podia arriscar roçar seus lábios nos de Fin, mas os roçou no rosto dele, e por um momento encostou nele como em outros tempos fizera com tanta frequencia e tranquilidade. – Obrigada. Eu... Ah, ela mandou fazer isto muito detalhadamente. Há um brilho aqui – murmurou, olhando para o frasco. – Acho que o dragão era dela. E ela mandou fazer isto, bem assim, para conter... lágrimas. As lágrimas de uma bruxa, tão preciosas e poderosas quando são de alegria ou de tristeza.

– E as deste frasco eram de que tipo?

– Não consigo ver, mas acho que de alegria, porque é Natal, e um lindo presente. Deviam ser de alegria. – Com cuidado, Branna pôs o frasco sobre o balcão. – Deveríamos ter champanhe e música. E não vou mais examinar as janelas esta noite.

TARDE NAQUELA NOITE, ELA PÔS O FRASCO SOBRE A PENTEADEIRA. E, deslizando para a cama, observou-o captar todos os dourados do fogo.

E pensou em Fin. E, pensando nele, pôs um amuleto para bloquear sonhos sob o travesseiro. Seu coração estava alegre demais para se arriscar a sonhar.

AS COISAS PRECISAVAM SER FEITAS, PENSOU BRANNA ENQUANTO PASSAVA O dia – felizmente sozinha – em sua oficina. Havia gostado de cada minuto do Yule e do Natal. Reunir seu círculo, fazer a comida e tocarem música juntos. Havia adorado a ida a Kerry no dia do Natal e não se sentira nem um pouco culpada por usar magia e voar para ver seus pais, passar tempo com eles e outros parentes. E ainda se sentia melhor agora, porque Connor fizera o mesmo, com Meara.

Fora bom para seu espírito ver seus pais tão felizes nessa nova fase da vida deles. Aumentou sua confiança reconhecer a total fé deles nela e em Connor.

Mas tinha de voltar às questões práticas. Ao trabalho que era seu ganha-pão. Ao trabalho que era seu destino, sua vida ou morte.

Repôs o estoque das loções e dos cremes mais populares e trabalhou nas bonitas velas para viagem que quase voavam das prateleiras de sua loja.

Então se permitiu o prazer de experimentar novos cheiros, novas cores e texturas. Poderia concentrar sua mente em seus sentidos. Qual a aparência do produto, o estado de espírito o cheiro evocava, a sensação na pele?

Ergueu os olhos quando a porta se abriu e ficou feliz em ver Meara entrar.

– Você chegou em ótima hora. Tire suas luvas e experimente este novo creme.

– O dia está feio lá fora, frio, com chuva forte e vento. – Ela tirou seu gorro e cachecol e jogou sua grossa trança castanha para as costas. – E aqui está quente e com um cheiro divino. É uma boa mudança da umidade e do cocô de cavalo.

Meara pendurou seu casaco, foi até Branna e estendeu suas mãos sem luvas.

– Ah, que maravilha! – Ela passou o creme e cheirou as mãos. – Fresco e delicioso, e com cheiro de... ar. Ar fresco, como no topo de uma montanha. Também gostei da cor na tigela. Azul muito claro. Como gelo azul.

– Um nome perfeito. Gelo Azul. É para mãos e pés cansados. Pensei em colocá-lo em um frasco robusto. Do tipo que os homens não se importariam de ter. E em criar uma linha inteira. Escova, gel para banho, sabonete em barra e líquido. Também com uma embalagem que as mulheres apreciariam e os homens não considerariam um insulto à sua masculinidade.

– Eu não sei como você pensa nisso tudo.

– Se eu não pensasse, poderia ter passado o dia na chuva fria e no meio de cocô de cavalos com você. – Ela foi pôr a chaleira no fogo. – E com a chegada do fim do ano, sinto que está na hora de pensar no novo. Ontem mesmo minha mãe perguntou se eu não poderia criar alguns produtos exclusivos para a pequena pousada deles. Produtos e miniatura que poderiam oferecer como brindes para os hóspedes e depois vender em tamanho natural.

– Adorei ver sua mãe e seu pai ontem, e os outros. Connor me sugeriu isso do nada: por que não voamos para ficar um pouco com meus pais antes de irmos para Galway? Eu estava falando que adoraria vê-los e se não deveríamos telefonar antes e ele apenas pegou minha mão e, *puf*, estávamos lá. – Ela pôs uma das mãos em sua barriga. – Acho que nunca vou me acostumar com esse modo de viajar.

– Significou muito para eles e para mim vocês dois terem passado algumas horas lá.

– Natal significa família e, se tivermos sorte, amigos também.

– E os seus? A sua família?

– Ah, Branna, minha mãe está feliz na casa de Maureen. Mais como não a via há anos. Com as bochechas rosadas e um brilho nos olhos. Ela me mostrou seu quarto e tenho que admitir, Maureen está de parabéns, porque está tão bonito e cheio de detalhes como minha mãe desejaria.

Meara suspirou, mas o som foi de contentamento.

– Ter todos nós juntos significa tudo para ela, isso eu pude ver. E Maureen me levou para um canto e me disse como era bom nossa mãe estar lá. Eu até a deixei falar à vontade sobre isso, como se tivesse sido ideia dela.

– Isso tirou um peso de você.

– Um peso maior do que eu imaginava. E minha mãe está muito feliz porque não vou fazer sexo com Connor durante muito mais tempo fora do Sagrado Matrimônio. – Rindo, Meara se sentou perto da lareira. – Ela já está falando em mais netos.

– E você? – Branna trouxe uma bandeja com chá fumegante, açúcar e biscoitos.

– Eu quero filhos, é claro, mas não tão rápido quanto minha mãe gostaria. Essa é uma ponte para atravessar mais tarde. – Ela bebericou seu chá. – Estou feliz por você ter dito que eu cheguei em uma ótima hora. Queria conversar com você. A sós.

– Algum problema?

– É isso que eu quero lhe perguntar. Não me lembro de um tempo em que não éramos amigas, porque nossa amizade começou quando ainda usávamos fraldas.

Branna deu uma mordida em um biscoito de açúcar e sorriu.

– E talvez as usemos de novo antes do fim.

Meara deu uma risada.

– É uma possibilidade. Como somos amigas desde sempre, podemos dizer coisas que os outros não podem. Então quero lhe dizer isto: seria bom para você, Branna, esse sonho que está prestes a partilhar com Fin?

– Todos nós concordamos...

– Não, não. Eu não estou perguntando como parte do círculo, mas como sua amiga e sua irmã. De fraldas no início no fim, como você disse.

– Ah, Meara.

– Só estou pensando em você agora, porque somos só você e eu aqui. Esse sonho juntos é íntimo. Eu sei, e entendo que seja. É demais pedir isso de si mesma, Branna, de seu coração, seus sentimentos.

– Lidar com Cabhan vem antes disso tudo.

– Não para mim. Não entre nós duas. Sei que você fará isso de qualquer maneira, mas quero saber como se sente a esse respeito, de amiga para amiga e mulher para mulher. Como se sente, e o que posso fazer para ajudá-la.

– Como me sinto? – Branna deu um longo suspiro. – Sinto que isso deve ser feito, que é o melhor modo que temos. E sei que haverá sofrimento, porque é íntimo, como você diz. Sei que Fin e eu devemos trabalhar juntos pelo bem geral, e aceitei isso.

– Mas?

Ela suspirou, sabendo que podia contar para Meara qualquer coisa que guardasse em seu coração.

– Como Fin voltou meses atrás, ficou esses meses todos e eu o vi lutar e sangrar conosco, é mais difícil reprimir o que sinto e sempre senti por ele. É mais difícil ignorar o que ele sente e sempre sentiu por mim. O que faremos a seguir tornará isso ainda mais difícil para nós dois. E só posso ficar grata sabendo que você está aí, e entende.

– Connor, Boyle ou qualquer um de nós não poderia ir com ele?

– Se fosse para ser Connor, Boyle ou qualquer um de nós, eu não teria sido puxada para o sonho que nos levou à caverna de Midor. Posso enfrentar isso, Meara, como Fin pode, embora eu saiba que não é mais fácil para ele do que para mim.

– Ele a ama, Branna, tanto quanto um homem pode amar. Eu sei que a magoo ao dizer isso.

– Não, você não me magoa. – Branna esfregou uma das mãos na coxa de Meara. – Sei que Fin me ama, ou parte dele me ama. Parte sempre amará. O amor é poderoso e vital, mas não é tudo.

– Você ainda o culpa pela linhagem dele?

– Era mais fácil quando eu culpava, quando era muito jovem e estava bastante abalada. Mas não culpá-lo não muda os fatos. Fin tem o sangue de Cabhan. Carrega a marca, e essa marca surgiu nele, se manifestou, depois que ficamos juntos. E se ainda há algo em mim que o culpa, bem, me culpa também.

– Eu gostaria que você não culpasse – respondeu Meara. – Gostaria que não culpasse nenhum de vocês.

– Meu sangue, o sangue dele. Fin carrega a marca tanto por causa de Sorcha quanto de Cabhan, não é? Acho que agora que somos mais velhos e sabemos mais do que sabíamos, ambos entendemos que não é para ficarmos juntos.

– Se derrotássemos Cabhan, você ainda se sentiria assim? Acreditaria que não poderia ficar com ele e ser feliz?

– Como eu posso dizer? Como posso saber? Foi o destino que nos uniu, e o destino que nos separou. O destino decide essas coisas.

– Eu nunca acreditei nisso nem por um minuto – disse Meara, veemente. – Nós decidimos nosso próprio destino, com nossas escolhas e ações.

Branna sorriu e se recostou.

– Nisso você não deixa de ter razão. É claro que não somos apenas fantoches. Mas na minha maneira de pensar o destino mexe os pauzinhos. O modo como jogamos as cartas importa, mas só temos aquelas que nos são dadas. O que eu faria se o destino não tivesse me dado você? Não teria uma amiga que viria me oferecer o ombro.

– Eu sempre estarei aqui para você.

– Sei disso. Fui feita para ficar em pé sozinha, mas, por Deus, é bom ter em quem me apoiar de vez em quando. Posso desejar não amá-lo. Posso olhar para a garota que fui e dizer, bem, ela teve sua paixão e sua decepção, sua cota de desgosto. Mas seguiu em frente. No entanto, quaisquer que sejam as cartas que eu segure, ele é uma delas. E sempre será.

– Poderíamos esperar mais, tentar encontrar outro modo.

– Já esperamos demais. Merecemos ter tempo para a família e os amigos, mas está na hora de voltar ao dever. Estou preparada para isso, eu lhe garanto.

– Você quer que eu fique depois que tudo terminar? Quero dizer, no fim disso tudo? Eu e Iona?

– Vamos ver o que acontece. Mas é confortador saber que, se eu precisar, você e Iona estarão aqui. Antes de nos preocuparmos com a possibilidade de eu precisar ser consolada, eu e Fin vamos voltar e descobrir o que esse Midor é para Cabhan e o que Cabhan é para ele. E se o destino nos der as cartas, descobrir como e quando acabar com ele.

Ela apoiou a cabeça no ombro de Meara.

– Sei que Fin é um bom homem e isso me acalma. Um dia achei que não era, porque isso tornava tudo mais simples, mas foi errado da minha parte e sobretudo tolice. No fim de tudo, se eu souber que amei um bom homem, poderei me dar por satisfeita.

9

Ela estava preparada emocional e mentalmente para aquilo. Branna disse a si mesma que o feitiço, a viagem no sonho, não era só um passo necessário como também poderia e deveria ser feita, apesar de quaisquer questões pessoais.

Nas últimos meses ela e Fin tinham chegado a um ponto em que conseguiam trabalhar juntos e conversar sem raiva ou mágoas, não tinham?

Agora eram adultos, muito diferentes das crianças deslumbradas que haviam sido. Ela tinha um dever para com sua linhagem. E Fin tinha o mérito de sua grande lealdade ao círculo.

Isso seria suficiente.

E ainda assim, quando eles se reuniram na oficina, muito depois de a noite chegar, ela teve de esconder sua apreensão.

– Você tem certeza? – Connor passou a mão pelas costas de Branna e ganhou um rápido olhar e um empurrão mental.

Fique fora da minha cabeça.

Ele deixou sua mão quente na base das costas da irmã.

– Ainda há tempo para encontrar outro modo.

– Tenho certeza, e esse é o melhor modo. Fin?

– Eu concordo.

– Prima Mary Kate, tem certeza de que não quer se juntar ao círculo?

– Vocês devem continuar como antes, e saibam que estarei aqui para ajudar se precisarem.

– Vovó é nosso esteio. – Iona apertou a mão da avó e depois deu um passo para a frente.

Eles lançaram o círculo, para o ritual e respeito, proteção e união. Juntos, Branna e Fin entraram. Fin estava com sua espada no cinto e ela com uma faca ritual.

Dessa vez, deliberadamente, não iriam desarmados.

– Desta taça bebemos esta poção para viajarmos juntos nos sonhos. – Branna tomou um gole da poção e passou a taça para Fin.

– Com esta bebida viajaremos para outro tempo e lugar, lado a lado. – Fin bebeu e entregou a taça para Connor.

– Dentro do nosso círculo, de mãos dadas, viajaremos pelo céu e pela terra – disseram juntos com os olhos fechados enquanto Branna sentia o poder aumentando. – Nos sonhos, de bom grado, para procurar e descobrir a origem do destino de Cabhan. Cheios de fé e confiança um no outro. Que assim seja.

Fin estendeu a mão e Branna a segurou.

Com um clarão e uma explosão de poder, eles voaram.

Através do vento, tão rápido que o ar foi varrido dos pulmões de Branna. Ela teve um instante para se perguntar se eles haviam feito a poção forte demais, e depois ficou em pé, balançando um pouco, na escuridão estrelada. Sua mão ainda apertava a de Fin.

– Essência de redemoinho de mais.

– Você acha?

Branna lhe deu um sorriso irônico. Os cabelos de Fin estavam tão desgrenhados quanto os seus. Embora o rosto anguloso dele parecesse sério, também revelava satisfação.

Ela se sentia da mesma maneira.

– Não há nenhum motivo para sarcasmo, porque você teve tanta participação na fórmula quanto eu. – Branna sacudiu os cabelos para longe dos seus olhos. – E ela nos trouxe aqui, porque lá está a caverna.

Na escuridão fria e estrelada, a boca da caverna pulsava com luz vermelha. Branna ouviu vindo de dentro um ronco baixo, como uma tempestade distante no mar. Mas do lado de fora nada se movia, nada se agitava.

– Ele está lá – disse-lhe Fin. – Posso senti-lo.

– Não está sozinho. Posso sentir isso. Há algo perverso lá, que causa mais do que formigamento nos dedos.

– É melhor eu entrar sozinho, avaliar as coisas.

– Não me ofenda, Finbar. Entraremos juntos ou ninguém entrará.

Para resolver aquilo, Branna começou a ir para a frente. Fin manteve uma das mãos segurando firmemente a dela e pôs a outra no punho de sua espada.

– Se formos atacados, quebraremos o feitiço. Sem hesitação, Branna. Não vamos morrer aqui.

Ela sentiu vontade de se inclinar para Fin, tais eram as necessidades que o feitiço do sonho produzia. Mas em vez disso se firmou e manteve sua posição.

– Não tenho nenhuma intenção de morrer aqui. Temos trabalho a fazer em nosso próprio tempo e lugar.

Eles entraram na boca da caverna, a luz pulsando. O ronco se tornou mais alto e profundo. Não como uma tempestade no mar, percebeu Branna, mas como algo maior, vivo, esperando adormecido.

A caverna se alargou e se abriu em túneis formados por paredes úmidas o suficiente para pingar, tornando o gotejar constante da água na pedra uma espécie de acompanhamento rítmico para o ronco. Fin foi para a esquerda, e como os instintos de Branna diziam o mesmo eles caminharam em silêncio no túnel.

A mão de Fin era o único elo com o calor e a realidade, pensou Branna, e percebeu que ele sentia o mesmo.

– Não podemos saber ao certo em que tempo estamos – sussurrou Branna.

– Depois do último tempo com que sonhamos. – Fin balançou a cabeça ao ver o olhar dela. – Eu não sei como sei, mas sei. Depois, mas não muito depois.

Confiança, lembrou Branna a si mesma. Fé. Eles prosseguiram enquanto o ronco se tornava ainda mais profundo. Quase podia senti-lo dentro dela agora, como uma pulsação, como se tivesse engolido a escuridão viva.

– Isso o atrai – murmurou Fin. – Quer se alimentar. Está me puxando através dele, de sangue para sangue. – Ele se virou para Branna e a segurou com firmeza pelos ombros. – Se isso ou ele me arrastar, você tem de quebrar o feitiço, sair e voltar.

– Você me deixaria, ou deixaria qualquer um de nós à mercê disso?

– Nem você, nem nenhum dos outros vêm dele. Jure para mim, Branna, ou quebrarei o feitiço agora e acabarei com isso antes de começarmos.

– Eu juro que quebrarei o feitiço. – Mas o arrastaria de volta com ela. – Juro porque eles não o arrastarão. Você não permitirá. E, se ficarmos aqui discutindo isso, não precisaremos quebrar o feitiço porque ele se quebrará sozinho sem que nenhum de nós tenha descoberto absolutamente nada.

Dessa vez ela segurou a mão de Fin. Uma faísca saiu de entre as palmas deles antes de prosseguirem.

O túnel se estreitou de novo e se transformou no que Branna reconheceu como uma câmara – uma espécie de oficina de magia negra.

Corpos de morcegos com as asas abertas estavam pregados nas paredes de pedra como arte de horror. Em prateleiras, havia ossos de pernas de aves, cabeças, órgãos internos de animais e outros que ela temeu serem humanos, corpos de ratos, tudo boiando em potes cheios de líquido viscoso.

Um fogo ardia e sobre ele um caldeirão borbulhava e exalava uma fumaça verde repugnante.

À esquerda havia um altar de pedra iluminado por velas de gordura pretas manchadas com o sangue da cabra que jazia em cima com o pescoço cortado.

Cabhan recolhia o fluxo de sangue em uma tigela.

Ele parecia mais jovem, percebeu Branna. Embora estivesse de costas para eles enquanto trabalhava, parecia mais jovem do que o Cabhan que ela conhecia.

Cabhan deu um passo para trás, se ajoelhou e ergueu a tigela no alto.

– Eis o sangue, um sacrifício para sua glória. Através de mim você se alimenta, através de você eu me alimento. E assim meu poder aumenta.

Ele bebeu da tigela.

O ronco se tornou pulsante como um coração.

– Isso não é o suficiente – murmurou Fin. – Ele está pálido e fraco.

Alarmada, Branna apertou a mão de Fin com mais força.

– Fique comigo.

– Eu estou com você, e com ele. Cabras, ovelhas e vira-latas. Se o poder é uma sede, sacie-a. Se é fome, mate-a. Se é luxúria, satisfaça-a. Pegue o que quiser.

– Mais – disse Cabhan, erguendo de novo a tigela. – Você prometeu mais. Eu sou seu servo, seu soldado. Seu instrumento. Você prometeu mais.

– Mais exige mais – disse Fin em voz baixa, seus olhos assustadoramente verdes. – Sangue do seu sangue, como antes. Pegue-o, derrame-o, prove-o e terá mais. Você será meu, eu serei seu. Para sempre. Terá vida eterna e grande poder. E a Bruxa da Noite que deseja será sua. A Bruxa da Noite submeterá o corpo e poder dela à sua vontade.

– Quando? Quando terei mais? Quando terei Sorcha?

– Derrame-o, pegue-o, prove-o. Sangue do seu sangue. Na taça, passando por seus lábios. No caldeirão. Prove que você é merecedor!

Todo o calor desaparecera da mão de Fin. Branna a apertou e lhe deu o que pôde.

– Eu sou merecedor. – Cabhan pousou a tigela e se levantou para pegar uma taça. Ele se virou.

Pela primeira vez Branna viu a mulher nas sombras. Uma velha algemada, tremendo no frio intenso.

Cabhan foi até ela, levando a taça.

– Tenha misericórdia. De mim, de si mesmo. Você está se amaldiçoando. Ele mente. Para você e para todos. Ele o acorrentou com mentiras como você me acorrentou com ferro. Solte-me, Cabhan. Salve-me e salve a si mesmo.

– Você é só uma mulher, agora velha, perdendo os poucos poderes. E não tem mais nenhum valor.

– Eu sou sua mãe.

– Eu já nasci – disse ele, e cortou a garganta dela.

Branna gritou de choque e horror, mas o som foi sufocado pelo rugido crescente. Poder pairava no ar, negro como piche, pesado como a morte.

Cabhan encheu a taça, bebeu e a encheu de novo. Dessa vez ele a levou para o caldeirão e despejou seu conteúdo nele através da fumaça. E a fumaça se tornou vermelha como o sangue.

– Agora se junte ao do pai – disse Fin, e Cabhan foi até um frasco e despejou seu conteúdo no caldeirão. – Diga as palavras. – Os dedos de Fin, gelados nos de Branna, se abriram e fecharam. – Diga as palavras, faça a fusão.

– De sangue para sangue, bebo para saciar a fome e criarmos poder. Da mistura e fumaça dos condenados e abatidos conclamo as forças ocultas para invocar meu nome, meu poder e meu destino. Concedam-me vida eterna e santuário através deste portal. Eu sou deus e demônio e por isso reino sobre mulher e homem. Por meio de meu poder, terei a Bruxa da Noite para mim. Eu sou Cabhan, não mais mortal, e com estas palavras renuncio à minha humanidade.

Ele estendeu o braço para o caldeirão através da fumaça e, com suas mãos desprotegidas, tirou de dentro o amuleto com a pedra vermelha.

– Neste momento, pelo poder da escuridão, faço meu juramento.

O vento em redemoinho rugiu enquanto Cabhan, com os olhos brilhando vermelhos como a pedra, ergueu seus braços para o alto.

– E nasço!

O lobo pulou do altar, preto e feroz. Na direção de Cabhan, para dentro dele, com um som de trovão ensurdecedor.

Algo uivou em triunfo, e até mesmo as pedras tremeram.

Ele virou a cabeça. Através da escuridão, através das sombras, seus olhos ainda brilhantes encontraram os de Branna.

Ela ergueu uma das mãos quando ele estendeu os braços em sua direção, preparada para bloquear qualquer magia que lançasse. Mas Fin a virou e a abraçou. Algo se despedaçou, algo queimou.

E ele quebrou o feitiço.

Rápido demais, de um modo muito desestabilizador. Branna se agarrou a Fin tanto para aquecê-lo – o corpo dele queimava de tão frio – quanto para evitar ser lançada para longe, girando.

Ela ouviu as vozes primeiro – a de Connor, firme como uma rocha e calma como um lago no verão –, guiando-a. Depois a de Iona se juntando a dele.

Não se solte agora, disse Connor dentro da cabeça dela. *Nós a pegamos. Pegamos vocês dois. Estamos quase em casa. Quase lá.*

Então lá estava ela, tonta e com as pernas fracas, mas em casa, no calor e na luz.

Enquanto tomava fôlego, Fin escorregou de suas mãos e caiu de joelhos.

– Ele está ferido. – Branna se ajoelhou também. – Deixe-me ver. Deixe-me ver você. Ela segurou o rosto de Fin e afastou os cabelos dele.

– Só fiquei sem ar.

– A parte de trás do suéter dele está chamuscada – disse Boyle, vindo rapidamente. – Como a camisa de Connor daquela vez.

Antes de Branna poder fazer isso, Boyle puxou o suéter para cima e o tirou.

– Ele está queimado. Não tanto quanto Connor ficou, mas as costas quase todas.

– Ponha-o de bruços, com a cabeça para a frente – começou Branna.

– Não quero ficar esparramado no chão como um...

– Cochile. – Com essa ordem dada, Branna pôs uma das mãos na cabeça de Fin e o anestesiou. – Com a cabeça para a frente – repetiu, e fez Connor e Boyle o deitarem no chão da oficina.

Ela passou as mãos pelas queimaduras leves nas costas de Fin.

– Não, não são profundas, e o veneno não pode se misturar com o sangue dele. Só o frio, o calor e a dor. Vou precisar...

– Disto? – Mary Kate lhe ofereceu um pote de unguento. – A cura era minha melhor arte.

– Exatamente, obrigada. Vamos ser rápidos. Ainda não teve tempo para se aprofundar. Iona, pode passar em mim? Meu braço esquerdo está um pouco queimado. Não é nada, mas queremos que continue assim. Você sabe o que fazer.

– Sim. – Iona puxou a manga de Branna para cima. – É uma queimadura pequena, mas feia.

A queimadura deixou de arder no momento em que Iona passou o unguento. A leve tontura passou também quando a prima exerceu suas próprias artes de cura. Mais estável agora, Branna pôde se concentrar totalmente em Fin.

– Está melhor, não está? É claro que está. Precisamos de um pouco de uísque, se você não se importa. Fomos um pouco mais rápidos do que eu havia calculado e voltar foi como cair de um prédio.

– Já percebi – disse-lhe Meara. – Ele parece limpo de novo.

– Vamos apenas nos certificar. – Com as mãos em Fin, Branna procurou por lesões mais profundas, qualquer área escura. – Ele vai ficar bem. – O alívio fez sua garganta arder e transpareceu em sua voz. – Ele está bem. – Ela pôs as mãos na cabeça de Fin outra vez e as deixou lá por um instante. – Acorde, Fin.

Os olhos de Fin se abriram e encontraram os dela.

– Droga – disse ele se sentando.

– Sinto muito por isso, porque é indelicado fazer alguém dormir sem permissão, mas eu não estava a fim de discutir.

– Ela também se queimou – disse Iona, sabendo que isso mudaria o humor de Fin. – No braço esquerdo.

– O quê? Onde? – Ele já havia agarrado o braço de Branna e erguido a manga dela.

– Iona cuidou do machucado. Não havia quase nada, porque você me empurrou para trás de você, me cobriu como se eu não fosse capaz de bloquear um ataque.

– Você não poderia ter bloqueado, não aquele. Não com o poder novo, tão pleno e jovem, e com Cabhan viajando nele como em uma droga pesada. Ele tinha mais naquele momento do que tem agora, ou que acho que tem desde então. E anseia por aquele barato selvagem de novo.

Connor se agachou.

– Eu vou lhe dizer uma coisa: obrigado por cuidar da minha irmã.

– Agora fiquei sem graça. – Branna suspirou. – Sinto muito por isso também. Ainda estou abalada. Realmente lhe agradeço, Fin, por ter me poupado.

Ela pegou os copos de uísque de Meara e entregou um para Fin.

– Cabhan a confundiu com Sorcha. Na escuridão, quase alucinação, sentiu você. Quando se encheu de poder, sentiu você e a confundiu com Sorcha. Ele pretendia...

– Beba um pouco disto.

– Vou beber. – Fin bateu seu copo no dela e bebeu. – Ele pretendia desfigurá-la, para que ninguém visse sua beleza, achando que assim seu marido a rejeitaria. Eu vi a mente dele naquele momento, e a loucura nela.

– Um homem tem de ser louco para cortar a garganta da própria mãe e depois beber o sangue dela.

– Isso é simplesmente nojento – concluiu Meara. – E, se ainda assim vamos ouvir essa história, prefiro ouvir tudo de uma vez, e quando estivermos todos sentados.

– Tem razão. Fin, agora ponha seu suéter para poder se sentar à mesa como um homem civilizado. – Mary Kate lhe entregou o suéter. – Só vou dar uma olhada na cozinha, Branna, ver o que consigo encontrar porque aposto que todos gostariam de um pouco de comida.

Enquanto Mary Kate juntava um monte de sobras do banquete de Natal, Branna se sentou, aliviada por não ter de cuidar da comida, e ela e Fin poderem contar a história.

– A própria mãe. – Balançando a cabeça, Boyle pegou um dos belos sanduíches que Mary Kate fez.

– Apenas uma mulher, e velha, como Cabhan disse. Ele não tinha nenhum sentimento por ela. Não havia nada nele para ela. Não havia nada nele além de escuridão – continuou Fin.

– Você ouviu o que falou com ele.

Franzindo a testa, Fin se virou para Branna.

– Você não?

– Só ouvi um ronco, como ouvimos ao chegar lá, quando entramos na caverna. Uma espécie de... som monótono.

– Eu ouvi. – Distraidamente, Fin esfregou seu ombro, a marca. – As promessas de mais poder, vida eterna, tudo o que Cabhan poderia desejar. Mas para ter, tinha de dar mais. Sacrificar o que era humano nele. Começou pelo pai.

– Você sabe ou acha isso? – perguntou-lhe Connor.

– Eu sei. Pude ver dentro da cabeça de Cabhan, sentir o demônio aprisionado na pedra e as necessidades e a cobiça dele. A alegria dele em saber que logo estaria livre de novo.

– Demônio? – Meara pegou o vinho que escolhera. – Bem, isso é novo, e aterrador.

– Antigo – corrigiu-a Fin. – Mais velho que o tempo, esperando até encontrar um instrumento.

– Cabhan?

– Ainda é ele – disse Fin para Boyle. – Sem dúvida é Cabhan, mas com a outra parte dele e, como sempre, ávido por poder e sangue.

– A pedra é a fonte, como nós pensávamos – continuou Branna. – Veio do sangue e do pai e da mãe de Cabhan que ele sacrificou por poder. Conjurando-o, fazendo um juramento para ele, assumiu esse... Bem, se Fin diz demônio, certamente é.

– Por que Sorcha? – perguntou Iona. – Por que ele era tão obcecado por ela?

– Por causa da beleza, do poder e... da pureza do amor de Sorcha por sua família. Ele cobiçava as duas primeiras coisas e queria destruir a última.

Fin esfregou os dedos na têmpora, tentando diminuir o latejamento.

– Ela o rejeitou repetidamente – continuou ele, embora o latejamento se recusasse a diminuir. – Rechaçou os avanços de Cabhan. Então ele...

Surpreso quando Mary Kate veio por trás, passou as mãos pelas têmporas e pela nuca dele, e fez desaparecer a dor, Fin perdeu o fio da meada.

E a dor de cabeça foi embora.

– Obrigado.

– De nada.

Ela lhe deu um beijo maternal no alto da cabeça antes de se sentar de novo. Isso o desconcertou e lhe mostrou exatamente de quem Iona herdara o coração bondoso e gentil.

– Ah. O desejo de Cabhan por Sorcha, mulher e bruxa, se tornou uma obsessão. Ele queria dobrá-la, tirar o que ela tinha, e acreditava que nenhum feitiço e nenhuma magia poderiam fazê-lo parar, atingi-lo. O poder de Sorcha poderia lhe fazer mal, ameaçar sua existência, e a rejeição dela feriu o orgulho de Cabhan.

– Então vieram os três – calculou Branna. – E com o poder dos três a ameaça aumentou. Nós podemos acabar com ele.

– Naquele momento, na caverna, quando Cabhan incorporou o demônio e a escuridão, acreditou que nada poderia acabar com ele. Mas o que está nele sabe das coisas. Mente para ele, como a mãe o avisou.

– Nós podemos feri-lo, sangrá-lo, queimá-lo até que se transforme em cinzas, mas... – Connor deu de ombros. – Mas se não destruirmos também o amuleto e o demônio que se uniu a ele, Cabhan vai se curar e voltar.

– Bom saber. – Iona passou um pouco de queijo em um biscoito. – Então como vamos destruir a pedra, o demônio?

– Com magia do sangue contra magia do sangue – concluiu Branna. – Luz contra escuridão. Como temos feito, mas talvez com um foco diferente. Precisamos descobrir o momento certo, ter certeza disso. Estou achando que deve ser na cabana de Sorcha, como antes, para atrair o que ela tinha, mas precisamos encontrar um modo de aprisioná-lo, impedir que ele escape de novo, para isso poder acabar. Mas se conseguirmos, Fin é que precisará destruir a pedra, a fonte.

– Eu senti a atração do demônio e do bruxo. Mais forte ainda quando eles se uniram. Senti o encanto, o desejo pelo que eles me dariam.

– E sentindo isso, se arriscou para me proteger. É você que deve destruir a pedra, quando chegar a hora – disse Branna depressa. – Só precisamos descobrir como e quando. Mary Kate, você tem certeza de que precisa voltar para os Estados Unidos? Porque é um prazer ter mais alguém aqui preparando as refeições.

Entendendo a necessidade de mudar de assunto, Mary Kate sorriu.

– Infelizmente, sim, mas volto para o casamento de Iona, e com antecedência suficiente para ajudar com algumas coisas. E depois estou pensando em ficar.

– Ficar? – Iona estendeu o braço e segurou as mãos dela. – Vovó, você quer dizer ficar na Irlanda?

– Estou pensando nisso. Fiquei nos Estados Unidos depois que seu avô morreu por causa de sua mãe e depois por sua causa. E adoro minha casa, meus jardins, a vista das minhas janelas. Tenho bons amigos lá. Mas... posso ter uma casa aqui, jardins e vistas bonitas das minhas janelas. Tenho bons amigos aqui. E tenho você. Tenho todos vocês, e também parentes.

– Você poderia morar conosco. Eu lhe mostrei onde estamos construindo o quarto para quando vier nos visitar. Poderia ficar lá, conosco. – Iona olhou para Boyle.

– É claro. Nós adoraríamos.

– Você tem um coração bondoso – disse Mary Kate para Iona – e você, um coração generoso, Boyle. Mas, se eu vier para ficar, para morar aqui, terei minha própria casa. Perto, podem ter certeza. Provavelmente na vila, onde poderei ir a lojas, ver meus amigos e visitar vocês em sua bela casa nova sempre que quiserem.

– Eu tenho um chalé vazio – comentou Fin, fazendo Mary Kate erguer as sobrancelhas.

– Fiquei sabendo, mas ainda faltam alguns meses para abril.

– É fácil alugá-lo por temporada para turistas que querem algo na vila com todo o conforto de um lar. Você pode dar uma olhada nele antes de voltar para os Estados Unidos.

– Vou fazer isso, e devo confessar que já espiei pelas janelas. – Ela sorriu. – É muito aconchegante e está lindamente modernizado.

– Vou lhe dar uma chave para você entrar e olhar quando quiser.

– Vou olhar, sim. Preciso ir. Margaret vai começar a ficar preocupada se eu demorar muito.

– Vou levá-la de carro. – Boyle começou a se levantar.

– Eu levo. – Fin se levantou. – Vou lhe dar a chave e deixá-la na casa da sua amiga. Também preciso ir para casa.

– Vou pegar meu casaco. Não, todos vocês fiquem onde estão – insistiu Mary Kate. – Não me importo de ser levada para casa por um jovem bonito.

Quando eles saíram, Iona se levantou.

– Vou lhe preparar um banho.

Branna ergueu as sobrancelhas.

– Vai?

– Um banho com alguns dos meus próprios sais para relaxamento, e Meara lhe fará uma xícara de chá. Eu gostaria de mandar Connor e Boyle para a casa de Fin para fazerem o mesmo por ele...

– Eu não vou preparar um banho para Fin Burke – decretou Boyle.

– Mas eles dois vão limpar a cozinha exatamente como você gosta. Para você poder ter um pouco de descanso, um bom descanso, e tirar tudo isso da sua cabeça pelo resto da noite.

– Eu não discutiria com ela quando está zangada – aconselhou Boyle.

– Eu não me oporia a um banho, ou chá.

– Então vou preparar. – Iona saiu.

– E não me oporia a deixarem a cozinha como está se um de vocês fosse ver como está Fin – disse Branna. – Foi um esforço maior para ele do que para mim, e confesso que estou exausta.

– Vou dar alguns minutos para ele e depois passo lá – disse-lhe Connor – Ficarei se Fin precisar, ou até ter certeza de que ele está bem. Ainda assim podemos limpar a cozinha. Agora suba, não se preocupe.

– Então vou subir. Boa noite.

Meara esperou até Branna estar longe o suficiente para não ouvir, com Kathel ao seu lado, e depois foi pôr a chaleira no fogo.

– Quem está preocupado é você, Connor.

– Branna não comeu nada. – Ele olhou na direção da porta da cozinha e enfiou as mãos nos bolsos como se não soubesse o que fazer com elas. – Só fingiu. Está com olheiras que não tinha antes do início do feitiço. E deixar você e Iona se preocuparem com ela sem discutir? Branna está esgotada. Você vai cuidar dela, não é, Meara? Você e Iona. Não vou ficar muito tempo na casa de Fin a menos que seja necessário. E nós dormiremos aqui hoje.

– Faça o que puder pelo Fin e nós cuidaremos de Branna.

– Sem que ela perceba.

Meara olhou para Connor, que estava aflito.

– Eu a conheço há quase tanto tempo quanto você, Connor. Acho que sei como lidar com Branna O'Dwyer tão bem quanto qualquer pessoa sabe. Passaremos algum tempo com ela e depois a deixaremos sozinha. Ela vai se recuperar melhor com o silêncio e a solidão.

– Isso é verdade. Vou dar um pulo na casa de Fin e voltar o mais rápido que puder.

– Se você precisar ficar, é só nos avisar. – Ela virou o rosto para um beijo quando ele veio, e sorriu ao seu rápido e forte abraço.

Meara terminou de fazer o chá para Branna enquanto Connor vestia suas roupas de sair, e se virou para Boyle quando eles ficaram a sós.

– Parece que a louça suja sobrou para você. – Meara lhe deu um rápido tapinha no ombro ao sair.

Ele olhou ao redor da cozinha vazia e suspirou.

– Ah, bem. – E arregaçou as mangas.

CONNOR FOI DIRETO PARA A CASA DE FIN COMO FAZIA DESDE O DIA EM QUE a porta da frente fora instalada. Na verdade antes, porque ele próprio instalara a porta.

Encontrou Fin com outro uísque na frente da lareira da sala de estar, com Besouro, o pequeno cão do estábulo, dormindo enroscado aos seus pés.

– Tenho ordens para ver como você está – anunciou ele, e achou bom ter ido. Fin parecia tão esgotado e sentido quanto Branna.

– Como pode ver, estou bem.

– Como posso ver, você não está – corrigiu-o Connor, e se serviu de um uísque. Depois se sentou em uma cadeira. – Iona está preparando um banho para Branna e Meara está fazendo chá. Branna permitiu que fizessem isso, o que me diz que precisa ser cuidada. Do que você precisa?

– Se eu disser, você vai fazer?

– Você sabe que sim, embora a ideia de lhe preparar um banho e arrastar você para cima seja mortificante.

Fin não sorriu, só tirou os olhos do que quer que tivesse visto no fogo e os fixou nos de Connor.

– Foi uma atração forte, brutal. Por um momento pude sentir todas as promessas. Aquele poder além do alcance de todos nós. É sombrio e frio, mas... sedutor. E tudo o que eu tenho a dizer é: eu o aceitarei.

– Você não o aceitou. E não o aceitará.

– Não aceitei, desta vez. Ou em vezes anteriores, mas esse é um chamado do sangue. E do animal que há dentro de todos nós. Então vou lhe pedir uma coisa, Connor, porque você é meu amigo e meu irmão quase tanto quanto é de Branna.

– Sou dos dois.

– Então jure, por seu sangue e seu coração, de onde vem sua magia, que, se a atração for forte demais e eu não resistir, você me fará parar usando o meio que for preciso.

– Você nunca...

– Eu preciso que você jure isso. – Fin o interrompeu, seus olhos ferozes. – Caso contrário precisarei ir embora, sair daqui, deixar Branna. Deixar todos vocês. Eu não vou arriscar isso.

Connor esticou as pernas, cruzou-as na altura dos tornozelos e ficou olhando para as botas por vários instantes.

Então, lentamente, ergueu seu olhar para Fin.

– Ouça o que está dizendo. Você quer o fim de Cabhan mais do que os três, mais do que os três de quem viemos, mas se afastaria porque enfiou em sua cabeça dura que há uma chance de não resistir, quando resistiu esse tempo todo.

– Você não estava na caverna. Não sentiu o que senti.

– Estou aqui agora. Eu o conheço há quase nossa vida inteira, desde antes de a marca surgir em você. Sei quem você é. E porque o conheço, vou jurar isso para você, Fin, se é do que precisa. Como você disse, o que eu tenho vem do meu coração. Para lhe dar o que pensar, e eu diria que você merece. E amanhã voltaremos a esse assunto.

– Então está bem. – Mais calmo, Fin bebericou seu uísque. – Eu mereço pensar.

– Sim, e vou pensar com você até terminar meu uísque.

Connor tomou um gole e permaneceu por algum tempo em silêncio.

– Nós dois a amamos – disse.

Fin se recostou e fechou os olhos.

– Essa é a mais pura verdade.

E Connor sabia muito bem que a atração do amor era mais forte do que quaisquer promessas obscuras.

10

FIN SE CONSIDERAVA BASTANTE SOCIÁVEL. SABIA QUANDO PAGAR UMA rodada no pub e era um bom convidado, capaz de puxar conversa no jantar. Se recebia amigos para assistir a um jogo na TV ou jogar sinuca, providenciava para que houvesse muita comida e cerveja e não se importava com a bagunça.

Afinal de contas, não fora criado em um celeiro e entendia tão bem quanto qualquer homem as expectativas e obrigações básicas de quem dava uma festa.

Iona o reeducou.

No meio da tarde do último dia do ano, ela veio à porta de Fin com seus cabelos claros como a luz do sol enfiados em um gorro azul-escuro que ele se lembrava de ter sido tricotado pela avó para o Natal. E Iona descarregou sacolas de compras.

– O Natal já não passou?

– Suprimentos para a festa. – Ela empurrou algumas sacolas para a mão dele e levou o resto para a cozinha.

Depois de colocá-las na ilha central, tirou seu casaco, cachecol, gorro, luvas e botas e levou tudo para a lavanderia de Fin.

– Nós temos velas – começou ela.

– Eu tenho velas. Comprei algumas de Branna um pouco antes do Yule.

– Não são nem de longe suficientes. – A firmeza e compaixão se refletiram no balançar de cabeça de Iona. – Você precisa delas por toda parte.

Iona pôs a mão em uma sacola e começou a tirar coisas.

– Estas são para o console da lareira da sala de estar. Queimarão por 24 horas, então você precisa acendê-las meia hora antes de os convidados começarem a chegar.

– Eu?

– Sim – disse ela. – As velas criarão uma atmosfera bonita, comemorativa e elegante. Estas são para o toalete feminino aqui, o banheiro no andar de baixo e o principal no andar de cima. Ninguém deve ir à sua suíte, a menos que seja convidado, mas há velas extras e por via das dúvidas você deveria pôr algumas lá. E estas são toalhas de visitas, bonitas, simples e descartáveis.

Ela pegou uma pilha embalada de guardanapos brancos com a estampa de taças de champanhe prateadas.

– Para as pessoas não enxugarem as mãos na mesma toalha em que alguém já enxugou.

Fin deu uma rápida risada.

– Está falando sério?

– Fin, olhe para meu rosto. – Ela apontou para próprio rosto. – Muito sério. Eu trouxe algumas velas extras para sua sala de jantar no caso de você não ter suficientes e outras para o console no piso inferior. Agora é essencial que você se certifique de que há papel higiênico suficiente nos banheiros. As mulheres ficam horrorizadas e odeiam quando estão sentadas e o papel acabou.

– Só posso imaginar. Felizmente.

– Minha ideia é checar os banheiros de hora em hora para que não haja nenhum problema.

– Você é um conforto para mim, Iona.

Ela pôs suas mãos nas bochechas de Fin.

– Eu o meti nisso, disse que ajudaria e estou aqui para ajudar. O pessoal do bufê vai se encarregar de quase tudo na cozinha e saberá o que fazer. Eu pesquisei sobre eles e são ótimos. Boa escolha.

– Obrigado. Eu faço o que posso.

Iona apenas sorriu.

– Eu só quero garantir que os garçons entendam que precisarão servir comida e bebida no piso inferior porque haverá muitas pessoas reunidas lá para jogar, dançar e socializar. Você vai soltar fogos, é claro.

– Bem, é claro.

– Sei que todos terão muito para comer e beber. Não é à toa que isso é chamado de Noite da Grande Porção ou... espere. – Ela fechou os olhos por um momento. – Ou *Oiche na Coda Moire.*

Fin sorriu.

– Você se saiu muito bem no irlandês.

– Tenho praticado. Li sobre as tradições irlandesas e nós não vamos precisar seguir a tradição da véspera do Ano-novo de limpar a casa, porque a sua já é imaculada. Nesse ponto você é tão assustador quanto Branna, por isso vou pôr estas velas e as toalhas de visitas em seus devidos lugares e, ah... – Ela pôs a mão em outra sacola. – Eu trouxe estas balas de hortelã e amêndoas açucaradas. As cores são muito bonitas e é bom ter isso espalhado em pequenas tigelas. Ah, e Boyle vai buscar o *rack* com rodinhas que a filha de uma amiga da vovó nos emprestou.

– Um *rack* com rodinhas? – Por motivos que não quis explorar, Fin visualizou imediatamente um instrumento de tortura portátil.

– Para pendurar casacos. Temos de fazer alguma coisa com os casacos das pessoas, por isso pegamos o *rack* emprestado. Deve ficar bem na lavanderia. Um de nós vai pegar os casacos quando as pessoas entrarem, pendurá-los e buscá-los quando elas quiserem ir embora. Não podemos apenas largar os casacos no sofá ou em uma cama.

– Eu não tinha pensado nisso. Sou um homem de sorte por ter você.

– Sim, e isso também é um bom modo de praticar. Já estou planejando uma festa no próximo verão quando nossa casa estiver pronta e mobiliada, e estivermos morando lá.

– Já estou ansioso por ela.

– A essa altura teremos acabado com Cabhan. Acredito nisso. Não estaremos trabalhando todos os dias para descobrir como e quando como estamos agora. Estaremos apenas vivendo. Sei que esta semana foi difícil, principalmente para você e Branna.

– Não era para ser fácil.

Com cuidado, Iona arrumou as pilhas de toalhas de visitas.

– Você a viu hoje?

– Não, hoje não.

– Esta manhã ela disse que ia fazer alguns cálculos para terminar isso no aniversário de um ano da minha chegada, do dia em que fui pela primeira vez ao chalé para conhecê-la.

Fin refletiu.

– É uma ideia.

– E ela parecia tão em dúvida quanto você sobre se a ideia é boa, mas é algo a considerar. Então vamos fazer isso. Mas não esta noite. Esta noite é para festejar.

– Hum. O que há nesta outra sacola aqui?

– Ah, bem... algumas pessoas gostam de chapéus de festa bobos e coisas barulhentas.

Ele abriu a sacola e viu chapéus de papel coloridos e tiaras brilhantes.

– Vou logo lhe dizendo que embora eu adore até o chão em que você pisa não vou usar nada disso.

– Totalmente opcional. Achei que poderíamos pôr essas coisas em algumas cestas grandes para quem quiser. De qualquer modo, vou montar tudo e depois trabalhar com Branna por uma ou duas horas antes de me vestir para a festa. Chegarei uma hora antes para dar os toques finais.

Ela saiu carregando as velas e Fin olhou o fundo da sacola cheia de chapéus de papel. Não, não usaria nenhum, mas assumiria sua posição de segundo no comando e a ajudaria com as velas e o resto.

Depois tiraria uma hora para fazer alguns cálculos.

MAIS TARDE, QUANDO O PESSOAL DO BUFÊ INVADIU A CASA E ELE HAVIA respondido a dezenas de perguntas e tomado muitas decisões sobre detalhes que não considerara, fechou-se em seu quarto por uma abençoada meia hora para se vestir em paz. Perguntou-se quais eram suas chances de permanecer fechado lá, considerou a alegre determinação de Iona e calculou que eram zero.

Onde estava nesta época no ano passado? Nos Alpes italianos, perto do lago de Como. Havia ficado umas três semanas lá. Achava mais fácil passar os feriados longe de casa, comemorá-los a seu próprio modo com estranhos.

Agora veria como lidaria não só com o fato de estar em casa como também com receber pessoas que conhecia.

Talvez tivesse se demorado um pouco mais do que o necessário, e então vestiu jeans pretos e um suéter preto e começou a descer a escada.

Ouviu vozes, música e risadas. Olhou para o relógio para ver se tinha calculado mal o tempo. Mas não, ainda tinha quarenta minutos antes de os convidados chegarem.

Velas em pequenos suportes de vidro vermelho brilhavam sobre o console da lareira acima de um fogo que estalava. Sua árvore brilhava. Um animado ritmo *reel* saía dos alto-falantes. O grande castiçal que ele havia comprado em um lugar distante estava em um canto, habilmente ornamentado com velas comemorativas que irradiavam mais luz.

Luz e música, pensou Fin, a arma de seu círculo contra a escuridão.

Iona estivera certa. Totalmente certa.

Fin começou a voltar e notou que ela havia colocado mais velas em sua biblioteca, e ainda mais no espaço que ele havia transformado em sala de música.

Ela também sugerira flores – rosas em pequenos jarros de vidro ornados com fitas prateadas.

Ele encontrou Iona e Meara, junto com algumas pessoas do bufê, ocupados na área de refeições.

Outra lareira, mais velas, mais rosas, bandejas de prata e pratos de cristal cheios de comida e *réchauds* contendo ainda mais.

E todos os doces postos no aparador – bolos, biscoitos e tortas. Queijos sob uma cúpula transparente.

Iona, com um elegante vestido curto em tom escuro de prateado, estava com as mãos nos quadris enquanto – Fin não tinha nenhuma dúvida – examinava tudo com olhos de águia. Ao lado dela, Meara estava com os cabelos soltos sobre os ombros de um vestido vermelho que lhe realçava as curvas.

– Acho que cometi um erro – disse Fin, fazendo suas duas amigas se virarem para ele. – Por que convidei pessoas esta noite quando poderia ter duas mulheres lindas só para mim?

– Esse é justamente o tipo de encanto que fará todos os seus convidados falarem sobre esta festa durante meses – disse-lhe Iona.

– Eu ia dizer bobagem, mas é uma bobagem encantadora – concluiu Meara. – E, acima de tudo, sua casa está maravilhosa.

– Eu não tive muito a ver com isso.

– Você teve tudo a ver – corrigiu-o Iona. – Você me deixou brincar com o fogo. – Rindo, ela se aproximou e deu o braço para Fin. – E Cecile e a equipe dela são os melhores. Sinceramente, Cecile, a comida parece bonita demais para ser consumida.

Cecile, uma loura alta usando calças pretas e um colete sobre uma blusa muito branca, corou de prazer.

– Obrigada, mas comer é exatamente o que queremos que todos façam. Coloquei alguns aparadores com comida e bebida lá embaixo, como Iona sugeriu – disse ela para Fin. – E também montamos um bar aqui. Teremos garçons circulando aqui e lá embaixo, para que todos os convidados sejam bem servidos.

– Tudo isso parece ótimo.

– Você ainda não viu lá embaixo. – Iona desceu a escada com ele. – Fiquei um pouco nervosa e preocupada com as velas, por isso fiz um feitiço de proteção. Elas não podem queimar nada ou ninguém.

– Você pensa em tudo.

Mais velas e folhagens, comida bonita e flores. Fin foi até a geladeira atrás do bar e pegou uma garrafa de champanhe.

– A primeira bebida deve ser sua.

– Vou aceitar.

Ele abriu o champanhe com um estampido abafado, serviu uma taça para Iona e depois uma para si mesmo.

– Foi um dia feliz quando você entrou em nossas vidas, *deirfiúr bheag*.

– O dia mais feliz da minha vida.

– Então aos dias felizes.

Ela encostou sua taça na de Fin.

– Aos dias felizes, para todos nós.

Uma hora depois parecia que metade da vila estava na casa dele. As pessoas iam de um lado para outro ou se reuniam, observavam com admiração ou se acomodavam imediatamente. Enchiam pratos e copos, se sentavam, ficavam na sala de estar ou, como Iona havia previsto, iam lá para baixo, onde a banda que ele contratara começava a tocar.

Fin estava bastante feliz com uma cerveja na mão para ir conversar com as pessoas. Mas de todos os rostos na casa, havia um que não vira.

Então, como se por encanto, ela estava lá.

Ele voltou para o andar de cima para cumprimentar os convidados e ela estava lá, em pé na cozinha conversando com o pessoal do bufê.

Estava com os cabelos soltos, uma cascata preta que chegava à cintura de um vestido de veludo da cor de um esplêndido vinho tinto. Fin pensou que mesmo que Iona tivesse encontrado mais cem velas não obteria a luz que Branna O'Dwyer trazia para a casa dele.

Pegou uma taça de champanhe e levou para ela.

– Tome uma bebida.

– Vou tomar mesmo. – Branna se virou para ele, seus olhos esfumaçados, seus lábios vermelhos como o vestido. – Você ofereceu uma bela festa, Fin.

– Sim, porque segui as ordens de Iona.

– Ela estava meio louca de excitação e ansiedade em relação a esta noite, por ter metido você nisso. E quase acabou com meu estoque de velas. Estou vendo que fez bom uso delas.

– Estão por toda parte, como ela ordenou.

– E onde está a nossa Iona?

– No andar de baixo. Meara também está lá, assim como Boyle, Connor e a avó de Iona. – Mas enquanto falava, Fin conduziu Branna para a sala de jantar. – Quer comer?

– Claro, porque isso parece delicioso, mas agora não.

– Você ainda tem um fraco por isto? – Ele pegou um pequeno mil-folhas passado por açúcar de confeiteiro.

– Um terrível, o que geralmente nego. Mas tudo bem, não esta noite. – Ela o pegou e deu uma pequena mordida. – Ah, isto é uma maravilha pecaminosa.

– Coma dois. *Oiche na Coda Moire.*

Branna riu e balançou a cabeça.

– Vou voltar para comer o segundo.

– Então eu a levarei para baixo, para nosso círculo e a música.

Fin lhe ofereceu a mão e esperou até ela segurá-la.

– Quer dançar comigo esta noite?

Branna foi com ele na direção da música, do calor e da luz brilhante.

– Sim.

ELA QUASE NÃO TINHA VINDO. TENTARA ENCONTRAR MOTIVOS PARA FICAR longe, ou caso não conseguisse apenas fazer uma visita de cortesia e depois sair de fininho. Mas todos os motivos imaginados soavam do mesmo modo em seus ouvidos.

Como covardia. Ou pior, mesquinhez.

Não podia ser covarde e mesquinha a ponto de esnobá-lo porque a afligia estar na casa dele, ver e sentir a vida que construíra para si próprio sem ela.

Sua escolha, sem ele. Seu dever, sem ele.

Então viera.

Passara muito tempo arrumando os cabelos, se maquiando, cuidando de toda a sua aparência. Se era para comemorar o fim de um ano e o início de outro na casa de Fin, na companhia dele, ficaria maravilhosa.

Achou o andar de baixo, que considerava uma área de diversão, a cara de Fin. Bom, com cores vivas misturadas com neutras e móveis antigos restaurados combinados com modernos. Pequenas peças obviamente compradas nas andanças dele. E muito entretenimento.

A TV grande demais na parede, a mesa de sinuca, a velha máquina de fliperama e a jukebox junto com uma suntuosa lareira de mármore de Connemara encimada por uma tábua rústica que servia de console.

A banda tocava músicas animadas perto de um bar de mogno que Fin lhe disse ter encontrado em Dublin. Embora o ambiente fosse espaçoso, os móveis tinham sido afastados para abrir ainda mais espaço para dançar.

Quando ele a puxou para uma dança, foi como nos velhos tempos, com toda a sua alegria inocente, sua simplicidade e suas infinitas possibilidades. Mas ela afastou o sofrimento que isso trazia e disse a si mesma para deixar essa noite ser atemporal.

Olhou para ele, rindo.

– Você fez isso.

– O que eu fiz?

– Deu a festa do ano e vão esperar que dê a próxima. E a seguinte.

Um pouco assustado, ele olhou ao redor.

– Pensei em passar esse bastão para Iona e Boyle.

– Ah não, Iona e Boyle terão o deles. Mas estou pensando em seu próprio Ano-novo agora. Vendo Sean usando um chapéu festivo ali, batendo com os saltos de botas limpas e brilhantes, e Kyra com o namorado, noivo, quer dizer, usando uma camisa que combina com a cor do vestido dela e uma coroa de cartolina. E lá está Eileen dançando com o marido como se tivessem 16 anos e os filhos ainda estivessem por vir. Você construiu uma casa capaz de acomodar a maioria das pessoas da vila em uma festa, e de fato fez a festa.

– Eu nunca pensei nisso.

– Tarde demais. E estou vendo Alice lançando um olhar sedutor para você, porque se resignou por ter perdido Connor. Você deveria dançar com ela.

– Prefiro dançar com você.

– E dançou. Faça o que deve fazer, Finbar, dance com ela. Há pessoas com quem eu deveria falar.

Branna se afastou de Fin e se virou. Se dançasse com ele de novo, e com muita frequência, as pessoas com quem deveria falar começariam a comentar.

– Isso não é ótimo? – Iona a agarrou e a fez se virar rapidamente. Ela havia posto uma tiara cor-de-rosa que anunciava 2014 com purpurina. – A festa está muito boa. Só vou fazer minha checagem no banheiro que deve ser feita de hora em hora e volto logo.

– Checagem no banheiro?

– Verificar o papel higiênico, as toalhas de visitas e coisas desse tipo.

– Vou colocar você no comando de todas as festas que eu der.

– Você tem um dom natural para dar festas e fazer reuniões – contrapôs Iona. – Fin é novo nisso. Eu também, mas acho que levo jeito para a coisa.

– Deus nos ajude – disse Boyle, beijando o alto da cabeça de Iona.

Branna apreciou a música, os fragmentos de conversas. Depois voltou para o andar de cima e apreciou um pouco da comida e um tempo com aqueles que buscavam mais tranquilidade na sala de estar de Fin ou no salão.

Isso lhe deu tempo para ver mais da casa dele, sentir a atmosfera. E a chance de verificar janelas e se abrir o suficiente para procurar qualquer sinal de Cabhan.

– Ele não virá.

Ela se virou das altas janelas de batente da biblioteca para Fin, que entrara pela porta.

– Tem certeza?

– Talvez haja luz de mais, pessoas de mais, vozes, pensamentos e sons, mas ele não virá aqui esta noite. Talvez apenas esteja entocado e esperando a passagem do ano, mas não virá esta noite. Eu gostaria que você não se preocupasse.

– Ser vigilante não é o mesmo que se preocupar.

– Você se preocupa. Dá para notar.

Por instinto, Branna passou os dedos entre as sobrancelhas, onde sabia que uma linha poderia se formar. E fez Fin sorrir.

– Você está absolutamente linda. Isso nunca muda. A preocupação está em seus olhos.

– Se você diz que ele não virá esta noite, vou parar de me preocupar. Gosto especialmente desta sala. – Ela passou a mão pelas costas de uma larga cadeira de couro cor de chocolate. – É para o sossego, e uma recompensa.

– Uma recompensa?

– Quando o trabalho é feito, é para se sentar em uma boa cadeira como esta com um livro, ao lado da lareira. Com chuva caindo, vento soprando ou a lua surgindo. Um copo de uísque, uma xícara de chá, o que você quiser, e um cão aos seus pés.

Branna se virou, estendendo a mão.

– Todos esses livros. Uma cor quente nas paredes, que você escolheu bem, com toda a madeira escura para realçá-la.

Ela inclinou a cabeça quando Fin lhe deu um meio sorriso.

– O que foi?

– Construí isso pensando em você. Você sempre dizia que quando construíssemos o castelo de nossos sonhos ele deveria ter uma biblioteca com uma lareira e cadeiras grandes, janelas pelas quais a chuva poderia escorrer ou o sol entrar. Portas de vidro levando a um jardim, para que em um dia bonito pudesse sair e encontrar um lugar ao ar livre para ler.

– Eu me lembro.

E agora percebia isso. Fin fizera um dos sonhos dela se tornar realidade.

– E deveria ter um espaço para música – acrescentou ele. – Deveria haver música em toda a casa, mas uma sala só para ela onde teríamos um piano e todo o resto. As crianças teriam suas aulas lá.

Ele olhou para trás.

– Está bem ali.

– Sim, eu sei. Eu vi. É lindo.

– Parte de mim achava que, se eu construísse a casa pensando em você, você viria. Mas não veio.

Agora ela se permitia ver claramente que a casa era o que eles sonharam construir juntos.

– Estou aqui agora.

– Está. O que isso significa para nós?

Deus, o coração dela estava repleto de Fin, nesta sala que ele conjurara dos sonhos.

– Eu digo a mim mesma o que não pode ser. Isso é muito claro, muito racional. Não consigo ver o que pode ou poderia.

– Pode me dizer o que você quer?

– O que eu quero é o que não pode ser, e isso é mais difícil do que antes, porque passei a acreditar que não é por culpa sua ou minha. Era mais fácil quando eu podia culpar você ou a mim mesma. Eu podia construir uma barreira com a culpa e mantê-la em pé com a distância, quando você passava apenas alguns dias ou algumas semanas aqui antes de partir de novo.

– Eu quero você. Tudo o mais vem depois disso.

– Eu sei. – Branna deixou escapar um suspiro. – Eu sei. Deveríamos voltar. Você não deveria ficar tanto tempo longe de seus convidados.

Mas nenhum deles se mexeu.

Branna ouviu os gritos, o elevar de vozes, a contagem regressiva. Atrás dela, o relógio no console da lareira começou a bater.

– Vai dar meia-noite.

Apenas segundos, pensou ela, entre o que era e o que é. E o que seria. Deu um passo na direção de Fin. Depois outro.

Ela o evitaria?, perguntou a si mesma quando Fin a puxou para ele. Não. Não, não desta vez. Pelo menos não desta vez.

Em vez disso, passou os braços ao redor do pescoço de Fin e olhou nos olhos dele. E ao soar da meia-noite o beijou.

Luz surgiu entre eles, uma eletricidade que produziu choque no sangue e chegou ao coração. Depois se transformou em um calor infinitamente desejado.

Ah, enfim voltar a se sentir assim. Ter o coração, o corpo e o espírito de Branna unidos naquele desejo, naquele calor, naquela louca e singular alegria.

Seus lábios nos dela, sua respiração com a dela, seu coração no dela. E toda a tristeza soprada para longe como se nunca tivesse existido.

Um dia havia pensado que o que sentia por Branna estava além do que qualquer um poderia sentir. Mas estava errado. Isso, depois de todos os anos sem ela, era mais.

O cheiro de Branna o invadindo, o gosto dela o anulando. Como um dia fizera, Branna lhe deu tudo em um simples beijo. Doçura e força, poder e rendição, necessidade e generosidade.

Fin quis se agarrar a ela e àquele momento pelo resto dos seus dias.

Mas Branna recuou, parou por um instante, passou a mão pelo rosto dele e depois se afastou.

– É Ano-novo.

– Fique comigo, Branna.

Branna pôs uma das mãos no coração dele. Antes que ela pudesse falar, Connor e Meara entraram na sala.

– Nós só estávamos...

– De passagem. – Meara terminou a frase de Connor. – Saindo agora mesmo.

– Certo. Claro, nós nem estivemos aqui.

– Está tudo bem. – Branna deixou sua mão no coração de Fin por mais um instante e depois a deixou cair. – Agora vamos voltar. Fin está ausente própria festa há tempo de mais. Brindaremos ao Ano-novo. Por sorte. Por luz. Pelo que possa ser.

– Pelo que deveria ser – disse Fin, e saiu na frente deles.

– Vá com ele – sugeriu Meara, e se aproximou de Branna. – Então você está bem?

– Estou. Mas a verdade é que preciso de uma bebida, e por mais que isso vá contra minha natureza, de muito barulho e pessoas.

– Teremos tudo isso.

Quando Meara pôs um dos braços ao redor da cintura de Branna, a amiga se inclinou para ela por um momento.

– Como posso amá-lo mais agora do que já amei? Como pode haver tanto mais em mim para ele quando o que havia era tudo?

– O amor pode se enfraquecer e morrer. Eu vi isso. Também pode aumentar e se ampliar. Acho que quando é real e sincero, só pode se tornar maior e mais forte.

– Não deveria ser um sofrimento.

– Não. Acho que aquilo que fazemos com ele é que produz sofrimento ou alegria, não o amor.

Branna suspirou e lançou um longo olhar para Meara.

– Desde quando você se tornou tão sábia?

– Desde que eu me permiti me apaixonar.

– Então vamos brindar a isso. A você se permitir se apaixonar, às habilidades em planejar festas de Iona, ao Ano-novo e ao fim de Cabhan. Sinto que preciso comer e beber.

– Que tipo de amiga eu seria se não comesse e bebesse com você? Vamos pegar um pouco de champanhe.

11

FIN ESTAVA MAIS DO QUE FARTO DAS PESSOAS. ÀS DUAS E MEIA DA MANHÃ. Muitas delas ainda continuavam em sua casa, acomodadas como se fossem ficar até a primavera. Ele pensou em apenas ir para o andar de cima, se trancar e deixá-las lá. Estava brutalmente cansado e além disso aquele momento incrível com Branna mexera tanto com suas emoções que ele não sabia o que sentia.

Então parecia mais fácil deixar tudo de fora e não sentir nada.

Branna parecia plenamente satisfeita sentada, bebendo champanhe e conversando com os retardatários. Mas isso era a cara de Branna, não era? Forte como aço.

A melhor coisa para ele seria algumas horas de fuga dormindo. Eles voltariam ao assunto de Cabhan de manhã, ou melhor, mais tarde naquela manhã. E quanto antes melhor. Acabando com Cabhan ele cumpriria suas obrigações e poria fim ao próprio tormento.

Depois escapuliria. Àquela altura ninguém sentiria sua falta.

Então Iona veio, como se tivesse lido sua mente, lhe deu o braço e pegou sua mão.

– O problema em dar uma festa ótima é que as pessoas não querem ir embora.

– Eu quero.

Iona riu e apertou a mão dele.

– Vamos procurar os duros na queda e começar a despachá-los. Seu círculo não o deixará sozinho com eles. Isso vai demorar uns vinte minutos. Você deveria começar a recolher as coisas vazias porque o pessoal do bufê foi embora algumas horas atrás. Isso é um sinal de que é hora de ir.

– Se você está dizendo...

– Estou.

Para demonstrar isso, ela começou a recolher garrafas e copos e lançou um olhar significativo para Fin que o fez imitá-la.

Momentos depois um grupo de duros na queda estava pronto para ir embora com muitos agradecimentos e votos de um feliz e próspero ano novo. E no caso de alguns, como Sean, abraços sinceros, embora um pouco sentimentais.

Magia da festa, concluiu Fin, começando a recolher xícaras de chá e café.

Ele as levou para a cozinha e se despediu de outro grupo. Mataria dois coelhos com uma cajadada só, decidiu. Recolheria os restos e despacharia os retardatários.

Embora isso tivesse demorado trinta minutos em vez de os vinte previstos por Iona, ele não podia se queixar.

– Os últimos – anunciou Iona.

– Graças aos deuses.

– Você proporcionou a muitas pessoas diversão e uma noite memorável. – Ela ficou na ponta dos pés para beijar a bochecha dele. – E teve isso também.

– Fico feliz por me lembrar disso, agora que acabou. E grato por tudo que você fez.

– Eu não poderia ter me divertido mais. – Ela olhou ao redor da sala de estar e assentiu. – E não vamos deixá-lo com muita bagunça. Branna, posso ir com você se quiser, e deixar meu carro aqui. Só vou levar vovó para o aeroporto amanhã à tarde, por isso posso vir buscá-lo facilmente.

– É melhor você ir com Boyle.

– Vamos em caravana – disse Boyle vestindo seu casaco. – O trajeto é curto, mas ainda assim na calada da noite. Branna pode seguir você e Boyle, e eu e Meara iremos atrás.

– Eu não vou para casa esta noite. Vou ficar aqui.

Branna olhou para Fin enquanto falava. Ele não soube ao certo como se manteve em pé com o choque.

– Então está bem! – Meara deu um sorriso alegre e pôs seu gorro. – Estamos indo. Boa noite, e feliz ano-novo.

– Mas – começou Connor enquanto ela quase o arrastava para a porta, com Iona empurrando Boyle atrás dele.

– Pode me deixar pôr meu casaco? – queixou-se Boyle, mesmo quando Iona fechou firmemente a porta atrás deles quatro.

Fin ficou onde estava. Apenas um pensamento conseguiu furar o bloqueio em sua mente.

– Por quê?

– Eu me decidi por este tempo, este lugar. Decidi que não pensaria no passado ou no futuro. Talvez nós dois nos arrependamos, mas quero ficar com você. Sempre quis e sempre vou querer, mas é só por esta noite. Desta vez não pode haver promessas ou construção de castelos de sonhos, e ambos sabemos disso. Mas há necessidade e finalmente confiança de novo.

– Você se contenta com isso?

– Acho que sim, e Deus sabe que pensei a esse respeito de uma centena de modos diferentes, mas acho que me contento. Nós dois merecemos fazer essa escolha. Você me pediu para ficar com você. Então vou ficar.

Grande parte da confusão dentro de Fin se transformou em calma mesmo quando toda a resignação que carregara durante anos deu lugar a uma mistura de alegria e expectativa.

– Talvez eu tenha mudado de ideia a esse respeito.

Branna riu e ele viu a luz brilhar nos olhos esfumaçados dela.

– Se esse for o caso, aposto que posso fazê-lo mudar de ideia de novo bem rápido.

– Parece que o mínimo que posso fazer é lhe dar essa chance. – Ele estendeu uma das mãos. – Não vou beijá-la aqui ou acabaremos no chão. Venha para a cama, Branna.

Ela pôs sua mão na dele.

– Nós nunca estivemos em uma cama juntos, não é? Estou curiosa sobre a sua. Resisti a subir e dar uma espiada durante a festa, o que exigiu uma força de vontade heroica.

– Isso nunca lhe faltou. – Ele beijou a mão de Branna. – Eu a imaginei aqui mil vezes.

– Não pude fazer o mesmo, porque nem com minha força de vontade heroica teria resistido a essa imagem. – Surpresa com a própria calma, foi a vez de ela beijar a mão de Fin. – Quando Iona entrou em minha oficina, eu soube que você voltaria. Que seria parte disso, parte de mim de novo. Perguntei por quê, já que eu tinha encontrado minha vida e me contentado com isso o destino o pôs de volta nela.

– Qual foi a resposta?

– Ainda não tive uma e não consigo parar de me perguntar. Mas não esta noite. Sua casa é maravilhosa! Todos esses cômodos, e os detalhes em cada centímetro são quase comoventes.

E nada disso, pensou Fin, a tornava um lar à altura da cozinha do chalé de Branna.

Ele abriu a porta de seu quarto, beijou a mão de Branna de novo e depois a puxou para dentro. Em vez de apagar as luzes, agitou seu pulso.

O fogo se acendeu na lareira e as velas ganharam vida.

– Novamente sublime – disse ela. – Um santuário masculino sublime, mas quente e bonito em vez de prático e espartano. Sua cama é maravilhosa. – Branna foi até ela e passou os dedos pelo pé de madeira maciça. – Antiga, muito antiga. Você sonha com aqueles que dormiram aqui?

– Eu a purifiquei para não sentir que partilhava a cama com estranhos de outros tempos. Então não, não sonho com eles. Sonhei com você quando dormi aqui.

– Eu sei, porque tive um momento com você nesta cama em um sonho.

– Não só daquela vez. Milhares de vezes.

Branna se virou para Fin e o olhou à luz das chamas dançando. O coração que perdera para ele tantos anos atrás se expandiu dentro dela.

– Esta noite nós não vamos sonhar – disse, abrindo os braços e indo para ele.

Os nervos que tinham vibrado sob a pele Branna relaxaram. Com seu corpo encostado no de Fin, sua boca contra a dele, seu mundo simplesmente pareceu certo.

Estava claro que esse era o único elo que faltava na corrente de sua vida.

Por esta noite pelo menos, se daria um presente. Apenas sentir. Ela se abriria, abriria seu coração, seu corpo e sua mente, e sentiria aquilo contra o qual lutara por tanto tempo.

Se preciso fosse, amanhã diria a si mesma que tudo fora apenas físico, um modo de aliviar a tensão e pressão entre eles para o bem maior. Mas nesta noite, abraçaria a verdade.

Ela o amava. Sempre o amara e sempre o amaria.

– Senti sua falta – murmurou. – Ah, Finbar, senti sua falta.

– Ansiei por você. – Ele roçou os lábios no rosto de Branna e os levou novamente aos dela.

Branna se agarrou a ele quando ambos se ergueram alguns centímetros do chão, e depois mais alguns, girando. Com uma risada, ela levantou os braços e espalhou estrelas acima deles.

– Pela luz do fogo e das estrelas, pela chama da vela, esta noite o que eu sou é seu.

– E o que você é me agrada.

Fin baixou os dois para a cama e a beijou profundamente.

Enfim com Branna, livre para beber cada vez mais fundo dos lábios dela, sentir-lhe o corpo sob o seu, ver os cabelos dela espalhados.

O presente que Branna dera para ambos era maravilhoso demais para que se apressasse. Então ele o saborearia e lhe retribuiria com tudo o que tinha.

Subiu as mãos devagar pelo corpo de Branna e segurou os seios dela com gentileza. Não mais os da adolescente que gravara em sua memória, mas os de uma mulher.

Novas lembranças para acrescentar às antigas.

Beijou o pescoço de Branna e se demorou sentindo o cheiro dela bem ali, um cheiro que assombrara seus dias e suas noites. Dele de novo, para ser inalado como o ar.

Quando desceu o vestido pelos ombros de Branna, ela se arqueou para ajudá-lo. A pele dela, branca como leite, captou o dourado da lareira e o prateado das estrelas. Ele a despiu como se descobrisse a mais preciosa das joias.

O coração de Branna se acelerou ao toque de Fin. Só ele era capaz de lhe produzir essa sensação, nervosismo e prazer. A cada vez que a beijava, o beijo era lento e profundo, como se mundos pudessem desaparecer girando e voltar enquanto o saboreava.

– Você está mais paciente do que antes – conseguiu dizer ela quando seu sangue começou a pulsar sob a pele.

– Você está mais bonita do que antes. Nunca achei que isso fosse possível.

Branna segurou o rosto de Fin nas mãos por um momento, subiu os dedos para os cabelos dele e depois mudou de posição para se erguer acima de Fin, com estrelas brilhando sobre sua cabeça.

– E você. – Branna lhe tirou o suéter. – Bruxo e guerreiro. Está mais forte do que o garoto que eu amei. – Ela espalmou as mãos sobre o peito de Fin. – Ferido, mas sempre leal. Valente.

Ela partira o coração dele, como ele partira o dela. Branna não sabia o que o destino lhes reservava, mesmo se esses corações realmente fossem curados. Mas esta noite queria que Fin soubesse que conhecia o coração dele, e o valorizava.

Para mudar seu estado de espírito, passou os dedos pelas costelas esquerdas de Fin. Ele pulou como um coelho.

– Ai!

– Ah, estou vendo que ainda há um ponto fraco aqui. Este pequeno ponto. – Ela o procurou de novo e Fin lhe agarrou o pulso.

– Tome cuidado porque eu me lembro de um ou dois pontos fracos seus.

– Nenhum que me faça gritar como uma garota, Finbar Burke. – Ela mudou novamente de posição enquanto ele se erguia e colocava as pernas de Branna ao redor de sua cintura e os braços dela ao redor de seu pescoço. – Eu prefiro um soco na cara a cócegas nas costelas.

– O primeiro é menos humilhante.

Branna atirou os cabelos para trás e riu, olhando para o teto.

– Você se lembra...

Olhou outra vez para Fin e encontrou os olhos dele. Estava tudo lá, naquele instante. A ânsia dele por ela e o amor por trás de tudo. Passado e presente colidiram, a atingiram como um vento quente despertando sua terrível e ardente necessidade.

– Ah, Deus, Fin.

Não houve mais paciência, explorações cuidadosas. Eles se uniram em uma fúria selvagem, necessidade e desespero. Mãos rudes passaram sobre ela avidamente enquanto suas próprias tentavam tirar o resto das roupas de Fin.

Nada entre eles, pensou Branna. Nem mesmo ar. Suas bocas se uniram com calor e avidez enquanto eles rolavam sobre a cama para descobrir mais um do outro.

Branna fechou seus dentes sobre o ombro de Fin e enterrou seus dedos nos quadris dele.

– Venha para dentro de mim. Quero você dentro de mim.

Quando Fin a penetrou, o mundo parou. Não houve ar, som, nenhum movimento. Então veio o trovão com um rugido rouco, arremetendo como uma besta das colinas. E o raio, um clarão que deixou o quarto claro como o meio-dia.

Com seus olhos nos de Fin, Branna agarrou as mãos dele.

– Cabe a nós decidir que esta noite é nossa – disse Branna. – Ela se arqueou na direção de Fin. – Me ame.

– Só você. Sempre você.

Fin cedeu ao desejo, ao pedido dela e ao seu próprio coração.

Quando se uniram, eles eram o trovão e o raio. E sobre suas cabeças as estrelas de Branna brilharam com mais intensidade.

QUANDO FIN ACORDOU, O SOL ESTAVA ALTO E BRILHAVA. UM BELO DIA PARA o início de um novo ano. E Branna continuava dormindo ao seu lado.

Desejou despertá-la, fazer amor com ela àquela luz solar como tinham feito na escuridão e no beijo suave da alvorada.

Mas havia sinais de cansaço nos olhos dela. Branna precisava de sono, silêncio e paz. Então só tocou nos cabelos dela e sorriu, lembrando-se de que, na melhor das hipóteses, Branna poderia ficar irritada, e na pior, furiosa, ao acordar.

Então levantou da cama, vestiu suas calças e se esgueirou para fora do quarto.

Trabalharia. Queria trabalhar, descobrir um modo de acabar com aquilo tudo, resolver aquilo de uma vez por todas. E de quebrar a maldição que uma bruxa moribunda lhe lançara tanto tempo atrás.

Se conseguisse quebrar a maldição, remover a marca, ele e Branna poderiam ficar juntos, não por uma noite, mas por uma vida inteira.

Desistira de acreditar que isso era possível. Até esse ano-novo, até as horas passadas com ela. Agora essa esperança e fé ardiam novamente nele, brilhantes.

Descobriria um modo, disse a si mesmo indo para sua oficina. De acabar com Cabhan e proteger os três e todos que viessem deles. De apagar a marca em seu corpo e purgar seu sangue de qualquer traço de Cabhan.

Hoje, o primeiro dia do novo ano, reiniciaria aquela busca.

Pensou no veneno que eles haviam criado para a última batalha. Forte e potente, e quase tinham conseguido. As lesões em Cabhan, ou no que habitava nele, tinham sido grandes. Mas não mortais. Porque o que lhe dera poderes não era mortal.

Um demônio, pensou Fin, folheando os próprios livros. Liberto por sacrifício de sangue para se unir a um hospedeiro receptivo. Um hospedeiro que também tinha poder.

Sangue do pai.

Ele se sentou para fazer anotações.

Sangue dos amaldiçoados.

Derramado pelo filho.

Anotou aquilo tudo, os passos, as palavras, o que vira e sentira.

A pedra vermelha criada por magia negra do pior tipo, pelo mais demoníaco dos atos. Uma fonte de poder, cura e imortalidade.

– E um portal – murmurou Fin. – Um portal para o demônio passar para o hospedeiro.

Eles poderiam queimar Cabhan até que se transformasse em cinzas, mas não acabariam com ele sem destruir a pedra e o demônio.

Uma segunda poção, pensou, e se levantou. Uma conjurada para fechar esse portal. Aprisionar o demônio dentro dele e depois destruí-lo. Cabhan não poderia existir sem o demônio e o demônio não poderia existir sem Cabhan.

Fin pegou outro livro, um dos diários que fez enquanto viajava. Com as mãos sobre o balcão de trabalho, inclinou-se sobre ele, lendo e se atualizando. Pensando no que poderia ser feito.

– Fin.

Concentrado na magia negra e branca, Fin relanceou os olhos para Branna. Ela estava com uma das camisas mais velhas dele, uma desbotada de cambraia que às vezes usava para trabalhar nos estábulos. Descalça, com as pernas de fora, os cabelos revoltos e um olhar de espanto e tristeza.

O coração de Fin disparou à visão de Branna antes mesmo de lhe seguir o olhar até a janela, a imagem dela no vitral.

Ele se aprumou e enfiou os polegares em seus bolsos da frente.

– De algum modo pareceu certo ter a Bruxa da Noite olhando por cima do meu ombro enquanto eu trabalhava aqui. Lembrando-me de por que eu estava fazendo isso.

– É um sofrimento constante amar assim.

– É.

– Como seguiremos em frente, já que isso pode nunca mudar?

– Aceitando o que temos e fazendo o possível para mudá-lo. Já não vivemos um sem o outro por tempo o suficiente?

– Nós somos o que somos, Fin, e um pouco disso não é por escolha nossa. Não pode haver promessas entre nós, não para amanhã.

– Então aceitaremos hoje.

– Só hoje. Vou fazer o café da manhã. – Branna se virou para sair e então olhou para trás. – Você tem uma bela oficina aqui. Como o resto da casa, combina com você.

Ela desceu. Primeiro o café, disse a si mesma. De manhã, o café sempre tornava as coisas mais claras.

Havia começado o novo ano com Fin, algo que jurara que nunca aconteceria. Mas tinha feito esse juramento em uma tempestade de emoções, confusão. E o cumprira, admitiu, tanto por autopreservação quanto por dever.

E agora o quebrara, por amor.

O mundo não tinha acabado, disse para si mesma usando a excelente cafeteira de Fin. Não havia chovido fogo do céu. Eles fizeram sexo, um sexo ótimo, e o destino parecia aceitar isso.

Ela acordara se sentindo leve, animada, solta e... feliz, admitiu. E tivera seu sono mais profundo e tranquilo desde o Samhain.

Sexo era energia, pensou, tomando gratamente aqueles primeiros goles de café. Positiva – quando feito de bom grado –, uma bênção e satisfação de necessidades básicas. Então o sexo era permitido. Podia agradecer às deusas por isso, e agradeceria.

Mas o futuro era algo diferente. Não faria planos de novo, não se permitiria ficar deslumbrada e sonhar. Só hoje, lembrou a si mesma.

Isso seria mais do que eles haviam tido antes, e teria de ser suficiente.

Abriu a grande geladeira de Fin – ah, adoraria ter uma desse tamanho – e encontrou três ovos, um pequeno pedaço de bacon e um único tomate de estufa.

Como o hoje e o sexo, isso teria de ser suficiente.

Ela o ouviu entrar enquanto terminava de fazer o que considerava uma omelete de um homem pobre.

– Sua despensa está lamentável, Fin Burke. Uma desgraça. Então você terá de se arranjar com o que consegui aqui, e ficar grato por isso.

– Realmente estou muito grato.

Branna o olhou. Ele havia vestido uma camiseta preta de mangas compridas, mas estava com os pés descalços, como ela. E tinha um sorriso no rosto.

– Você parece muito feliz com uma omelete feita com três ovos, um mísero pedaço de bacon e um tomate.

– Você está usando minha camisa velha e cozinhando em meu fogão. Eu seria um tolo se não sorrisse.

– E isso você nunca foi. – Branna pôs uma segunda caneca na cafeteira e apertou os botões apropriados. – Esta é muito melhor do que a minha. Eu deveria comprar uma. E sua geleia estava velha como a Medusa, e igualmente feia. Então terá de se contentar com manteiga em sua torrada. Comecei a fazer uma lista de compras para você. Precisará de...

Ele a girou, a ergueu nas pontas dos pés e tomou sua boca. Quando Branna conseguiu pensar, achou bom ter tirado os ovos do fogo, caso contrário teriam sido queimados e arruinados.

Mas como tirara, correspondeu da melhor forma possível ao beijo.

– Volte para a cama.

– Não, porque dediquei tempo e trabalho a fazer o café da manhã com seu lamentável estoque. – Ela se afastou. – Pegue seu café. Vou pôr isto em um prato antes que esfrie. Como consegue fazer o café da manhã sozinho?

– Agora que Boyle quase nunca está disponível para que eu o convença a fazê-lo, eu como o que tiver. Há pacotes de mingau de aveia para preparar no micro-ondas.

– Uma lástima. – Ela pôs um prato na frente de Fin e se sentou com o seu próprio. – E com um lugar tão bonito aqui para o café da manhã! Acho que quando Boyle e Iona estiverem na casa deles você conseguirá ver as luzes daqui, por entre as árvores. Foi importante para eles você lhes vender a terra.

– Boyle tem sorte de eu considerá-lo um irmão, caso contrário teria roubado Iona para mim. Mesmo que ela não seja boa na cozinha.

– Está melhor do que antes. Mas antes ela não podia ser pior nesse departamento. Iona está mais forte a cada dia que passa. Seu poder ainda é jovem e inexperiente, mas há um ardor nele. Talvez seja por isso que o fogo é dela.

Isso era bom e agradável, pensou Branna. Sentar-se e conversar tranquilamente tomando café e comendo omelete.

– A avó de Iona vai alugar seu chalé? – perguntou-lhe Branna.

– Acho que sim.

Ela brincou com sua omelete.

– Há conexões em toda parte entre mim e você, e nós. Por muito tempo tirei isso da minha mente, mas nesses últimos meses tive de me perguntar: por que há tantas? Além de mim e você, Fin. Sempre houve você, Boyle e Connor, e também Meara.

– Nosso círculo – concordou ele. – Estava incompleto até Iona vir.

– A vinda dela estava tão destinada a acontecer quanto o resto. E você não tinha aquele chalé quando a mãe de Meara precisou dele, e agora para a avó de Iona? Você, Boyle e os estábulos, você e Connor com a escola de falcoaria. A terra que você possuía e onde Boyle e Iona terão a vida deles. Nos últimos anos você passou mais tempo longe do que aqui, e ainda assim está intimamente ligado a nós. Alguns poderiam dizer que é assim que as coisas são, mas não acredito nisso. Não mais.

– No que você acredita?

– Não tenho certeza. – Espetando a omelete em seu prato, ela olhou pela janela. – Sei que há conexões de novo, os três de agora, os três de antes. E cada um de nós mais intimamente ligado a um deles. E Eamon não confundiu nossa Meara com uma cigana que ele conheceu chamada Aine, o nome que você deu à potra branca que trouxe para se reproduzir com Alastar? Sinto que Boyle tem uma conexão também, e se precisássemos encontraríamos essa conexão com Teagan, dos primeiros três.

– Isso não é nenhum mistério. – Ele esfregou seu ombro. – A minha é com Cabhan.

– Eu acho que é mais do que isso, de alguma forma. Você tem o sangue de Cabhan, mas não está ligado a ele como eu estou ligada a Brannaugh de Sorcha, ou Connor a Eamon, e assim por diante. Se estivesse, não vejo como teria trazido Alastar para Iona, e Aine para Alastar.

– Eu não trouxe Aine para Alastar, não totalmente ou não para ele. Eu a trouxe para você.

A caneca que Branna enchera ficou parada no ar.

– Eu... eu não o estou entendendo.

– Quando a vi, vi você. Você adorava cavalgar, voar montada a cavalo. Eu vi você nela, voando na noite com a lua cheia brilhando no céu. E você iluminada como uma vela com...

– O quê?

– Como você está na janela do andar de cima, exatamente como eu a vi anos antes de o vitral ser feito. Com uma varinha em uma das mãos e fogo na outra. O fogo vinha e ia em um estalar de dedos, mas era claro como o dia. Então eu a trouxe para você, quando você estava pronta para ela.

Branna ficou sem fala por um momento. Então se levantou, foi até a porta e deixou entrar o pequeno cão que sentira que estava esperando.

Besouro abanou rabo ao redor dos seus pés e depois disparou para Fin.

– Não o alimente à mesa – disse Branna, distraída, enquanto se sentava de novo. – Esses são maus modos, para vocês dois.

Fin, que estava prestes a fazer exatamente isso, baixou os olhos para o esperançoso cão.

Você sabe onde a comida está, rapazinho. Então não irrite a dama.

Feliz o suficiente, Besouro correu para a lavanderia e suas tigelas.

– Eu montarei Aine na próxima vez em que enfrentarmos Cabhan e me fortalecerei com isso. Você nos trouxe armas, porque tanto Alastar quanto Aine são armas contra Cabhan. Você sangrou, conjurou e tramou conosco para acabar com ele. Se sua conexão fosse com Cabhan, mais forte com ele, como poderia ter feito essas coisas?

– Ódio por ele e tudo o que ele representa.

Branna balançou a cabeça. Ódio não criava coragem ou lealdade. E o que Fin fizera exigia as duas coisas.

– Eu estava errada ao tentar deixar você fora disso no início, e fui egoísta. Queria acreditar nessa conexão entre você e Cabhan, mas ela não existe. Não do modo como ele desejaria, não do modo que ele precisa. Sua conexão é conosco. Não entendo o porquê disso, mas é verdade.

– Eu amo você.

Ah, o coração de Branna se enterneceu e doeu com aquelas palavras. Ela só conseguiu tocar na mão de Fin.

– O amor é poderoso, mas não explica, de um modo lógico, por que seus sentimentos por mim o ligam tão intimamente aos outros.

Ela se inclinou para a frente, seu café da manhã esquecido.

– Entre os primeiros três e nós, não encontrei ninguém tão ligado. Ninguém que voltou em sonhos para eles, ou os fez vir. Outros tentaram e fracassaram, mas ninguém chegou tão perto de acabar com Cabhan quanto nós. Não li nenhuma história nos livros sobre os três montados em Alastar para a batalha, com Kathel e Roibeard com eles. E nenhuma sobre um quarto integrante que carregava a marca se unindo a eles. Esse é o nosso destino, Fin, mas você é a mudança nele. Agora acredito nisso. Você é nossa melhor chance de acabar com isso, você que carrega a marca de Cabhan e tem o sangue dele. E ainda assim, não consigo entender por quê.

– Como você sabe, pode-se fazer escolhas sobre o poder e o sangue.

– Eu sinto que há mais, mas só isso pode ser suficiente.

– Não será suficiente para destruir Cabhan. Quero dizer que não conseguiremos destruí-lo, não mais do que Sorcha conseguiu, se não destruirmos o que está dentro dele.

Branna assentiu, tendo chegado à mesma conclusão.

– O demônio com quem ele negociou.

– O demônio que o usou para ganhar liberdade. Sangue do pai e da mãe de Cabhan, derramado, bebido e usado por Cabhan de acordo as exigências e promessas do demônio para criar a pedra.

– E a fonte de poder.

– Acho que não só uma fonte de poder. Um portal, Branna, a entrada para Cabhan.

– Um portal. – Ela se recostou. – É uma ideia. Através da pedra conjurada com a mais negra das magias do sangue para o bruxo que fez o negócio. Ali reside o poder e a entrada para o mundo. Se um portal pôde ser aberto...

– Pode ser fechado – completou Fin.

– Sim, realmente é uma ideia. Então isso se torna passos e etapas. Enfraquecer e aprisionar Cabhan para ele não poder fugir e se curar de novo. E quando ele, o hospedeiro, estiver fraco e aprisionado, fechar o portal, capturando o demônio, que *é* a fonte. Destruí-lo e destruir Cabhan para sempre.

Ela tornou a pegar o seu garfo e, embora a omelete tivesse esfriado, a comeu.

– Bem, então só falta descobrir como e quando isso deve ser feito, e fazê-lo.

– Tenho algumas ideias, e talvez tenha outras quando acabar de ler. Passei um tempo com um sacerdote *shaolin* alguns anos atrás.

– Um... Você trabalhou com um sacerdote *shaolin*? Na China?

– Eu queria ver a muralha – disse Fin, dando de ombros. – Ele tinha algumas ideias sobre demônios, como um tipo de energia. E passei algum tempo em vários lugares com xamãs, outros bruxos, um sábio e um aborígene. Escrevi diários, e vou lê-los.

– Parece que você teve uma boa instrução em suas viagens.

– Há lugares no mundo com uma energia muito forte e um poder muito antigo. Eles atraem pessoas como nós. Só hoje – disse Fin, segurando as mãos dela. – Mas se houver amanhã, eu a levarei lá.

Como não conseguia responder, Branna apenas apertou as mãos dele e depois se levantou para tirar a louça.

– É o hoje que precisa de nós. Nunca pensei em destruir demônios, e na verdade nunca acreditei que eles existiam em nosso mundo. Agora vejo que essa é uma visão tão rasa quanto a dos que não acreditam em magia.

– Vou cuidar da louça aqui. Essa é a regra em sua casa, e é justa.

– Então está bem. Eu deveria ir para casa e começar a ler sobre demônios.

– É o primeiro dia do ano novo – disse Fin indo para ela. – E uma espécie de feriado.

– Não para gente como nós, não com o que está por vir. E além disso tenho de trabalhar para ganhar a vida. Você pode ter uma equipe para cuidar da maioria das coisas, mas acho que também tem de ganhar a sua.

– Hoje não há aulas e as cavalgadas guiadas e caminhadas para observação de falcões são poucas. E ainda tenho algumas horas antes de me encontrar com Boyle e Connor.

Branna ergueu o rosto para ele.

– Você é um homem de sorte por ter tanto tempo livre.

– Hoje tenho. Estou pensando que você ainda pode ter uma hora sobrando.

– Bem, seu pensamento não é... – Ela se interrompeu e estreitou os olhos quando a camisa que estava usando foi tirada com um piscar de olhos, deixando-a nua. – Isso foi rude e nada hospitaleiro.

– Vou lhe demonstrar grande hospitalidade, *aghra*. – Fechando os braços ao redor de Branna, Fin voou com ela de volta para a cama.

12

BRANNA SÓ FOI EMBORA AO MEIO-DIA, E ENCONTROU KATHEL DO LADO de fora brincando de correr e rolar pelo chão com Besouro. Ela ignorou o fato de que aqueles que trabalhavam no estábulo teriam visto seu carro ainda estacionado quando chegaram, naquela manhã.

As pessoas começariam a falar, mas isso não poderia ser evitado. Fez festinha em Besouro e lhe disse que ele era bem-vindo com Fin sempre que quisesse brincar com Kathel.

Então assoviou para seu próprio cão entrar no carro e foi para casa.

Foi direto para o andar de cima trocar seu vestido de festa por *leggings* quentes, um suéter confortável e botas de cano curto macias. Depois de prender os cabelos, considerou-se pronta para trabalhar.

Em sua oficina, pôs a chaleira no fogo e acendeu a lareira. E sentindo uma mudança no ar, se virou.

A Brannaugh de Sorcha estava lá, com um aljave nas costas e seu próprio Kathel a seus pés.

– Algo mudou – disse ela. – Uma tempestade veio à noite. Trovões rugiram e raios brilharam até mesmo durante uma nevasca. Cabhan cavalgou a tempestade até as pedras do castelo tremerem.

– Você se feriu? Algum de vocês se feriu?

– Ele não conseguiu passar por nós, nem conseguirá. Mas outra criada está desaparecida, uma parente. E temo o pior por ela. Algo mudou.

Sim, pensou Brannaugh, algo mudou. Mas primeiro havia perguntas.

– O que você sabe sobre demônios?

A Brannaugh de Sorcha olhou para baixo quando o Kathel de Branna veio até o dela e os cãos se cheiraram.

– Eles andam, se alimentam e têm sede de sangue dos mortais. Podem assumir várias formas, mas só uma é a verdadeira.

– E procuram aqueles dispostos a matar essa sede, não é? – acrescentou Branna. – Nós vimos a pedra vermelha ser criada. E vimos o demônio com quem Cabhan negociou passar através dela para ele. Eles são um só. Sorcha não conseguiu acabar com Cabhan porque o demônio sobreviveu e o curou. Acho que eles curaram um ao outro.

– Como você viu?

– Nós viajamos em um feitiço do sonho, eu e Finbar Burke.

– Aquele que tem o sangue de Cabhan. Você foi com ele para o tempo e covil de Cabhan. Como pode confiar tanto nele?

– Como posso não confiar? Ele é confiável – disse Branna, gesticulando para os cães que brincavam no chão. – Eu conheço o coração de Fin e não sei o que todos nós faríamos sem ele.

– Você esteve com ele.

– Sim. – E embora sentisse a preocupação e até mesmo reprovação de sua prima, não o lamentou. – A tempestade veio para vocês. Eu a ouvi quando me uni a Fin e achei que o destino havia produzido um estrondo à escolha que fizemos. Mas você disse que foi Cabhan quem cavalgou a tempestade e sentiu que era o poder, ou a raiva dele, que fez as pedras estremecerem. Pode ser que nossa união o tenha enfurecido, acho que foi isso. O que o enfurece só me dá prazer.

– Eu sei o que é amar. Tome cuidado, prima, com o modo como esse amor a liga a alguém que carrega a marca.

– Eu tomo cuidado desde que a marca surgiu nele. Não fugirei ao meu dever. Jurei isso. Acredito que Fin seja a verdadeira mudança, a arma necessária. Com ele, como nenhum dos três antes, acabaremos com isso. Com Cabhan e o que o tornou o que é agora. Acreditamos que devemos destruir ambos ou isso nunca terminará. Então, o que sabe sobre demônios?

Brannaugh balançou a cabeça.

– Pouco, mas aprenderei mais. Você o chamará pelo nome dele. Isso eu ouvi. Deverá usar o nome dele no feitiço.

– Então descobriremos qual é. Quanto tempo faz que conversamos em seu tempo?

– Hoje é *La nag Cearpairi.*

Dia do Pão Amanteigado, percebeu Branna. O dia do Ano-novo.

– Como aqui. Estamos no mesmo dia, outra mudança. Este será nosso ano, prima, o ano dos três. O ano da Bruxa da Noite.

– Rezarei para isso. Tenho de ir, o bebê está acordando.

– Espere. – Branna fechou os olhos de novo e trouxe para sua mente a imagem da caixa em seu sótão. Então estendeu um pequeno cão de pelúcia. – Para o bebê. Um presente de seus primos.

– Um cãozinho. – Sorrindo, a Sorcha de Brannaugh o acariciou. – É muito macio e brilhante.

– Foi meu, e muito amado. Bênçãos de luz para você e os seus neste dia.

– E para você e os seus. Eu a verei de novo. Estaremos com vocês quando for necessário, nisso tenho fé e confiança. – Ela pôs a mão na cabeça de seu cão e eles desapareceram.

Branna abaixou a mão para a cabeça de seu próprio Kathel e a acariciou.

– Um dia eu pensei em dar aquele cãozinho para meu próprio bebê. Mas como isso não é para ser, pareceu um bom presente para o da minha prima. – Kathel encostou seu grande corpo no dela para confortá-la. – Ah, bem, temos trabalho a fazer, não é? Mas primeiro acho que você merece um biscoito por ter recebido tão bem o cão da nossa prima.

Ela pegou um biscoito para Kathel e sorriu quando ele se sentou educadamente.

– Que sorte ter tantos amores em minha vida. – Ela se abaixou, beijou o alto da cabeça de Kathel e depois lhe deu o biscoito.

Satisfeita com o silêncio, fez seu chá e se sentou com seus livros de feitiço vendo o que poderia encontrar sobre demônios.

Tinha toda a tarde para si mesma, uma coisa preciosa, por isso misturou trabalho e leitura com um pouco de culinária para agradar a si mesma. Pôs frango para ferver, pensando que uma sopa de frango com vegetais picados e macarrão com ovos cairia bem. Se não tivesse a casa cheia, poderia congelar a maior parte.

Ao anoitecer, levou seus livros para a cozinha a fim de poder continuar a trabalhar enquanto monitorava a sopa. Tinha acabado de se recompensar com uma taça de vinho quando Iona entrou.

– Puxa, preciso de uma dessas. Levei vovó para o aeroporto, fiquei triste e chorosa por ela ter de ir para casa e também feliz porque vai voltar. E pensei que tinha dado o dia por encerrado. – Ela se serviu de vinho. – Mas Boyle me enviou uma mensagem de texto dizendo que um grupo de doze pessoas que comemoraram o Ano-novo em Ashford decidiu que não estava mais de ressaca e queria cavalgadas guiadas. Então tive de voltar para o trabalho.

Ela tomou seu primeiro gole.

– E agora estou falando sem parar e se for necessário posso falar ainda mais para evitar perguntar sobre e você e Fin, caso não queira que eu pergunte.

– Você deve ter percebido que nós transamos.

– Acho que todos nós percebemos que essa era uma grande possibilidade. Você está feliz, Branna?

Branna foi mexer a sopa.

– Sem dúvida posso dizer que tive uma antiga necessidade satisfeita e não estou triste com isso. Estou feliz – disse ela quando Iona apenas esperou. – Hoje estou feliz e isso é o suficiente.

– Então eu também estou. – Ela se aproximou e abraçou Branna.

– O que posso fazer para ajudar? Em qualquer área.

– O jantar está sob controle. Você pode se sentar ali, ler minhas anotações e ver o que acha.

– Está bem. Boyle e eu íamos comer fora e ficar na casa dele, e Connor e Meara iam fazer o mesmo. Achamos que você teria planos com Fin e queríamos lhe dar espaço. Mas você está fazendo aquele tonel de sopa, por isso...

– Não mude seus planos por minha causa. Já pensei em congelar a maior parte. Eu estava com vontade de fazer sopa, para ter tempo para pensar. – Ela não mencionou que não fizera planos com Fin e que gostaria de uma noite sozinha.

– Você planeja continuar a vê-lo, quero dizer, ficar com ele.

– Um dia de cada vez, Iona. Prefiro não pensar mais longe do que isso.

– Certo, mas também posso lhe dizer que Fin foi falar sobre negócios com Boyle e parecia... feliz. Relaxado.

– Sexo relaxa. Eu e Fin chegamos a um entendimento. Nós dois estamos satisfeitos com isso.

– Se vocês estão satisfeitos, eu estou. – Iona se sentou e começou a ler.

Branna experimentou a sopa, a avaliou e depois acrescentou mais alecrim.

À mesa, Iona disse:

– Um portal! Isso faz muito sentido. É uma pedra do mal, criada com sacrifício humano, por meio de patricídio e matricídio. Que modo melhor poderia haver para um demônio entrar em Cabhan? *Tudo* isso faz sentido. Sorcha o queimou até que se transformasse em cinzas. Nós o encurralamos e o sangramos, mas não lidamos com o demônio. Como fazer isso?

– Continue a ler – sugeriu Branna.

Ela considerou vestir seu pijama e tomar a sopa. Talvez até mesmo em uma bandeja em seu quarto enquanto lia que não tivesse nada a ver com magia, mal ou demônios.

– Uma segunda poção – murmurou Iona. – Uma espécie de ataque duplo. E um feitiço que feche o portal. Como fechar um portal aberto por meio de sacrifício humano? Isso vai ser difícil. E... chamar o demônio pelo nome dele. – Ela ergueu os olhos para Branna. – Você sabe o nome dele?

– Não, ainda não. Mas esse foi o conselho dado por Brannaugh, dos primeiros três. Ela apareceu para mim hoje. Eu também anotei isso tudo, mas em minha opinião a parte mais importante foi que era o mesmo dia para ela que é para nós. Para ela hoje era o primeiro dia do ano. Acho que se pudermos de algum modo manter esse equilíbrio, obteremos mais uns dos outros.

– Nós conhecemos algum demonólogo?

– Ainda não, mas creio que se preciso poderemos encontrar. Acho que poderia ser mais simples e básico do que isso.

– O que há de simples e básico em descobrir o nome de um demônio?

– Perguntar.

Iona se recostou em sua cadeira e deu um meio sorriso.

– Isso seria simples. Todos nós poderíamos vir para cá, ou ir para o pub, se você quiser falar sobre isso esta noite.

– Acho que você pode muito bem transmitir tudo para os outros.

– Então está bem. Quando Fin virá? Não quero atrapalhar.

– Ah... – Branna voltou para a sopa. – Nós não marcamos nenhuma hora específica. É melhor mantermos isso mais casual.

– Entendi. Vou subir, tomar uma chuveirada e me trocar. Só vou pedir a Boyle para vir me buscar. Nós quatro podemos pensar juntos sobre isso e discutir tudo exaustivamente com você e Fin mais tarde.

– Isso seria muito conveniente para mim.

Evasiva, pensou Branna quando ficou sozinha de novo. Preferia ser evasiva a enganadora. Não dissera de modo algum que esperava Fin. E daria um descanso ao seu cérebro não ter de falar sobre aquilo tudo, ter um ou dois dias para raciocinar.

Talvez desse um descanso ao seu cérebro vendo TV, em vez de lendo. Assistindo a algo divertido e frívolo. Não conseguia se lembrar da última vez em que fizera só isso.

– Estou saindo! – gritou Iona. – Envie-me uma mensagem de texto se precisar de mim.

– Divirta-se.

Branna esperou até ouvir a porta se fechar e depois, sorrindo para si mesma, pegou um recipiente para congelar a maior parte da sopa.

Uma tigela de sopa e uma taça de vinho seguida de um pouco de *crumble* de maçã que assara mais cedo. Uma casa silenciosa, um pijama velho e algo alegre na televisão.

Enquanto pensava no quanto essa ideia era ótima, a porta se abriu.

Fin, com Besouro em seus calcanhares, entrou com um buquê de lilases ridiculamente enorme. Isso fez o ar cheirar a primavera e promessas. Branna se perguntou para onde ele tinha viajado para buscá-los, e arqueou as sobrancelhas.

– Suponho que você esteja pensando que uma floresta de flores compra seu jantar e sexo?

– Lilases sempre foram suas flores favoritas. E Boyle e Connor disseram que iam sair hoje para nos deixar a sós no chalé. Quem sou eu para desapontar meus amigos?

Branna pegou seu maior vaso e começou a enchê-lo enquanto Besouro e Kathel brincavam alegremente de luta.

– Estou querendo tomar uma tigela de sopa na frente da TV.

– Eu ficaria mais do que feliz com isso.

Ela pegou os lilases e os cheirou, lembrando-se de ter feito o mesmo em uma primavera distante, quando Fin lhe trouxera um buquê igualmente enorme.

– Eu assei um *crumble* de maçã para comer mais tarde.

– Eu gosto de *crumble* de maçã.

– Eu me lembro. – E isso explicava por que ansiara por assar um, pensou Branna. – Eu tinha um ótimo plano para esta noite. Quase perfeito para mim. – Ela pôs as flores de lado por um momento e se virou para Fin. – Quase. E agora que você está aqui, está perfeito.

Ela foi para os braços de Fin e apertou o rosto contra o ombro dele.

– Você está aqui – murmurou.

BRANNA PENSOU NAQUILO COMO RECONCENTRAÇÃO. SEMANAS E SEMANAS de estudo, mapeamento e cálculos não a tinham feito chegar mais perto de um tempo e uma data para a terceira e, se os deuses quisessem, última batalha com Cabhan. Quase nunca dormia bem ou muito, e tinha olhos para ver que a falta de sono começara a se revelar.

Pura vaidade no mínimo exigia uma mudança de direção.

Agora que estava dormindo com Fin, bem... não podia dizer que estava tendo mais horas de sono, mas descansava consideravelmente mais nas curtas horas de repouso.

Ainda assim, não fora mais longe, não no que dizia respeito a quando ou exatamente como. Então se reconcentraria.

A rotina sempre a acalmava. Seu trabalho, sua casa, sua família e o círculo que os girava juntos. Um novo ano significava um novo estoque para sua loja e sementes para ser plantadas em suas estufas. Energias negativas deveriam ser varridas para fora e amuletos de proteção teriam de ser renovados.

Além disso, precisava ajudar a planejar dois casamentos.

Passou a manhã trabalhando em seu estoque. Satisfeita com os novos aromas, encheu os recipientes que encomendara para a linha Gelo Azul, os rotulou e arrumou tudo para o transporte até a vila junto com a pilha de velas que ela havia reposto do estoque que Iona dizimara para a festa de Fin.

Após checar sua lista, fez mais do unguento que Boyle usava nos estábulos. Ela o deixaria lá, se o dia corresse bem, e pensando nisso acrescentou um segundo pote para os grandes estábulos.

Uma passada no supermercado também, decidiu. Apesar de ser a vez de Iona fazer as compras, Branna achou que apreciaria ir à vila, um percurso ao ar livre. O jantar com o resto de seu círculo depois da noite deles fora não conseguira muito mais do que esvaziar seu vasilhame de sopa, por isso era preciso fazer compras.

Com um olhar para o relógio, calculou que estaria de volta em no máximo duas horas. Então tentaria criar uma poção para o demônio. Usando seu casaco, um cachecol azul e vermelho vivo e as luvas sem dedos de *caxemira* que comprara para si mesma como um presente de Yule, pôs tudo no carro.

Como Kathel não estava à vista, buscou-o com a mente e o encontrou se divertindo com Besouro e os cavalos. Deu-lhe permissão para ficar enquanto quisesse e depois dirigiu para Cong.

Passou metade de seu tempo na vila com Eileen, na loja. Mais tempo no supermercado, comprando suprimentos e tagarelando com Minie O'Hara, que sabia todas as fofocas, inclusive que na véspera do Ano-novo o Jovem Tim McGee (filho do Grande Tim e neto do Velho Tim) ficara bêbado como um pirata. E nesse estado havia feito uma serenata para Lana Kery – que rompera o noivado de três anos com o Jovem Tim por causa da acomodação dele – debaixo da janela do apartamento dela com canções de desespero profundo e uma voz tristemente desafinada.

Todos sabiam que o Jovem Tim não conseguia cantar uma nota sem fazer os cães da vila uivarem em protesto. Ele tinha começado aquilo às três e meia da manhã, até a garota francesa no apartamento de baixo – Violet Bosette, que agora trabalhava na cafeteria – abrir sua janela e lhe atirar uma bota velha. Para uma garota francesa, considerou Minnie, ela tinha uma boa mira, e atingiu o Jovem Tim bem no alto da cabeça, fazendo-o cair sentado, de onde continuou a serenata.

Então Lana saiu e o puxou para dentro. Quando eles tornaram a sair, no dia seguinte perto da hora do jantar, ela estava de novo com o anel no dedo e uma data marcada para o Dia do Trabalho.

Era uma bela história, pensou Branna dirigindo para fora da vila, especialmente porque conhecia todos os participantes, exceto a garota francesa com boa mira.

E fizera valer a pena o tempo extra passado lá.

Pegou o caminho longo apenas por prazer e estava perto de avistar os estábulos quando viu o velho na beira da estrada, ajoelhado e se apoiando pesadamente em uma bengala.

Ela parou por um instante.

– O senhor está machucado? – Começou a ir na direção dele e a procurar mentalmente lesões ou doenças.

Então parou e inclinou sua cabeça.

– O senhor caiu?

– Acho que é meu coração. Mal consigo respirar. Pode me ajudar, senhorita?

– Claro.

Branna estendeu sua mão para a do velho e lhe irradiou poder. Ele voou para trás.

– Acha que pode me enganar com esse truque? – Ela atirou seus cabelos para trás enquanto o velho erguia a cabeça para olhá-la. – Acha que não posso ver o que está dentro através da casca?

– Você parou, fora da sua proteção. – Quando o velho se levantou, se transformou em Cabhan, agora sorrindo enquanto a pedra vermelha pulsava e brilhava.

– Acha que estou sem proteção? Então venha. – Ela o chamou com os dedos, desafiadora. – Tente.

A névoa se espalhou, espetando como agulhas geladas os tornozelos de Branna; o céu escureceu como em um anoitecer rápido. Cabhan foi para o chão e se transformou no lobo, e o lobo pulou.

Branna agitou as mãos, erguendo um bloqueio que fez o lobo parar no ar e cair para trás.

Má escolha, pensou, ao ver que a seguia. Porque dessa forma poderia ler Cabhan como as páginas de um livro.

Sondou-o à procura do nome do demônio, mas só viu raiva e fome.

Então, quando ele atacou como lobo pela direita, estava preparada para o homem arremetendo pela esquerda. E retribuiu fogo com fogo, poder com poder.

Admirou-se de a própria terra não rachar com a combinação da força que emanou dela e a força que lampejou em sua direção. Mas o ar estalou e chiou. Branna a manteve enquanto os músculos de seu corpo, os músculos de seu próprio poder, doíam com o esforço. Enquanto fazia isso, o frio brutal da névoa aumentou ainda mais.

Apesar de sua concentração, seus olhos e sua magia bloqueando a de Cabhan, sentiu os dedos dele – daquela coisa – subirem lentamente por suas pernas.

O ultraje era forte. Branna lançou o que tinha contra ele, atingindo-o como um punho. Embora isso tivesse feito a boca de Cabhan sangrar, ele riu. Ela soube que havia errado, deixado a raiva ofuscar o bom senso, quando Cabhan investiu e fechou as mãos sobre seus seios.

Apenas um instante, mas mesmo isso foi de mais. Então ela combinou raiva, inteligência e habilidade, e chamou a chuva – uma torrente quente e brilhante que dissipou a névoa e queimou a pele de Cabhan onde as gotas caíram.

Branna se preparou para o ataque seguinte, viu-o vindo nos olhos de Cabhan, e então ouviu, como ele, o troar de cascos, o grito alto e desafiador do falcão e o rosnado feroz do cão.

– Suave, madura e fértil. E em você plantarei a semente do meu filho.

– Eu queimarei seu pênis até a raiz e o darei fumegando para os corvos comerem se você tentar. Ah, mas fique, Cabhan. – Ela abriu os braços, parou a chuva e segurou uma varinha com uma luz cegante e uma bola de fogo. – Meu círculo está vindo cumprimentá-lo.

– Em outra ocasião, Sorcha, porque prefiro ficar a sós com você.

Enquanto Fin saltava de Baru com o cavalo ainda em movimento e brandindo a espada flamejante, Cabhan girou e desapareceu na névoa.

Fin e Kathel correram para ela e Fin lhe agarrou os ombros.

– Ele a feriu?

– Não. – Mas ao dizer isso percebeu que seus seios latejavam. – Ou não o suficiente para eu me importar.

Ela pôs uma das mãos no coração de Fin e a outra na cabeça de Kathel.

– Fiquem tranquilos – disse quando os outros vieram a cavalo ou em caminhões.

Os falcões – Roibeard e Merlin – pousaram juntos no teto do caminhão de Boyle. Antes de Branna conseguir falar em meio às muitas perguntas, viu Besouro disparando pela estrada na direção dela.

– Coração valente – sussurrou. E se abaixou para pegá-lo no colo quando ele a alcançou. – Está vulnerável demais aqui – disse para os outros. – E eu estou bem.

– Connor, você pode levar o carro de Branna? Ela vai no meu. Minha casa fica mais perto.

– Eu posso muito bem dirigir – começou Branna, mas Fin apenas a ergueu e pôs na sela, e depois montou atrás dela.

– Você se preocupa demais – disse Branna, firme.

– E você está pálida demais.

Ela segurou Besouro com força quando Baru se lançou para a frente.

Se estava pálida, pensou, era só porque a batalha fora intensa, embora curta. Recuperaria a cor e o equilíbrio bem rápido.

Decidiu que não adiantava discutir, porque todos estavam preocupados com ela – como, na mesma situação, ela se preocuparia com eles.

Quando chegaram aos estábulos, Fin desmontou, a tirou da sela e gritou para um boquiaberto Sean:

– Cuide dos cavalos.

Como achou mais humilhante reagir, Branna o deixou carregá-la para a casa dele.

– Você fez toda essa cena à toa, e agora o condado inteiro vai comentar.

– Cabhan ir até você no meio da estrada, no meio do dia é motivo suficiente. Agora você vai beber um pouco de uísque.

– Não vou, mas eu gostaria de um pouco de chá, se não se importa.

Ele começou a falar e depois apenas girou em seus calcanhares, deixando-a no sofá da sala de estar enquanto ia para a cozinha.

No momento em que Fin saiu, Branna puxou a gola de seu suéter e olhou para si mesma. Por dentro do sutiã, viu claramente a marca dos dedos de Cabhan em sua pele. Levantou-se, decidindo que seria melhor lidar com aquilo sozinha.

E o resto de seu círculo, junto com seu cão, entrou.

– Não comecem. Primeiro quero ir ao lavabo. – Ela lançou um olhar para Meara e Iona, o pedido claro nele.

Então elas a seguiram até o pequeno lavabo sob as escadas.

– O que foi? – perguntou Iona. – O que não quer que eles vejam?

– Prefiro que meu irmão e seu noivo não vejam meus seios.

Dito isso, tirou o suéter. E, quando Meara suspirou, tirou o sutiã.

– Ah, Branna – murmurou Iona, erguendo as mãos. – Deixe-me ver.

– Se você puser suas mãos sobre as minhas... – Branna cobriu os próprios seios. – Eu mesma poderia fazer isso, mas será mais rápido e fácil com sua ajuda.

Branna buscou dentro de si mesma e trouxe à tona o poder da cura. Respirou para dentro dele quando Iona se juntou a ela e novamente quando Meara pôs um braço ao redor de sua cintura.

– Não é profundo. Ele só me segurou por uma fração de segundo.

– Isso dói fundo.

Branna assentiu para Iona.

– Mas já está melhorando, e foi culpa minha dar a Cabhan essa pequena brecha.

– Acho que vai desaparecer mais rápido e doer menos se você olhar para dentro de mim. Se impulsionar o que eu tenho com o que você tem. Só para isso, está bem? Olhe para mim, Branna. Olhe para dentro de mim. A dor se dissipará, relaxe. O ferimento vai sarar. Sinta o calor.

Ela relaxou, se abriu e deu o que tinha para Iona.

– Está claro. Ele não deixou nenhuma marca em você. Você... – Iona parou, ainda procurando lesões. E arregalou os olhos. – Ah, Branna.

– Ah, bem, acho que isso vem depois. – Ela abriu as calças e as abaixou, deixando à mostra arranhões na parte interna de suas coxas.

– Maldito desgraçado – murmurou Meara, apertando a mão de Branna.

– Foi a névoa, em uma espécie de ataque furtivo. Mais um roçar do que um aperto, por isso não está tão escuro ou dolorido. Você se importa de cuidar disso, Iona?

Ela relaxou de novo e se deixou levar pelo calor que Iona lhe deu até o último sinal de dor desaparecer.

– Ele quis me assustar, me atacar da forma como as mulheres temem mais. Mas não me assustou. – Calmamente, Branna fechou as calças, vestiu o sutiã e depois o suéter. – Ele me enfureceu, o que lhe deu a chance de ultrapassar minhas defesas e encontrar essa pequena brecha. Não vai acontecer de novo.

Ela se virou para o espelho acima da pia, estudou-se com olhar crítico e usou um leve toque de magia.

– Pronto, feito. Obrigada a vocês duas. Vou ver se Fin fez um chá decente e contar a todos o que aconteceu.

Ela saiu. Connor parou de andar de um lado para outro do vestíbulo, foi direto para a irmã e a abraçou.

– Eu estou bem, juro. Eu... Não espie para dentro da minha cabeça, Connor, você só conseguirá me irritar.

– Tenho o direito de me certificar de que minha irmã está ilesa.

– Eu já disse que estou.

– Cabhan deixou as marcas das mãos dele, negras como piche, nos seios dela.

Ao ouvir as palavras de Meara, Branna se virou, atônita com a traição.

– Não devemos esconder nada. – Meara ficou ereta. – Isso não é justo ou certo, e também não é inteligente. Você mesma disse isso em relação a mim e Iona.

Quando Connor começou a erguer o suéter de Branna, ela afastou as mãos dele com um tapa.

– Não se intrometa! Iona e eu cuidamos disso. Pergunte a ela se não acredita na minha palavras.

– Não há nenhum traço dele nela – confirmou Iona. – Mas Cabhan deixou suas marcas nela, nas coxas e nos seios.

– Ele pôs as mãos em você. – Fin falou com uma calma que roncou como um trovão.

Branna fechou os olhos por um momento. Não o sentira vir por trás dela.

– Eu o deixei me atingir, então a culpa foi minha.

– Você disse que não estava ferida.

– Eu não sabia que estava até chegar aqui e dar uma olhada. Não foi nada perto do que Connor enfrentou, ou Boyle, ou você. Cabhan me atingiu, e fez isso onde é uma violação, como ele queria que fosse.

Fin se virou, foi até a lareira e olhou para o fogo.

Foi Boyle quem se aproximou de Branna e pôs um braço ao redor da cintura dela.

– Venha, querida. Sente-se e tome seu chá. Seria melhor pôr um pouco de uísque nele.

– Minhas suscetibilidades não estão feridas. Não sou sensível a esse ponto. Mas obrigada. Obrigada a todos vocês por virem tão rápido.

– Não rápido o suficiente.

Branna apertou o braço de Connor quando ele se sentou ao lado dela.

– Confesso que isso também foi culpa minha porque Meara, muito acertadamente, me fez sentir vergonha de não ter falado a verdade. Eu quis esperar apenas um instante antes de chamar vocês. Antes de toda a chuva cair sobre a minha cabeça. E tive um bom motivo para isso.

– Um bom motivo? – Fin se virou. – Para não chamar seu círculo?

– Por um instante – repetiu ela. – Eu estou bem protegida.

Raiva, pura e feroz, ardeu nos olhos de Fin.

– Não tão bem para impedir Cabhan de pôr as mãos em você e deixar as marcas dele.

– A culpa foi minha. Eu esperava que ele se transformasse no lobo, como se transformou. O cão é meu, e um lobo é um canídio. Achei que poderia descobrir o nome do demônio, agora que sabemos que procuramos um. Mas o tempo foi pouco e tudo o que descobri foi escuridão e cobiça. Eu precisava de mais tempo. Juro para vocês que acho que, se houvesse tido, podia ter descoberto o nome dele.

Ela pegou seu chá, o bebericou e o achou forte o suficiente para combater sozinho alguns bruxos. E gostou disso.

– Ele veio como um velho, parecendo doente na beira da estrada. Achou que poderia me enganar e conseguiu, mas apenas por alguns segundos e porque sou uma curandeira e é meu dever ajudar os necessitados.

– O que ele sabia muito bem – disse Connor.

– É claro. Mas Cabhan insiste em considerar as mulheres inferiores, fracas e tolas, independentemente do poder delas. Então eu virei o jogo, fingi acreditar que ele era um velho indefeso e depois o fiz cair sentado. É verdade que devia ter chamado vocês naquele instante, e juro que nunca mais esperarei nem mesmo esse pouco tempo. Ele fez o que eu esperava. Como eu disse, veio para mim como lobo.

Branna lhes contou tudo, sem omitir nenhum detalhe, e em seguida pôs seu chá de lado.

Connor a abraçou com força.

– Dar o pênis dele para os corvos comerem, é?

– Foi o que me ocorreu na hora.

– E a pedra?

– Brilhante no início. E brilhante de novo quando ele me segurou. Mas quando a chuva o queimou, ficou turva.

Ela suspirou.

– E havia uma loucura nos olhos de Cabhan. Ele me chamou de Sorcha. Olhou para mim e a viu, como Fin disse que fez quando me olhou na caverna. Ainda é Sorcha para ele.

– Séculos – Boyle assentiu. – Sendo quem é, querer o que quer e nunca conseguir. Isso causaria loucura, e Sorcha está no centro dela.

– E agora você – completou Fin. – Você se parece com ela. Consigo ler os pensamentos de Cabhan e saber que a vê em você.

– Ela está em mim, mas havia uma confusão nessa loucura. Confusão é uma fraqueza. E qualquer fraqueza é uma vantagem para nós.

– Eu o vislumbrei quando saí em uma cavalgada guiada esta manhã – disse Meara.

– Eu também o vi, em uma das minhas. Não tive uma chance de contar para ninguém. – Iona deu um suspiro. – Ele está se sentindo forte de novo, e ficando mais ousado.

– É mais fácil acabar com ele quando não está escondido – salientou Boyle. – Tenho de voltar para os estábulos. Posso dispensar Meara ou Iona se você precisar, Branna.

– Estou bem agora, e eu... Ah, droga! – Ela se levantou. – Fui ao supermercado e as compras ainda estão no carro.

– Vou cuidar disso – disse-lhe Connor.

– E desarrumar tudo? Comprei um belo corte de carne e estava pensando em assá-lo.

– Com batatas miúdas, cenouras, cebola e todo o resto?

Meara olhou para o teto.

– Connor, só você pensaria com o estômago quando sua irmã ainda mal se acalmou.

– Porque ele sabe que estou bem e, se não estivesse, cozinhar me acalmaria pelo resto do dia.

– Vamos trazer tudo para cá. – Fin falou em um tom que não admitia discussões. – Se você está com vontade de cozinhar, pode fazer isso aqui. Se precisar de algo que não tenho, vamos buscar. Tenho de trabalhar um pouco nos estábulos, e mais lá em cima, mas alguém ficará por perto.

Ele saiu, Branna presumiu que para trazer as compras para dentro.

– Dê-lhe um tempo. – Iona falou em voz baixa, se levantou e acariciou o braço de Branna. – Dar-lhe um tempo não a tornará fraca, não o fará pensar que você é. É só um tempo.

– Ele podia ter me perguntado o que eu queria fazer.

Connor beijou a testa da irmã.

– Você podia ter perguntado o mesmo para ele. Então nós vamos embora e voltaremos a tempo do jantar. Se precisar de alguma coisa, é só me avisar.

Quando todos saíram, Branna se sentou de novo e ficou olhando para o fogo, pensativa.

13

BRANNA DECIDIU QUE, DADAS AS CIRCUNSTÂNCIAS, SIMPLESMENTE evocaria o que precisasse. Achou que o melhor lugar para trabalhar em sua pesquisa e seus estudos seria o canto para o café da manhã na cozinha de Fin – e assim ficaria por perto quando o assado estivesse no forno.

Fin manteve a distância e o silêncio – e Branna sabia muito bem que ambos eram deliberados. Deixe-o com sua raiva, pensou. Ela tinha a dela e a frieza de Fin só a fazia ferver em fogo brando.

Acima de tudo, irritava-a não conseguir conter o prazer de preparar uma refeição de verdade na cozinha dele. Tudo era muito funcional, os acabamentos de primeira qualidade, os detalhes, como a torneira perto do cooktop caso ela precisasse encher uma panela grande e não quisesse carregá-la da pia para o fogão.

Era o cooktop que desejava. Poderia ter comprado um de seis bocas se tivesse se imaginado cozinhando para tantos com tanta frequência.

Não parecia certo um homem que não cozinhava para si mesmo ter uma cozinha tão superior à dela – e ela considerava a sua um sonho de estilo e eficiência.

Pensando sobre isso, deixou a carne marinar e usou o canto para o café da manhã como escrivaninha temporária.

Outra xícara de chá, alguns biscoitos – comprados prontos, é claro – e seu cão roncando debaixo da mesa com Besouro. Ela passou o tempo trabalhando na fórmula da segunda poção – ingredientes, palavras, momento certo –, enviou um longo e-mail para seu pai no caso de ele saber, ou conhecer alguém que soubesse, mais sobre demônios do que ela poderia descobrir.

Quando Fin voltou sujo dos estábulos, ela tinha abandonado os livros e estava sentada ao balcão descascando cenouras.

Ele pegou uma cerveja e não disse nada.

– Foi você quem me pôs nesta cozinha. – Ela não perdeu o controle, mas seu tom demonstrava irritação. – Então, se está com raiva de mim, vá para outro lugar.

Ele estava com uma jaqueta surrada e um suéter mais surrado ainda, jeans rotos em um dos joelhos e botas que já tinham visto dias melhores. Os cabelos despenteados pelo vento lhe emolduravam o rosto com uma expressão fria.

Irritou-a ainda mais ele conseguir parecer tão sensual.

– Não estou com raiva de você.

– Então você tem um modo estranho de demonstrar seus sentimentos positivos, porque saiu e entrou duas vezes sem me dirigir uma só palavra.

– Estou comprando mais alguns cavalos para os passeios guiados e tentando vender um dos falcões mais jovens para um falcoeiro. Esse é o meu trabalho, é o que mantém tudo funcionando, e entrei e subi para meu escritório para não discutir os termos do contrato na frente dos funcionários e da garota que veio para a aula da tarde.

Ele inclinou a cerveja na direção de Branna e depois bebeu.

– Se não se importa.

– Não me importo, e estou dizendo para você ir com sua raiva para outro lugar. A casa é muito grande.

– Eu gosto de casas grandes. – Ele se aproximou e ficou em pé do outro lado da cozinha. – Não estou com raiva de você, por isso não seja idiota.

Branna sentiu o sangue ferver sob sua pele.

– Agora eu sou idiota?

– Do meu ponto de vista, está agindo como uma.

– Então, se você insiste em ficar aí, eu vou para outro lugar. – Ela pôs o descascador com força sobre o balcão, afastou a cadeira e estava a caminho da porta quando Fin pegou seu braço.

Ela lhe deu um safanão que o teria atirado do outro lado da cozinha se ele não estivesse preparado para isso.

– Acalme-se, Branna, porque estive trabalhando nisso nas últimas horas.

Ela estava com os olhos enfumaçados, a voz ardente como fogo.

– Não vou ser chamada de idiota, nem de nada.

– Eu não disse que você era, só pedi que não agisse como uma. – O tom dele foi frio como a chuva de janeiro. – E, pela terceira vez, não estou com raiva de você. E *raiva* é uma palavra leve demais para o que sinto por Cabhan, o canalha que pôs as mãos em você.

– Ele envenenou Connor, quase matou Meara e Iona, queimou as mãos de Boyle até ficarem pretas e deixou você caído no chão da minha cozinha. Mas você está com mais do que raiva porque agora ele sabe a forma dos meus seios?

Fin a pegou pelos ombros e ela viu que ele falava a verdade. O que havia em seus olhos era mais do que raiva.

– Ferimentos de guerra, justos ou injustos, ocorrem em batalhas. Isso foi totalmente diferente. Você tinha acabado de me deixar tocá-la de novo e ele fez isso? Não consegue ver a deliberação, a escolha do momento? Assim, na próxima vez que eu tentasse tocá-la, você pensaria no meu sangue, nas minhas origens.

– Isso não...

– E você não vê, não pensa com esse cérebro inteligente, que ele teve contato com você? Contato físico, e com isso poderia tê-la tirado do aqui e agora e a levado para onde quisesse?

Branna começou a falar, e então ergueu as mãos até ele soltá-la. Voltou e se sentou de novo.

– Pode me chamar de idiota, porque eu mereço. Não pensei nisso, mas agora vejo claramente. Não pensei na primeira coisa que você falou, porque você não tem nada a ver com o que Cabhan fez, o que tentou fazer comigo. Eu não pensaria nele quando você me tocasse, Fin. Nisso você está errado. Era o que ele queria que você pensasse, e parece que conseguiu.

Ela estendeu a mão para a cerveja de Fin e depois balançou a cabeça.

– Não quero cerveja.

Sem dizer nada, Fin se virou e tirou a tampa da garrafa de Pinot Noir que Branna usara na marinada. Serviu uma taça, que ela bebeu devagar.

– Quanto à segunda, estou bem firme. Cabhan pode pensar que tem força para me arrastar para quando e onde quiser. Eu lhe garanto que não. Tomei precauções quando ele tentou atrair Meara, e todos nós sabemos que Cabhan pode viajar no tempo. Nisso você pode confiar em mim.

– Está bem.

Branna ergueu as sobrancelhas.

– Só isso?

– Não é o suficiente?

– Ele queria me assustar e humilhar, e não conseguiu nem uma coisa nem outra. Talvez também quisesse ferir minhas suscetibilidades para eu não querer que você me tocasse, e também fracassou nisso. Mas parece que conseguiu enraivecê-lo. E de raiva ele entende. Agora você está dormindo comigo e não quer que outro me toque.

– Não é isso, Branna. – Mais calmo, Fin passou os dedos pelos cabelos. – Bem, não só isso. É o que tocou em você.

– Ele só entenderia a posse. Nunca entenderia seu remorso, sua culpa, não importa quantas vezes lhe mostrasse que rejeita essa parte sua, é só ela que ele vê. Não pode ver além do seu sangue. Você deve ver. Todos nós devemos. Eu vejo, ou, independentemente do que sinto por você, não poderia deixá-lo me tocar.

– É o sangue dele que eu quero. Quero-o pingando das minhas mãos.

– Eu sei. – Entendia isso, admitiu, e sentira o mesmo mais de uma vez. – Mas isso é vingança, e a vingança não o derrotará. Ou não só ela, porque, apesar do que somos, também somos humanos, e ele mais do que mereceu nossa sede de vingança.

– Não consigo ficar calmo com isso. Não sei como você consegue.

– Porque olhei nos olhos dele hoje, mais perto do que você está de mim agora. Senti as mãos dele me queimando de frio. E não havia medo em mim. Antes havia, mesmo com o poder pleno e brilhante. Mas hoje não houve. Estamos mais fortes, cada um de nós mais fortes do que ele, mesmo com o que está nele. E juntos? Somos o fim de Cabhan.

Fin contornou o balcão e pôs as mãos nos ombros de Branna outra vez, agora com gentileza.

– Desta vez temos de fazê-lo parar, Branna, custe o que custar.

– E eu acredito que conseguiremos.

Custe o que custar, pensou Fin de novo, beijando a testa de Branna.

– Preciso protegê-la.

– Você acha que eu preciso de proteção, Fin?

– Não, mas isso não significa que não a darei. Não significa que não preciso dá-la.

Ele beijou a testa de Branna outra vez.

Custe o que custar.

FIN TINHA UM NEGÓCIO PARA ADMINISTRAR E O TRABALHO NÃO ESPERAVA o momento que fosse conveniente para ele. Era preciso fazer balanços contábeis, dar e retornar telefonemas e sempre parecia haver um documento para ler e assinar.

Aprendera cedo que ser bem-sucedido em um negócio exigia mais do que ser dono dele, e o sonho. Podia agradecer a Boyle e Connor por lidarem com as exigências diárias – e toda a papelada, o tempo e a tomada de decisões oportunas. Mas isso não o deixava livre.

Mesmo quando viajava, permanecia em contato – por telefone, Skype ou e-mail. Mas quando estava em casa, sentia-se obrigado a pôr a mão na massa. Isso envolvia o prazer de cuidar dos cavalos, porque ele valorizava aquele contato físico e mental. Mais do que usar uma escova de ferro ou picareta de cascos, cuidar, alimentar ou exercitar lhe proporcionava conhecer cada cavalo.

Também não se importava de limpar as gaiolas das aves na escola ou de passar tempo enxugando cuidadosamente penas molhadas. Ficava muito satisfeito treinando as mais jovens e tinha uma ligação especial com uma fêmea chamada Atrevida – o que ela era de fato.

Embora os dias aos poucos se tornassem mais longos, quase nunca pareciam ter horas suficientes para Fin fazer tudo o que queria ou de que precisava. Mas ele sabia onde queria estar, e era em casa.

Há quase um ano, pensou enquanto estava com Connor no terreno cercado da escola, chutando uma bola azul para Romeo, o spaniel muito entusiasmado da gerente de seu escritório. O tempo mais longo desde que ele tinha 20 anos.

Negócios, curiosidade e necessidade de respostas o afastariam de novo, mas esperava que não mais por meses seguidos. Pela primeira vez desde que a marca surgira nele, sentia-se em casa de novo.

– Acho que o inverno, com a diminuição do movimento, é a melhor época para experimentar as cavalgadas para observação de falcões de que falamos antes.

– Nós ofereceríamos algo mais do que especial àqueles que viessem em busca de aventura. – Connor deu um chute na bola, fazendo o cão correr. – Calculei o preço, se decidirmos tentar, e Boyle resmungou, como faz quando concorda.

– Como eu faço. Isso exigirá um documento diferente, e alguns ajustes na questão do seguro. Cuidarei disso.

– Fico feliz por você não passar esse bastão para mim.

Foi a vez de Fin chutar a bola.

– A outra questão é o horário, que deixarei para você e Boyle coordenarem. Temos Meara e você como cavaleiros experientes e falcoeiros, e Iona tem se saído bem na observação de falcões.

– E ninguém é melhor em um cavalo. Então isso são três que poderiam participar. Você seria o quarto.

Fin olhou para Connor, que lhe sorria.

– Eu não participo de uma cavalgada guiada desde... desde os primeiros meses em que eu e Boyle implementamos isso tudo.

– Estou certo de que você poderia sair com os outros a qualquer momento, como uma espécie de aprendiz.

Connor se preparou para chutar e, só de brincadeira, Fin o bloqueou, pegou a bola e, antes de chutá-la, fez um drible do qual se lembrava de sua infância.

– Então, quer jogar?

– Vou aceitar seu desafio quando tiver tempo, e isso vai ser depois que eu fizer um esboço do novo folheto para você e Boyle darem uma olhada. Nesse meio-tempo, você deveria pensar em outra pessoa que possa cavalgar, observar falcões e lidar com um pequeno grupo, porque acho que manteremos essa combinação, pelo menos no início, para grupos de até seis pessoas. Quem lhe ocorre?

– Tenho alguns com mais experiência com falcões, mas eu diria que nosso Brian. Ele é o mais ansioso por aprender e experimentar coisas novas.

– Então fale com Brian e, se ele demonstrar interesse, poderá começar a treinar, ver como tudo funciona. Teremos de experimentar isso algumas vezes, apenas com a equipe ou amigos. Se *tudo* correr bem, acho que poderemos começar a oferecer o pacote em março. Tendo em vista o equinócio.

– Um bom tempo para aparar as arestas.

– E agora quero sair um pouco com Atrevida. Vou para os estábulos arranjar uma montaria e vamos ver como ela se sai com um cavalo e um cavaleiro. Merlin vai junto, porque a manterá na linha. E quero ver como eles se darão um com o outro. Estou pensando em acasalá-los.

Connor sorriu.

– Eu ia lhe falar justamente sobre isso. Em minha opinião, é a combinação certa. Eles combinam, a dignidade dele e o atrevimento dela. Acho que produziriam uma boa ninhada.

– Vamos deixá-los decidir.

Fin pegou uma bolsa de iscas porque a fêmea ainda esperava pela recompensa e, pondo uma luva, fixou os piós. Atrevida se envaideceu um pouco, feliz por ter sido escolhida, e inclinou a cabeça, lançando-lhe um olhar que ele considerou sedutor.

– Claro que você é encantadora, não é?

Ele se dirigiu aos portões com Atrevida e, virando-se na direção dos estábulos, chamou Merlin.

O falcão pairou acima de sua cabeça e depois fez em uma longa e graciosa descida que Fin considerou exibição. Em seu braço, Atrevida abriu as asas.

– Você quer se juntar a ele, não é? Então vou acreditar que se comportará e irá para onde eu a conduzir.

Ele afrouxou os piós, ergueu o braço e a observou se erguer para o céu.

Eles circularam juntos, fizeram algumas acrobacias divertidas e Fin achou que ele e Connor estavam certos. Eles combinavam um com o outro.

Fin apreciou a caminhada, as árvores familiares, a curva no caminho, os cheiros no ar. Não sentiu nada de Cabhan como esperava sentir, e foi da escola para os estábulos tendo apenas os falcões por companhia.

Achou que os estábulos pareciam uma pintura, espalhados como eram com o padoque, os caminhões e carros, e a cabeça majestosa de Caesar para fora da janela aberta da baia. O cavalo o cumprimentou com um relincho e Fin foi direto até lá para acariciar, escovar e ter uma breve conversa com ele antes de entrar.

Encontrou Boyle no escritório, olhando carrancudo para o computador.

– Por que as pessoas fazem tantas perguntas estúpidas? – resmungou ele.

– Você só acha que são estúpidas porque já sabe as respostas. – Fin se sentou em um canto, a única área livre na escrivaninha. – Acabei de vir da escola. Estava com Connor – começou e contou a Boyle os planos para o novo pacote.

– Com certeza Iona vai gostar. E Brian... Bem, ele é jovem, mas, pelo que eu soube e vi, trabalha duro, e sei que cavalga bem o suficiente. Estou disposto a lhe dar uma chance.

– Então vamos pensar nos detalhes. Se você não precisar de mim aqui, sairei com Caesar. Experimentaremos uma cavalgada para observação de falcões porque vou levar Merlin e uma jovem fêmea comigo. Mapear uma possível rota.

– Tome cuidado. Hoje de manhã, bem cedo, Iona e eu passamos pela casa nova para ver o andamento da obra. Ela viu a sombra do lobo se esgueirando entre as árvores.

– Você não viu?

– Não, eu estava virado para o outro lado, falando com um dos carpinteiros. Iona disse que ele chegou mais perto do que antes, embora ela tivesse posto proteção ao redor da casa.

– Vou dar uma boa olhada.

– Eu ficaria grato.

Ele selou Caesar, que estava ansioso por sair porque entendeu que iria galopar em vez de realizar a costumeira caminhada monótona. Depois de conduzir o cavalo e montar, Fin se afastou um pouco e então pôs uma isca em sua luva e chamou Atrevida.

Ela pousou lindamente, engoliu o pedaço de frango como se não comesse há um mês e permaneceu na luva. Atrevida e Caesar trocaram um longo olhar e depois o cavalo virou a cabeça para o outro lado como se não tivesse nada a ver com o falcão.

Essa é uma boa atitude, concluiu Fin, e para testar o falcão e o cavalo, pôs Caesar a galope.

Isso assustou Atrevida, que abriu as asas – outra pintura – e ela teria voado da luva se Fin não a houvesse acalmado.

– Você está bem. Esse é apenas outro modo de voar.

Ela ficou um pouco nervosa, não totalmente convencida, mas permaneceu na luva. Satisfeito, Fin pôs o cavalo a meio galope e se virou na direção da floresta antes de fazer sinal para Atrevida voar.

Ela pousou em um galho, onde Merlin já a esperava.

– Muito bem. Muito bem mesmo. Você nos conduzirá, Merlin, e nós o seguiremos.

Seu falcão contornou as árvores, seguido pela fêmea. Mantendo uma marcha majestosa, Fin conduziu o cavalo por entre elas.

Durante a meia hora seguinte, ele fez Atrevida seguir os ritmos, trazendo-a de volta para a luva e a deixando voar de novo.

O ar frio e úmido se tornou uma garoa, mas nenhum deles se importou com isso. Ali havia liberdade para todos, em uma espécie de jogo.

Fin mapeou a rota em sua cabeça e achou que seria um bom arremate para o pacote, mostrando como os facões eram capazes dançar por entre as árvores e voltar repetidamente para a luva sem quebrar o ritmo tranquilo da cavalgada.

Perto o suficiente para ouvir o murmúrio do rio, longe o bastante para proporcionar a sensação de uma cavalgada com falcões de tempos antigos. E agora sentia o cheiro da neve chegando. Ao cair da noite, pensou, embelezando os verdes e marrons e deixando tudo imóvel e silencioso por algum tempo.

E a chegada da primavera faria o abrunheiro florescer, assim como as flores silvestres que Branna colhia por prazer e para magia.

Que venha a primavera, pensou, quando esperava poder caminhar em paz pela floresta com Branna.

E, pensando nela, mudou de direção. Os falcões e o cavalo poderiam ficar do lado de fora do chalé enquanto ele trabalhava com Branna.

Quando chegou a uma trilha, pôs Caesar novamente a um meio galope e riu ao ver Besouro correndo com a língua para fora.

– Agora, com o cão, tenho todos os três. Vamos passar na casa de Branna. Ela pode ter algo para todos vocês. Depois daremos uma olhada na casa de nova de Boyle antes de voltarmos.

Aparentemente concordando com esse plano, Besouro correu ao lado do cavalo.

Fin diminuiu outra vez o ritmo quando eles se aproximaram da grande árvore derrubada e das grossas trepadeiras que bloqueavam a maior parte das ruínas da cabana de Sorcha.

Besouro rosnou baixinho.

– Ah, sim, ele está vindo. Também o sinto.

Fin ordenou a Atrevida que ficasse no ar e chamou Merlin para a luva.

Névoa serpenteou pelas trepadeiras. Fin estendeu sua mão livre e fez o cão levitar para sentá-lo na frente dele, na sela.

Sentiu a atração, o convite quase cordial para ir em frente e se deleitar com tudo o que poderia ser, todos os presentes oferecidos pela escuridão.

– Se isso é o melhor que você tem...

Dando de ombros, Fin começou a virar o cavalo.

O lobo saltou das trepadeiras, o pelo negro brilhante, a pedra vermelha pulsando. Caesar se assustou e empinou, mas Fin conseguiu se manter nele e segurou Besouro antes que caísse.

Atrevida se precipitou em um voo rasante sobre o lobo e depois novamente para cima, onde pousou em uma árvore, olhando para o lobo.

Garota esperta, pensou Fin. Esperta e feroz.

– Vou repetir, se isso é o melhor que você tem...

Fin fez Caesar avançar e estendeu a mão para a terra se abrir sob o lobo. Enquanto o cavalo saltava sobre ela, o lobo desapareceu.

Fin ouviu a risada atrás dele e virou o cavalo.

Cabhan flutuava em um cobertor de névoa acima da terra aberta.

– Está longe de ser o melhor, rapaz. Você ainda não provou o meu melhor. Poupe-se, porque no final virá para mim. Eu conheço seu sangue.

Fin sentiu vontade de avançar de novo, mas estava naquele negócio havia tempo suficiente para saber que voltar poderia ter consequências piores.

Então apenas virou Caesar e se afastou, sem pressa.

– Poupe-se. – Aquilo soou como um sussurro, não um grito. – E quando eu terminar com você, o prenderei por toda a eternidade à bruxa da noite pela qual anseia.

A necessidade de voltar e arremeter aumentou com a fúria.

Sem olhar para trás, Fin pôs a terra novamente no lugar, seguiu em frente e saiu da floresta.

Amarrou o cavalo do lado de fora do chalé, desmontou e encostou seu rosto no de Caesar.

– Hoje você fez jus ao seu nome, porque em momento algum hesitou em avançar quando eu lhe pedi para fazer isso.

Como um mágico, ele estendeu sua mão vazia e depois a virou e fez surgir uma maçã.

Enquanto Caesar mastigava, Fin chamou Atrevida para a luva.

– E você, muito valente para uma ave tão jovem, vai caçar. – Ele fez um sinal para Merlin. – Vocês caçarão juntos no campo de Branna e podem ficar um pouco no poleiro de Roibeard. E você. – Ele acariciou Besouro. – Aposto que lá dentro há um biscoito de que vai gostar.

Fin foi com o cão até a oficina e entrou.

– Eis minha recompensa – disse ele quando Branna tirou uma bandeja de biscoitos do pequeno forno da oficina.

– Você escolheu bem a hora de chegar. – Ela pôs a bandeja em cima do fogão e se virou. – Algo aconteceu – disse imediatamente.

– Não foi nada muito importante, mas há um cão aqui que merece um biscoito, se você tiver.

– Claro. – Ela pegou dois biscoitos para cães no pote enquanto Kathel despertava de seu cochilo ao lado da lareira para cumprimentar seu pequeno amigo.

– Prefiro deste tipo – disse Fin pegando um biscoito que Branna assara e já pusera para esfriar em uma grade. – Eu tive coisas para fazer em casa, depois na escola e nos estábulos. Vamos oferecer o pacote de cavalgada para observação de falcões na próxima primavera.

– Isso é ótimo, mas o que aconteceu?

– Eu saí para cavalgar com falcões. Caesar, Merlin e uma bela fêmea chamada Atrevida que se acasalará com Merlin quando estiver pronta.

– E o que ela está achando disso? – Branna pôs a chaleira no fogo enquanto Fin pegava um segundo biscoito.

– Ela gosta da aparência dele, e ele gosta da dela. Eu estava tentando mapear algumas rotas que poderiam ser adequadas para o pacote e Besouro se juntou a nós quando passamos perto dos grandes estábulos. Com eles, virei nesta direção, pensando em trabalhar com você por uma ou duas horas, e passei pela entrada para a cabana de Sorcha.

– Você poderia ter evitado aquele lugar.

– É verdade. Mas não quis evitar. E por isso soube que a fêmea que escolhi para Merlin se acasalará com ele.

Ele lhe contou tudo, aceitou chá e pensou em pegar um terceiro biscoito.

– Cabhan está ficando mais arrogante – disse Branna.

– O suficiente para provocar, o que era exatamente o que queria. Queria que eu partisse para cima dele de novo, e me ocorreu que negar-lhe isso seria mais insultante.

– Ele quer que saibamos que nenhum de nós pode dar uma simples caminhada na floresta sem correr perigo. Quer provocar, na esperança de abater nosso moral, de nos intimidar.

– Ele está mais confiante do que antes, pelo menos é o que eu acho.

– Nós o sangramos mais de duas vezes, e na última vez quase o destruímos.

– Mas não o destruímos – salientou Fin. – Ele se cura e sabe que, para isso, só precisa voltar para seu covil. Sabe que pode voltar e lutar contra nós repetidamente. Quando você é um jogador, as chances são de um dia perder. Está na hora de novo, Branna, e ele tem essa carta na manga.

– Cabhan não acredita que pode ser destruído, ou que o que está nele pode. Mas vou trabalhar nisso.

Ela caminhou e bateu com o dedo em seu caderno de anotações.

– Eu entrei em contato com meu pai, que entrou em contato com outras pessoas, e misturei ingredientes que acho que destruirão o demônio. Também trabalhei nas palavras do feitiço. Precisamos do nome. Acho que a poção não funcionará se não chamarmos o demônio pelo nome, e as pessoas que meu pai consultou confirmaram isso.

Fin pegou o terceiro biscoito e depois se aproximou para ler por cima do ombro de Branna.

– Asa seca de morcego... melhor da Romênia?

– Foi o que me disseram.

– Pelos do rabo de uma iaque prenha. – Fin arqueou uma sobrancelha. – Nenhum olho de salamandra e nenhuma língua de cão. Desculpem-me – disse ele para Kathel e Besouro.

– Você pode fazer piada com as três bruxas do bardo inglês, mas eu formulei isto usando as melhores fontes que pude encontrar.

– Mata-lobos, frutos de beladona esmagados, tintura de trombeta-de-anjo amazônica, pétalas de *conium* da Armênia, seiva da árvore mancelhineira. Eu conheço algumas dessas plantas.

– Todas venenosas. Venenos naturais. Nós temos um pouco disso na poção que fizemos para Cabhan, mas há vários ingredientes aqui que são mais exóticos do que todos com que já trabalhei. Obviamente terei de encomendar alguns. Isso exige água benta, o que é bastante fácil de conseguir. O sangue continua sendo o agente de ligação. É do seu que precisaremos. De seu sangue, um pouco de seus cabelos e pedaços de suas unhas.

Fin apenas resmungou.

– Comecei com as quantidades e as ordens. Minhas fontes divergem um pouco sobre ambas, mas encontraremos a mistura certa. E as palavras necessárias. Quando a poção estiver certa, ficará negra e densa. Não terá nem refletirá nenhuma luz.

Fin ergueu as mãos e massageou os ombros de Branna.

– Você está tensa. Deveria estar satisfeita, não tensa. Esse é um enorme progresso, Branna.

– Nada disso terá chance de funcionar se não escolhermos o tempo certo, e, nesse aspecto, não fizemos nenhum progresso.

– Tenho pensado a esse respeito. Ostara? O equinócio. Nós tentamos o solstício do verão, por causa da luz. Ostara também é luz, sua balança pende para ela.

– Vou voltar a isso. – Ela passou as mãos pelos cabelos para ajeitar grampos soltos. – Mas não está claro para mim como nas outras tentativas. Deve estar certo; talvez esteja e eu apenas não consiga ver através dos outros elementos.

Fin se virou para Branna, ainda massageando os ombros dela.

– Poderíamos tentar criar o feitiço e a poção para Ostara e então ver se fica claro. Desde que encontremos uma iaque prenha.

Branna sorriu, como ele esperara.

– Meu pai me disse que conhece um homem que pode conseguir tudo por um preço.

– Então pagaremos o preço e começaremos. Ainda temos cerca de meia hora e ajudarei no feitiço. Mas esta noite acho que poderíamos nos divertir um pouco, tirar tudo isso da nossa cabeça.

– É o que você acha?

– Acho que você deveria jantar fora comigo. Sei de um lugar que você vai adorar.

– Jantar fora? E que tipo de lugar seria esse?

– Um lugar maravilhoso. Romântico e elegante, e com uma comida divina. – Ele enrolou no dedo uma mecha de cabelos solta de Branna. – Você poderia usar o vestido que usou no Ano-novo.

– Tenho mais de um vestido e seria capaz de sair nua para apreciar uma comida divina que não foi feita por mim.

– Se você insiste, mas prefiro eu mesmo despi-la depois da sobremesa.

– Vamos ter um encontro, Finbar?

– Vamos. Jantar, mas virei buscá-la às sete para você ter um pouco de tempo para apreciar a cidade antes de comermos.

– A cidade? Que cidade?

– Paris – disse ele, e a beijou.

– Você quer que voemos para Paris para uma refeição?

– Uma refeição esplêndida, na Cidade Luz.

– Paris – repetiu Branna, e tentou dizer a si mesma que aquilo era frívolo e tolo, mas não conseguiu. – Paris – repetiu, e o beijou de volta.

14

— COMO FOI? PARIS. – IONA BALANÇOU A CABEÇA. – NÃO TIVEMOS chance de falar sobre isso sem os rapazes por perto desde que você foi lá.

– Fascinante. De tirar o fôlego. As luzes, as vozes e, é claro, a comida e o vinho. Por algumas horas, um mundo totalmente novo.

– Romântico?

Iona prendeu bonitos laços de ráfia ao redor de sabonetes de cores suaves e outros de cores vivas.

– Sim.

– Gostaria de saber por que essa parte a preocupa.

– Não estou em busca de romance. Esse é o tipo de coisa que enfraquece a determinação e embota os sentidos. – Branna pesou ervas moídas. – Não é algo que eu posso arriscar agora.

– Vocês se amam.

– O amor nem sempre é a resposta. – Enquanto Iona ajudava com o estoque da loja, Branna se concentrou em suprimentos mais mágicos. Outra batalha estava por vir e outros ataques eram prováveis. Ela queria um estoque completo de produtos medicinais para qualquer contingência. – Para você é, e fico feliz com isso. – Ela pôs seis gotas de extrato de nastúrcio no pequeno caldeirão. – Contribui para o que você é, fortalece seu objetivo.

– Você acha que a enfraquece.

– Acho que pode enfraquecer, e agora mais do que nunca não podemos permitir. Tanto eu quanto Fin sabemos que somos capazes de viver um sem o outro. Já fizemos isso, e muito bem. Sabemos que o que temos agora pode ser apenas temporário. Todo o resto, com ou sem, terá de esperar até Cabhan estar liquidado.

– Você é mais feliz com ele – salientou Iona.

– E que mulher não é mais feliz quando pode contar com uma boa transa regularmente?

Iona riu e Branna ergueu um dedo pedindo silêncio. Depois pôs as mãos sobre o caldeirão e acelerou a fervura. Murmurando, jorrou luz para baixo com uma das mãos e uma chuva fina azul com a outra. Por um instante um arco-íris se formou e depois também foi para dentro do caldeirão.

Branna abaixou o máximo possível a fervura.

Satisfeita, virou-se e viu Iona estudando-a.

– Vendo você trabalhar – explicou Iona. – É tudo tão bonito, tão gracioso, com poder simplesmente fluindo ao redor.

– Nós precisamos deste revigorante à mão, assim como dos bálsamos e unguentos que tenho em estoque. – Branna deu um tapinha na porta de um armário que considerava seu arsenal de guerra.

– Espere o melhor, mas se prepare para o pior.

– Uma boa política.

– É o que você está fazendo com Fin?

– Estar com Fin, não só por sexo, me faz lembrar de todos os motivos pelos quais me apaixonei por ele. Fin é muito bondoso, e eu quis me esquecer disso. Seu humor, seu foco, sua lealdade. Agora quero me lembrar de tudo, pelo conforto que proporciona e pela união. Lembrar-me de quem ele é significa que posso confiar totalmente nele em relação a isso. Tudo isso. E sei lá, por mais que antes eu tentasse não confiar, confiava. Como posso confiar e confio, sempre haverá algo bom a que me agarrar.

– Ele vem hoje?

– Eu disse que não precisava. Ainda faltam alguns ingredientes para podermos começar a fazer o veneno. Fin tem o trabalho dele e eu tenho o meu. E fico grata por você me dedicar parte tão grande do seu dia de folga hoje.

– Eu gosto de brincar com o estoque da sua loja, e quanto mais puder fazer, mais tempo você terá para os venenos do demônio. Mais tarde quero sair com Alastar, e esperava que você pudesse dar uma cavalgada conosco.

– Uma cavalgada?

– Eu a vi cavalgar, e Meara mencionou que você não faz mais isso tanto quanto antes.

Não, pensou Branna, porque isso a fazia se lembrar de Fin. Mas agora... Fin trouxera Aine para ela, e ainda não se dera ao prazer de testar o vínculo com a égua.

– Se eu acabar o que precisa ser feito, vou. E se nós duas formos cavalgar por prazer, isso será uma afronta para Cabhan.

– Agora nós o vemos todos os dias. – Com calma, Iona empilhou os belos sabonetes em torres coloridas. – Esgueirando-se.

– Eu sei. Também o vejo. Agora ele testa meus limites com frequência.

– Sonhei com Teagan na noite passada. Nós conversamos.

– E só agora você me diz isso?

– Foi como uma pequena visita. Sentadas na frente da lareira, tomando chá. Ela está com a barriga grande e me deixou sentir o bebê chutando. Falou sobre o marido e eu falei sobre Boyle. E me lembrei do que você disse sobre todos nós estarmos conectados, porque o marido dela e Boyle são muito parecidos. No temperamento, no amor pelos cavalos e pela terra.

– Boyle está ligado aos três por meio do homem com que Teagan se casou? Sim, poderia ser.

– Nós não falamos sobre Cabhan, e isso não é estranho? Só tomamos chá e falamos sobre o marido dela, o bebê prestes a chegar, Boyle e os planos de casamento. No fim do sonho, Teagan me deu um pequeno amuleto e disse que era para Alastar.

– Está com você?

– Eu o coloquei na rédea de Alastar esta manhã, antes de vir. Eu tinha um amuleto em meu bolso, um que havia feito para ele, por isso o dei para Teagan.

– Nós trocamos presentes, cada um de nós com cada um deles. Acho que isso é mais do que cortesia. Algo nosso no tempo deles e algo deles no nosso tempo. Vamos levar os três presentes conosco quando enfrentarmos Cabhan de novo.

– Ainda não sabemos ao certo quando.

– Isso é frustrante – admitiu Branna. – Mas não pode ser feito enquanto não tivermos tudo de que precisamos para destruir o demônio. Tenho de acreditar que saberemos quando.

– Demônios e visitas em sonhos com primos de séculos atrás. Batalhas, redemoinhos e casamentos. Minha vida está muito diferente do que era há um ano. Parece que a vida que levava antes não existiu. É tolice e pouco realista da minha parte planejar e fazer um jantar de aniversário para Boyle do dia em que nos conhecemos? Fazer uma surpresa para ele, e me refiro a algo que realmente possa comer sem fingir que não está horrível.

Ao mesmo tempo achando graça e comovida, Branna olhou por cima do ombro enquanto Iona rearrumava suas torres.

– É claro que não.

– Ainda vejo Boyle exatamente como no dia em que o vi pela primeira vez, vindo montado em Alastar. O modo como os dois foram direto para mim. Agora são meus. Quero marcar esse dia.

– Então faça isso.

Algo margeou seus pensamentos. Branna parou, esperando que viesse, e a porta se abriu.

Uma de suas vizinhas, uma alegre e com ar de avó, entrou.

– Bom dia, Sra. Baker.

– Bom dia, Branna. Ah, Iona também está aí. Espero não estar incomodando.

– De forma alguma. Aceita um pouco de chá? – ofereceu Branna.

– Sim, se não der trabalho. Foi atrás de um chá que eu vim, daquele que você faz para resfriados comuns. Se tiver algum pronto para me vender, me pouparia uma ida à vila.

– Tenho, é claro. Tire o casaco e sente-se perto da lareira. Está resfriada?

– Eu não, mas meu marido ficou e está me enlouquecendo com suas queixas. Juro que uma xícara de chá aqui com mulheres que não acham que a vida delas acabou por causa de um resfriado preservará minha sanidade. Ah, e esses sabonetes são bonitos como balas em um pote.

– Não consigo decidir qual é o meu favorito, mas acho que é este. – Iona estendeu um sabonete em barra vermelho-vivo para a Sra. Baker cheirar.

– É delicioso. Vou me dar um desses como recompensa por não bater com uma frigideira na cabeça dele até ficar inconsciente.

– A senhora merece.

– Um simples resfriado faz os homens darem mais trabalho do que bebês. Você vai descobrir isso em breve, com o casamento.

– Espero ganhar uma boa frigideira de presente – disse Iona, e fez a Sra. Baker rir até ofegar.

Aceitando o convite, ela tirou o casaco e cachecol e se sentou perto da lareira.

– E aqui está o seu Kathel. Isso é bom, um cão, uma lareira e uma xícara de chá. Quando eu estava vindo para cá, pensei que o tinha visto andando a esmo pela floresta e cheguei a lhe gritar um cumprimento, mas depois percebi que não era nosso Kathel. Com certeza era um cão preto grande, e por um momento pensei: ah, Deus do céu, é um lobo. Então ele se foi. – Ela estalou os dedos. – Meus velhos olhos, imagino, me pregando uma peça.

Depois de um rápido olhar para Iona, Branna trouxe chá e biscoitos.

– Talvez um vira-lata. A senhora já o viu antes?

– Não, e espero nunca mais vê-lo. Admito que fiquei com a pele arrepiada quando ele virou a cabeça na minha direção depois que gritei pensando que fosse Kathel. Quase voltei para dentro, o que prova que ele me deu arrepios, porque meu marido estava lá gemendo. Ah, Branna, que maravilha! Eu não podia estar mais grata.

– A senhora é muito bem-vinda. Tenho um tônico que poderia acrescentar ao chá do Sr. Baker. É bom para o que o aflige e o ajudará a dormir.

– Quanto custa?

Elas entretiveram a Sra. Baker, venderam o chá e o tônico e deram o sabonete de presente. E Branna fez Kathel acompanhá-la, para ter certeza de que ela chegaria em casa sã e salva.

– Cabhan se mostrou para ela – disse Iona no minuto em que ficaram a sós – ou a presença dele... Seria isso... Se tornou mais palpável?

– Estou me perguntando se ele está descuidado, porque isso é outra possibilidade. Andar a esmo, como ela disse, esperando nos perturbar. E ele não se mostrou para outras pessoas. Como não quer a atenção delas, acho que foi descuido.

– Ele está impaciente.

– Talvez esteja, mas terá de esperar até estarmos prontos. Vou terminar este tônico revigorante e depois sairemos. Vamos dar aquela cavalgada.

– Você está esperando que Cabhan apareça para nós.

– Eu não estou esperando que ele não apareça. – Branna ergueu o queixo desafiadoramente. – Gostaria de lhe dar uma prova do que duas mulheres poderosas são capazes de fazer.

BRANNA NÃO FICOU FRUSTRADA POR FIN TER SAÍDO PARA RESOLVER NEGÓcios em outro lugar. Se ele estivesse em casa ou nos estábulos, não teria gostado nem um pouco de ela e Iona saírem juntas, ou insistiria em acompanhá-las.

Ela estava usando botas de montaria que não calçava havia anos e teve de admitir que era bom. E o que sentiu ao selar Aine foi ainda melhor.

– Nós ainda não nos conhecemos bem, por isso espero que você informe Iona se tiver algum problema comigo. – Branna deu a volta até a cabeça da potranca, lhe acariciou a cara e olhou nos olhos dela. – Ele a quis por sua beleza e graça, porque você as tem na medida certa. Mas sentiu que você era para mim, e eu era para você. Se é assim, farei o melhor por você. Isso é um juramento. Fiz isto hoje para você – acrescentou, trançando um amuleto na crina de Aine com uma fita vermelha brilhante. – Para proteção. Minha ou não, eu a protegerei.

– Aine acha que você é quase tão bonita quanto ela – disse Iona para Branna.

Com uma risada, Branna foi ajustar os estribos ao seu gosto.

– Isso é um grande elogio.

– Com você montada nela, parece uma pintura, o que é algo que Aine ficará feliz em exibir para Alastar.

– Então vamos fazer isso. – Com Iona, ela conduziu os cavalos para fora do estábulo e montou com um salto como se tivesse feito isso ontem.

– Nós temos um plano? – Iona se inclinou por sobre a sela para acariciar o pescoço de Alastar.

– Às vezes é melhor deixar as coisas acontecerem.

Elas foram para a estrada, com Kathel e Besouro saltitando ao lado.

– Eu não posso chamar os falcões – disse Iona.

– Eles virão se necessário. Embora não tivéssemos pensado que cavalgaríamos sem todos os guias, não é? O que você me diz de um meio-galope?

– Eu digo sim.

Graciosa, pensou novamente Branna quando Aine respondeu com um alegre meio-galope. E sedutora, acrescentou, porque não precisou do dom de Iona para interpretar o modo como Aine agitou sua crina.

Ela olhou para trás. Viu que o fiel Kathel reduzira o ritmo para ficar com Besouro e sentiu seus lábios se curvarem com a felicidade que irradiava deles dois.

Então se permitiu apenas aproveitar.

O ar muito frio lhe disse que mais neve viria. O cheiro das árvores e dos cavalos, o bater constante dos cascos.

Talvez tivesse se dedicado pouco àquilo durante tempo de mais, se um meio-galope pela estrada elevava tanto seu espírito.

Sentiu-se em sintonia com a égua. Fin estava certo, admitiu, porque nunca estava errado nessas questões. Por qualquer que fosse o motivo, Aine era para ser sua e a parceria entre elas começava agora.

Elas viraram para a trilha entre as árvores, onde o ar era ainda mais frio. Havia pequenas poças de neve nas sombras, formadas na nevada anterior. Um pássaro deu um chilro agudo.

Desaceleraram para um trote confortável.

– Aine e Alastar esperam ir para um espaço aberto onde possam galopar.

– Eu gostaria disso. Não venho aqui há mais de um ano. Quase tinha me esquecido de como é bonito, silencioso e tranquilo no inverno.

– Nunca vou me acostumar – disse-lhe Iona. – Nunca poderia ter nada disso como certo. Não sei quantas cavalgadas guiei por aqui neste último ano, e todas surpreendentes.

– Não é um tédio para você, uma amazona com suas habilidades, apenas andar a cavalo devagar?

– Poderia parecer que sim, mas não é. Geralmente as pessoas são interessantes e estou sendo paga para cavalgar. Além do mais... – Iona arqueou as sobrancelhas – eu durmo com o patrão. Tudo isso é um bom negócio.

– Nós poderíamos ir por fora na volta, passar pela sua casa.

– Eu estava esperando que você dissesse isso. Eles devem estar começando a erguer placas de gesso hoje. Connor está sendo incrível, arranjando tempo para ir lá trabalhar.

– Ele adora construir, e é bom nisso.

Em sincronia, elas se viraram para conduzir os cavalos ao longo do rio.

O ar esfriou ainda mais e Branna viu os primeiros dedos de névoa.

– Temos companhia – murmurou para Iona.

– Sim. Ok.

– Mantenha os cavalos calmos e eu farei o mesmo com os cães.

Ele veio como um homem, forte e bonito, usando roupas pretas com acabamento prateado. Branna notou que fora vaidoso o suficiente para usar magia no rosto, que brilhava com saúde e cor.

Ele lhes fez uma elaborada mesura.

– Senhoritas. Que bela visão em um dia de inverno.

– Você não tem nada melhor para fazer do que passar todo o seu tempo metendo o nariz onde não é chamado? – rebateu Branna.

– Mas fui recompensado, porque aqui estão as duas flores dos três. Você está pensando em se casar com um mortal – disse ele para Iona. – Desperdiçar seu poder com alguém que nunca poderá retribuí-lo. Eu tenho muito mais para você.

– Você não tem nada para mim e é muito inferior a ele.

– Ele lhe constrói uma casa de pau e pedra quando eu lhe daria um palácio. – Cabhan abriu os braços e, no ar frio, a água escura do rio formou um palácio prateado e dourado brilhante. – Um verdadeiro lar para você, que nunca teve um. Que sempre ansiou pelo seu. Eu lhe daria isso.

Iona cavou fundo e tornou a imagem negra.

– Fique com ele.

– Vou tirar seu poder e depois você viverá nas cinzas do que poderia ter sido. E você. – Ele se virou para Branna. – Você se deita com meu filho.

– Ele não é seu filho.

– Ele é sangue do meu sangue e isso você nunca poderá negar. Possua-o, seja possuída por ele, isso só a enfraquecerá. De um modo ou de outro você carregará minha semente. Escolha-me, escolha-me agora, enquanto ainda lhe ofereço uma opção. Ou quando eu vier para você lhe darei dor, não prazer. Escolhê-lo, e escolher o sangue dele, o sangue de tudo o que você professa amar, está em suas mãos.

Branna se inclinou para a frente na sela.

– Eu escolho a mim mesma. Escolho meu dom e direito de nascença. Escolho a luz, seja qual for o preço. Onde Sorcha falhou, não falharemos. Você queimará, Cabhan.

Então ela estendeu um braço e, naquele frio, uma torre de fogo se ergueu do rio escuro. Em meio às chamas e à fumaça, a imagem de Cabhan gritou.

– Esse é o meu presente.

Ele se ergueu uns trinta centímetros do chão e ainda assim Iona manteve os cavalos firmes.

– Obterei o maior prazer de você. Eu a farei me ver estripar seu irmão e despedaçar o homem de sua prima. Você me verá cortar a garganta daquela que considera uma irmã e estuprar sua prima. E somente depois que o sangue deles ensopar o chão, acabarei com você.

– Eu sou a Bruxa da Noite de Mayo – Branna limitou-se a dizer. – E sou sua ruína.

– Você não a verá – preveniu ele. – Mas espere por mim.

Ele desapareceu na névoa.

– Esses tipos de ameaças... – Iona apontou na direção da torre flamejante e dos gritos. – Você se importa?

– Hum. Eu gosto bastante disso, mas... – Branna a dissipou. – Não são ameaças, não na mente dele, mas promessas. Nós o veremos quebrá-las. Eu esperava que ele assumisse a forma do lobo, pelo menos por alguns momentos. Quero o nome do que o criou.

– Satã, Lúcifer, Belzebu?

Branna esboçou um sorriso.

– Acho que não. Um demônio menor, um que precisa de Cabhan, e do qual Cabhan precisa. Os dois deixaram um fedor no ar. Agora vamos dar aquele galope e ver sua casa.

– Os paus e as pedras?

– São sólidos e fortes. E reais.

Iona assentiu.

– Branna, e se... e se você engravidar de Fin?

– Não vou engravidar. Tomei precauções. – Com isso, ela pôs Aine a galope.

BRANNA DEU UMA CENOURA PARA AINE E LHE FEZ UMA MASSAGEM. QUANDO Fin entrou nos estábulos a viu com Iona.

– Eu soube que vocês foram dar uma cavalgada.

– Fomos, o que me lembrou do quanto gosto disso. – Ela inclinou seu rosto para o de Aine. – Você disse que ela e eu deveríamos nos conhecer.

– Eu não tinha em mente você sair sozinha.

– Eu não estava sozinha. Estava com Iona, com Aine, Alastar e os cães. Ah, não tente fugir porque ele está de cara feia – disse ela para Iona. – Você é mais forte que isso. Nós tivemos uma conversa com Cabhan, na verdade não mais que uma troca de palavras ásperas. Vamos contar tudo para você e os outros.

– Com toda a certeza. – Ele começou a agarrar o braço de Branna e Aine o cutucou no ombro com a cabeça.

– Está do lado dela agora?

– Afinal de contas, ela é minha. E sabe tão bem quanto eu que não tivemos nenhum problema e não assumimos mais riscos do que qualquer um de nós assume quando põe o pé fora de casa. Acho que você vai querer uma refeição enquanto contamos tudo.

– Eu vou – disse Iona.

– Vamos fazer tudo aqui.

– Com o quê?

Ele pegou o braço de Branna, dessa vez de modo casual.

– Você me dá listas sempre que eu saio. Há bastante coisa na cozinha para uma semana de refeições.

– Como deveria ser. Então está bem. Iona, você se importa de avisar aos outros enquanto eu vejo o que posso fazer na famosa cozinha de Finbar?

– Você saiu à procura dele – acusou-a Fin.

– Não, não saí, mas não saí esperando não encontrá-lo.

– Você sabia que Cabhan as atacaria.

– Cabhan não nos atacou, não do modo que você pensa. Só com palavras. Acho que para ele foi uma espécie de teste. Eu esperava que viesse como um lobo, para tentar descobrir o nome do demônio, mas veio apenas como um homem.

Lá dentro, ela tirou o casaco e o entregou para Fin.

– E nós demos mesmo uma bela cavalgada e uma volta para eu ver o progresso da casa de Iona. Vai ficar linda, simplesmente linda. Um espaço aberto, e ainda assim com alguns pequenos lugares aconchegantes. Vindo para cá daquela direção, tive uma perspectiva diferente desta casa. Aquele cômodo cheio de janelas que se projeta para a floresta deve ser um lugar ótimo para se sentar e olhar para fora, o dia inteiro. Com privacidade suficiente e a passos das árvores.

Ela procurou na geladeira, no congelador e nos armários enquanto falava.

– Tenho uma receita ótima para estes peitos de frango de que Connor gosta. Quer provar, Fin?

– Você quer? – Fin a puxou para ele e lhe mordiscou o lábio superior.

– Eu retribuo o que recebo. E poderia retribuir ainda mais se me servisse um pouco de vinho.

Ele se virou, pegou uma garrafa e estudou o rótulo.

– Você entende como eu ficaria se ele a tivesse ferido?

– Nenhum de nós pode pensar assim. Nós não podemos. O que sentimos um pelo outro, o que todos nós sentimos uns pelos outros, é forte, verdadeiro e profundo. E não podemos pensar assim.

– Não é pensar, Branna. É sentir.

Ela pôs as mãos sobre o peito de Fin.

– Então não podemos nos sentir assim. Ele nos enfraquece quando nos impede de assumir os riscos necessários.

– Ele nos enfraquece mais se paramos de sentir.

– Vocês dois estão certos. – Iona entrou. – Nós temos de sentir isso. Sinto medo por Boyle o tempo todo, mas ainda assim fazemos o que é preciso. Nós sentimos e seguimos em frente.

– Bem observado. Você sente, mas não para – disse ela para Fin. – Eu também não. Prometo que me protegerei o melhor que puder. E sou muito boa nisso.

– Você é. Vou abrir este vinho, Iona. Quer um pouco?

– Se você insiste...

– Depois que servir o vinho, Fin, pode escovar as batatas.

– Iona – disse Fin mole como manteiga –, você não se importaria de escovar as batatas, não é, querida?

Antes de Branna poder falar, Iona tirou o casco.

– Vou me encarregar da cozinha. Na verdade, seja o que for que você estiver fazendo, Branna, pode me ensinar. Talvez esse seja o jantar de aniversário para Boyle.

– É um pouco rudimentar e simples para isso – começou Branna –, mas... é isso! Pelo amor de... Por que não pensei nisso antes?

– No quê? – perguntou Branna.

– No tempo. O dia de acabarmos com Cabhan. Bem na minha cara. Preciso do meu livro. Preciso dos meus mapas estelares. Preciso ter certeza. Vou trazer a mesa para cá... não deve demorar muito.

Ela agarrou o vinho que Fin acabara de servir e, indo na direção da área de refeições, estalou os dedos até seus livros de feitiços, seu laptop e seu caderno de anotações pousarem em um lado.

– Iona, depois de escovar essas batatas, corte-as em quatro partes e as ponha em uma assadeira grande. Preaqueça o fogo agora, a 190 graus.

– Eu posso fazer isso, mas...

– Preciso de vinte minutos aqui. Talvez meia hora. Ah... depois despeje mais ou menos quatro colheres de sopa de azeite de oliva sobre as batatas e as sacuda para cobri-las. Salpique pimenta e alecrim esmagado. Use seu olho para isso, você consegue. Leve ao forno por trinta minutos e depois eu lhe direi o que fazer com elas. A essa altura terei terminado. Silêncio! – disparou, sentando-se antes que Iona pudesse fazer outra pergunta.

– Odeio quando ela diz mais ou menos ou use seu olho – queixou-se Iona para Fin.

– Também tenho um olho, mas garanto que é pior do que o seu.

– Talvez juntos tenhamos um bom.

Ela fez o melhor que pôde – escovou, cortou em quatro partes, despejou azeite, sacudiu e salpicou. E desejou que Boyle chegasse para lhe dizer se parecia bom. Quando Fin deu de ombros, pôs tudo no forno e programou o *timer*.

Então tomou vinho e ficou com Fin na expectativa, observando Branna.

Ela havia tirado um grampo de algum lugar e prendido os cabelos para cima. Estava com seu suéter enrolado até os cotovelos enquanto trabalhava do livro para o computador e o livro de novo, fazia anotações e cálculos.

– E se ela não tiver terminado quando o *timer* disparar? – perguntou Iona.

– Ficaremos por nossa própria conta, porque ela nos esfolará se a interrompermos agora.

– É isso! – Branna bateu com a mão em seu caderno de anotações. – Por todas as deusas, é isso! Tão simples, tão *óbvio*! Estava na minha cara.

Ela se levantou, voltou a passos largos e se serviu de uma segunda taça de vinho.

– Aniversário. É claro. Quando mais poderia ser?

– Aniversário? – Iona arregalou os olhos. – Meu? Do dia em que cheguei e a conheci? Mas você disse que isso não tinha funcionado. Do dia em que conheci Boyle? Esse aniversário?

– Não, não o seu. O de Sorcha. O dia em que ela morreu. O aniversário da morte dela e o dia em que reduziu Cabhan a cinzas. Nesse dia, em nosso tempo, é que acabaremos com isso. Acabaremos. Não no shabat ou esbat. Não em um dia sagrado. No dia de Sorcha.

– O dia em que os três receberam o poder dela – disse Fin. – O dia em que se tornaram os três, como vocês se tornaram. Tem razão. Estava bem na nossa cara e nenhum de nós viu.

– Agora vemos. – Ela ergueu sua taça. – E podemos acabar com isso.

15

BRANNA SE SENTIU RENOVADA, REENERGIZADA. GOSTOU DE PREPARAR a refeição – Iona se saiu muito bem com a parte dela – e de se sentar na sala de jantar de Fin com seu círculo, apesar de a maior parte da conversa girar em torno de Cabhan.

Ou talvez por esse motivo.

Porque via com clareza como aquilo poderia ser feito e o seria. Quando e como. Ainda havia riscos, e eles os enfrentariam. Mas agora ela podia acreditar, como Connor e Iona acreditavam.

A luz venceria a escuridão.

E havia um modo melhor de terminar uma noite do que sentada na água quente e borbulhante da banheira de Fin tomando uma última taça de vinho e vendo a neve cair, lenta e fofa?

– Você foi uma surpresa para mim, Finbar.

Ele se reclinou do lado aposto dela, com os olhos preguiçosos.

– Fui?

– Realmente foi. Imagine o garoto que eu conheci construindo esta casa grande com todo o seu estilo e luxo. E se tornando um homem viajado e empresário bem-sucedido. Um que estabeleceu seus negócios no lar. Doze anos atrás eu não teria pensado em me deliciar com este lugar lindo enquanto a neve cai.

– No que você teria pensado?

– Tenho de dizer que em muito menos. Seus sonhos se tornaram maiores do que os meus e você se saiu bem com eles.

– Alguns permanecem os mesmos.

Branna apenas sorriu e deslizou o pé pela perna de Fin sob a água borbulhante.

– Parece que estamos em um chalé na Suíça, o que eu gosto, mas me pergunto por que você não pôs isto naquele cômodo cheio de janelas posicionado de modo a oferecer muita privacidade e se abrir para a floresta.

Ele bebeu um pouco de vinho.

– Eu mandei construir aquele cômodo pensando em você.

– Em mim?

– Sim, com a esperança de que um dia se casasse comigo como planejamos e morasse aqui. E instalasse sua oficina lá.

– Ah, Fin. – O desejo dele e o seu próprio se juntaram para apertar seu coração.

– Você gosta de trabalhar em espaços abertos, com janelas de vidro para poder olhar para fora, da sensação de estar ao livre. É disso que gosta. Conforto suficiente dentro, mas espaço aberto para trazer o exterior para você. Então o quarto envidraçado de frente para a floresta lhe dá ao mesmo tempo privacidade e espaço aberto.

Por um momento Branna não conseguiu falar, não quis que sua voz tremesse.

– Se eu tivesse a magia para mudar as coisas, transformá-las no que gostaria que fossem, a usaria para morar e trabalhar aqui com você. Mas nós temos isto.

Ela pôs sua taça de vinho no suporte, deslizou para Fin e apertou seu corpo contra o dele.

– Nós temos hoje.

Fin passou a mão nos cabelos de Branna e desceu até onde eles flutuavam na superfície da água.

– Não amanhã.

– Hoje. – Branna encostou o rosto no dele. – Eu estou com você e você está comigo. Nunca acreditei, ou me permiti acreditar, que poderíamos ter tanto. Hoje é o mundo para mim, como você é. Talvez isso nunca seja o suficiente, e ainda assim... – Ela se afastou, apenas um pouco. – É tudo.

Branna roçou seus lábios nos de Fin e o beijou com toda a sua ternura.

Ela lhe daria tudo o que tinha para dar. E tudo era amor. Mais do que seu corpo, mas por meio dele e de seu coração. Sempre fora dele e sempre seria, de modo que o presente era simples como respirar.

– Acredite – murmurou ela. – Esta noite.

Docemente, porque com sua tendência à praticidade poderia se esquecer da doçura, ofereceu o beijo, para emocionar, acalmar.

Seu único amor.

Fin sabia o que ela oferecia, e o que pedia. Ele o aceitaria, e o daria. E, pondo de lado o desejo de mais, acreditaria que esta noite era tudo.

Houve magia em tê-la suave e rendida, no suspiro quente de Branna contra seu rosto quando se abraçaram. Um calor subiu por Fin e ao seu redor, tendo a neve como uma cortina de silêncio para deixar o mundo todo lá fora.

Fin segurou os seios de Branna com muita gentileza, porque ainda podia ver em sua mente as marcas da violência que aquilo do qual tinha o sangue pusera nela. Com o coração de Branna batendo contra sua mão, jurou nunca magoá-la, dar sua vida para protegê-la.

Independentemente do que acontecesse amanhã, nunca quebraria esse juramento.

As mãos de Branna deslizaram sobre ele e os dedos tocando a marca que carregava. O toque dela, mesmo tão leve, produziu uma dor profunda ali. Um preço que sem dúvida ele pagaria.

A água, uma batida constante no silêncio da noite, girou ao redor deles quando mergulharam as mãos para dar prazer.

Branna ficou com a respiração presa, o coração tremendo com a confluência de emoções e sensações, o aumento da necessidade e do espanto.

Como a ternura podia causar tanto calor – uma eletricidade no sangue, um fogo no ventre – e ainda fazê-la desejar que cada momento durasse para sempre?

Então, quando montou em Fin, o recebeu fundo, cada vez mais fundo, como nunca receberia nenhum outro. Fossem quais fossem as necessidades do corpo, nenhum outro poderia tocar seu coração, sua alma. Passando os dedos pelos cabelos de Fin, segurou-lhe o rosto enquanto se movia sobre ele, para que pudesse vê-la, ver dentro dela, e saber disso.

Na lenta subida deles, a água que girava brilhou, uma piscina de luz que os banhou e circundou. Quando desceram, fortemente abraçados, a luz fluiu para a escuridão iluminando a cortina suave de neve.

Mais tarde, relaxada e sonolenta na cama de Fin, Branna se enroscou nele. Quando a noite se tornou dia, agarrou-se ao que amava.

PASSARAM-SE MAIS DIAS PRECIOSOS ANTES DE BRANNA CONSEGUIR OBTER todos os ingredientes em quantidades suficientes para o necessário experimento do veneno.

Connor a observou selá-los em potes individuais sobre seu balcão de trabalho.

– Esses são perigosos, Branna.

– Como devem ser.

– Você tomará precauções. – O rosto de Connor se tornou pétreo quando ela lhe lançou um olhar fulminante. – Como sempre fez, sei disso muito bem. Mas também sei que nunca trabalhou com algo assim, ou preparou uma poção tão letal. Tenho o direito de me preocupar com minha irmã.

– Tem, mas não precisa. Esperei dias para tudo isto chegar e estudá-lo. Meara, quer fazer o favor de sair com Connor? Vocês dois deveriam ir trabalhar, não ficar me rodeando.

– Se só poderemos usar essa coisa perto de abril – argumentou Meara –, não podemos esperar para fazê-la?

– Como Connor disse muito bem, eu nunca fiz isso. Posso demorar um tempo para fazer a poção correta e até mesmo ter de encomendar mais ingredientes antes de termos certeza de que está. Esse é um negócio delicado.

– Iona e eu deveríamos fazer isso com você.

Paciência, ordenou Branna para si mesma, e tirou um pouco de seu estoque quase esgotado.

– E se os três ficarem aqui, horas por dia, talvez dias a fio, Cabhan saberá que estamos preparando alguma coisa. É melhor todos nós continuarmos com nossas rotinas. – Contendo a irritação porque a preocupação de Connor com ela era amor, virou-se para ele. – Connor, nós já falamos sobre isso tudo.

– Falar e fazer são coisas diferentes.

– Poderíamos ajustar um pouco as rotinas – sugeriu Meara, apanhada entre eles. – Um de nós poderia ficar por uma ou duas horas de manhã, outro vir ao meio-dia e outro sair cedo do trabalho.

– Então está bem. – Qualquer coisa, pensou Branna, para fazê-los ir embora. – Mas não esta manhã, porque vocês dois estão escalados. Vou fazer pós, destilar. Preparar os ingredientes. E sei com que estou mexendo. Além disso, Fin virá ao meio-dia, de modo que já seremos dois.

– Bastante justo – disse Meara antes de Connor poder argumentar, e agarrou a mão dele. – Tenho de ir ou Boyle vai me esgoelar e chutar ao mesmo tempo. Branna, avise-nos se precisar de ajuda.

– Pode ter certeza de que vou avisar.

Connor andou a passos largos e deu um forte e rápido beijo na irmã.

– Não se envenene.

– Pensei em fazer isso só para ver como é, mas já que você me pediu tão gentilmente...

Branna deu um suspiro de alívio quando a porta se fechou atrás deles e então viu Kathel sentado, olhando-a.

– Você também? Quando eu de repente me tornei uma idiota? Se quiser ajudar, vá fazer uma ronda. – Ela marchou para a porta e a abriu. – Além disso, estou querendo cobrir e fechar a oficina. Não ajudaria em nada alguém vir atrás de bálsamo enquanto estou fazendo esse trabalho. – Seja útil, Kathel – disse ela em um tom mais adulador – e diga-me se encontrar Cabhan por perto.

Outro suspiro de alívio quando fechou a porta atrás dele.

Ela cobriu o vidro para ninguém indesejado poder enxergar lá dentro. Enfeitiçou as portas para que ninguém indesejado pudesse entrar.

E se virando para o balcão, começou – cuidadosamente – pelo mata-lobos.

Era um trabalho meticuloso, porque algumas das precauções envolviam purificar fisicamente cada ingrediente.

Alguns diziam que os praticantes de magia negra às vezes imbuíam plantas venenosas do poder de transmitir doenças estranhas apenas pelo contato ou pela inalação de seu aroma.

Ela não tinha tempo ou disposição para adoecer.

Depois de purificar as plantas, recolocou-as inteiras nos potes, esmagou pétalas e frutos, e destilou.

Do lado de fora, Fin a observava como se através de uma fina gaze. Ela fizera bem em cobrir seu local de trabalho, pensou, mesmo se dali ele reconhecia a beladona e trombeta-de-anjo – embora só pudesse presumir que a última era a amazônica.

Branna trabalhou com um pilão e moedor porque o esforço e a pedra aumentavam o poder. De vez em quando ele vislumbrava um lampejo de luz ou uma fina escuridão subindo da tigela ou de um pote.

Os dois cães estavam ao seu lado. Fin não sabia ao certo se Besouro viera por ele ou por Kathel, mas o pequeno vira-lata do estábulo se sentou e esperou tão pacientemente quanto o grande cão de Branna.

Fin se perguntou se já havia observado Branna através do vidro sem se preocupar. Se um dia conseguisse, não seria hoje.

Foi até a porta e a abriu.

Branna estava ouvindo música, o que o surpreendeu, porque ela costumava trabalhar no silêncio, mas agora fazia isso ao som de chorosos violinos.

O que quer que Branna tivesse dito para os cães, os fez parar de ir em sua direção, se sentar e esperar de novo. Tirando seu casaco, Fin fez o mesmo.

Então ela despejou o pó que fizera através de um funil para um pote, e o selou.

– Eu queria fechar isso antes de os cães começarem a correr de um lado para outro abanando rabos. Não queria que nenhuma partícula de pó ou pelo entrasse nos potes.

– Pensei que você tivesse removido todas as partículas de pó muito antes disso.

Ela levou o funil, o pilão e o moedor para uma panela no fogão e os colocou cuidadosamente na água já fervente.

– Eu costumo fazer isso uma vassoura ou um pano, porque é mais gratificante. Já é meio-dia?

– Quase uma da tarde. Eu me atrasei. Você trabalhou direto desde que Connor e Meara saíram esta manhã?

– E com consideráveis resultados. Não, não me toque ainda. – Ela foi até sua pequena pia, escovou as mãos e as cobriu de loção.

– Estou mantendo minha palavra – disse para Fin. – E sendo cautelosa demais.

– Nesse caso nunca é *demais*. E agora você vai fazer uma pausa, comer e tomar chá.

Antes que Branna pudesse protestar, ele pegou o braço dela e a levou para a cozinha.

– Se você está com fome, poderia ter trazido uma quentinha da rua. Aqui só comerá um sanduíche, e fique grato por isso.

Ele apenas puxou uma cadeira e apontou.

– Sente-se – disse, e pôs a chaleira no fogo.

– Pensei que você queria comer.

– Eu disse que você ia comer, e eu também gostaria disso. Posso lhe fazer belo sanduíche. Aliás, sou ótimo nisso, porque é o que mais faço.

– Você é um homem de recursos. Poderia contratar uma cozinheira.

– Por que eu contrataria uma se posso obter uma refeição aqui em menos da metade do tempo?

Quando ele abriu a geladeira, Branna começou a lhe dizer onde estavam os vários ingredientes e depois apenas se recostou e decidiu deixá-lo se virar sozinho.

– Connor deixou você com a pulga atrás da orelha?

– Ele não precisou fazer isso. Seria melhor você trabalhar com alguém em vez de sozinha. E parar para comer.

– Parece que é exatamente o que estou fazendo.

Branna o observou fazer alguns sanduíches com rúcula, presunto fatiado fino e queijo Munster, e pôr algumas batatas fritas do lado. Ele fez o chá e pôs tudo na mesa sem cerimônia.

Branna se levantou para pegar uma faca, porque Fin se esquecera de cortar ao meio o sanduíche dela.

– Bem, você deve gostar disso.

– Eu gosto. E obrigada. – Branna deu uma mordida e suspirou. – Eu não percebi que estava com fome. Essa parte é um pouco tediosa, mas ainda assim tomou minha atenção.

– O que falta ser feito?

– Nessa primeira etapa, nada. Eu tenho os pós, as tinturas e os extratos, e há frutos e pétalas que devem ser esmagados na hora. Purifiquei tudo, o que tomou tempo, assim como ferver todas as ferramentas entre cada ingrediente para evitar qualquer tipo de contaminação. Acho que isso deve ser posto para descansar, e começarei a misturar amanhã.

– Nós começaremos – corrigiu-a Fin. – Deixei meus dias o mais livres que pude, e a menos que precisem de mim nos estábulos ou na escola, ficarei com você até isso estar feito.

– Não posso dizer quanto tempo demorará para ficar perfeito.

– Até estar feito, Branna.

Ela deu de ombros e continuou a comer.

– Você parece um pouco aborrecido. A reunião não foi boa?

– Foi boa o bastante.

Branna esperou e depois o sondou de novo.

– Está querendo comprar mais cavalos ou falcões?

– Comprei um potro e fechei o negócio na hora, porque gostei dele. Com Iona, atraímos mais alunos para a pista de saltos. Pensei em pedir que ela treine esse potro, porque tem uma boa linhagem. Se ela quiser, podemos expandir essa ponta das coisas, colocá-la no comando.

Branna ergueu as sobrancelhas.

– Ela disse que está satisfeita com as cavalgadas guiadas, mas acho que vai adorar essa ideia. Se você está pensando nisso, ela deve ser uma excelente instrutora.

– Iona tem um dom natural e os alunos a amam. Até agora só tem três alunas jovens fixas, mas os pais delas a elogiam muito. E duas vieram porque ela começou com uma e a notícia se espalhou.

Branna assentiu e continuou a comer enquanto Fin caía em silêncio.

– Quer me dizer o que o está preocupando? – perguntou ela. – Posso ver e ouvir isso, sob o resto. Se é algo entre nós...

– Entre nós temos o hoje, como combinamos. – Fin ouviu a irritação em sua própria voz e a afastou. – Não tem nada a ver com isso, com o que há entre nós. Cabhan está surgindo em meus sonhos. Faz três noites.

– Por que você não me contou?

– O que se pode fazer sobre isso? – contrapôs Fin. – Ele não me puxou para os sonhos. Acho que não quer a batalha e a energia que isso lhe custaria, então se esgueira para dentro deles, fazendo suas promessas, distorcendo imagens. Ele me mostrou uma sua na noite passada.

– Minha?

– Você estava com um homem de cabelos ruivos e olhos azul-claros com um sotaque americano. Juntos em um quarto que não reconheci, mas diria que era um quarto de hotel. E você ria enquanto despiam um ao outro.

Branna fechou as mãos com força debaixo da mesa.

– O nome dele era David Watson. Já faz quase cinco anos que esteve em Cong. Um fotógrafo de Nova York. Passamos duas noites juntos antes de ele voltar para os Estados Unidos. Não é o único que Cabhan poderia lhe mostrar. Não houve muitos, mas outros além de David Watson. Você não levou nenhuma mulher para a cama nesses últimos anos, Fin?

Verde-escuros, apenas um pouco perigosos, os olhos de Fin encontraram os dela.

– Houve mulheres. Tentei não magoar nenhuma delas, e a maioria sabia que era um consolo ou, pior ainda, uma substituta. Eu nunca pensei ou esperei que você não tivesse tido... alguém, Branna, mas foi difícil não ter escolha além de vê-la com outro homem.

– É assim que Cabhan o sangra. Ele não o quer morto, e espera juntar o que você tem com o que ele tem, mostrá-lo como filho, quando você não é nada disso. Então é assim que o fere sem deixar marcas.

– Já estou marcado, ou nenhum de nós teria ficado com outras pessoas. Sei qual é o objetivo dele, Branna, tão bem quanto você, o que não torna mais fácil aceitá-lo.

– Então podemos descobrir o que o bloqueará.

Fin balançou a cabeça.

– Já temos muito que fazer. Vou lidar com isso. E tem mais. Não consigo ver ou ouvir bem, só sentir que há outra coisa tentando encontrar um modo de se imiscuir.

– Outra coisa?

– Ou alguém, e não posso bloquear sem saber. É como algo empurrando-o, tentando encontrar espaço. Não sei explicar. É uma sensação quando eu acordo de que há uma voz longe do alcance dos meus ouvidos. Então prestarei atenção nela, ouvirei o que diz.

– Você poderia se sair melhor com uma boa noite de sono do que ouvindo vozes. Não posso mudar os últimos anos, Fin.

Ele a olhou nos olhos.

– Nem eu.

– Não seria mais fácil se não estivéssemos juntos agora? Se voltássemos a trabalhar juntos apenas? Se Cabhan não pudesse me usar como uma arma contra você, isso...

– Não há nada mais difícil do que estar sem você.

Branna se levantou e circundou a mesa para se aninhar no colo dele.

– Eu deveria lhe dar os nomes daqueles com quem fiquei? Também poderia acrescentar as descrições deles, para você saber o que esperar.

Após um longo momento, Fin lhe deu um forte puxão nos cabelos.

– Essa é uma sugestão cruel e insensível.

Ela inclinou a cabeça para trás.

– Mas quase o fez sorrir. Deixe-me ajudá-lo a dormir esta noite, Fin. – Ela roçou seus lábios no rosto dele. – Isso vai ser melhor para você. O que quer que esteja tentando entrar em seu sonho com Cabhan, pode esperar.

– Houve uma ruiva chamada Tilda, em Londres. Ela tinha olhos que eram como campânulas e um riso de sereia. E sardas.

Com os olhos apertados, Branna apertou o pescoço dele.

– Equilibrando a balança, é?

– Como você não viu a agilidade impressionante de Tilda, eu diria que a balança está longe de ser equilibrada. Mas devo dormir melhor esta noite por tê-la mencionado.

Ele abaixou sua testa para a de Branna.

– Não vou deixá-lo causar danos a mim ou nós.

Iona entrou correndo pela porta da frente e disse:

– Ops.

– Só estamos almoçando – disse-lhe Branna.

– Estou vendo. É melhor vocês darem uma olhada nisso. – Sem esperar, foi rapidamente para a oficina.

Quando Branna e Fin se juntaram a ela, viram pela janela uma fileira de ratos ao longo do limite da proteção.

Branna pôs a mão sobre a cabeça de Kathel quando ele rosnou.

– Cabhan não gosta de não poder nos ver – disse calmamente.

– Comecei a incendiá-los, mas achei que primeiro você deveria ver. Foi por isso que vim pelos fundos.

– Vou cuidar disso. – Fin começou a se dirigir para a porta.

– Não os incendeie onde estão – disse-lhe Branna. – Vão deixar cinzas pretas feias na neve e depois teremos de limpá-la. E ela está linda.

Fin lhe lançou um olhar, balançou a cabeça e depois saiu sem casaco.

– Os vizinhos. – Com um suspiro de frustração, Branna ergueu um bloqueio para ninguém ver Fin.

E naquele exato momento ele puxou poder de dentro de si mesmo e fez os ratos se alvoroçarem enquanto davam aqueles terríveis gritos agudos. Ele os levou para trás milímetro a milímetro.

Branna foi até a porta e a abriu, com a intenção de ajudar, mas viu que não era necessário.

Fin evocou um vento que os fez dar cambalhotas e rolar em feias ondas. Então abriu a terra como uma trincheira e os atirou dentro. Depois veio o fogo e os gritos rasgaram o ar.

Quando os gritos pararam, evocou a chuva para apagar o fogo e encharcar as cinzas. Depois simplesmente puxou a terra de volta sobre elas.

– Isso foi excelente – disse Iona, ofegante. – Nojento, mas excelente. Eu não sabia que ele podia manipular os elementos assim...

– Ele estava se exibindo – respondeu Branna. – Para Cabhan.

Fin ficou onde estava, ao ar livre, como se desafiando Cabhan a reagir.

Ergueu seu braço e chamou o falcão. Como um raio dourado, Merlin desceu e depois, seguindo a direção de Fin, disparou para as árvores.

Fin girou seus braços estendidos e desapareceu em um redemoinho de névoa.

– Ah, Deus, meu Deus, Cabhan.

– Não era a névoa de Cabhan – disse Branna com uma calma forçada. – Era a de Fin. Ele foi procurar Cabhan.

– O que deveríamos fazer? Deveríamos chamar os outros, ir atrás de Fin.

– Não podemos ir atrás de Fin porque não sabemos onde ele está. Teria de nos dizer, e não dirá. Quer fazer isso sozinho.

Ele voou, oculto pela névoa, seus olhos nos olhos do falcão. E através do falcão viu o lobo correndo pela floresta, sem deixar nenhum rastro e projetar nenhuma sombra.

Ao se aproximar do rio, o lobo se recompôs, deu um pulo, se ergueu e se lançou sobre a superfície fria e escura como uma pedra de um estilingue. E quando fez isso, a marca no ombro de Fin ardeu.

Então Cabhan pagou um preço por atravessar a água, pensou.

Ele seguiu o lobo, oculto por sua própria névoa, até sentir algo mudar no ar, algo tremer. Chamou Merlin e desacelerou segundos antes de o lobo desaparecer.

FIN PODIA QUERER LIDAR COM AS COISAS SOZINHO, MAS IONA CHAMOU os outros assim mesmo. Plácida e silenciosamente, Branna pôs uma chaleira no fogo para fazer chá.

– Você está muito calma. – Iona estava andando de um lado para outro, esperando que algo acontecesse. – Como pode ficar tão calma?

– Estou com tanta raiva que parece que meu sangue está pegando fogo. Se eu não o contivesse com calma, poderia queimar toda a casa.

Iona se aproximou e a abraçou por trás.

– Você sabe que Fin vai ficar bem. Sabe que ele pode cuidar de si mesmo.

– Sei muito bem, e isso não muda nada. – Ela deu um tapinha na mão de Iona e foi buscar um prato para pôr os biscoitos enquanto seu coração enraivecido batia contra as costelas. – Eu ainda não perguntei por que você chegou tão cedo em casa.

– Decidimos que poderíamos começar toda a mudança de turnos hoje. Tenho uma aula nos grandes estábulos às quatro, mas Boyle me dispensou até lá. – Iona correu para a porta. – Aqui estão eles. E, ah! Aqui está Fin. Ele está bem.

Como Branna não disse nada, Iona abriu a porta.

– Entre – disse ela para Fin. – Você nem está de casaco.

– Eu estava quente o suficiente.

– Vai ficar ainda mais se eu chutar seu traseiro – preveniu-o Boyle. – O que foi isso de voar atrás de Cabhan sozinho em um maldito redemoinho de névoa?

– Apenas um pouco de algo em que tenho trabalhado e uma oportunidade de testá-lo. – Fin atirou os cabelos para trás e girou os ombros. – Brigar comigo não vai mudar nada, mas estou aberto a isso se o ajudar.

– Eu vou segurá-lo no chão enquanto ele chuta seu traseiro. – Connor tirou seu casaco. – Você não tem nenhum direito de ir atrás dele sozinho.

– Eu tenho todo o direito do mundo.

– Nós somos um círculo – começou Iona.

– Somos. – Como era Iona, Fin moderou seu tom. – E todos nós somos pontos individuais dele.

– Esses pontos estão conectados. O que acontece com você afeta a todos nós. – Meara relanceou os olhos para Branna, que continuava a se ocupar do chá e dos biscoitos. – Todos nós.

– Ele não sabia que eu estava lá, não podia ver que eu o estava seguindo, vendo para onde ia. Eu estava oculto. É no que tenho trabalhado, e o motivo de ter tentado isso.

– Sem avisar a nenhum de nós sobre o que estava prestes a fazer? – questionou Connor, áspero.

– Bem, eu não tinha como ter certeza de que daria certo se não tentasse, não é?

Ele foi até Branna.

– Eu usei um pouco do que tenho dele em mim para conjurar a névoa. Demorei semanas, bem, meses, para chegar a isso, aperfeiçoá-lo, porque só tinha partículas de tempo aqui e lá para fornecer. Hoje tive uma chance de tentar. O que, para ser sincero, não é muito diferente de cavalgar na floresta apenas para ver o que acontece.

– Eu não estava sozinha.

– Nem eu – retrucou ele com a mesma frieza. – Estava com Merlin e usei os olhos dele para seguir Cabhan. Ele nos provocou e você o provocou um pouco também, porque sabe, como todos nós sabemos, que, se parecermos não estar fazendo nada, ele saberá que estamos fazendo muito mais. Por que mais eu me exibiria tanto ao despachar os ratos?

Com a irritação vibrando ao seu redor, ele se virou e ergueu as mãos.

– Há tão pouca confiança aqui?

– Isso não é falta de confiança – explicou-lhe Iona. – Você nos assustou.

– Sinto muito, *deirfiúr bheag*. Sinto muito por causar a você e a todos vocês um minuto de medo, mas especialmente a você que me defendeu quase antes de me conhecer.

Iona deu um suspiro.

– É assim que se livra do problema?

– É apenas a verdade. – Ele foi até Iona e lhe deu um beijo na testa. – Admito que agi por impulso, vi a chance e a aproveitei. E agora sabemos mais do que sabíamos, se isso equilibra a balança.

– Ele tem razão – disse Branna antes que qualquer um pudesse falar. – Talvez demore algum tempo para a minha raiva e a de todos vocês diminuir, mas, se formos práticos, e não podemos deixar de ser, Fin tem razão. Ele usou o que tem e é. Eu tinha me perguntado por que você se exibiu tanto para Cabhan. Aquilo foi um pouco constrangedor.

Ao ver a preocupação na expressão de Fin, ela gesticulou para Connor.

– Você pode levar essa bandeja de chá para perto da lareira? Os potes no balcão de trabalho estão selados, mas não quero comida perto deles.

– Ele usou os elementos, um após o outro, rápido, *zap*, *zap* – explicou Iona. – Vento, fogo, terra, água. Foi impressionante.

– Excessivo – disse Branna, sarcástica –, mas agora entendo o objetivo.

– O que está feito está feito. – Boyle deu de ombros e pegou uma caneca de chá. – Eu gostaria de ouvir o que sabemos agora que não sabíamos, e como ninguém está em uma maldita batalha só disponho de alguns minutos para isso, porque ainda tenho trabalho para fazer.

– Ele correu como o vulto do lobo, sem deixar rastros na neve. Rápido, muito rápido, mas correu, não voou. Acho que conserva energia. – Fin pegou um biscoito e depois ficou andando de um lado para outro enquanto falava. – Só voou para cruzar o rio, e quando fez isso minha marca ardeu. Pagou um preço por atravessar a água e agora sei que, quando sinto isso, como senti antes, Cabhan voltou para o nosso lado do rio. Ele foi para a floresta de novo e virou na direção do lago. Isso o cansou, porque tinha corrido por um longo caminho. Então senti a mudança, por isso fui mais devagar e trouxe Merlin de volta para mim. O lobo desapareceu. Foi para outro tempo. Eu diria que para seu próprio tempo. E seu covil.

– Você pode encontrar o caminho para voltar? – perguntou Connor. E em seguida ele mesmo respondeu: – Claro sim, ou não estaria parecendo tão orgulhoso disso.

– Posso encontrar o caminho até onde o lobo foi para outro tempo e acho que descobriremos que o covil dele não fica longe de lá.

– Quando podemos ir? – perguntou Meara. – Esta noite?

– Eu estou livre – disse Connor.

– Esta noite não. – Branna balançou a cabeça. – Há coisas para preparar, se o encontrarmos. Coisas que poderíamos usar. O que encontrarmos será no nosso tempo. Mas...

– Você está querendo voltar e, quando o encontrarmos, ir para o tempo dele. – Boyle franziu as sobrancelhas olhando para seu chá. – E enfrentá-lo lá?

– Não, não isso. Nós não temos tudo de que precisamos, e temos de escolher o momento. Mas se pudéssemos deixar algo na caverna dele, bloqueá-la, usar isso para vê-lo e ouvi-lo lá, poderíamos obter o nome. E saber dos planos dele antes que os coloque em prática.

– Não todos nós – contrapôs Fin. – É arriscado demais todos nós voltarmos. Se ficarmos presos lá, será nosso fim. Só um irá.

– E acha que deveria ser você.

Ele assentiu para Branna.

– Claro. Eu posso voltar no manto da névoa sem deixar nenhum rastro, levar seu cristal, porque é o melhor para ver, e sair de novo.

– E se ele estiver lá? – Iona deu um leve soco no ombro de Fin. – Poderá ser seu fim.

– É por isso que alguns de nós, pelo menos dois – calculou Connor –, deveriam encontrar um modo de atraí-lo para fora, mantê-lo ocupado. – Ele sorriu para Meara. – Você topa?

– Estou ansiosa por isso.

– Então... – Pegando um biscoito e colocando outro em seu bolso, Boyle considerou. – Nós quatro iremos para onde Fin foi hoje e o procuraremos a partir de lá. Connor e Meara atrairão a atenção de Cabhan para que ele saia do covil e os siga. Se encontrarmos o covil, Fin levará o cristal, irá para o maldito século XIII, plantará a coisa na caverna, voltará e todos nós iremos ao pub para uma rodada de cerveja.

– Esse é o plano geral. – Branna deu um tapinha no braço dele. – Trataremos dos detalhes pequenos e importantes. Só iremos depois disso. Nenhum de nós deve se aproximar do lugar. – Ela olhou diretamente para Fin. – De acordo?

– Sim – disse ele. – E tenho algumas ideias sobre os detalhes.

– Eu também.

Satisfeita, e apenas ainda um pouco zangada, Branna pegou um biscoito para si mesma.

16

DEMOROU QUASE UMA SEMANA PARA BRANNA FICAR TOTALMENTE satisfeita, e aqueles dias lhe tiraram horas preciosas de aperfeiçoamento do veneno. Ainda assim, ela considerou o tempo bem gasto.

O tempo seria apertado e o círculo ficaria separado nas várias etapas, por isso todas tinham de ser planejadas com cuidado.

Eles escolheram o início da manhã para manterem suas rotinas e ainda terem uma hora ou mais de luz antes do anoitecer.

Em sua oficina, Branna colocou cuidadosamente em um saco o cristal que havia escolhido e enfeitiçado.

– Você deve colocá-lo no alto, de frente para o altar, onde refletirá o que está abaixo – disse ela para Fin. – E entrar lá e sair rapidamente.

– Você já disse isso.

– Vale a pena repetir. Você será tentado a se demorar lá, como eu seria em seu lugar, para ver o que mais poderia descobrir e aprender. Quanto mais se demorar lá, no lugar e tempo de Cabhan, maiores as chances de deixar algum rastro ou de ele senti-lo.

Ela colocou o saco em uma bolsa de couro depois ergueu uma ampola.

– Se isso der errado, se Cabhan voltar antes de você terminar, isto deverá incapacitá-lo por alguns instantes, tempo suficiente para você voltar para mim, Iona e Boyle em nosso tempo. Só use caso não tenha alternativa.

Branna pôs a ampola no saco e colocou o saco dentro bolsa. Olhou para ela, porque desejava que o que Fin precisava fazer não tivesse de ser feito.

– Não arrisque tudo pelo momento.

– Como tudo inclui você, pode ter certeza de que não arriscarei.

– Não toque em nada dele. Não...

– Branna. – Fin segurou o rosto dela até os olhos deles se encontrarem. – Nós já falamos sobre isso.

– É claro. Você tem razão. E está na hora. – Ela lhe entregou a bolsa e foi buscar a jaqueta. – Iona e Boyle chegarão a qualquer minuto.

– Quando isso acabar, teremos uma janela para olhar para Cabhan como ele frequentemente olha para nós. E poderemos dedicar todo o tempo necessário ao veneno que dará fim a ele.

– Eu estou desconfortável, essa é a verdade. – Ela não sabia se ajudava dizer isso, mas sabia que era tolice e talvez perigoso omitir. – Quanto mais perto chegamos do fim disso, e acredito que terá um fim, algo se contrai em mim. É mais do que confiança e dúvida. Não entendo meus sentimentos, o que me deixa desconfortável.

– Fique tranquila. Por enquanto, é apenas isso.

Ela só podia tentar, porque não havia espaço para dúvidas e tempo para procrastinação porque Iona e Boyle já tinham estacionado lá fora.

Branna pegou uma pequena espada e a pôs na bainha em seu cinto.

– É melhor estar preparada – foi tudo o que disse quando Iona e Boyle entraram.

– Connor e Meara já seguiram o caminho deles.

– Então é melhor seguirmos o nosso. – Branna segurou a mão de Fin e depois a de Boyle.

Quando Iona segurou a outra mão de Boyle, eles voaram.

Através do frio, da umidade e do vento, sobre as árvores, o rio e depois o lago com o castelo de Ashford brilhando atrás deles.

Pousaram suavemente, perto de um grupo de árvores, em um lugar que Branna não reconheceu.

– Aqui?

– Foi onde o perdi. Passaram-se séculos desde Midor e a caverna dele. – Fin apontou. – Algumas casas não muito longe, algumas estradas, mas, como a cabana de Sorcha, acho que o lugar onde Cabhan foi feito ainda existe, em alguma forma.

– Há um silêncio aqui. – Com olhos vigilantes, Boyle analisou a situação do terreno. – Uma espécie de silêncio opressivo.

Sentindo o mesmo, Fin assentiu.

– Nós, os irlandeses, somos supersticiosos e sábios o bastante para construir perto de uma colina encantada sem perturbá-la, deixar uma pedra onde está. E ficar longe de um lugar em que a escuridão ainda vibra.

Ele relanceou os olhos para Boyle.

– Nós concordamos em ficar juntos, mas o fato é que cobriremos uma área maior se nos separarmos.

– Juntos – disse Branna firmemente, porque esperava que ele sugerisse isso. – E se a escuridão ainda vibrar? – Ela pegou uma varinha com uma ponta de cristal claro. – A luz a encontrará.

– Eu não me lembro de isso estar no plano.

– É melhor estar preparada – repetiu Branna.

Ela ergueu sua varinha para o céu até a ponta pulsar com luz. E observou Merlin voar em um círculo acima deles.

– Com minha varinha e seu falcão, deveremos encontrar o covil. Ela aponta para o norte.

– Então iremos para o norte. – Boyle pegou a mão de Iona outra vez e então todos seguiram para o norte.

DO OUTRO LADO DO RIO, CONNOR E MEARA ANDAVAM PELA FLORESTA. ELE estava conectado com Roibeard, que se precipitava por entre as árvores, e com Merlin, que observava o resto do círculo andar por outra floresta.

– É um prazer enfim ter tempo para observar falcões com você. Há muito não tiramos uma hora para isso.

– Preciso praticar mais – respondeu Meara, calma e casualmente, embora estivesse com a garganta seca. – Assim estarei pronta quando adicionarmos o pacote.

– Poderíamos ter vindo a cavalo.

– Viremos. – Ela ergueu sua mão enluvada para Roibeard, e embora o falcão fosse uma tática, gostou de tê-lo.

– Você gostaria de ter seu próprio falcão? – perguntou-lhe Connor.

Ela o olhou com genuína surpresa.

– Nunca pensei nisso.

– Deveria ter um. Uma fêmea, se encontrar uma que fale com você. Meu falcão poderia se acasalar com ela.

A ideia lhe trouxe um sorriso, porque parecia ótima e normal.

– Nunca cuidei de um falcão sozinha.

– Eu a ajudaria, mas você se sairia bem. Ajudou bastante a cuidar de Merlin quando Fin estava viajando. Poderíamos construir um lugar para eles na nossa casa. Se você ainda pensa em ter uma casa comigo.

– Eu também mal pensei nisso porque não estou fazendo muitos progressos nos planos para o casamento. – Ela deixou Roibeard voar de novo. – E temos Cabhan com que nos preocupar.

– Não vamos pensar nele hoje – disse Connor, embora ambos pensassem em pouco mais. – Hoje seguiremos a dança de Roibeard. Cante para nós, Meara, algo alegre para erguer as asas de Roibeard.

– Algo alegre, é?

Ela segurou a mão de Connor e balançou o braço dele divertidamente enquanto caminhavam. Mas queria aquela conexão, a parte física dela, porque ambos sabiam que a música poderia trazer Cabhan.

Eles haviam planejado isso.

Decidiu-se por "The Wild Rover", porque era alegre o suficiente e tinha vários versos para dar tempo de Cabhan ser atraído, caso isso acontecesse.

Meara riu quando Connor se juntou a ela no coro, e em qualquer outro dia teria apreciado a caminhada com ele, com o falcão e a canção na bela floresta onde a neve derretida deixava o chão muito macio e com poças brancas ainda agarradas às sombras suspeitas.

Quando Connor apertou sua mão, ela soube que a tática funcionara. E que estava na hora da parte deles no plano.

Sua voz não falhou quando viu os primeiros fios de névoa deslizando pelo chão e Roibeard pousou em um galho próximo – um guerreiro alado dourado, pronto para defendê-los.

– Eu poderia calar sua voz com um pensamento.

Cabhan se ergueu da névoa e deu um sorriso cativante quando Meara parou de cantar para desembainhar sua espada.

– E calei. Está arriscando sua mulher, bruxo, andando pela floresta sem sua irmã para lutar por vocês.

– Eu tenho poder suficiente para proteger minha mulher, se ela precisar. Mas acho que você sabe que ela se protege muito bem. Ainda assim... – Connor passou um dedo pela lâmina de Meara e a envolveu em chamas. – Um pouco mais para minha mulher.

– Que tipo de homem deixa a mulher na frente dele?

– Ao lado dele – corrigiu-o Connor, e desembainhou e inflamou sua própria espada.

– E a deixa desprotegida – disse Cabhan lançando um raio negro para Meara.

Connor o fez atingir o chão com um forte redemoinho de vento.

– Desprotegida jamais.

DO OUTRO LADO DA ÁGUA, A PULSAÇÃO DA VARINHA DE BRANNA SE acelerou.

– Estamos perto.

– Ali. – Fin apontou para uma moita margeada de abrunheiros. – A caverna de Midor. Posso sentir a atração, como senti o ardor quando Cabhan cruzou o rio. O caminho está livre.

– Não parece livre – disse Iona. – Parece letal. – Testando, bateu com a lâmina de sua espada em dos abrunheiros e ouviu o som metálico de aço contra aço. – Soa letal.

– Eu não vou passar através deles, mas do tempo. Apesar de que, quando isso estiver feito, todos nós vamos voltar para cá e queimar aqueles espinheiros, salgar e consagrar o solo.

– Ainda não. – Branna segurou o braço dele. – Connor não me disse se Cabhan mordeu a isca.

– Ele mordeu. Está quase lá e quanto mais cedo eu entrar e sair, menos tempo Connor e Meara precisarão se defender. É agora, Branna, e rápido.

Embora isso a enchesse de medo, eles lançaram o círculo e ela soltou a mão de Fin e aceitou que aquilo seria feito.

– A esse lugar de morte e escuridão – entoou com os outros –, enviamos aquele que carrega a marca, através do espaço e do tempo. Que os poderes da luz o enviem e deixem nossas vontades se entrelaçarem. Enviem-no para lá e o tragam de volta pela luz dos três.

– Volte para mim – disse Branna, embora não fizesse parte do feitiço.

– Como quiser – completou Fin, seus olhos nos dela. – Que assim seja.

A névoa de Fin girou e ele se foi.

– Isso não vai demorar muito. – Para confortá-la, Iona pôs seu braço ao redor dos ombros de Branna.

– Está muito escuro. Muito frio. E ele está sozinho.

– Não está. – Boyle segurou a mão dela e a apertou firmemente. – Estamos bem aqui. Estamos com ele.

Mas Fin estava sozinho no frio e na escuridão. O poder ali era tão denso e úmido que não sentiu nada além dele. Sangue negro manchava o chão onde Cabhan havia acorrentado e assassinado a própria mãe.

Fin examinou o horror nos frascos, cheios de pedaços da mulher que tinha dado vida a Cabhan, que o bruxo preservara para a magia negra.

O mundo que Fin conhecia, seu mundo, parecia não só a séculos de distância como também não existir. Libertar o demônio, dar-lhe forma e movimento, levara a caverna para seu próprio tipo de inferno onde todos os condenados queimavam de frio.

Sentiu cheiro de enxofre e sangue – sangue antigo e novo. Precisou de toda a sua força de vontade para resistir à súbita e feroz necessidade de ir até o altar e pegar a taça sob a cruz de ossos amarelados e beber.

Beba.

Suor lhe cobria a pele, embora sua respiração se transformasse em nuvens no ar gelado que parecia ondular como um mar com as gotas fétidas que desciam pelas paredes e caíam no chão, ritmadas.

Algo na batida lhe agitou o sangue.

Sua mão tremia quando ele se forçou a procurar dentro da bolsa, abrir o saco e tirar o cristal.

Por um momento Branna estava lá – quente e forte, tão cheia de luz que ele não conseguia desacelerar sua pulsação de novo, firmar suas mãos. Ergueu-se dentro da névoa na parede úmida da caverna. Viu símbolos incrustados na pedra e os reconheceu como Ogham, embora não conseguisse interpretá-los.

Pôs o cristal em uma fissura em uma saliência do tamanho da ponta de um dedo e se perguntou se o amuleto de Branna seria forte o suficiente para escondê-lo de tanta escuridão.

Uma escuridão profunda e fascinante, em que vozes cantarolavam e aqueles que seriam sacrificados choravam e gritavam por uma misericórdia que nunca obteriam.

Por que ter misericórdia dos inferiores? O choro e os gritos de tormento dele eram verdadeira música, um chamado para dançar e se alimentar.

A escuridão devia ser alimentada. Abraçada. Adorada.

A escuridão recompensaria. Eternamente.

Fin se virou para o altar e deu um passo na direção dele. Depois outro.

– FIN ESTÁ DEMORANDO MUITO. – BRANNA ESFREGOU OS BRAÇOS PARA combater o frio que lhe chegava aos ossos e provinha do medo. – Está anoitecendo. Ele está lá há mais de meia hora, é tempo de mais.

– Connor? – perguntou Iona. – Ele...?

– Eu sei, eu sei. Ele e Meara não podem conter Cabhan por muito mais tempo. Vão até Connor e Meara, você e Boyle, para ajudá-los. Eu vou atrás de Fin. Algo está errado, algo aconteceu. Não consigo sentir Fin desde que ele se foi.

– Você não vai entrar, Branna. Não vai. – Boyle segurou os ombros dela e a sacudiu de leve. – Nós temos de acreditar que Fin voltará e não podemos colocá-la em risco. Sem você, isso termina aqui, e não para Cabhan.

– O sangue dele poderia traí-lo, independentemente do quanto Fin lutasse contra isso. Posso arrastá-lo para fora. Tenho que tentar. Ah, Deus, Cabhan está voltando. Fin...

– Nós duas podemos puxá-lo de volta? – Iona agarrou a mão de Branna. – Temos de tentar.

– Com todos nós, poderíamos... Ah, graças aos deuses.

Quando Fin, caiu de joelhos no chão aos pés dela, sua névoa fina se dissipando, Branna se abaixou para ele.

– Cabhan está vindo – conseguiu dizer Fin. – Fiz o que tinha que fazer, mas ele está vindo. Temos de ir, rápido. Preciso de ajuda.

– Nós estamos com você. – Branna passou os braços ao redor dele, olhou para Iona e Boyle e assentiu. – Nós estamos com você – repetiu, e o segurou enquanto voavam.

A pele dele estava gelada e Branna não conseguiu aquecê-la enquanto o arrastava por cima do topo das árvores, do lago e do castelo iluminado.

Ela o levou direto para o chalé e fez o fogo rugir na lareira antes de se ajoelhar na frente de Fin.

– Olhe para mim, Fin, preciso ver seus olhos.

Eles brilhavam contra o branco-gelo do rosto, mas eram os de Fin, e nada mais.

– Eu não trouxe nada comigo – disse-lhe Fin. – Não deixei nada meu. Apenas seu cristal.

– Uísque. – Mas, ao dizer isso, Boyle já estava sentado ao lado de Fin pondo as mãos dele ao redor do copo.

– Eu me sinto como se tivesse caminhado dez quilômetros no Ártico sem parar para descansar. – Ele engoliu o uísque e deixou sua cabeça cair para trás enquanto Connor e Meara entravam.

– Ele está ferido? – perguntou Connor.

– Não, apenas meio congelado e exausto. E você?

– Só com algumas queimaduras leves; vou cuidar delas.

– Ele já cuidou das minhas. – Meara foi direto para Fin. – Tagarelando como uma mãe superprotetora, debruçado sobre mim. O que podemos fazer por você, Fin?

– Estou bem.

– Não parece. Devo pegar uma de suas poções, Branna?

– Eu não preciso de uma poção. Uísque está bom. E você também está tagarelando, mãe.

Meara desabou em uma cadeira.

– Sua palidez faz um fantasma parecer que passou dez dias na praia.

Esquentando pouco a pouco, Fin sorriu.

– Você também não está corada.

– Cabhan ficou investindo contra ela – disse Connor, e surpreendeu Meara erguendo-a, e que garota forte ela era, tomando seu lugar e depois a aninhando em seu colo. – Ele investiu contra mim, mas foi para se exibir. Queria nossa Meara, feri-la, por isso ficou batendo contra a proteção dela, procurando a mínima brecha. No início nós tentamos prolongar aquilo, dar tempo para vocês, mas demorou mais do que pensávamos e a coisa ia ficar séria se não recuássemos.

– Connor produziu um tornado. – Meara girou um dedo no ar. – Pode-se dizer que pequeno, mas impressionante. Depois o transformou em fogo. E isso afugentou Cabhan.

– Nós não conseguimos segurá-lo mais – completou Connor.

– Foi o suficiente. Vamos todos beber uísque – decidiu Branna. – Deixe-me ver onde você se queimou, Connor, e cuidar disso.

– Eu cuidarei. – Iona empurrou Branna para baixo de novo. – Fique com Fin.

– Eu estou bem – insistiu Fin. – Foi só o frio. É tão forte e cortante que tira a vitalidade. Enfraquece. Foi mais do que da outra vez – disse ele para Branna. – Mais do que vimos e sentimos.

Ela se sentou no chão e pegou um dos copos que Boyle passou ao redor.

– Conte-nos.

– Estava mais escuro do que quando entramos na caverna durante o sonho. Mais frio, e com o ar rarefeito. Tão rarefeito que mal dava para respirar. Havia um caldeirão no fogo e cheirava a enxofre. E vozes cantarolando. Não consegui distinguir as palavras, não o suficiente, mas eram em latim, e algumas em irlandês antigo. Como os gritos, as súplicas que se erguiam com elas. Daqueles sendo sacrificados. Tudo uma espécie de eco distante. Ainda assim, senti cheiro de sangue.

Ele pegou uma bebida e se reanimou.

– Senti uma atração por aquilo, dentro de mim. Um desejo, mais forte do que antes, um cabo de guerra. Coloquei o cristal no alto, em uma pequena fenda na parede de pedra de frente para o altar.

Agora ele girava o copo nas mãos olhando para o âmbar do uísque como se revendo tudo.

– E quando não estava mais comigo a necessidade se tornou mais forte. Maior. Pode-se dizer que a tentação aumentou. Havia uma taça no altar, contendo sangue. Eu a desejei. Cobicei. Sangue inocente, que eu podia cheirar. O sangue de um inocente e, se eu o pegasse e bebesse, me tornaria o que estava destinado a ser. Por que eu estava resistindo? Não queria isso, meu próprio destino, minha própria glória? Então fui em direção ao altar, me aproximei ainda mais. E os cânticos encheram a caverna e aqueles gritos foram quase como música para mim. Estendi a mão para a taça. Segurei-a em minha mão para beber dela. Finalmente beber.

Ele parou e tomou o resto do uísque.

– E através de todos os gritos e cânticos, daquele ar rarefeito pulsante, eu a ouvi. Ele olhou para Branna. – Eu a ouvi. "Volte para mim", você disse, e o que havia em mim quis isso mais do que todo o resto. Precisava mais disso do que do sangue cujo gosto eu já podia sentir no fundo da minha garganta. Então recuei e o ar se tornou ainda mais frio e tão rarefeito que foi como panos úmidos em meus pulmões. Eu estava tonto, nauseado e trêmulo. Acho que caí, mas disse as palavras, saí e voltei.

Ele pôs o copo de lado.

– Vocês precisam saber de tudo. Do quão perto cheguei, a não mais que um roçar de dedos, de mudar de lado. E se tivesse feito isso estaria me colocando contra todos vocês.

– Mas você não fez – disse Iona. – Você voltou.

– Eu quis aquilo. Algo em mim estava quase desesperado por aquilo.

– E ainda assim você não fez – salientou Connor –, e está aqui bebendo uísque perto da lareira.

– Eu teria quebrado a confiança de vocês...

– Besteira. – Branna o interrompeu e se levantou. – Isso é besteira, Finbar. E não fique aí dizendo que voltou por mim, porque não voltou apenas por mim, ou por qualquer um de nós. Voltou também por si mesmo. Pelo respeito que tem por quem é e seu dom, além de por sua repulsa pelo que Cabhan é. Então isso é besteira. No início eu não me permiti confiar em você, e você me provou repetidamente que eu estava errada. Eu não vou, estou lhe dizendo que não vou, ter você sentado aqui depois disso tudo e não confiar em você. Vou esquentar o ensopado. Todos nós precisamos comer depois disso.

Quando ela saiu, Meara assentiu e se levantou.

– Isso diz tudo. Iona, vamos ajudar Branna na cozinha.

Quando elas saíram, Boyle foi buscar o uísque e despejou mais no copo de Fin.

– Se vai ter pena de si mesmo, é bom que esteja um pouco bêbado.

– Eu estou com pena de mim mesmo, pelo amor de Deus! Você ouviu o que eu disse?

– Ouvi, todos nós ouvimos. – Connor esticou as pernas e relaxou em uma cadeira com seu próprio uísque. – Nós o ouvimos travar uma batalha, interna e externa, e vencê-la. Então parabéns. E vou lhe dizer uma coisa que sei tão bem quanto meu próprio nome. Você cortaria sua própria garganta antes de prejudicar Branna ou qualquer um de nós. Então beba, irmão, e pare de bancar o idiota.

– Bancar o idiota – resmungou Fin, e como o uísque estava lá, o bebeu.

E como seus amigos o conheciam, o deixaram remoer seus pensamentos.

Fin esperou até todos estarem na cozinha e se sentarem, exceto ele mesmo.

– Estou grato – começou.

– Cale a maldita boca e se sente para comer – sugeriu Boyle.

– Cale você a maldita boca. Estou grato e tenho o direito de expressar isso.

– Já disse. – Branna pôs ensopado na tigela dele. – Agora cale a maldita boca e coma.

Fin provou o substancioso ensopado de carne e cevada e o sentiu deslizar para o frio em sua barriga e espalhar novamente o calor.

– O que há nisso além de carne, cevada e batatas?

Branna deu de ombros.

– Todos nós precisávamos de um pouco de tônico depois deste dia.

– Está bom. – Connor levou uma colher à boca.

– Mais do que bom, então também lhe aconselho a calar a maldita boca.

– Certo. – Fin estendeu a mão para o pão no prato. – Então não vou contar a vocês o resto, já que não estão interessados.

– Que resto? – perguntou Iona.

Foi a vez de Fin dar de ombros.

– Eu fechei a maldita boca, conforme me mandaram.

– Eu não lhe disse para fazer isso ou o aconselhei. – Meara sorriu docemente. – Estou bastante interessada, então pode falar comigo.

– Está bem. Se está interessada, Meara, havia inscrições nas paredes da caverna. Antigas. Em Ogham.

– Ogham? – Connor franziu a testa. – Tem certeza?

Como o ensopado o fez se sentir ele mesmo de novo, Fin comeu mais.

– Estou falando com Meara.

– Ah, pare com isso. – Mas Boyle riu enquanto se servia de pão. – Ogham? O que diziam?

Fin lhe lançou um olhar longo e frio.

– Meus talentos são muitos, mas não suficientes para interpretar Ogham. Mas como as inscrições estavam altas nas paredes e também havia alguns símbolos mágicos, isso nos diz que provavelmente a caverna era usada para fins obscuros muito antes do tempo de Cabhan.

– Alguns lugares são inerentes à escuridão ou à luz – especulou Branna.

– Só o que senti ali foi escuridão, como... um lugar fixo para ela. As sombras se moviam como se tivessem vida. E no altar, porque eu estava perto o suficiente para ver, havia ossos em um prato junto com a taça de sangue. Três velas negras e um livro com capa de pele. Com a marca gravada nela. – Ele tocou em seu ombro. – Esta marca.

– Então a marca vem de antes de Teagan atirar a pedra em Cabhan e deixá-la nele. Antes de Sorcha amaldiçoá-lo. – Iona inclinou a cabeça. – Um símbolo do demônio em Cabhan? Ou dos próprios lugares obscuros dele? Desculpe-me – disse ela depressa.

– Não precisa se desculpar. – Fin ergueu novamente sua colher. – Perto do livro havia um sino de prata com o cabo esculpido na forma de um lobo em pé sobre as pernas traseiras.

– Sino, livro, vela, ossos e sangue. O símbolo da marca de Cabhan, o símbolo do lobo – considerou Branna. – Então ele tinha essas coisas, símbolos do que se tornou. Coisas antigas?

– Muito antigas, menos as velas. E elas... eram feitas de gordura humana e sangue.

– Isso pode ficar mais nojento? – perguntou Meara.

Connor lhe deu um tapinha.

– Acho que sim.

– As ferramentas de Cabhan – especulou Branna – talvez tenham sido passadas de pai para filho, ou de mãe para filho ou filha. Passadas para ele e depois usadas para a escuridão. Embora não possamos dizer que o pai dele não estava envolvido nisso ou por que escolheu a caverna para si.

– Ele podia ter sido um guardião – sugeriu Meara. – Alguém com poder que guardava o demônio ou o que quer que seja, e o mantinha aprisionado.

– É verdade – concordou Branna. – Independentemente de se Cabhan veio da luz ou da escuridão, ou de algo entre ambas, ele fez sua escolha.

– E tem mais – disse-lhe Fin. – Uma figura de mulher de cera, com as mãos e os pés amarrados com um pano preto, ajoelhada em súplica.

– Sorcha. – Branna balançou a cabeça. – A obsessão de Cabhan por ela começou muito tempo atrás. Mas ele nunca conseguiu amarrá-la ou fazê-la se ajoelhar.

– Quase oitocentos anos é tempo de mais para manter uma obsessão ou rancor – salientou Iona. – Eu diria que isso foi uma loucura que começou muito tempo atrás.

– Concordo.

– E tem mais – repetiu Fin. – A figura tinha sangue na barriga, entre as pernas.

Cuidadosamente, Branna pousou sua colher.

– Ela perdeu uma criança, no início daquele inverno. Sofreu um aborto e nunca se recuperou por completo. Teve uma doença terrível que não conseguiu curar. Dores dilacerantes na barriga.

– Cabhan matou o bebê? – Mesmo a séculos de distância, os olhos de Iona se encheram de lágrimas. – Dentro dela? Ele podia fazer isso?

– Eu não sei. – Abalada, Branna se levantou, serviu-se de vinho e levou a garrafa para a mesa. – E se Sorcha não estivesse prevenida contra isso, do modo certo? E se ele tivesse encontrado um modo de... Ela tinha três filhos para cuidar e o marido ausente com os homens do clã deles. Cabhan perseguindo-a. Pode ter lhe dado um ponto vulnerável para usar, tido um momento em que não estava totalmente vigilante.

– Nós seremos vigilantes. – Fin tocou na mão dela. – Não lhe daremos nada, e lhe tiraremos tudo. Isso é mais uma coisa pela qual ele deve responder.

– Sorcha estava enlutada. Dá para ouvir o choro dela em seu livro quando escreveu sobre a perda. Sim – disse Branna em voz baixa. – Ele deve responder por isso, e por tudo.

17

BRANNA REDOBROU SEUS ESFORÇOS. AQUILO NÃO PODIA SER APRESsado – não, o trabalho com uma mistura letal não podia ser apressado. Mas ela passou cada minuto que pôde criando o veneno.

Quem de seu círculo passasse tempo com ela na oficina se responsabilizava por tarefas – mágicas ou não. Branna quase nunca saía, apenas caminhava por seus jardins de inverno para tirar da cabeça fórmulas, feitiços e poções.

Mesmo nessas breves caminhadas, ficava pensando obssessivamante se cinco gotas de tintura de trombeta-de-anjo eram de mais ou muito pouco. Os frutos silvestres deveriam ser esmagados na hora ou macerar em seus sumos?

– Isso é importante – murmurou ela, meio para si mesma enquanto alinhava meticulosamente os potes para a tentativa do dia. – Uma gota errada e teremos de recomeçar.

– Ontem você disse que quatro gotas não funcionavam, então ponha cinco – sugeriu Connor.

– E se forem seis? – Frustrada, ela olhou para os potes como se pudesse fazê-los lhe contar o segredo. – Ou se a outra receita que encontrei, a que leva cinco cogumelos chapéu-da-morte colhidos debaixo de um carvalho, for a certa?

– Quanto mais veneno melhor, se quer minha opinião.

– Não pode ser mais nem menos. Não é como fazer uma sopa. – Embora ouvisse a irritação na própria voz, ela simplesmente não conseguia afastá-la. – Isso *tem* de dar certo, Connor, e sinto que essa pode ser nossa única chance. Se falharmos, na melhor das hipóteses teremos que esperar mais um ano antes de tentar de novo. Na pior, o demônio encontrará um modo de se proteger quando descobrirmos como atacá-lo.

– Você está muito aflita, Branna. Não é do seu estilo se afligir e sofrer por antecipação.

Ele tinha razão, é claro, e sofrer por antecipação, admitiu Branna, pressionando os dedos contra os olhos, tendia mais a bloquear do que a abrir.

– Eu sinto uma urgência, mais que isso. Um conhecimento, Connor, de que *esse* deve ser o momento, ou a oportunidade passará. E a ideia de que poderíamos continuar apenas batendo em Cabhan como fizemos a vida toda, apenas contendo-o até passar esse dever para os próximos três, é insuportável. Você terá filhos com Meara. Gostaria de transferir esse peso para um ou mais deles?

– Não, não gostaria. É claro que não. Nós não fracassaremos.

Ele pôs as mãos nos ombros de Branna e os massageou.

– Acalme um pouco sua mente. Com tantas dúvidas você bloqueará os próprios instintos, e eles são uma força.

– Essa será a terceira vez. Eu tenho tentado criar a mistura. A dúvida existe por um motivo.

– Então a ponha de lado. Esta receita, aquela receita, ponha isso de lado também. O que você acha? O que sente? Talvez não seja como fazer uma sopa, mas você faz poções desde que tinha 4 anos.

Deliberadamente, ele fechou os livros, sabendo muito bem que a essa altura Branna sabia tudo de cor.

– O que você acha, não apenas ouvindo a razão, mas por intuição?

– Eu acho... – ela afastou impacientemente seus cabelos. – Onde diabo está Fin? Preciso do sangue dele para isso, e o quero fresco.

– Ele disse que estaria aqui antes do meio-dia, então estará. Por que eu não trabalho com você na ordem e nas palavras? Assim, quando Fin chegar, você colherá o sangue dele e começará.

– Está bem, está bem.

Tempo para deixar de se preocupar e ficar nervosa e começar *agir*, ordenou a si mesma.

– A água benta vem primeiro. Eu tenho aqui: primeiro despejar a água benta para formar o caldo para todo o resto. Frutos de beladona esmagados e macerados. Mexer bem. Pelo de uma iaque prenha misturado com seiva de mancelhineira para dissolver a asa de morcego. Acrescentar trombeta-de-anjo, pétalas de mata-lobos e esperar descansar. Depois...

– O que você acha, Branna? – insistiu Connor.

– Bem, eu acho que da última vez me apressei. Acho que esta etapa exige trabalho, ferver um pouco.

– Então... Mexa, ferva, deixe borbulhar e mexa...

– Até a fumaça subir. Sim, eu me apressei. Deveria ter deixado ferver e fumegar um pouco. Está bem. – Assentindo com firmeza, ela fez mais anotações – Os cogumelos... Tentaremos os cogumelos quando... Droga, quando parecer certo.

– Isso. – Connor lhe deu uma cotovelada de incentivo.

– Chapéus-da-morte brancos e suaves tragam a noite eterna. Não. Não para um demônio. – Ela riscou aquilo e recomeçou. Chapéus-da-morte, três mais dois, espalhem seu veneno por meio desta mistura.

– Melhor – concordou Connor.

– E as pétalas de *conium*. Ah, belas pétalas espalhadas permitam que esta magia letal comece.

– Acho que é melhor magia mortal.

– Sim, mortal. – Ela fez a mudança. – Sangue para atar isso, gota a gota, e o coração do demônio parará. Meu poder, poder dos três, aqui cumprimos nosso destino. Que assim seja.

Ela largou o lápis sobre o balcão.

– Não tenho certeza.

– Eu gostei. Parece certo. É forte o suficiente, Branna, mas não complicado. É com a morte que estamos lidando, por isso não há necessidade de frescuras.

– Nisso você tem razão. Droga, precisa engrossar, ficar negro. Preciso acrescentar isso. Enegreça, engrosse sob minhas mãos...

– Para criar esse veneno para os amaldiçoados.

– Gostei disso – considerou ela. – Vou anotar tudo de novo.

– Se você não pode começar enquanto Fin não chegar, por que não... – Connor se interrompeu quando Fin entrou. – Bem, aqui está ele. Ela quer seu sangue, amigo.

Fin parou imediatamente.

– Eu lhe dei mais do que o suficiente ontem, e antes de ontem.

– Quero fresco.

– Ela quer fresco – resmungou Fin, tirando seu casaco. – O que vai fazer com o que sobrou do que eu lhe dei ontem, e antes de ontem?

– Está seguro, e nunca se sabe quando pode ser útil. Mas quero começar com tudo fresco hoje. Mudei um pouco o feitiço.

– De novo?

– Sim, de novo. – Ela disse isso em um tom tão irritado quanto o de Fin. – Tem que funcionar. Connor concordou...

– Não me meta nisso. – Connor ergueu as mãos. – Vocês dois decidam. Na verdade, já que você está aqui, Fin, vou sair. É Boyle, eu acho, quem chegará um pouco mais tarde para varrer os restos se vocês dois brigarem.

Connor pegou o casaco, o boné e o cachecol e saiu com Kathel se esgueirando atrás dele – como se o cão concordasse em que um pouco de distância não lhe faria mal.

– Por que você está tão irritado? – perguntou Branna.

– Eu? Por que você está? Você está com "eu estou irritada" escrito na testa.

Apenas mais irritada, Branna passou os dedos nela para suavizar qualquer ruga.

– Eu não estou irritada... Sim, estou, mas não com tudo nem com você. Não estou acostumada a fracassar tão espetacularmente como agora, com essa abominável mistura.

– Não acertar não é fracassar.

– Fazer direito é ser bem-sucedido, portanto o oposto é fracassar.

– Sabe, Branna, há um motivo para as pessoas chamarem isso de praticar magia.

Ela começou a retrucar, mas apenas suspirou.

– Eu sei. Nas primeiras vezes, pensei que tinha chegado mais perto. Se eu continuar a errar tanto, terei de encomendar os ingredientes de novo.

– Então vamos começar do zero. – Fin foi até ela e a beijou. – Bom dia, Branna.

Ela deu uma meia risada.

– Para você também, Finbar. – Sorrindo, pegou a faca. – E então...

Branna esperou que Fin enrolasse a manga, mas ele tirou o suéter.

– Tire da marca – disse-lhe Fin. – Como fez para o veneno de Cabhan. Da marca, Branna, como deveria ter feito da primeira vez para este veneno também.

– Eu deveria, é verdade. Ela dói, arde, então tirarei o sangue daí.

– Porque o objetivo é o inimigo na marca. Tire daí, Branna. Depois quero um maldito biscoito.

– Você pode comer meia dúzia.

Branna foi até ele com a faca ritual e o copo.

– Não bloqueie a dor. – Fin atraiu os olhos de Branna para os seus. – Ela pode ser parte disso. Vamos deixá-la vir e ir.

– Está bem.

Branna foi rápida – rápido era melhor – e cortou o pentagrama com a ponta da lâmina. Colheu o sangue no copo e sentiu a dor de Fin, embora ele não tivesse feito nenhum som, nenhum movimento.

– Isso é suficiente – murmurou ela, e pôs a faca de lado para pegar o pano que já tinha separado e apertá-lo contra o ferimento.

Então, pondo o pote ao lado dos demais, virou-se gentilmente para Fin para acariciar o ferimento superficial.

Antes de ele saber o que Branna estava prestes a fazer – talvez antes mesmo de ela saber –, beijou-lhe a marca.

– Não faça isso. – Pego de surpresa, Fin recuou. – Eu não sei como a marca poderia prejudicá-la, o que poderia fazer.

– Não fará nada para mim, como você não fez nada para merecê-la. Passei anos tentando culpá-lo por isso, quando deveria ter culpado Sorcha, ou mais, a tristeza dela. Sorcha o prejudicou, quebrou nosso juramento mais sagrado, e prejudicou muitos antes de você. Inocentes. Eu tiraria a marca de você se pudesse.

– Você não pode. Acha que eu não tentei? – Ele colocou seu suéter de novo. – Bruxaria, sacerdotes, mulheres sábias, homens santos, magia negra e branca. Nada funciona. Estive em todos os cantos do mundo onde havia um mínimo rumor de que a maldição poderia ser quebrada.

As viagens de Fin, percebeu Branna. Esse era o principal motivo delas.

– Você nunca disse...

– O que eu podia dizer? – perguntou ele. – Esse símbolo visível do que corre em mim não pode ser mudado, não pode ser removido por nenhum meio que tentei. Nenhum feitiço, nenhum ritual pode quebrar a maldição que Sorcha lançou em seus últimos suspiros. Isso não pode ser queimado, cortado fora. Pensei em amputar meu braço, mas tive medo de a marca simplesmente aparecer em outra parte.

– Você... Meu bom Deus, Fin.

Ele não tinha pensado em dizer tanto, mas não podia voltar atrás.

– Bem, por sorte naquele momento eu estava muito bêbado, porque maldição é maldição, com um ou dois braços, apesar de que isso pareceu desesperadamente heroico quando eu tinha 22 anos e estava sob efeito de uma garrafa de uísque.

– Você não vai se ferir – disse Branna, muito abalada. – Nem pense nisso.

– Não adianta, como já me foi dito repetidamente quando todas as tentativas fracassaram. A maldição de uma bruxa moribunda, que se sacrificou por seus filhos, para protegê-los do mais sombrio dos objetivos, é poderosa.

– Quando isso terminar, vou ajudá-lo a encontrar um modo. Todos nós...

– Cabe a mim encontrar, se houver um, e nunca pararei de procurar, porque por causa disso você não pode me oferecer um amanhã. E eu não posso lhe pedir ou dar isso. Talvez nunca tenhamos filhos. – Ele assentiu. – Vejo que você também sabe disso. Nenhum de nós traria uma criança ao mundo sabendo que ela carregaria esse fardo.

– Não. – Desespero e brutal aceitação apertaram o coração de Branna. – E quando isso terminar... você irá embora de novo.

– Quando isso terminar, poderíamos ficar juntos como estamos, sabendo que nunca teríamos a vida que um dia imaginamos? Sabendo que isto – ele tocou em seu ombro – continua entre nós mesmo após o fim de Cabhan? Enquanto eu tiver esta marca, Cabhan não estará realmente acabado, e a maldição de Sorcha prosseguirá em mim. Por isso nunca pararei de procurar um modo.

– Então a maldição dela foi tripla. Você, eu e a vida que poderíamos ter tido.

– Nós temos hoje. É mais do que acreditei que teria com você de novo.

– Pensei que isso seria suficiente. – Branna foi até ele e o abraçou com força.

– Não deveríamos desperdiçá-lo.

– Não, não o desperdiçaremos. – Branna ergueu seu rosto e o beijou. – Se eu pudesse escolher, seríamos pessoas comuns.

Fin conseguiu rir.

– Você nunca poderia ser uma pessoa comum.

– Apenas uma mulher que faz sabonetes e velas, e tem uma loja bonita na vila. E você apenas um homem que tem estábulos e uma escola de falcoaria. Se eu pudesse escolher. Mas...

Como ela, Fin olhou para o balcão com os livros de feitiços e potes.

– Se nós fôssemos pessoas comuns, não poderíamos fazer o que tem de ser feito. É melhor tentar o feitiço ou você vai me sangrar de novo dizendo que o sangue não está fresco o suficiente.

O dever e o destino, pensou Branna. Nenhum dos dois podia ser evitado. Ela foi até o caldeirão e o pôs em fogo brando.

O longo e elaborado processo exigia precisão e poder, passo a passo, com cuidado. Branna ordenou a si mesma que esquecesse os fracassos anteriores e considerasse aquela a primeira tentativa. A mistura tóxica borbulhou e fumegou quando ela e Fin puseram as mãos sobre o caldeirão para mexê-la muito lentamente.

Branna prendeu a respiração quando eles se aproximaram da etapa final.

– Enegreça, engrosse sob minhas mãos – disse.

– Para criar esse veneno para os amaldiçoados – completou Fin.

– Meu poder – disseram juntos quando a mistura borbulhou fortemente –, poder dos três, aqui cumprimos nosso destino. Que assim seja.

Branna sentiu a mudança, a irradiação do poder e da vontade dela e de Fin. Eles estenderam as mãos um para o outro, unindo esses poderes e essas vontades, deixando que se fundissem e assim aumentassem.

Bloqueando todo o resto, Branna se concentrou apenas naquela fusão, naquele objetivo, enquanto seu coração começava bater forte e rápido em seu peito e o calor e os cheiros da oficina desapareciam.

Tudo luz, clara e brilhante, aumentando nela, fluindo dela. Florescendo com o que se erguia e fluía dele.

Uma poderosa união, física, íntima e psíquica que se manifestou como uma tempestade e a percorreu como um clímax.

Ela inclinou a cabeça para trás. Ergueu os braços, com as palmas para cima e os dedos abertos.

– Eis uma arma forjada contra a escuridão. Iluminada por fé e luz. No solo sacrifical da Bruxa da Noite, três a três e três lutarão contra o mal nascido na escuridão. Sangue e morte se seguem. Reúnam o cavalo, o falcão e o cão e digam o nome. Sino toca, livro abre, vela acende, digam o nome. Para dentro do fogo branco, tudo luz ofuscante, atirem a pedra e fechem a porta. Sangue e morte se seguem. Seja um demônio, seja mortal, seja bruxo, sangue e morte se seguem.

Branna revirou os olhos, que tinham se tornado negros, exibindo a parte branca. Fin conseguiu segurá-la antes que ela caísse como uma marionete com as cordas partidas.

Enquanto Fin a segurava, ela apertou uma das mãos contra o ombro dele.

– Eu estou bem. Só fiquei tonta por um minuto.

– Sente-se aqui. – Ele a pôs no pequeno sofá diante da lareira e depois procurou no estoque de Branna o que queria.

Não se deu o trabalho de pôr a chaleira no fogo, fez chá com um estalar de dedos, acrescentou seis gotas de tônico e depois o levou para Branna.

– Beba e não discuta – ordenou. – É sua própria poção.

– Eu estava lá com toda a luz, o poder aumentando e a mistura girando no caldeirão, engrossando e borbulhando. Depois observei nós dois e ouvi as palavras que falei sem pronunciá-las. Já tive vislumbres do futuro, todos nós temos, mas nada tão forte e intenso quanto agora. Eu lhe garanto que já estou bem.

Ou quase, pensou Branna enquanto tomava o chá com tônico.

– É só que quando isso me deixou por um momento foi como se eu tivesse ficado totalmente vazia.

– Seus olhos se tornaram negros como o lado escuro da lua e sua voz ecoou como se no alto de uma montanha.

– Eu não era eu mesma.

– Não, não era. O que entrou em você, Branna?

– Não sei, mas sua força e luz foram intensas. E, Fin, era mais belo do que posso descrever. Era tudo o que somos, mas ampliado e muito brilhante, como mil sóis ao redor e dentro ao mesmo tempo. Esse é o único modo que conheço de descrever isso.

Ela bebeu mais chá e sentiu que estava começando a se reestabilizar.

– Quero anotar o que eu disse. Não seria conveniente me esquecer.

– Eu não vou me esquecer de nenhuma palavra.

Branna sorriu.

– Em todo caso é melhor anotar. Uma arma forjada... Deve ter funcionado naquele tempo.

– O veneno está negro e grosso como piche.

– Temos de selá-lo, mantê-lo no escuro, e enfeitiçar o frasco que o conterá.

– Vou cuidar disso.

– Não, não, nós o conjuramos juntos, e acho que há algo nisso. Então deveríamos fazer o resto juntos. Eu lhe garanto que estou bem, Fin.

Branna pôs o chá de lado e se levantou para provar o que dizia.

– Isso deve ser feito rápido. Não quero que o veneno se altere e eu tenha que fazer tudo de novo.

Fin manteve um olho nela até ficar satisfeito.

Depois que eles selaram o feitiço, Branna pegou dois frascos bojudos, ambos opacos e pretos, no armário sob o balcão de trabalho.

– Dois?

– Nós fizemos bastante, porque achei prudente ter um segundo. Se algo acontecer com o primeiro, antes ou durante, teremos outro.

– Esperta e, como sempre, prática. – Quando ela começou a pegar um funil, Fin balançou a cabeça. – Acho que não devemos fazer isso assim. Mais uma vez entendo sua praticidade, mas acho que nesse caso devemos usar poder.

– Talvez tenha razão. Um para você e um para mim. Isso deve ser feito rápido, e depois tampado e selado. – Ela tocou em um dos frascos. – Meu. – Depois no outro. – Seu. – E voltou para ficar com Fin perto do caldeirão. – Caldeirão para frasco, sem deixar nenhum vestígio no ar, nenhuma gota no chão.

Branna lhe deu uma das mãos e estendeu a outra, como ele. Dois finos fluxos pretos oleosos se ergueram do caldeirão, se arquearam na direção dos frascos e deslizaram para dentro. Quando os fluxos pararam, eles fizeram as tampas flutuarem e se encaixarem.

– Fora da luz, bem selados, abertos apenas para o que é certo.

Aliviada, Branna lançou fogo branco no caldeirão para queimar qualquer vestígio deixado.

– É melhor prevenir – disse, indo pegar e guardar os frascos no fundo do armário onde estavam os ingredientes usados e o veneno já preparado para Cabhan. – Embora eu vá destruir o caldeirão, não deve ser usado de novo. Uma pena, porque me servia muito bem. – Então ela enfeitiçou a porta do armário. – Só se abrirá para alguém do nosso círculo.

Foi até outro armário e pegou um frasco verde-claro ornado com filigrana prateada e depois escolheu duas taças de vinho.

– O que é isso?

– Um vinho que eu mesma fiz e guardei para uma ocasião especial, sem saber qual seria. Acho que é esta. Nós fizemos o que tínhamos de fazer e vou lhe falar a verdade, Fin, eu não estava certa de que conseguiríamos. Toda vez que achava que sim, fracassávamos. Mas hoje?

Ela despejou o vinho dourado nas duas taças e ofereceu uma para Fin.

– Hoje não fracassamos. Então...

Entendendo, Fin encostou sua taça na dela.

– Beberemos a hoje. – Ele deu um gole e inclinou a cabeça. – Bem, eis um novo talento, porque isto é esplêndido. Leve e ao mesmo tempo arrojado. Tem gosto de estrelas.

– Pode-se dizer que acrescentei algumas. Está bom – concordou. – Nós o merecemos, por este dia. E, pelo que me lembro, você mereceu um biscoito.

– Meia dúzia – lembrou-se Fin –, mas agora acho que nós dois merecemos algo mais que biscoitos. – Ele pôs um dos braços ao redor da cintura de Branna. – É melhor você segurar seu vinho – preveniu-a, e voou com ela.

A SURPRESA E A RAPIDEZ DAQUILO A DEIXOU TONTA, E BRANNA FICOU ANSIOSA quando Fin a beijou no voo. Deu uma risada ofegante ao se ver deitada debaixo dele em uma enorme cama envolta em uma fina cortina branca.

– Então é isso que merecemos?

– Mais do que isso.

– Eu perdi meu vinho.

– De modo algum. – Ele apontou e Branna viu as taças sobre uma mesa.

E viu a cama e a mesa flutuarem em um mar azul-profundo.

– Agora, quem é o prático dessa relação? Mas onde estamos? Ah, está tão quente! É maravilhoso.

– Nos mares do sul, distantes de tudo, e cercados para nem mesmo os peixes poderem nos ver.

– Nos mares do sul, em uma cama flutuante. Você é meio louco.

– Quando se trata de você. Uma hora ou duas com você, Branna, em nossa própria janela para o paraíso. Onde estamos quentes e seguros, e você está nua. – E ela ficou em um estalar de dedos. Antes que Branna pudesse rir de novo, Fin deslizou as mãos para os seios dela. – Pelos deuses, adoro ter você nua debaixo de mim. Nós fizemos o que tínhamos de fazer – lembrou-lhe. – Agora vamos ter o que queremos.

Ele a beijou, de modo quente e possessivo, e fez o desejo arder em Branna como um pavio aceso. Ela correspondeu não com rendição, mas com igual ardor e intensidade.

A magia se fundiu até pulsar através deles, brilhante e feroz, e ambos se abriram a ela e um ao outro.

O louco roçar dos lábios de Fin na pele dela provocou uma tempestade de luxúria. A urgência das mãos de Branna transformou a tempestade em um redemoinho. Eles rolaram pela cama que balançava no mar vasto e ondulante enquanto dentro deles ondas de desejo se erguiam e quebravam apenas para se erguer de novo em uma maré interminável.

Se essa era a loucura de Fin, ela a aceitaria de bom grado, e o inundaria da sua própria. Amor, além da razão, a dominou. E ali, nessa janela de solidão que Fin lhe proporcionara, podia se entregar a ele. Ali, onde só havia a mais real das magias, poderia retribuir-lhe.

Seu corpo vibrou, seu coração tremeu. Tanto a sentir, tanto a desejar! Quando um grito de prazer irrompeu dela, foi levado pelo azul até a eternidade.

Tê-la por completo, onde ninguém poderia tocá-los. Proporcionar-lhe a fantasia que ela quase nunca se permitia e saber que a procurava e aceitava tudo o que ele sentia e sempre sentiria por ela. Só isso o enchia de muito mais do que todos os poderes, toda a magia e todos os mistérios.

Palavras eram desnecessárias. Os sentimentos de Branna estavam nos olhos dele e tudo o que Fin sentia estava refletido nos dela.

Quando a penetrou, houve uma torrente de prazer, amor e luxúria. Quando ela o apertou com força, houve união.

Eles conduziriam um ao outro firme e rapidamente para um mundo só deles, sobre o mar azul-profundo ondulante. Branna ficou deitada com Fin, embalada pelo bater da água contra a cama, pelo calor do sol e pelo cheiro do mar. E pela sensação de Fin encostado nela, pele contra pele, quente e lisa.

– De todos os lugares, por que este? – perguntou Branna.

– Pareceu além de tudo o que temos e conhecemos juntos. Temos o verde e a umidade, e não os desprezaríamos. Mas isto? O calor e o azul? Um pouco de fantasia para alguém que nunca se presenteia com uma. E todos os deuses sabem, Branna, que o inverno tem sido frio e duro.

– Sim. Mas no fim dele teremos mais do que a primavera. Teremos o dever cumprido, e a luz e o alívio que isso traz. Quando isso terminar...

Ele ergueu a cabeça de Branna e olhou nos olhos dela.

– Peça.

– Traga-me de novo aqui, por nós dois, quando isso estiver feito. E antes de você ir para onde deve. Traga-me de volta.

– Eu trarei. Agora você quer ir para casa?

– Não. Não, vamos ficar mais um pouco. – Ela se sentou e procurou as taças. – Vamos terminar nosso vinho e apreciar o sol e a água. Vamos prolongar um pouco mais esta fantasia. Porque quando voltarmos haverá pouco tempo ou poucas chances para isso.

Ela apoiou a cabeça no ombro de Fin, bebericou o vinho estelar e observou o mar que se estendia para o horizonte distante.

18

QUANDO OS SEIS CONSEGUIRAM SE REUNIR, BRANNA OPTOU POR UMA refeição comemorativa discreta de costela de cordeiro grelhada, abóbora assada e ervilhas com manteiga e hortelã.

– Claro que eu não esperava tanto – disse Connor enquanto se encarregava de tirar as costelas da grelha. – Não que eu esteja me queixando.

– É a primeira vez que nós seis nos sentamos juntos em quase uma semana – salientou Branna. – Temos nos falado regularmente e todos nós sabemos o que foi feito e em que ponto estamos. A mistura está curando bem. Eu fui conferir esta tarde. – Ela pôs um bocado de abóbora em seu prato e passou a tigela. – Connor e eu fizemos um segundo frasco do veneno para Cabhan, como fizemos com o veneno do demônio, para o caso de algo dar errado.

– Eu não vou pensar em erros. – Meara passou as ervilhas para Boyle. – Já faz quase um ano que o desgraçado nos segue. E sei que faz mais tempo do que isso para os três, mas este ano ele nos provocou e atacou quase sem parar. Três é um número mágico, não é? Estou acreditando nisso, e é o que penso sempre que o vejo quando saio para uma cavalgada guiada.

– Hoje? – perguntou Branna.

– Hoje e todos os dias agora, espreitando na floresta, até mesmo me acompanhando por algum tempo. Um pouco mais perto da trilha, ao que parece. Perto o suficiente para Roibeard ter voado e mergulhado na direção dele duas vezes. Para aquilo. Seja lá o que esse maldito for.

– Ele faz isso para nos perturbar – salientou Boyle. – É melhor não ficarmos perturbados.

– É verdade. – Depois de separar as costelas, Connor pegou duas para si mesmo. – Ele está ficando mais forte ou mais ousado, ou as duas coisas. Eu o vi se esgueirando quando saí em uma caminhada para observação de falcões. Mas hoje nosso Brian mencionou ter visto um lobo do outro lado da estada.

– Como a Sra. Baker viu – acrescentou Branna.

– É verdade. Agora, foi fácil convencer Brian, que tende a achar que um vento errante é um sinal do apocalipse, de que era apenas um vira-lata. Mas é preocupante Cabhan estar se mostrando para outras pessoas.

– Ele as feriria? – perguntou Iona. – Não podemos deixá-lo ferir um inocente.

– Feriria. – Fin manteve a calma. – É mais provável que guarde tudo o que tem para nós, mas não hesitaria em ferir outras pessoas. Poderia se sentir atraído por alguém com poder, porque seria uma espécie de fonte de alimento.

– Ou uma mulher. – Boyle esperou um segundo e assentiu quando ninguém falou. – Todos nós sabemos que ele tem necessidades relativas a isso. Então, se pegasse uma mulher, e achamos que pode fazer isso, como o impediríamos?

– Podemos levar a proteção para mais longe – começou Branna. – Se ele decidisse matar essa sede seria com mulheres jovens e atraentes. Vulneráveis. Podemos tentar.

– No lugar de Cabhan eu não faria isso. – Fin desossou o cordeiro com muita precisão. – Ele pode viajar no tempo, ir para quando e onde quiser. Por que atrair mais atenção para o lugar em que está e o que planeja aqui? Se eu fosse ele, voltaria um século ou mais, pegaria e faria o que eu quisesse sem disparar nenhum alarme aqui.

– Então não podemos fazer nada a esse respeito, não podemos ajudar quem quer que ele fira – disse Iona.

– Nós vamos destruí-lo – lembrou-lhe Branna. – E isso é tudo o que há para fazer.

– Mas ainda falta um mês para o aniversário da morte de Sorcha.

– Cabhan teve oitocentos anos para fazer seu pior. – Boyle pôs a mão sobre a de Iona. – Nós só podemos lidar com isso agora.

– Eu sei. Eu sei, e ainda há coisas que não podemos controlar. Há muito poder aqui, mas não podemos impedi-lo de causar danos.

– Eu olho através do cristal todas as manhãs – disse Branna. – E todas as noites. Às vezes mais do que isso. Vejo Cabhan trabalhando e alguns dos feitiços que ele conjura. Sempre há sangue, mas ainda não o vi levar um mortal ou bruxo para sua caverna. Ainda não vi ou ouvi nada que pudesse nos ajudar.

– É o que podemos fazer agora. – Connor olhou ao redor da mesa. – Até fazermos mais. Falta um mês, e isso parece muito, mas na verdade precisamos de mais coisas antes desse momento chegar. Precisamos da mistura e do feitiço no caldeirão para destruir a pedra. Com luz, como profetizou Branna.

– Eu tenho um bom feitiço para isso – garantiu-lhe Branna. – E só preciso que você e Iona o concluam comigo. É para os três fazerem – explicou para todos.

– Então faremos – respondeu Connor. – Mas ainda não temos o nome, e sem ele não podemos terminar, independentemente do veneno e da luz.

– Atrair o lobo – considerou Branna. – Tempo o suficiente para eu ou Fin, se for o caso, vasculharmos a mente dele e descobrir.

– Não podemos saber se, nessa forma, ele teria o nome em sua mente – salientou Fin. – Cabhan dorme, em algum momento ele deve dormir.

– Está pensando em entrar nos sonhos de Cabhan? – Connor balançou a cabeça. – É muito perigoso, Fin. Mais ainda para você do que para qualquer um de nós.

– Se Branna observar o cristal e soubermos quando Cabhan dormir, eu poderia me juntar a ele, com o resto de vocês pronto para me trazer de volta.

– Eu não vou participar disso. Não vou – disse Branna quando Fin se virou para ela. – Nós não podemos, e eu não vou arriscar você e arriscar tudo, e para essa última parte ainda temos semanas para descobrir sozinhos outro modo. Você mal conseguiu sair da última vez.

– Não é igual.

– Eu concordo com Branna – interpôs Boyle. – Ele o pressionaria mais do que a qualquer um de nós. Se chegarmos a esse ponto, e só tivermos esse modo, deve ser outra pessoa. Qualquer um aqui.

– Porque você não confia em mim.

– Não banque o idiota – disse Boyle, frio. – Não há ninguém nesta mesa que não confiaria a própria vida e a vida daqueles que ama a você.

– Você é valioso. – Franzindo a testa, Meara se inclinou para Fin. – E esse é o motivo disso. E é tarde demais para não bancar o idiota, como você acabou de fazer.

– Desculpem-me, mas o fato é que aquilo que vocês veem como um risco também é uma vantagem, porque eu poderia entrar nos sonhos dele e sair mais rápido do que qualquer um de nós.

– Isso está fora de cogitação. – Connor continuou a comer. – E mencioná-lo de novo só estragará uma bela refeição. Em todo caso, eu tenho uma ideia sobre isso tudo, se alguém quiser ouvir.

– Ele tem ideias. – Sorrindo, Meara o cutucou com o cotovelo. – Eu sou testemunha disso.

– E minha ideia é: poderíamos tentar Kathel. Poderíamos fazê-lo sair comigo, ou com Meara ou Iona durante as caminhadas ou cavalgadas. Talvez Kathel possa descobrir o que se passa na mente do lobo e depois Branna consiga ler a mente dele.

– Isso não é tão absurdo quanto parece – considerou Branna.

– Obrigado. – Connor se serviu de outra costela.

– Posso deixá-lo ir, e depois veremos. Tenho pensado na visão que tive, nas palavras que falei que não eram minhas quando terminamos a mistura. Três e três e três.

– Bem, os três aqui e os três no tempo deles – disse Connor –, e Fin, Boyle e Meara. Isso parece claro.

– Pareceu mais do que isso. É difícil dizer, mas pareceu mais. E mesmo se for tão simples, teríamos de levar os três de Sorcha conosco para aquele lugar. É o nosso tempo, isso *ficou* claro. Não o deles, mas o nosso, por isso temos de manter Cabhan preso nele.

– Sino, livro, vela. – Iona empurrou ervilhas pelo prato. – Ferramentas básicas. E a necessidade de nossos guias estarem lá.

– Sangue e morte se seguem. – Meara pegou o vinho e encheu sua taça e a de Iona. – Nós sabíamos disso o tempo todo. Bruxo, demônio ou sangue humano e morte não são nenhuma novidade.

– Vocês são valiosos. – Branna olhou de Meara para Boyle. – Irmã e irmão, pela escolha que fizeram de amor e lealdade, retidão e luz. Nós sempre soubemos do seu valor, mas está claro agora, assim como seus destinos.

Um pensamento passou pela cabeça de Branna. Refreou-o enquanto Connor se inclinava para beijar Meara e fazê-la rir. Ela o guardou e torceu como uma fita enquanto seu círculo terminava a refeição.

NOS DIAS QUE SE SEGUIRAM BRANNA ESTUDOU E TORCEU O PENSAMENTO repetidamente. Viu como aquilo poderia ser feito, mas tinha de ter certeza de que era a coisa certa. E no final, fosse qual fosse sua decisão, tinha de ser uma escolha para todos.

Saiu da cama e, em um impulso, levou seu violino com ela. Deixou Fin dormindo, desceu para sua oficina, onde mantinha a bola de cristal em um suporte. Depois de levá-la para a mesa, acendeu o fogo e três velas. Então se sentou, tocando tranquilamente enquanto via Cabhan dormir em uma suntuosa cama dourada em uma câmara escura de sua caverna.

O fogo do próprio Cabhan ardia baixo e vermelho, e ela se perguntou que imagens ele via nas chamas. Sangue e morte, como fora previsto? Ou só via os próprios desejos?

Poderia ter enviado música para Cabhan, lhe perturbado o sono, como os pensamentos sobre ele costumavam perturbar o dela. Mas não queria deixar nenhum rastro para Cabhan seguir aqueles que ela amava.

Então tocou para seu próprio conforto e prazer enquanto mantinha vigília.

Sentiu-o antes de ele falar e olhou quando Fin veio se sentar ao seu lado.

– Você não dorme o suficiente, ou repousa o suficiente quando dorme.

– Eu vou fazer as duas coisas quando isso terminar. Veja como ele dorme bem. Como é mesmo que dizem? A culpa tira o sono? Acho que algo desse tipo.

– Mas eu sei que ele sonha.

– Esqueça isso, Finbar. Há cinco contra você, portanto deve se curvar à vontade deles. Sei o que é querer isso. Pensei: bem, eu poderia perturbar o sono de Cabhan apenas enviando minha música para os sonhos dele. Mas por quê? O que fazemos, o que enviamos, pode voltar para nós. E sabemos o que vamos fazer quando março terminar.

– O que vamos fazer? Há algo aí. – Ele deu um tapinha na testa dela. – Algo que você não está contando para o resto de nós. Um não se curva a cinco, Branna?

– Não é isso. Ainda não examinei tudo. Prometo que vou contar para você e todos, independentemente da minha posição em relação a isso no final. Só quero primeiro ter certeza de onde começa.

– Então volte para a cama. Ele não lhe dará nenhum nome esta noite nem lhe causará nenhum mal. Está dormindo, e você deveria fazer o mesmo.

– Está bem. – Ela pôs seu violino no estojo cuidadosamente e segurou a mão de Fin. – Kathel vai sair de novo amanhã. Ele já saiu com Connor, Meara, Iona, Boyle e também com você. Todos vocês viram o lobo. Eu o vi por meio de Kathel. Mas tudo o que Kathel e eu vimos na mente do lobo foi raiva e... cautela – acrescentou Branna enquanto eles cruzavam a cozinha na direção da escada. – Isso é diferente de um pensamento ativo, essa cautela, essa raiva. Mas ele sabe o nome, como as criaturas sabem.

– Eu vou amanhã com Connor, os falcões e Kathel. Talvez minha presença junto do seu cão e Connor aumente o poder, e possamos descobrir o que precisamos.

– Deveria ser você e eu – percebeu Branna. – Às vezes Cabhan me confunde com Sorcha e ele ainda a cobiça, e cobiça você. Nós dois, com Kathel. Os dois que podem se conectar com o cão. Eu deveria ter pensado nisso.

– Você pensa bastante. Falaremos a respeito disso amanhã. – Ele a arrastou para a cama e a abraçou. – Agora você vai dormir.

Antes de Branna poder perceber e o impedir, ele lhe beijou a testa e a fez cair no sono.

Durante algum tempo Fin ficou ao lado de Branna sob um raio pálido de luar e depois também começou a adormecer.

E do sono foi para o sonho.

Os cascos de Baru batiam na terra dura da estrada ainda coberta de gelo. Não conhecia aquele lugar, pensou Fin, e contudo o conhecia. Irlanda. Podia sentir o cheiro da Irlanda, mas não de seu lar. Não de seu próprio lugar nela.

A noite escura com umas poucas estrelas e a luz vacilante da lua que fluía das nuvens – tudo se fechou ao redor dele.

E a lua mostrou um brilho vermelho como sangue. Como morte.

Fin sentiu o cheiro do vento e pensou ter visto a distância o brilho de um fogo. Uma fogueira.

Estava usando uma capa. Podia senti-la ondulando ao vento enquanto eles galopavam rápida e ruidosamente pela estrada. A urgência o consumia; embora não soubesse para onde estava indo, sabia que deveria ir.

Sangue e morte se seguem. As palavras ecoavam em sua cabeça enquanto ele instava Baru a correr mais e o erguia em um voo sob a lua com uma névoa vermelha.

O vento lhe agitava os cabelos e fustigava a capa, sua música enchendo os ouvidos de Fin. E ainda assim, sob ela veio o claro trotar de cascos.

Olhou para baixo e viu o cavaleiro – os cabelos loiros esvoaçantes – cruzar o solo rapidamente e bem à frente daqueles que corriam atrás dele.

E viu a névoa girar, se erguer e envolver aquele cavaleiro, isolando-o do resto.

Sem hesitar, Fin mergulhou, levando o cavalo diretamente para o sujo cobertor de névoa. Mas de tão densa a névoa o sufocou, impedindo a entrada do vento e do ar. E a luz das poucas estrelas e da lua nadando em sangue se extinguiu como a chama de uma vela soprada.

Ouviu o grito de um cavalo – sentiu o medo, o pânico e a dor do animal. Erguendo a mão, desembainhou a espada que trouxera e a pôs em chamas.

Arremessou-se para a frente, golpeando, rasgando a névoa, abrindo caminho pelo frio com sua chama e vontade.

Por um momento viu o cavaleiro, os cabelos louros, a capa preta, o leve brilho de um broche de cobre e da espada que brandia para o lobo que o atacava.

Então a névoa se fechou de novo.

Avançando às cegas, Fin a golpeou na esperança de desviar a atenção do lobo para si mesmo. Trouxe o vento, uma corrente para rasgar e despedaçar o grosso e sujo cobertor que o envolvia. Pelos buracos, viu o cavalo tropeçar e o lobo se preparar novamente para pular, e tirou poder de dentro de si mesmo para bloquear o ataque enquanto entrava na batalha.

O lobo se virou, com a pedra e os olhos vermelhos brilhando como fogo. Voou para o pescoço de Fin tão rápido que ele só teve tempo para virar Baru. Garras arranharam seu braço esquerdo do ombro ao punho, a força delas quase o derrubando, a dor em ondas constantes que queimavam como o fogo do inferno. Estendendo o braço que segurava a espada, atacou com lâmina e fogo, deixando um corte no flanco do lobo – e sentiu a rápida dor disso como gelo espetando a marca em seu ombro.

Virou de novo, golpeando e cortando outra vez a névoa fechada para cegá-lo. Livrando-se dela, viu que a manobra lhe custara distância. Outra arremetida, outra explosão de poder, mas o lobo se transportara e, embora o guerreiro ferido brandisse sua espada, pulou sobre o brilho da lâmina e abocanhou o pescoço do homem.

Com um grito de raiva, Fin lançou Baru para a frente, através da cortina mutante de névoa.

Tanto o cavalo quanto o cavaleiro caíram, e com um uivo triunfante o lobo e a névoa desapareceram.

Com Baru ainda correndo, Fin pulou de cima dele e se ajoelhou ao lado do homem de cabelos louros e olhos azuis vidrados.

– Fique comigo – disse-lhe, pondo a mão sobre o ferimento denteado. – Olhe para mim. Olhe para dentro de mim. Eu posso ajudá-lo. Fique comigo.

Mas soube que as palavras eram inúteis. Ele não tinha poder para remediar a morte, e a morte estava sob suas mãos.

Fin a sentiu – sentiu o último batimento cardíaco, o último suspiro.

– Você sangrou por ele.

Com raiva, dor e pesar produzindo uma tempestade dentro dele, Fin ergueu os olhos e viu a mulher. Branna, foi seu primeiro pensamento, mas soube quase imediatamente que estava errado.

– Sorcha.

– Eu sou Sorcha. A Bruxa da Noite de Mayo. O morto no chão é meu marido. Daithi, o bravo e brilhante.

O vestido de Sorcha, cinza como a névoa, varreu o chão quando ela se aproximou e fixou seus olhos escuros nos de Fin.

– Eu o vejo morrer noite após noite, ano após ano, século após século. Esse é meu castigo por trair meu dom, meu juramento. Mas esta noite você sangrou por ele.

– Cheguei tarde demais. Não pude impedir. Salvá-lo teria salvado todos, mas cheguei tarde demais.

– Nós não podemos mudar o que foi, e seu sangue, o do meu amor e o de Cabhan ainda estão neste chão esta noite. Não para mudar o que foi, mas mostrar o que pode ser.

Ela também se ajoelhou e depois levou seus lábios aos de Daithi.

– Ele morreu por mim, pelos filhos. Morreu bravo e leal, como sempre foi. Eu é que falhei. Eu é que por raiva prejudiquei você, o amaldiçoei, um inocente, e prejudiquei tantos outros que vieram antes de você.

– Por causa do luto – disse Fin. – Luto e sofrimento.

– Luto e sofrimento? – Seus olhos escuros cintilaram para ele. – Eles não podem equilibrar a balança. Eu amaldiçoei você e todos que vieram entre você e Cabhan, e, como está escrito, o que enviei para o mundo voltou para mim triplamente. Passei esse fardo para meus filhos e todos os filhos que vieram depois deles.

– Você os salvou. Deu sua vida por eles. Sua vida e seu poder.

Agora Sorcha sorria, embora houvesse dor no sorriso, e Fin viu Branna nos olhos dela.

– Eu me agarrei a esse luto como se fosse um amante ou filho amado. Acho que isso me nutriu o tempo todo. Eu não acreditava nem mesmo no que podia ver. De você ou em você. Mesmo sabendo que não era apenas o sangue de Cabhan que corria em você, eu não podia aceitar a verdade.

– Que verdade?

Ela baixou os olhos para Daithi.

– Você é dele também. E agora sei que é mais dele do que de Cabhan.

Com a mão vermelha do sangue de Daithi e do seu próprio, Fin agarrou o braço dela. Poder cintilou com esse contato.

– O que está dizendo?

– Cabhan se curou, o que está nele o ajudou a ressurgir das cinzas a que o reduzi. E curado, buscou vingança. Não conseguiu atingir meus filhos. Estavam além do seu alcance. Mas Daithi tinha irmãs e uma delas era muito bonita, jovem e doce. Ele a escolheu e levou, e contra a vontade dela plantou-lhe sua semente. Ela deu seu último suspiro quando a criança deu o primeiro. Você é dessa criança. É dela. É de Daithi. Você é dele e portanto, Finbar dos Burkes, você é meu. Eu fui injusta com você.

Com cuidado, ela tirou o broche de Daithi, um que lhe fizera para proteção e tinha a imagem do cavalo, do cão e do falcão para representar seus três filhos.

– Isto é seu, porque você é dele. Perdoe-me.

– Ela tem o seu rosto, e eu a ouço em todas as palavras que você diz. – Fin olhou para o broche. – Eu ainda carrego o sangue de Cabhan.

Sorcha balançou a cabeça e fechou os dedos de Fin sobre o broche de cobre.

– A luz vence a escuridão. Eu juro pelo que sempre fui que, se pudesse, quebraria a maldição que lhe lancei. Mas isso não cabe a mim.

Sorcha se levantou, mantendo a mão de Fin na dela, e eles ficaram juntos ao lado do corpo de Daithi.

– Sangue e morte aqui, sangue e morte se seguem. Está além de mim mudar isso. Eu dou minha fé, como dei meu poder para meus filhos, os três que vieram deles e os dois que ficariam com eles, para você, Finbar de Daithi, que carrega a luz e a escuridão. O tempo de Cabhan deve terminar, o que se juntou a ele deve terminar.

– Você sabe o nome?

– Também está além de mim. Acabe com isso, mas não por vingança, porque vingança só leva a mais sangue e morte, como aprendi muito bem. Acabe com isso pela luz, pelo amor e por todos que virão de você.

Ela beijou o rosto de Fin e deu um passo para trás.

– Lembre-se de que o amor tem poderes além de toda a magia. Volte para ela.

Fin acordou oscilante e desorientado com Branna o chamando desesperadamente.

Ela se curvou para ele à luz tênue da alvorada, apertando com as mãos seu braço ferido. Chorava enquanto falava e bombeava calor para dentro do ferimento. Parte de Fin olhou para ela, intrigada.

Branna nunca chorava.

– Volte, volte. Eu não posso curar esse ferimento. Não consigo estancar o sangue. Volte.

– Eu estou aqui.

Branna deixou escapar um soluço e olhou do ferimento para o rosto de Fin com lágrimas escorrendo pelo seu rosto.

– Fique comigo. Eu não consegui alcançá-lo. Não consigo estancar o sangue. Não posso... Ah, graças a Deus, a todos os deuses. Está sarando agora. Apenas fique, fique. Olhe para mim. Fin, olhe para mim. Olhe para dentro de mim.

– Eu não pude curá-lo. Morreu com minhas mãos sobre ele. É o sangue dele em minhas mãos. O sangue dele em mim, dentro de mim.

– Shh. Apenas me deixe trabalhar. Isto está feio e profundo. Você já perdeu muito sangue.

– Você está chorando.

– Não estou. – Mas as lágrimas de Branna caíram no ferimento e o fizeram fechar melhor do que suas mãos. – Quieto, apenas fique quieto e me deixe terminar. Está sarando agora. Você precisará de uma poção, mas está sarando.

– Não vou precisar de uma. – Ele se sentia mais estável, forte e purificado. – Já estou bem. É você que está tremendo. – Ele se sentou e passou os dedos pelo rosto úmido de Branna. – Talvez você precise de uma poção.

– Está com dor? Teste seu braço. Mexa-o, flexione-o para vermos se está tudo como deveria estar.

Fin fez o que ela pediu.

– Está tudo bem e não, não estou com dor. – Mas ele olhou para baixo e viu os lençóis cobertos de sangue. – Tudo isso é meu?

Embora ainda tremesse, Branna se levantou e trocou os lençóis com o poder do pensamento. Mas foi até o banheiro lavar as mãos. Precisava de tempo e distância para se acalmar.

Ela voltou e vestiu um roupão.

– Aqui. – Fin lhe entregou um de dois copos de uísque. – Acho que você precisa disto mais do que eu.

Branna apenas balançou a cabeça e se sentou na beira da cama.

– O que aconteceu?

– Conte-me você primeiro.

Ela fechou os olhos por um momento.

– Está bem. Você começou a se agitar em seu sono. Violentamente. Tentei acordá-lo, mas não consegui. Tentei encontrar um modo de entrar no sonho, para tirá-lo dele, mas não consegui. Era como um muro que não podia ser escalado, não importava o que eu fizesse. Então houve os arranhões em seu braço e o sangue fluindo deles.

Ela parou por um instante e apertou o rosto com as mãos para se acalmar.

– Percebi que você estava além do meu alcance. Tentei trazê-lo de volta. Tentei curar o ferimento, mas nada que fazia estancava o sangue. Pensei que você ia morrer preso em um sonho para o qual tinha sido arrastado e no qual eu não conseguia entrar. Morreria porque eu não conseguia alcançá-lo. Ele o havia tirado de mim quando parecia que eu havia acabado de tê-lo de volta. Você morreria porque eu não era forte o suficiente para curá-lo.

– Mas você fez exatamente isso e eu não morri, não é? – Ele deslizou para cima por trás de Branna e lhe beijou o ombro. – Você chorou por mim.

– Lágrimas de pânico e frustração.

Mas quando Fin beijou o ombro de Branna de novo, ela se virou, o abraçou e o embalou.

– Para onde você foi? Para onde ele o levou?

– Ele não me levou, tenho certeza disso. Eu voltei à noite em que Cabhan matou Daithi. Vi Sorcha. Falei com ela.

Branna recuou abruptamente.

– Você falou com ela?

– Como estou falando com você. Você se parece muito com ela. – Ele afastou os cabelos de Branna. – Vocês são muito parecidas, e embora os olhos de Sorcha sejam escuros, têm a mesma expressão que os seus. É a força neles. E o poder.

– O que ela lhe disse?

– Vou lhe contar, mas acho que é melhor contar para todos. E a verdade é que eu gostaria de um pouco de tempo para analisar tudo.

– Então vou chamá-los.

Ela se vestiu e não fez mais perguntas. Na verdade também precisava de tempo, para se acalmar e recolocar sua armadura. Desde o dia em que vira a marca em Fin não sentia tanto medo, a dor que conhecera naquela madrugada. Perguntou a si mesma se sentir tanto bloqueara seus poderes de curá-lo, tirá-lo do sonho. E não soube a resposta.

Quando desceu, notou que Fin havia posto uma chaleira no fogo e já fizera o café, esperando por ela.

– Você acha que precisa fazer o café da manhã para todos nós – começou ele. – Podemos cuidar de nós mesmos.

Eles trabalharam em silêncio até os outros começarem a chegar.

– Parece que teremos uma fritada completa – comentou Connor. – Mas é cedo demais para isso. Teve uma aventura, é? – perguntou para Fin.

– Pode-se dizer que sim.

– Mas você está bem. – Iona tocou no braço dele como se querendo se certificar.

– Estou, e também esperto o suficiente para passar a tarefa que me foi atribuída aqui para Boyle, que é melhor nisso.

– Quase todos nós somos melhores nisso. – Boyle arregaçou as mangas e se juntou a Branna.

Em um clima de expectativa, eles puseram a mesa, fizeram o chá e o café e fatiaram o pão.

Quando se sentaram, todos os olhos se voltaram para Fin.

– É uma história estranha, embora saibamos um pouco dela pelos livros. Eu me vi montado em Baru em um rápido galope por uma estrada de terra ainda dura do inverno.

Ele prosseguiu, fazendo o possível para não omitir nenhum detalhe.

– Espere. – Boyle ergueu o braço. – Como você pode ter tanta certeza de que Cabhan não o arrastou para isso? O lobo o atacou, tentou atingir seu pescoço e nossa Branna não conseguiu entrar no sonho para ajudar você, e nem trazê-lo de volta. Isso parece obra de Cabhan.

– Eu o peguei de surpresa, posso jurar. O lobo só veio até mim porque eu estava lá e poderia interferir no assassinato. Se Cabhan quisesse me fazer mal, por que não ficaria à espera e viria para mim? Não, o objetivo dele era Daithi, e minha chegada foi inesperada. Eu não consegui salvar Daithi e, pensando bem, não era para salvar.

– Ele foi um sacrifício – disse Iona com calma. – A morte dele, como a de Sorcha, deu origem aos três.

– Ele tinha olhos como os seus, brilhantes e azuis. Eu consegui ver como lutava brava e ferozmente. Mas, apesar disso e do que eu pudesse fazer para ajudar, nada poderia mudar o que foi feito. O poder de Cabhan era grande, maior do que é agora. Sorcha o diminuiu, embora ele tivesse se curado. Acho que um pouco da sede que o move é de recuperar o que tinha. E para isso deve tirá-lo dos três.

– Ele nunca tirará – disse Branna. – Conte o resto. Sei pouco sobre essa história.

– Daithi caiu. Pensei que poderia curar o ferimento dele, mas era tarde demais. Deu seu último suspiro quase no mesmo instante em que pus as mãos nele. E então ela veio. Sorcha.

– Sorcha? – Meara pousou o café que começara a beber. – Ela estava lá com você?

– Nós conversamos. Pareceu muito tempo ali na maldita estrada, mas acho que não foi.

Ele falou, palavra por palavra, sobre o luto, o remorso e a força de Sorcha. E depois sobre as palavras que mudaram tantas coisas dentro dele.

– Daithi? Você veio dele, seu sangue é a mistura do dele com o de Cabhan? – Abalada, Branna se levantou devagar. – Como eu não percebi? Como qualquer um de nós não percebeu? É ele que você carrega, ele e o que está em você que sempre repelem Cabhan. Mas eu não vi isso. Ou não quis ver. Porque vi a marca.

– Como você podia ver o que eu mesmo não podia? Eu vi a marca e permiti que tivesse tanto peso quanto você permitiu. Mais peso, eu acho. Sorcha sabia, como ela mesma disse, mas não acreditava ou não confiava nisso. Então acho que me levou lá para ver o que eu faria. O último teste do que ardia mais forte em mim.

Ele pôs a mão em seu bolso.

– E no final, me deu isto. – Abriu a mão e mostrou o broche. – O que fez para ele, deu para mim.

– O broche de Daithi. Alguns o procuraram. – Branna se sentou de novo e analisou o broche de cobre. – Nós achávamos que estava perdido.

– Os três guias juntos. – Quando Connor estendeu a mão, Fin lhe entregou o broche. – Porque você é o único de nós que pode falar com todos os três. Sempre foi seu. Estava esperando por você.

– Ela me disse que vê Daithi morrer todas as noites. Seu castigo pela maldição. Acho que os deuses são duros demais por castigar assim uma mulher enlutada. Sangue e morte, ela disse, como você disse, Branna. Sangue e morte se seguem, e por isso ela deu para nós, todos nós aqui e seus filhos, sua fé. Devemos acabar com ele, mas não por vingança, e confesso que esse era um motivo forte em mim antes disso. Devemos acabar com ele pela luz, por amor e por todos que virão de nós. Ela disse que o amor tem poderes além de toda a magia, e depois me mandou de volta. Disse: "Volte para ela", e acordei com você chorando sobre mim.

Sem dizer nada, Branna estendeu a mão para Connor e depois estudou o broche.

– Ela fez isto por amor, como fez o que os três usam. Há magia forte aqui. E, assim como nós fazemos, você nunca deve ficar sem isso agora que lhe foi dado.

– Podemos fazer uma corrente para o broche – sugeriu Branna. – Como a nossa.

– Sim, vamos fazer. É uma boa ideia. Tudo isso me diz por que sempre precisei tanto do seu sangue para fazer um veneno. Nunca tinha o suficiente de Cabhan nele.

Com uma meia risada, Fin decidiu comer os ovos que haviam esfriado em seu prato.

– Sempre prática.

– Você é um de nós – percebeu Iona. – Quer dizer, é um primo. Muito distante, mas primo.

– Bem-vindo à família. – Connor ergueu seu chá em um brinde. – Então pode estar escrito em algum lugar que os primos O'Dwyer, e seus amigos e amantes, vão mandar Cabhan, o bruxo negro, para o inferno.

– Vou brindar a isso.

Como Fin fez, Boyle apertou a mão de Iona.

– Eu digo que todos nós vamos brindar no pub esta noite, e o novo primo vai pagar a primeira rodada.

– Tudo bem, mas a segunda é por sua conta. – Fin ergueu o próprio copo e bebeu o café que esfriara tanto quanto os ovos.

E ainda assim sentiu um calor dentro de si.

19

FIN USOU O BROCHE EM UMA CORRENTE E SENTIU O PESO DELE. MAS, quando se olhou no espelho, viu o mesmo o homem. Ele era o que sempre tinha sido.

E embora o broche ficasse perto do seu coração, a marca ainda estava em seu ombro. Saber que seu sangue continha escuridão e luz não mudava isso, não o mudava.

Não mudaria o que aconteceria em algumas semanas.

Ele cuidou do seu negócio, trabalhou nos estábulos e na escola e passou tempo na própria oficina tentando aperfeiçoar feitiços que poderiam ser úteis para seu círculo.

Caminhou ou cavalgou com Branna, junto com os cães, esperando atrair Cabhan e encontrar o modo de descobrir aquela peça que faltava.

Perto do fim de fevereiro e do início de março ainda não sabiam o nome do demônio.

– Voltar para a caverna talvez seja a única coisa a fazer – disse Fin casualmente enquanto ele e Connor observavam um par de jovens falcões voarem em círculos acima de um campo.

– Ainda temos tempo.

– O tempo está passando e Cabhan espera, como nós.

– E você está cansado de esperar, isso está bem claro. Mas voltar não é a solução e você não tem como saber se descobriria o nome caso fizesse isso.

Connor tirou a pedra branca de seu bolso, a que Eamon, um dos três, lhe dera.

– Todos nós esperaremos, Fin. Três e três e três, porque não consigo encontrar Eamon nos sonhos agora. Não consigo encontrá-lo e ainda assim sei que ele está lá. Esperando, assim como nós.

Fin podia admirar a equanimidade de Connor, e ainda assim maldizê-la.

– Sem o nome, pelo que vamos esperar?

– Pelo que vier, o que sempre foi mais fácil para mim do que para você. Diga-me, quando isso terminar, quando acabarmos com ele, e acredito que acabaremos, o que você vai fazer?

– Há lugares no mundo em que não estive.

Connor se irritou, e ele era um homem que demorava para se irritar.

– Seu lugar é aqui, com Branna e conosco.

– Meu lugar é aqui, isso eu não posso negar. Mas Branna e eu não podemos ter a vida que desejamos, por isso aproveitamos dela o que podemos, enquanto podemos. Não podemos ter a vida que você terá com Meara, ou Boyle terá com Iona. Esse não é nosso destino.

– Ah, besteira. Ela pensa demais para seu próprio bem e você se culpa por coisas pelas quais não é responsável. O passado pode ter sido escrito, mas o futuro não, e duas pessoas tão inteligentes deveriam ser capazes de descobrir como criar um futuro juntos.

– Ter o sangue de Daithi não muda o fato de que tenho o de Cabhan e a marca dele. Se sairmos vencedores disso, se destruirmos Cabhan, o demônio e o covil dele, como saber que daqui a um ou dez anos não serei atraído para o mal como ele foi? Eu sei como a atração pode ser sombria e tentadora, e Branna sabe que isso existe em mim. Nós nunca poderíamos ter filhos sabendo que carregariam esse fardo.

– *Se, não, nunca.* – Connor descartou todas essas palavras com um gesto de mão. – Mais besteiras. Vocês dois olham para o lado difícil das coisas.

– A maldição de uma bruxa moribunda pode ser lamentada agora, mas seu poder se mantém. Um dos lugares onde eu não estive pode ter a chave para quebrá-la. Não vou parar de procurar.

– Então, quando isso terminar, todos nós procuraremos. Pense em todo o tempo livre que teremos depois que despacharmos Cabhan.

Fin sorriu, mas achava que eles tinham que tocar suas vidas.

– Vamos nos concentrar em despachá-lo. E diga-me, que tipo de casa está pensando em construir para você e sua noiva? Algo como...

Com um girar de dedo, Fin fez flutuar a imagem de um palácio feérico brilhante sobre um lago prateado.

Com uma risada, Connor girou o próprio dedo.

– Para começar, talvez esteja mais para isto. – E transformou o palácio em um chalé com telhado de palha em um campo verde.

– Provavelmente combina mais com você. E o que Meara tem a dizer a esse respeito?

– Ela não quer pensar nisso até Iona e Boyle estarem casados e com a casa deles pronta. E como ele vai entregar o apartamento no primeiro dia do mês, achamos que com Boyle e Iona na casa nova poderíamos dar um sossego a Branna e ir morar no apartamento em cima da sua garagem.

– Podem mesmo. Desde que gostem, mas acho que seus dedos vão coçar para ter sua própria casa.

– Bem, talvez eu tenha algumas ideias para ela. Acho...

Ele se interrompeu quando o celular apitou com a chegada de uma mensagem de texto.

– É Branna. Não, não há nada de errado – disse quando Fin se precipitou para ele. – É só que ela gostaria que nós voltássemos, porque quer falar conosco e com Iona. Hum. – Connor enviou uma rápida resposta. – Pelo visto só bruxos, e eu me pergunto do que se trata.

– Ela está remoendo algo – acrescentou Fin. – Talvez já tenha terminado.

E, com Connor, ele chamou os falcões.

Branna continuou a trabalhar enquanto esperava. Realmente já havia terminado de remoer aquilo e sentia que chegara a hora de perguntar se os outros estavam dispostos a fazê-lo ou se achavam a ideia boa.

Havia estudado os meios de fazer aquilo e revisto o ritual necessário mais vezes do que tinha se dado o trabalho de contar, porque era muito a pedir, de todos.

Era outra resposta?, perguntou-se. Outro passo necessário para o que todos eles esperavam que fosse o fim?

Não era um impulso, disse a si mesma enquanto enchia os últimos frascos de óleos perfumados para a loja. Havia refletido muito e o examinado de todos os ângulos para considerá-lo um impulso.

Não, era uma decisão, uma escolha com a qual todos deveriam concordar.

Lavou as mãos, limpou o balcão e foi olhar para seu cristal.

A caverna estava vazia, exceto pelo brilho vermelho do fogo e da fumaça escura se erguendo do caldeirão. Então Cabhan ia para onde queria. E, se ele observasse, não veria nada que pudesse ajudá-lo ou lhe proporcionar uma ideia. Tinha tomado providências para isso.

Levantou-se quando Iona entrou e fez o que sempre fazia. Pôs a chaleira no fogo.

– Você disse que não são preocupações, mas...

– Não são – garantiu-lhe Branna. – É só algo que preciso falar com você, Connor e Fin.

– Mas não com Boyle e Meara.

– Ainda não. Não é nada que faríamos sem eles, garanto, e precisa ser discutido entre nós primeiro. Então, você já decidiu tudo sobre as flores para o casamento?

– Sim. – Iona pendurou o casaco e o cachecol e tentou mudar de assunto como Branna queria. – Você tinha razão sobre a florista. Ela é maravilhosa. Nós acertamos tudo e eu estou quase, digo a mim mesma, terminando de mudar o cardápio para a recepção. E estou feliz por termos deixado a música em suas mãos e nas de Meara, ou ficaria louca.

– Estamos felizes em ajudar, e Meara está anotando o que você está fazendo caso ela precise. Embora diga que mal está pensando no assunto, pensa bastante.

Branna começou a fazer o chá.

– E aqui estão Fin e Connor. Vamos usar a mesa pequena para ficarmos todos próximos.

– Isso é sério, não é?

– Cabe a cada um decidir. Você pode pegar as xícaras?

Branna levou para a mesa o bule, o açúcar, o creme e os biscoitos que seu irmão esperava.

E Connor ergueu as sobrancelhas ao entrar.

– Um chá festivo, é?

– Um chá, mas não festivo. Se todos puderem se sentar, estou mais do que pronta para dizer o que tenho em mente.

– E está nela há algum tempo. – Fin se aproximou e se sentou.

– Eu precisava ter certeza dos meus próprios pensamentos e sentimentos antes de perguntar sobre os de vocês.

– Mas não os de todo o círculo – ressaltou Connor.

– Ainda não, você verá por quê.

– Está bem. – Iona suspirou. – Agora estou morrendo de curiosidade. Desembuche.

– Eu pensei no que veio por meio de mim no dia em que fiz com Fin o veneno para o demônio. No que eu disse, em todas as palavras, no momento em que todo o nosso trabalho se concretizou. Nós temos os meios para destruir Cabhan e o que está nele, ou teremos quando soubermos o nome. E o meio de destruir a pedra e fechar o portal.

– Eu adoro essa parte – comentou Iona. – Toda a luz e o calor disso.

– Precisamos de tudo isso para acabar com a escuridão. Mas veio mais de mim do que venenos e armas. Tudo é perigoso, tudo é dever, e o sangue e a morte podem ser nossos, de qualquer um de nós. E, ainda assim, quando voltei a ser eu mesma, uma coisa continuou a ecoar em mim. Três e três e três.

– E nós somos – concordou Connor. – Se você descobriu um modo de nos conectar com os três de Sorcha eu gostaria de saber, porque sinto, e tudo em mim sente, que eles devem participar disso. Devem estar lá.

– E acredito que estarão, da mesma forma como suas sombras estiveram no Samhain. Trazê-los totalmente pode ser outra coisa. Três e três e três – repetiu Branna. – Mas há dois armados apenas com coragem, espada ou punho. Eles não têm nenhum poder mágico. Os três de Sorcha, nós três e Fin, parte nosso, parte de Cabhan. E Boyle e Meara. Isso não equilibra a balança.

– Você disse que não os deixaria de fora – começou Iona.

– E eu dei a minha palavra de que nunca os deixaria de fora, apesar da minha vontade de protegê-los.

Connor ignorou os biscoitos e franziu a testa para a irmã.

– Se você está pensando em apelar para outros do nosso sangue, nosso pai ou...

– Não. Nós somos um círculo, e nada muda isso. Continuaremos três e três e três, como deve ser. Mas esse equilíbrio pode ser alcançado, se quisermos. E se Boyle e Meara quiserem.

– Você lhes daria poder. – Começando a entender, Fin se recostou. – Você lhes daria, como Sorcha deu para os filhos dela, o que temos.

– Eu daria, não quase tudo como Sorcha fez, nunca isso. Nós precisamos do que somos e eu nunca passaria esse fardo para duas pessoas que amamos tanto. Mas um pouco de todos nós para eles. Isso pode ser feito. Estudei como Sorcha fez, trabalhei em como lhes passar, o mais suavemente possível, um pouco do que temos. Se interpretei algo errado, é arriscado e deve ser uma escolha de todos.

– Os filhos de Sorcha já tinham poder, herdado dela e de seu sangue – salientou Iona. – Eu sou mais nova nisso do que todos vocês, mas nunca ouvi falar em transferir magia para, bem... leigos, digamos.

– Eles estão conectados. Não só a nós, mas também por meio de sua linhagem. Com ou sem poder, essa conexão é real. E é ela que permitiria que isso funcionasse, se for para funcionar.

– Eles teriam mais proteção – considerou Connor.

– Teriam, embora por mais que eu os ame, meu objetivo aqui seja o equilíbrio. O cumprimento daquela profecia feita por meio de mim. Mas isso deve ser *nosso* objetivo. Nosso e deles. E não podemos saber com certeza quais seriam os poderes deles.

– Mas tendo-os – começou Fin –, eles e eu de fato nos tornaríamos outros três.

Como era exatamente essa a ideia de Branna, ela deixou escapar um suspiro contido.

– Sim, outros três. Eu passei a acreditar nisso. Cada um de vocês deve pensar a respeito e decidir se está disposto a lhes dar o que é ao mesmo tempo um dom e um fardo. Eu posso lhes mostrar como fazer isso, agora que acredito que pode ser feito, sem esgotar nenhum de nós ou lhes dar mais do que podem controlar. Se algum de nós não tiver certeza, não quiser, esqueceremos isso. Se tivermos certeza e quisermos, mas eles não, também esqueceremos. Um dom como esse deve ser dado de bom grado e de todo o coração, e recebido da mesma forma.

– Um pouco desse poder deveria vir de mim? Se ambos os lados quiserem, apesar do que eu tenho ser impuro?

– Não gosto de ouvir você dizer isso – respondeu Iona.

– Esse é um passo grande demais para eu não dizer a verdade, *deirfiúr bheag*.

– Vou dizer a verdade: eu me perguntei o mesmo enquanto pensava sobre isso. – Depois de examinar a mesa, Branna encarou Fin. – Mesmo antes de saber que você vem de Daithi, passei a acreditar, novamente de todo o coração, que sim, também de você. Eles são seus, como são nossos – disse-lhe Branna. – E você é um dos três. O que tem em você não é puro, mas a meu ver isso torna sua luz mais forte.

– Concordarei com isso, se eles concordarem. Devem estar certos de que podem aceitar o que vem de mim.

– Vocês precisam de tempo para pensar – disse Branna, e Connor riu e pegou um biscoito.

– E eu não lhe disse que essa aqui pensa demais? Você não sobrecarregou o seu cérebro com isso o suficiente para todos nós? – perguntou para Branna. – Se preocupou e pensou em todos os pequenos passos, os modos e meios, os prós e contras e só Deus sabe no que mais. Se eles aceitarem isso, será deles. – Ele olhou para Iona.

– Concordo plenamente, mas não sei como Boyle reagirá a essa ideia. Todos nós sabemos que ele aceita tudo isso. E lutará e ficará conosco. Mas no fundo...

– É um homem com os pés firmemente plantados no chão – disse Fin. – Isso é verdade. Podemos apenas perguntar, como Branna fez, e deixar o resto com ele e Meara.

– Bem, vejo que perdi tempo fazendo tantas anotações para vocês três.

Connor sorriu para a irmã.

– Você pensa demais – disse, e comeu o biscoito.

– Quando vamos perguntar? – quis saber Iona.

– Quanto antes melhor – decidiu Fin. – Quando o expediente tiver terminado?

– Então vou cozinhar para seis. – Branna afastou os cabelos do rosto.

– Acontece que tenho o frango gordo da lista que você fez para mim – disse Fin. – E os ingredientes para o *colcannon.*

– Está bem. Jantar na casa do Fin, então. Vou lá começar a fazer isso, mas acho melhor e justo dizer a eles o que estamos pensando antes da refeição. Precisarão de tempo para... digamos, digerir tudo.

– Digamos que concordem. Quando tentaríamos?

Branna fez um sinal afirmativo com a cabeça para Iona e finalmente pegou seu chá.

– Quanto mais cedo melhor. Você sabe mais do que o resto de nós, e isso é um pouco como uma curva de aprendizagem.

BRANNA FEZ O FRANGO COM ALHO, SÁLVIA E LIMÃO, PREPAROU O *COLCANNON* e descascou cenouras para refogar na manteiga enquanto a ave assava. Como a ideia tinha sido dela, os outros decidiram que ela tocaria no assunto com Boyle e Meara.

Pensando nas várias formas de falar tudo para eles, concluiu que o melhor era ser franca e direta. Isso a acalmou, até Meara chegar.

– Estou sentindo um cheiro delicioso aqui. E parece que você já fez tudo, apesar de eu ter vindo o mais cedo que pude para ajudá-la.

– Não se preocupe.

– Bem, pelo menos eu posso pôr a mesa.

– Não se incomode com isso agora. – Ela não queria pratos e coisas na mesa enquanto conversavam. – Apenas me faça companhia. Claro que vamos assaltar a grande adega de Fin.

– Ótima ideia. Vou lhe dizer que está me dando nos nervos ver Cabhan à espreita todas as vezes que saio em uma cavalgada guiada. Deve estar fazendo o mesmo com Iona – acrescentou enquanto pegava uma garrafa de vinho branco do refrigerador de Fin na cozinha. – Iona estava nervosa hoje, pelo menos perto do fim dia. Ela e Boyle chegarão logo.

– Então Cabhan aparece para você e Iona, e às vezes até mesmo Connor, mas quando Fin e eu saímos ele nos evita. Vamos persistir – decidiu Branna. – Ele não conseguirá resistir por muito tempo a nos intimidar ou provocar.

– Ele não tem muito tempo, é o que eu acho. – Meara tirou a rolha. – É bom todos nós estarmos nos reunindo com tanta regularidade. Nunca se sabe quando outra ideia pode surgir.

Ah, eu tenho uma ideia para você, pensou Branna, mas apenas sorriu.

– Tem razão. Mas vamos deixar isso de lado por enquanto. Diga-me como está sua mãe.

– Mais feliz do que jamais pensei que fosse possível. E você sabia que ela começou a ter aulas de piano com uma mulher da igreja? Disse que tem todo o tempo do mundo e pode usá-lo nas aulas, porque sempre quis tocar. Como se não tivesse todo o tempo do mundo antes de ir morar com Maureen e... – Meara ergueu as mãos como se dizendo a si mesma para parar. – Não, não vou dizer nada negativo. Ela está lá, não aqui, feliz, não infeliz e perturbada, e a própria Maureen me disse que está sendo ótimo estar com ela.

– Então só notícias boas.

– Bem, ela está passando um pouco de todo o tempo do mundo que tem agora me enviando um monte de sugestões para o casamento. Fotos de vestidos que me fariam parecer uma princesa gigantesca usando um bolo de noiva e que exige tanto tule e renda que não sobraria nenhum em todo o condado de Mayo. Aqui. – Meara pegou seu celular no bolso. – Dê uma olhada na última ideia dela para mim.

Enquanto Meara rolava a imagem, Branna viu um vestido com uma enorme saia cheia de camadas de tule enfeitadas com renda, contas e fitas.

– Eu diria que você é uma mulher feliz por poder escolher o próprio vestido de casamento.

– Eu sou, e ela vai ficar desapontada quando souber que tenho em mente algo mais como isto.

Ela rolou outra imagem, de um vestido reto simples e sem enfeites.

– É lindo, simplesmente lindo, e não poderia ser mais Meara Quinn. Use-o com uma pequena tiara, porque você não vai usar flores nos cabelos como Iona. Com apenas um toque de brilho e fantasia. Sua mãe não vai ficar desapontada quando a vir.

– Uma tiara... Poderia ficar bem em mim e me dar um pouco do ar de princesa que ela quer.

– Você poderia encontrar três que ficaria feliz em usar, enviar as fotos para ela e deixá-la escolher.

Meara pegou seu vinho.

– Você é esperta.

– Ah, sou mesmo.

Quando Boyle e Iona entraram, Branna esperou que Meara considerasse esperta um elogio quando apresentasse a escolha que caberia a ela.

Esperou enquanto Meara passava o vinho e Fin e Connor entravam e depois pediam para todos se sentarem ao redor da mesa porque tinham algo a discutir.

– Aconteceu alguma coisa hoje? – perguntou Meara.

– Hoje não. Pode-se dizer que aconteceu pouco tempo atrás e desde então tenho trabalhado nisso. – Franca e direta, Branna lembrou a si mesma. – Eu disse para todos vocês as palavras que falei no dia em que Fin e eu terminamos o segundo veneno – começou. Ela explicou o plano e finalizou dizendo: – Isso pode ser feito, e nós quatro estamos dispostos, mas a escolha é de vocês.

Então houve um longo e estupefato silêncio.

Boyle o quebrou.

– Vocês estão brincando.

– Não estamos. – Iona acariciou a mão dele. – Achamos que podemos fazer isso, mas é uma decisão importante para você e Meara.

– E está dizendo que, se concordarmos, pode nos tornar bruxos?

– Não exatamente. Acredito que há sementes de poder em todos nós – continuou. – Em alguns florescem mais do que em outros. Os instintos, os sentimentos, a sensação de terem feito algo antes, terem estado em algum lugar antes. O que daríamos nutriria essas sementes.

– Como estrume? Parece que precisaríamos de um carrinho de mão cheio.

– Vocês seriam as mesmas pessoas. – Connor estendeu as mãos. – Mas com traços de magia que poderiam ser desenvolvidos e aperfeiçoados.

– Se está pensando em nos dar proteção...

– Há esse benefício. – Fin interrompeu Boyle em um tom calmo. – Mas como Branna disse, o objetivo é o equilíbrio, a interpretação da profecia.

– Preciso andar e pensar. – Boyle fez exatamente isso, se levantando e andando de um lado para outro. – Vocês querem nos dar algo que nos falta.

– A meu ver, não lhes falta nada. Nada – repetiu Branna. – E a meu ver, sempre foi para ser assim. Sempre, só que não vimos ou soubemos disso até agora. Posso estar errada, mas mesmo se estiver certa encontraremos outro modo se vocês não concordarem.

– Parece errado vocês darem algo que têm para ser acrescentado ao que temos – disse ele. – Sorcha ficou quase sem nada fazendo o mesmo.

– Isso também me preocupa – interpôs Meara. – Abrir mão do poder em parte custou a vida dela.

– Ela era só uma dando tudo o que tinha para três. Nós somos quatro dando uma pequena parte do que temos para dois. – Connor sorriu para Meara. – É matemática.

– Há outra escolha, se vocês aceitarem a primeira. Pode ser três dando poder para dois, porque o que eu daria tem algo de Cabhan e então esse é outro aspecto a considerar – acrescentou Fin.

– É tudo ou nada – disparou Boyle. – Não nos insulte.

– Concordo. – Meara tomou um longo gole. – Tudo ou nada.

– Pensem o quanto quiserem sobre isso. – Branna se levantou. – Perguntem tudo o que quiserem e tentaremos responder. E saibam que, independentemente do que escolherem, são valiosos para nós. Se for conveniente para todos, vamos comer e deixar isso de lado, a menos que tenham mais perguntas.

– Comer – murmurou Boyle para si mesmo continuando a andar de um lado para outro enquanto a comida era levada para a mesa.

Então Iona foi até ele e o abraçou.

Boyle suspirou e viu os olhos de Meara por cima da cabeça de Iona. A reação de Meara foi um simples dar de ombros.

– Se nós concordarmos, como isso seria feito? – ele quis saber.

– Praticamente do mesmo modo como Sorcha fez com os filhos – respondeu Branna. – Nas mesmas bases, pelo menos. Com alguns ajustes, claro, para adaptar às nossas necessidades.

– Se nós concordarmos – interveio Meara –, quando seria feito?

– Esta noite. – Connor rejeitou com um gesto de mão o protesto da irmã. – As dúvidas deles viraram fumaça. Ambos decidiram concordar porque veem, como nós vemos, que essa é outra resposta. Então será esta noite, um passo claro e rápido, e isso lhes dará tempo para se adaptarem ao que é novo neles. – Ele encheu seu prato de *colcannon* antes de passar a travessa para Meara. – Estou errado?

– Você é metido, Connor, mas não está errado. Vamos comer, Boyle, e comer bem, porque essa será nossa última refeição como somos.

– Isso não muda quem você é, nem mesmo o que é. – Iona acariciou o braço de Boyle. – É como... Acho que é como adquirir uma nova habilidade ou um talento.

– Como aulas de piano – disse Meara, e fez Branna rir muito.

Então eles comeram, conversaram, tiraram os pratos da mesa e conversaram mais.

Depois foram para a oficina de Fin.

– Cabhan não deve ver o que faremos aqui – disse Branna para Fin.

– Não verá. Minhas janelas e portas estão cobertas para ele há muito tempo, mas outra camada não fará mal. Adicione a sua. Eu tenho tudo de que precisaremos. Li suas anotações – acrescentou. – Vou buscar o que é necessário e vamos deixar a seu cargo usá-lo.

– Mas Cabhan sentirá algo, não é? – Iona olhou de relance para as janelas. – Poder sente poder.

– Ele pode sentir, mas não saberá. – Connor segurou a mão de Meara. – Você é o amor da minha vida, agora e depois.

– Pode ser, mas espero obter o suficiente do que quer que seja isso para dar uma sacudida em você quando precisar de uma.

– Você já deu. – Ele a puxou para um longo beijo.

– Você está calma com tudo isso – comentou Boyle.

– Eu estou nervosa como um gato em um canil. – Meara pressionou a mão na barriga. – Mas, para ser sincera, Boyle, durante toda nossa vida vimos o que é isso, o que significa. Temos quatro pessoas aqui que nos mostraram que isso deve ser respeitado e honrado, portanto o respeitaremos e honraremos. E quanto mais penso nisso, mais gosto da ideia de ter um pouco mais para usar contra Cabhan e o mestre dele.

– Sim, com certeza, e não posso dizer que não estou levando isso em conta. Embora preferisse usar apenas meus punhos.

– Sendo o homem que é, não vê que é você que nos dará algo esta noite? – Iona segurou o rosto dele com as mãos. – É você. – Então deu um passo para trás. – Precisa de alguma coisa de nós, Branna?

– Três gotas de sangue de cada um aumentam o poder. Apenas três. Mas primeiro lançaremos um círculo e traremos o fogo para rodeá-lo.

– Aqui e agora lançamos o círculo para proteger tudo dentro dele, e em seu interior o ritual começar. Chamas surgem, mas não queimam, da luz emanada por nossos poderes. Fechem a porta e selem as fechaduras. Afastem o que quer que bata nelas.

Fogo os rodeou, branco e frio.

– Estamos conectados – começou Branna. – Estamos agora, estivemos e estaremos. Não por sangue e ossos, mas por coração e espírito. Selamos essa conexão aqui com uma dádiva, oferecida e recebida de bom grado. Que assim seja? – perguntou Branna.

– Que assim seja – responderam os outros.

Então Branna começou:

– Vinho e mel, doce e escuro. – Despejou ambos em uma tigela. – Para ajudar a luz em vocês a brilhar. Óleo de ervas e lágrimas de alegria para reduzir seus medos. De meu coração, três gotas de sangue. – Ela espetou seu pulso e acrescentou três gotas à tigela. – Irmã e irmão para mim, partilho minha luz com vocês.

Ela passou a tigela para Fin.

– De meu coração e espírito, três gotas de sangue. Irmã e irmão para mim, partilho minha luz com vocês.

Quando Fin terminou, entregou a tigela para Connor.

– E agora, na nova jornada em que estão embarcando, de meu coração, três gotas de sangue. Amada e irmão, partilho minha luz com vocês.

E para Iona.

– Vocês são meu coração e minha luz, por isso nos unimos esta noite. Do bater do meu coração, três gotas de sangue. Amor e irmã, partilho minha luz com vocês.

– Selamos com fogo puro e branco a dádiva que oferecemos esta noite. – Branna pegou a tigela com o fogo branco dentro e a ergueu. – Que essa dádiva e aqueles que a receberem sejam abençoados e saibam por direito de tudo o que se faz aqui. Da tigela para duas taças, seja esta poção despejada.

O líquido na tigela se ergueu como uma fonte e se dividiu em duas partes, cada qual se arqueando para a taça que a esperava.

Branna fez um sinal para Connor e Iona.

– Os mais próximos devem fazer a oferenda final.

– Está bem. – Iona pegou uma taça e se virou para Boyle. Tocou no rosto dele e depois estendeu a taça. – Neste lugar e nesta hora nós lhe oferecemos esta prova de poder. Se escolher aceitá-la, repita estas palavras para mim. "Eu recebo de bom grado isto em meu corpo, meu coração e meu espírito. Que assim seja."

Ele repetiu as palavras, hesitou por um instante e depois olhou nos olhos de Iona. Então bebeu.

Connor se virou para Meara e lhe disse as palavras.

Ela não pôde evitar lhe sorrir, e bebeu.

– É só isso? – perguntou. – Funcionou? Não sinto nada diferente. – Ela olhou para Boyle.

– Não, nada diferente.

– Como vamos saber se funcionou? – perguntou Meara.

O círculo incandescente lançou chamas para o teto. O ar tremeu, quente e iluminado. Um raio de luz brilhante banhou Boyle e Meara como se lhes dando boas-vindas.

– Isso seria um indício – concluiu Connor.

– O que podemos fazer? O que deveríamos fazer?

– Agradecer e encerrar o círculo. – Branna sorriu para sua amiga de uma vida inteira. – Depois veremos.

20

ELES SE REVELARAM ALUNOS INTELIGENTES E EM UMA SEMANA AMBOS eram capazes de acender uma vela. Branna os levou além dessas habilidades mais básicas e os testou com outros elementos.

Não a surpreendeu Meara demonstrar mais aptidão para lidar com o ar e Boyle com o fogo. Aquela conexão de novo, concluiu. De Meara com Connor, Boyle com Iona.

O fato de dedicarem muito tempo a treinar, descobrir e progredir agradou Branna. Meara foi capaz de criar pequenos tornados e viu sua afinidade com os cavalos aumentar. Quando incentivado, Boyle conjurou globos de fogo do tamanho de bolas de golfe.

Frustrado, ele desabou em uma cadeira na casa de Fin.

– De que adianta tudo isso? Quando Cabhan aparecer, estou obrigado por nosso acordo a não mostrar nossas cartas e não lhe lançar nada mais forte que um olhar duro. E se pudesse lhe dar uma amostra do que tenho agora, ele poderia rebatê-la como um jogador de tênis devolve uma bola alta.

– O jogador costuma ser mais atingido se a bola vem de uma direção inesperada – ressaltou Connor. – Você e Meara têm feito muito com o pouco que receberam, e em um tempo consideravelmente curto.

– O tempo é o problema, não é? – observou Boyle.

– Sim, esse é um fato duro. – Fin olhou para sua cerveja. – Achamos que como ele não saberia que estávamos procurando, encontraríamos um modo de descobrir o nome do demônio. Agora me pergunto se Cabhan o esqueceu, em virtude de o demônio ser parte dele há tanto tempo.

– Esse é um pensamento perturbador – considerou Connor. – Se realmente não pudermos acabar com isso sem o nome do demônio, e não houver mais um nome para descobrir, talvez seja o nome de Cabhan que devemos falar quando os envenenarmos.

– Essas questões são sempre tão simples? – perguntou Fin.

– Não provaram ser. Ainda assim, talvez essa seja. Apenas o nome. O resto já é complicado o suficiente.

– E agora só temos poucos dias – interpôs Boyle. – Faltam apenas algumas semanas para nosso casamento e Iona não consegue pensar nele do modo como as mulheres fazem. Não com isso em andamento.

– Você deveria se sentir grato – comentou Connor. – Pelo que sei de homens que passaram por essa situação, algumas mulheres podem ficar loucas.

– Ele está lá fora – disse Fin em voz baixa, e Connor prestou atenção.

– Não o sinto.

– Está escondido nas sombras, mas posso senti-lo, tentando ver, entrar em meus pensamentos. Esperando o momento propício, é isso que está fazendo. Provocando, escondido nas sombras, mas mesmo assim esperando o momento propício. Ele provou ter todo o tempo em todos os mundos.

– Cabhan não está procurando outra briga. – Boyle se inclinou para a frente. – Não que não fosse atacar todos nós se tivesse a oportunidade, mas está nos esperando lá fora. Isso faz sentido para mim. Abater nossos espíritos, esperar o momento em que estivermos desatentos. Acho que nossa estratégia de atraí-lo para a cabana de Sorcha está errada, porque ele saberá que estamos prontos para a batalha.

– Nós precisamos que ele vá para lá – salientou Connor. – Tudo depende disso.

– Mas Cabhan não precisa saber que queremos que ele vá. E se pensar que estamos escondendo dele que vamos, mas que é tão esperto e poderoso que ultrapassou as proteções e nos viu?

– Por que iríamos para lá se não para a batalha? – argumentou Connor.

– Para prestar nossas homenagens. – Entendendo o ponto de vista de Boyle, Fin assentiu. – Para demonstrar respeito por Sorcha no dia de sua morte, fazer um ritual de homenagem e talvez implorar pela ajuda dela. Indo sob o manto de nossa própria névoa para ele não nos impedir de lhe prestar essa homenagem e implorar para ela.

– E assim ficaremos em uma posição de superioridade para a batalha – concluiu Fin, ansioso por ver a luta. – E em vez de sermos apanhados de surpresa, o surpreenderemos.

– Ah, estou gostando dessa ideia. – Connor tomou um longo gole. – Esse é o resultado de falar sobre guerra com homens. Se algum de vocês falar para qualquer das mulheres que eu disse isso, fingirei que estou chocado e surpreso com as mentiras que contam.

– Como eu as quero conosco no plano, não saberão por mim. Prepararemos a armadilha e o deixaremos pensar que ele a preparou – disse Fin.

BRANNA OUVIU O NOVO PLANO COMENDO PIZZA NA SALA DE ESTAR DE FIN. Houvera conversas sobre saírem à noite, mas ninguém entendia as prioridades melhor do que Branna O'Dwyer.

– É inteligente, claro que é – concordou ela. – E me irrita saber que nunca pensei nisso. Nós não temos muito tempo para mudar o plano estabelecido.

– E esse tem a vantagem de ser simples – acrescentou Meara. – Nós nos transportaríamos para lá, ou você transportaria o resto de nós junto com os cavalos, os falcões e o cão, e o desafiaríamos. Ele viria, porque seu orgulho não lhe permitira não vir. Mas esse plano é mais... ardiloso, e não tem como não gostar dele.

– Cabhan gostaria que tentássemos nos esconder dele – concordou Iona. – Isso estimularia sua arrogância. E, se pensar que estamos tentando evocar Sorcha, virá atrás da mínima chance de conseguirmos chegar até ela, trazê-la para nós, trazê-la para ele de novo.

– Você abriria mão do seu próprio feitiço da sombra – disse Branna para Fin. – Algo que Cabhan não sabe que você tem. Isso não lhe será muito útil quando ele vier.

– Terá sua utilidade. Isso não muda muito o que vamos fazer quando ele estiver lá, apenas a abordagem.

– Levaremos flores, vinho, pão e mel. – Pensando nisso, Branna fez anotações mentais. – Todas as coisas que levaríamos para prestar homenagem à morta. Tristes e perturbados e prestes a evocar o espírito da bruxa que amaldiçoou um de nós. Cabhan veria muitas vantagens em um ataque.

– Poderíamos começar o ritual para isso? – perguntou Iona. – Mas quando for tarde demais para ele, chamar os primeiros três?

Boyle riu e se aproximou para beijá-la profundamente.

– Quem disse que as mulheres não podem planejar guerras?

Meara inclinou sua cabeça.

– Quem disse?

– Pergunta retórica – disse Connor descartando aquilo com um gesto de mão. – Bem, então vamos planejar uma guerra.

NO DIA, BRANNA REUNIU TUDO DE QUE PRECISAVA. ROSAS BRANCAS, VINHO, mel, pão feito por ela mesma, ervas, todas as oferendas. Pôs em outro saco os venenos, cada qual cuidadosamente embalado.

E separado, para evitar qualquer contaminação, o frasco de luz que os três haviam criado.

Tinha tomado banho, se ungido e trançado amuletos em seus cabelos e na coleira de Kathel. Fez outros para a crina de Aine.

Sozinha, acendeu as velas, lançou um círculo e se ajoelhou dentro dele para oferecer sua aceitação do que o destino lhes reservava. Havia uma certeza nela de que aquela noite acabaria com Cabhan ou com os três. Uma certeza maior ainda de que, independentemente do que o destino lhes reservasse, sua vida nunca mais seria a mesma.

Mas ainda assim seria sua vida, com suas escolhas. Ela era, como sempre fora, uma serva e filha da noite. Mas também era mulher.

Levantou-se, firme em seu objetivo. Pegou suas coisas e, com o cão, voou para a casa de Fin.

Encontrou-o na oficina escolhendo armas de seu estojo.

– Você chegou cedo.

– Eu queria um tempo com você antes que os outros chegassem, antes de começarmos. Entreguei-me nas mãos do destino, aceitei o que quer me reserve. Eu lutarei mais ferozmente pela aceitação.

– Eu só posso aceitar o fim dele.

– Espero que isso não seja verdade. – Ela foi até Fin. – Você me aceita, Fin?

– Sim. É claro.

Minha vida, pensou ela de novo, minha escolha. Bruxa e mulher.

– Eu me dou para você. Você me aceita? Me deixa ser sua e será meu?

Fin tocou o rosto de Branna e enrolou em seu dedo uma mecha de cabelos dela.

– Eu nunca poderia ser de outra.

– Eu nunca serei de outro. Seja meu e fique comigo, porque este é nosso lar. Quero viver com você aqui, nesta casa que construiu com nossos sonhos da juventude. Quero me casar com você, e isso é uma promessa que se faz e se obtém. Quero construir minha vida com você.

Como aquelas palavras causaram um aperto no coração de Fin, ele pousou a espada que escolhera. E foi até Branna.

– Você sabe que não podemos. Até eu quebrar a maldição...

– Não, eu não sei. – Ela se apressou a continuar, porque não queria mais pensar. Só queria sentir. – Só sei que deixamos o que foi posto em você por luz e escuridão nos deter. Chega, Fin. Talvez não tenhamos filhos sabendo que carregariam a marca, como você carrega, e isso seria triste para nós dois. Mas teríamos um ao outro. Não podemos ter a vida que um dia sonhamos e planejamos, mas podemos sonhar e planejar outra. Eu me entreguei aos poderes superiores. Posso morrer esta noite, e aceitar isso. Mas quando me entreguei aos poderes superiores eles não me disseram deixe-o ir, e então não farei isso.

– Branna. – Ele segurou o rosto dela e lhe beijou as bochechas. – Preciso descobrir o modo de quebrar a maldição. Não sei para onde essa busca me levará. Não posso saber quanto tempo demorará, se é que algum dia encontrarei a resposta.

– Então vou com você, para onde você for. Participarei da busca, aonde quer que ela nos leve. Você não pode se esconder ou fugir de mim. Vou com você, Finbar, o seguirei como um cão, juro pela minha vida. Não voltarei a viver sem o que amo. Eu amo você.

Comovido, Fin encostou sua testa na dela.

– Você me deixa sem fôlego. Doze anos atrás não teria me dito essas palavras. Três palavras que contêm todo o poder do céu e da terra.

– Eu o ataria a mim com elas. Fomos feitos um para o outro, sei disso com todo o meu ser. Se você não puder ficar comigo, vou com você. Podemos ir ou ficar, mas case comigo, Fin. Faça esse voto para mim, e o receba de mim. Antes de enfrentarmos o que temos de enfrentar, aceite meu amor e me prometa o seu.

– Você pode viver com isso todos os dias? – Fin esfregou seu braço. – Pode viver com isso e o que sabemos que não podemos ter?

Ela se entregara para a luz, lembrou-se Branna, e a resposta viera. Muito simples e clara.

– Você vive com isso todos os dias, e eu sou sua. Se for preciso, darei minha vida pelo dever, mas não vou mais fechar meu coração. Não para mim mesma, não para você. Não para o amor.

– Ter você é tudo para mim. Podemos viver um dia de cada vez até...

– Não. Não apenas um dia. Preciso que você faça isso. – Ela pôs as mãos no peito de Fin, no coração dele. – Peço isso para você. Aceite e retribua meu amor e sua promessa. Não importa o que aconteça.

– Você é tudo que eu quis em minha vida – disse Fin, sua voz sussurrantes como um beijo. – Mais do que tudo.

Ele a beijou de leve e depois a soltou para ir até uma prateleira, abrir uma caixa mágica e tirar de dentro um anel que refletiu a luz do fogo.

– Um círculo – disse. – Um símbolo, uma pedra de calor e luz. Eu encontrei isto no mar, em um mar azul onde nadei e sonhei com você. Fui para lá para esquecê-la, me afastar daqui e de tudo. Para uma ilha deserta, e ao nadar para longe dela, vi isto brilhar na água. Eu soube que era para ser seu, embora nunca tivesse pensado em lhe dar, nunca tivesse pensado que você o aceitaria.

Ela estendeu sua mão.

– Faça a promessa e aceite a minha. Se houver amanhã, Fin, nós o aceitaremos.

– Eu juro para você que vou encontrar um modo de lhe dar tudo que seu coração deseja.

– Você não percebe que já me deu. Isso é amor, e o amor aceita tudo.

Quando Fin deslizou o anel para o dedo de Branna, as chamas na lareira se ergueram. Em algum lugar na noite atrás das janelas, relampejou.

– Vamos aceitar isso – disse ela, e se agarrou a Fin para um beijo.

Independentemente do que viesse, pensou, ainda que fosse sangue e morte, eles teriam um ao outro.

ELES SE REUNIRAM, UM CÍRCULO FORMADO POR CORAÇÃO E ESPÍRITO, LEALdade e dever, e selado por magia. Quando a noite se aprofundou, pegaram as armas.

– Nós não temos o nome – começou Branna. – Até que o consigamos, precisamos impedir que Cabhan escape, mantê-lo dentro de nossas fronteiras, impedir que viaje no tempo.

– Nós construiremos muros fortes e trancaremos o portão – concordou Connor. – E usaremos tudo que temos para fazer o demônio sair e descobrir seu nome.

– Ou arrancá-lo dele – contrapôs Boyle.

– Todos nós sabemos o que fazer esta noite, e como fazer – continuou Fin. – Estamos mais fortes em virtude do que partilhamos e, se o bem triunfar, acabaremos com Cabhan. Não há ninguém com quem eu preferiria estar nessa batalha além de vocês. Nenhum homem já teve amigos mais verdadeiros.

– Eu digo que nós vamos queimar o canalha e depois voltar para cá para uma fritada completa. – Connor abraçou Meara, que estava ao seu lado.

– Ótima ideia. – Meara pôs uma das mãos no punho de sua espada. – E estou mais do que pronta para incendiar o canalha.

– Vocês me deram uma família, um lar. Este foi o melhor ano da minha vida – continuou Iona. – E este ano vou me casar com meu amor, e nenhum demônio do inferno vai impedir isso. Então, sim, vamos queimar o canalha.

Com uma risada, Boyle a ergueu do chão e a beijou.

– Como podemos perder a batalha tendo alguém como você?

– Não podemos. – Iona examinou os rostos ao seu redor. – Não podemos.

– Temos de estar preparados para...

– Esperem. – Iona se soltou de Boyle e apontou para Branna. – O que é isso? O que é isso? – Ela agarrou a mão de Branna e deu uma risada emocionada. – Ah, nossa, nossa! – E se lançando para Branna, a abraçou com força. – Isso é o que eu queria. Exatamente o que eu queria.

– E significa muito para o resto de nós. – Meara pegou a mão de Branna enquanto Iona ia abraçar Fin. – Esta é a prova de que o bem vencerá. Bem aqui. – Ela apertou seu rosto contra o de Branna e a balançou. – Esta é a prova.

– É muito antigo. – Boyle deu um leve soco no peito de Fin. – Mas bem feito.

Connor esperou até Fin olhar para ele.

– Então você finalmente me ouviu, com toda a minha sabedoria.

– Eu ouvi sua irmã.

– Porque agora não tem nenhuma escolha além de ouvi-la pelo resto de sua vida. E você me deve cem pratas.

– O quê? Ah – disse Fin ao se lembrar da aposta. – Sim.

Connor deu um grande abraço em Fin e depois se virou para segurar o rosto de Branna e beijar suas bochechas.

– Agora a balança está equilibrada. O amor alimenta a luz.

Branna fechou as mãos ao redor dos pulsos de Connor e foi a vez dela beijar suas bochechas.

– Então vamos queimar o canalha.

– Estamos prontos? – Fin esperou confirmações e o círculo se formar.

– Nosso lugar, nosso tempo, quando o relógio bater três vezes – disse Branna, e tomou fôlego. – Esta madrugada trará nosso destino.

– Com punho e luz traremos o fogo – continuou Boyle.

– Para acabarmos esta noite com o bruxo-demônio – completou Meara.

– Três a três e três cavalgaremos. – Connor segurou a mão de Meara e olhou para Iona.

– Tendo como guias o cavalo, o falcão e o cão – disse Iona.

– E embora esta névoa venha de mim, que Cabhan veja apenas o que queremos que veja.

Fin estendeu os braços sobre eles. Branna sentiu a névoa envolvê-la, quente e macia. Não, pensou. Não era como o manto frio e áspero de Cabhan.

Eles desceram e foram para os estábulos. Enquanto Branna trançava amuletos na crina de Aine, Iona se aproximou.

– Ela vai entrar no cio.

– Aine?

– Daqui a um ou dois dias. Estará pronta para Alastar, se for isso que você quer.

– É.

– Ela não está com medo; nenhum dos cavalos está, mas eles sabem que voarão esta noite, e por quê.

– Como o cão. Eles estão prontos. – Branna olhou para Connor.

– Os falcões também.

– Cuidado com seus pensamentos e suas palavras agora – disse-lhes Fin –, porque tenho de deixá-lo entrar, ver e acreditar que vamos prestar homenagem a Sorcha e tentar evocá-la.

Branna assentiu e se agachou para encostar sua cabeça na de Kathel. Depois montou e, com os outros, voou através do coração escuro da noite.

– Podemos ter certeza de que estamos cobertos? – perguntou para Fin.

– Eu nunca criei uma névoa tão extensa, mas cobriu tudo, não foi? E o que Cabhan estaria fazendo nos observando a esta hora da noite?

Embora Fin tivesse se aberto, sangue chamava sangue. Enquanto eles voavam em meio às árvores, com o vento abrindo pequenas brechas naquele manto, Fin sentiu a agitação.

E disse isso para Branna com não mais que um olhar.

– Precisamos conter isso, nos dar tempo para impedi-lo de chegar à clareira, prestar nossas homenagens a Sorcha e lançar o feitiço para trazer o espírito dela para nós.

– Eu prefiro lutar a conversar com fantasmas – murmurou Boyle.

– Ela quase o derrotou – salientou Iona. – Deve saber de algo que possa ajudar. Nós tentamos tudo. Temos de tentar isso. Se der certo...

– Tem de dar – interpôs Meara. – Ele está me deixando quase louca nos seguindo todos os dias.

– Sorcha é nossa – disse-lhe Connor. – Chegaremos até ela, e esta noite, o aniversário de sua morte, seu sacrifício e sua maldição, é nossa maior esperança.

– Não podemos esperar mais um ano. – Branna levou Aine para baixo quando eles voaram sobre as trepadeiras para a clareira. – Não podemos.

Conforme o combinado, Fin e os três foram para os limites da clareira, cada qual ficando em um ponto cardeal. Branna começaria, na esperança de que, em vez de atrair Cabhan, o ritual lhe desse tempo para se esgueirar e ser aprisionado.

Ergueu os braços, evocou o norte e despejou o sal. Iona evocou o oeste. Foi Connor, no leste, quem sussurrou na cabeça de Branna.

Ele está vindo. Quase aqui.

Quando seu irmão evocou o leste, o coração de Branna deu um pulo.

A primeira etapa, atraí-lo, fora cumprida.

Fin evocou o sul e depois todos os quatro percorreram o largo círculo salgando o chão enquanto Boyle e Meara separavam as ferramentas para a próxima etapa do plano.

Branna sentiu a mudança, o mais leve dos arrepios quando a névoa de Cabhan se misturou à de Fin.

Enquanto eles fechavam a barreira, ela rezou para Cabhan não usar os redemoinhos e as sombras para atacar antes que estivessem prontos.

Tentando não se apressar, ergueu as rosas e ofereceu o buquê para cada um deles pegar uma flor. Fin hesitou.

– Não sei se ela desejaria uma homenagem minha, ou a aceitaria.

– Você mostrará respeito por ela e lhe fará a homenagem. Sorcha deve entender que você lutou e sangrou conosco, e que não podemos derrotar Cabhan sem você. Temos de tentar, Fin. Você pode oferecer perdão para ela pela marca que carrega, junto com a homenagem?

– Preciso tentar – foi só o que ele disse.

Juntos, os seis se aproximaram do túmulo de Sorcha.

– Colocamos em seu túmulo estas rosas brancas e puras pelo aniversário de sua morte. Trazemos vinho, mel e pão, uma homenagem dos vivos aos mortos.

Esfriou. Branna jurou que podia sentir o aumento da ansiedade de Cabhan, a cobiça dele. Mas não encontrou nenhum nome na névoa ondulante.

– Espalhamos ervas no chão para soltar as amarras de seu espírito. Com respeito nos ajoelhamos e lhe fazemos esta súplica. Selada com nosso sangue, três e três, que o fogo arda na noite e satisfaça nossa maior necessidade, nos conceda aquilo pelo que imploramos.

Um a um eles cortaram as palmas de suas mãos e deixaram o sangue pingar no chão ao lado da pedra.

– Neste lugar, nesta hora, por meio de seu amor e nosso poder, envie-nos seus três filhos para que todos possam cumprir seus destinos.

Um uivo veio da névoa, um som de fúria selvagem. Fin deixou o manto cair enquanto sacava sua espada e se erguia de um salto ao lado de Branna e dos outros.

– Envie-os aqui e envie-os agora – gritou Branna, e Fin e Connor foram para a frente dela para evitar qualquer ataque.

Iona, Boyle e Meara tentaram lançar rapidamente um círculo enquanto Branna terminava o ritual.

– Aqueles a quem deu seus poderes. Três a três e três lutaremos.

Ela lançou seu próprio fogo para impedir Cabhan de se virar e atacar enquanto suas amigas se apressavam a lançar o círculo e abrir um portal para os primeiros três.

– Três a três e três conquistamos a noite. Mãe, conceda-nos essa dádiva, deixe-os voar pela lua e libertar seu espírito. Que assim seja.

O chão tremeu. Branna quase perdeu o equilíbrio ao se virar para correr na direção do círculo, olhando rapidamente para trás e vendo Cabhan lançar o que parecia ser uma parede de fogo negro na direção de Fin e Connor. Enquanto estendia a mão a Iona para juntar o que elas tinham, o vento a ergueu como uma garra fria e a atirou do outro lado da clareira.

Embora tivesse caído com força suficiente para fraturar ossos, viu Fin lutando com a espada flamejante e o chão oscilando, e Connor golpeando o ar como se usasse um chicote. Luz e escuridão colidiram e o barulho foi enorme, como mundos desabando.

Meara se arremessou para a frente brandindo sua espada, e Boyle lançou pequenas bolas de fogo que atingiram e queimaram a névoa serpenteante. Sem nenhuma escolha além de atacar e defender, Iona foi deixada sozinha para completar o círculo.

Cabhan estava mais forte, percebeu Branna, de algum modo mais forte que no Samhain. O que quer que estivesse dentro dele tinha atraído mais, obtido mais. A última batalha, pensou; eles sabiam disso, e Cabhan também.

Cabhan evocou os ratos, que foram vomitados do chão. Os morcegos, que vieram furiosamente do céu. E Iona, isolada, lutava para detê-los enquanto o falcão, o cão e o cavalo pisoteavam e dilaceravam as criaturas.

Dever, lealdade. Amor. Branna se levantou e correu por entre os ratos agitados para montar Aine. E com uma bola de fogo em uma das mãos e a varinha na outra, voou na direção de seu primo e do círculo incompleto.

Lançou fogo e luz, abrindo caminho. Evocou seu dom e trouxe uma chuva quente para afogar as armas ferozes de Cabhan. Quando alcançou Iona, lançou uma torrente que varreu tudo para fora da cabana de Sorcha.

– Termine isso! – gritou. – Você consegue!

Então vieram as serpentes, fervilhando no chão. Branna ouviu – sentiu – a dor de Kathel quando presas o rasgaram. A fúria que explodiu nela as reduziu a cinzas.

Branna virou sua égua para proteger Iona, mas sua prima gritou:

– Eu consegui! Consegui! Vá ajudar os outros.

Temendo o pior, Branna se lançou para a parede de fogo negro.

O fedor de enxofre a sufocou. Extraiu do ar chuva quente e pura para afastá-lo. O fogo estalou e chiou enquanto ela tentava atravessá-lo.

Eles, sua família, sangravam enquanto lutavam.

Mais uma vez virou a égua e evocou seu poder.

Chuva e vento, não terremoto e fogo. Tudo de uma vez em um turbilhão que foi de encontro à ira de Cabhan. Fumaça girou, fazendo os olhos arderem e a garganta queimar, mas ela viu medo, apenas um lampejo dele, nos olhos do bruxo antes de ele se arquear e se transformar em lobo.

– Está feito! – gritou Iona. – Está feito! A luz está aumentando.

– Eu os estou vendo! – gritou Meara com seu rosto molhado de suor e sangue. – Estou vendo as sombras deles. Vá – disse para Connor. – Vá.

– Vamos detê-lo. – Boyle atacou, com seus punhos e fogo.

– Por Deus, nós vamos. Vá. – Fin encontrou os olhos de Branna. – Ou isso terá sido em vão.

Ela não tinha escolha, pensou, estendendo a mão para Connor segurá-la e montar em Aine com ela.

– Ela está ferida. Meara está ferida.

– Temos de trazê-los, Connor. São os três que trazem os três. Sem eles, talvez não possamos curá-la.

Kathel, pensou, com o focinho e o flanco sangrando. Alastar batendo com os cascos no ar, os falcões mergulhando com garras brilhantes.

E tudo teria sido em vão se eles não conseguissem trazer os três de Sorcha totalmente para o presente.

Foi direto para o círculo e desmontou com seu irmão. Segurou a mão de Iona e Connor e sentiu o poder aumentar, a luz arder.

– Três a três e três – gritou. – Essa é a profecia mágica. Juntem-se a nós a qualquer custo, venham agora ou tudo estará perdido. Fiquem conosco esta noite e por nosso sangue terminaremos esta luta.

Eles vieram, os três de Sorcha. Brannaugh com o arco, Eamon com a espada, Teagan com a varinha e em um estado avançado de gravidez. Sem dizerem uma só palavra, eles se deram as mãos e se tornaram seis.

Luz explodiu, branca e brilhante. O calor do poder a invadiu, descomunal, espetacular, mais forte do que qualquer um que já conhecera.

– Afastem-no deles! – Branna ouviu sua voz ecoar no ar agitado. – Nós temos o que o destruirá, mas eles estão perto demais.

– Eu faço isso. – Brannaugh de Sorcha estendeu sua mão que segurava a de seu irmão.

Flechas com um fogo branco voaram de sua aljava e atingiram o chão entre o lobo e os três restantes.

Enlouquecido, o lobo se virou e atacou.

Branna quebrou o elo; Connor o fechou atrás dela.

– Rápido – disse-lhe ele.

– Um pouco mais perto, só um pouco.

Mas ela pegou o veneno do saco. O frasco pulsou em sua mão, como um ser vivo. Enquanto o lobo pulava na direção do círculo, o lançou para ele.

Gritos rasgaram o ar e o estrondo a fez cambalear para trás. Tudo o que ele evocara das profundezas da escuridão ardeu e seus gritos se juntaram aos do lobo.

– Ainda não terminou. – Iona agarrou a mão de Teagan. – Enquanto não matarmos o que vive nele, não vai terminar.

– O nome. – Branna cambaleou, mas Eamon a segurou antes que ela caísse. – O nome do demônio. Você sabe?

– Não. Nós queimaremos o que restar dele e salgaremos o chão.

– Não é suficiente. Devemos dizer o nome dele. Fin!

No momento em que ela começou a ir para a frente, Fin lhe fez um sinal para que parasse e caiu no chão com o lobo ensanguentado.

– Você está sangrando, e Meara e Boyle também estão. Você ficará mais forte se tivermos tempo de curá-lo.

– Comece o ritual – disse ele por entre os dentes enquanto apertava o pescoço do lobo. – Isso é por você. Isso é por mim.

– Comece. – Meara se esparramou no chão com Boyle. – E acabe com isso.

Então eles tocaram o sino, abriram o livro e acenderam a vela.

E começaram a pronunciar as palavras.

Sangue no caldeirão, da luz, a escuridão. Sombras se movem como dançarinos.

No chão, Fin enterrava os dedos no pescoço dilacerado do lobo.

– Eu o conheço – murmurou olhando para os olhos vermelhos. – Você é meu, mas eu não sou seu. – Ele arrancou a pedra e a ergueu. – E nunca serei. Eu sou de Daithi. – O broche caiu da camisa de Fin e os olhos do lobo se arregalaram de terror. – E sou sua morte. Eu o conheço. Estive em seu altar e ouvi os condenados chamarem seu nome. Eu o conheço.

O que estava no lobo evocou a escuridão até as mãos de Fin queimarem e sangrarem.

– Em nome de Sorcha eu o exorcizo. Em meu nome, eu o exorcizo, porque sou Finbar Burke e o conheço.

Quando o demônio entrou nele, quase lhe estilhaçou a alma. A escuridão o invadiu, muito forte e profunda. Mas ele aguentou e olhou para Branna. Olhou para a luz dela.

– O nome dele é Cernunnos. – Fin atirou a pedra para Connor. – Cernunnos. Destrua-o. Agora! Não posso aguentar muito mais. Cure-a. – Ele ofegava quando gritou para Boyle. – Cure Meara.

– Você deve deixá-lo ir! – gritou Branna chorando. – Deixe-o ir, Fin, volte para nós.

– Não posso. Ele entrará na terra, no ventre dela, e nós o perderemos de novo. Eu posso segurá-lo aqui, mas não por muito tempo. Faça o que deve ser feito, por todos, por mim. Por seu amor por mim, Branna, liberte-me. Por tudo o que somos, liberte-me.

Para garantir isso, ele usou o poder que tinha e fez a pedra pular da mão de Connor para o caldeirão. E quando a luz branca ofuscante se ergueu, o próprio Fin disse o nome.

– Termine isso!

– Ele está sofrendo – murmurou Teagan. – Basta. Dê-lhe a paz.

Soluçando, Branna disse o nome do demônio e lançou o veneno.

Mais negro que a escuridão, mais grosso que piche. Sob seu efeito uivos selvagens, choro, lamentos e gritos guturais se fizeram ouvir. E com eles milhares de vozes gritando em línguas desconhecidas.

Ela sentiu aquilo, um instante antes de a luz brilhar de novo, de o próprio caldeirão arder em um fogo branco e puro. A clareira, o céu, o mundo inteiro ardiam em chamas brancas, pensou.

Sentiu a pedra rachar, ouviu sua destruição como grandes árvores sendo arrancadas pela mão de um gigante, fazendo o chão balançar como um mar tempestuoso.

Sentiu a morte do demônio, e jurou ter sentido a sua própria.

Tudo fora tirado dela quando caiu de joelhos – fôlego, poder e luz.

Sangue e morte se seguem, pensou. Sangue e morte.

Então se levantou e correu ao ver Fin imóvel, pálido e ensaguentado, com o rosto virado para as cinzas negras do que fora Cabhan e do que lhe dera origem.

– Hécate, Brígida, Morrigan, todas as deusas, tenham misericórdia. Não o levem. – Ela pôs a cabeça de Fin em seu colo. – Fiquem com o que eu tenho, fiquem com o que eu tenho, mas não tirem a vida dele. Eu lhes imploro, não tirem a vida dele.

Ela ergueu o rosto para o céu ainda iluminado pelo fogo branco e enviou seu poder para quem quer que pudesse ouvir.

– Fiquem com o que quiserem, o que precisarem, mas não tirem a vida dele.

Suas lágrimas quentes escorreram e caíram na pele queimada de Fin.

– Sorcha – rezou. – Mãe. Conserte o seu erro. Poupe a vida dele.

– Shh. – Os dedos de Fin se fecharam nos dela. – Eu não fui. Estou aqui.

– Você sobreviveu.

E o mundo voltou ao normal, o chão se estabilizou e as chamas diminuíram no céu.

– Como você conseguiu? Não importa. Você sobreviveu. – Ela beijou o rosto e os cabelos de Fin. – Ah, Deus, você está sangrando muito. Descanse, amor. Ajude-me. – Ela olhou para a Brannaugh de Sorcha. – Por favor.

– Eu a ajudarei, é claro. Você é tudo o que ela me disse. – Brannaugh se ajoelhou e pôs as mãos sobre o ponto em que a camisa e a pele de Fin estavam rasgadas e queimadas. – Ele é igual ao meu Eoghan.

– O quê?

Ela apertou a mão de Branna.

– O rosto e o coração dele são como os do meu amor. Ele nunca foi de Cabhan, não que isso importasse. – Ela olhou para Fin e lhe beijou a testa. – Você é meu, como é dela. A cura doerá um pouco.

– Um pouco – disse Fin por entre dentes cerrados porque a dor era dilacerante.

– Olhe para mim. Olhe para dentro de mim – sussurrou Branna.

– Não. Você não vai tirar isso. Isso é meu. Os outros?

– Estão sendo cuidados agora. Dane-se o seu maldito sangue, Finbar, por me fazer pensar que eu o tinha matado. Você está sangrando muito e com a camisa ainda fumegando. – Ela a tirou com um gesto de mão. – Ah, meu Deus, alguns desses ferimentos são profundos. Connor!

– Estou indo. – Mancando um pouco, Connor enxugou o suor ensanguentado de sua testa. – Meara e Boyle estão se recuperando bem, embora ela tenha apanhado um pouco. Ainda assim... Meu Deus, Fin, olhe para o que você fez consigo mesmo.

Para resolver as coisas, ele segurou a cabeça de Fin nas mãos e entrou na mente dele e na dor.

– Ah, droga – sussurrou.

Minutos pareceram séculos, mesmo quando os outros se juntaram a eles. Até aquilo terminar, tanto Connor quanto Fin ficaram cobertos de sangue, ofegantes e tremendo.

– Ele vai conseguir. – Teagan deslizou uma das mãos pelo braço de Branna. – Você e minha irmã são curandeiras muito habilidosas. Um pouco de repouso, um pouco de tônico, e ele ficará bem.

– Sim, obrigada. Obrigada. – Branna encostou seu rosto no ombro de Connor. – Obrigada.

– Ele é meu também.

– Nosso – corrigiu-o Eamon. – Nós voltamos para o lar e tivemos um papel na destruição de Cabhan. Mas ele teve o maior. Portanto você é nosso, Finbar Burke, mesmo que carregue a marca de Cabhan.

– Não mais – murmurou Teagan. – Eu pus a marca em Cabhan, e nossa mãe a pôs no sangue dele e de todos os que vieram depois. E acho que agora ela e a luz a tiraram. Porque esta não é a marca de Cabhan.

– O que você quer dizer? É... – Fin se virou para olhar o ombro, e no lugar da marca de Cabhan havia um nó da trindade celta, a triquetra.

Um símbolo da trindade.

Aquilo o surpreendeu, mais do que o fogo do veneno, mais do que as chamas ofuscantes do branco.

– Ela se foi. – Ele passou os dedos na marca e não sentiu nenhuma dor, nenhuma escuridão, nenhuma atração secreta. – Estou livre dela. Livre.

– Você estava disposto a dar sua vida. Seu sangue – percebeu Branna com lágrimas de pura alegria nos olhos. – Com sua disposição de se sacrificar, você quebrou a maldição, Fin.

Ela pôs sua mão sobre a dele, sobre o sinal da trindade.

– Você salvou a si mesmo, e acho que também salvou o espírito de Sorcha. Você salvou a todos nós.

– Alguns de nós também fizeram um pouco – lembrou-lhe Connor. Mas sorriu para Fin. – É uma bela marca. Estou achando que todos nós deveríamos fazer tatuagens iguais.

– Gostei disso – declarou Meara, e enxugou os olhos.

– Temos mais em que pensar do que em tatuagens. – Boyle estendeu a mão. – Agora se levante. – Ele agarrou os braços de Fin com força e o abraçou. – Bem-vindo de volta.

– É bom estar aqui – disse Fin quando Iona o abraçou e chorou um pouco. – Mas eu gostaria de ir para casa. Precisamos acabar com isso de vez. – Ele beijou o alto da cabeça de Iona. – Precisamos acabar com isso e viver.

– Então acabaremos. – Eamon estendeu a mão e Fin a apertou fortemente. – Quando eu tiver um filho, eu lhe darei seu nome, primo.

Eles atearam fogo às cinzas e houve mais chamas brancas. Revolveram a terra, as espalharam e salgaram tudo.

Então ficaram em pé na clareira, em paz.

– Acabou. Nós acabamos com isso. – A Brannaugh de Sorcha foi até o túmulo da mãe. – E ela está livre. Tenho certeza disso.

– Nós honramos seu sacrifício, cumprirmos nosso destino. E sinto o chamado do lar. – Eamon segurou a mão de Teagan. – Mas acho que nos veremos de novo, primos.

Connor tirou a pedra branca do bolso e a observou brilhar.

– Eu acredito nisso.

– Nós somos os três – disse Branna – como vocês são, e eles são. – Ela apontou para Fin, Boyle e Meara. – Vamos nos encontrar de novo. Bênçãos de luz para vocês, primos.

– E para vocês. – Teagan olhou para o túmulo da mãe enquanto começava a desaparecer. – As campânulas favoritas dela. Obrigada.

– Acabou. – Meara olhou ao redor da clareira. – Quero dançar, embora ainda esteja tremendo. O que faremos agora que isso terminou?

– Comer uma fritada completa. O dia está raiando. – Connor apontou para o leste onde havia uma faixa de luz cor-de-rosa suave.

– Vamos para casa – concordou Iona, e riu quando Boyle a pegou no colo e girou. – E vamos ficar juntos um pouco. Apenas juntos.

– Nós já vamos. Quero mais um momento. Mais um momento – disse Fin para Branna.

– Se vocês demorarem muito, vou fazer a fritada e ela vai reclamar. – Mas Connor beijou a mão de Meara e depois montou.

Iona deu uma olhada para trás, pôs a mão no coração e depois a estendeu na direção de Fin e Branna, formando um bonito e pequeno arco-íris.

– Ela tem o mais doce dos corações – disse Fin em voz baixa. – E agora. – Ele virou Branna em sua direção. – Aqui, onde você se entregou a mim pela primeira vez. Aqui, onde tudo começou e finalmente terminamos isso, tenho uma pergunta a lhe fazer.

– Eu já não respondi a todas?

– Não esta. Você, Branna, quer ter comigo a vida com que um dia sonhamos? A vida, a família e tudo o que um dia imaginamos?

– Ah, eu quero, Fin. E terei tudo isso e mais. Terei todos os nossos novos sonhos. E as novas promessas.

Ela se jogou nos braços de Fin.

– Eu amo você. Sempre o amei e sempre o amarei. Viverei com você em sua bela casa, teremos todos os filhos que quisermos e nenhum deles carregará a marca. Viajarei com você e o farei me mostrar um pouco do mundo.

– Nós praticaremos magia.

– Hoje e sempre.

Ela o beijou ao lado da cabana de Sorcha, onde a parede de trepadeiras desaparecera, campânulas floresciam e um pequeno arco-íris pairava no ar.

Então eles voaram para o amanhã, com o cavalo, o cão e o falcão.

CONHEÇA OUTROS LIVROS DA EDITORA ARQUEIRO

A irmandade perdida

Anne Fortier

Diana Morgan é professora da renomada Universidade de Oxford. Especialista em mitologia grega, tem verdadeira obsessão pelo assunto desde a infância, quando sua excêntrica avó alegou ser uma amazona – e desapareceu sem deixar vestígios.

No mundo acadêmico, a fixação de Diana pelas amazonas é motivo de piada, porém ela acaba recebendo uma oferta irrecusável de uma misteriosa instituição. Financiada pela Fundação Skolsky, a pesquisadora viaja para o norte da África, onde conhece Nick Barrán, um homem enigmático que a guia até um templo recém-encontrado, encoberto há 3 mil anos pela areia do deserto.

Com a ajuda de um caderno deixado pela avó, Diana começa a decifrar as estranhas inscrições registradas no templo e logo encontra o nome de Mirina, a primeira rainha amazona. Na Idade do Bronze, ela atravessou o Mediterrâneo em uma tentativa heroica de libertar suas irmãs, sequestradas por piratas gregos.

Seguindo os rastros dessas guerreiras, Diana e Nick se lançam em uma jornada em busca da verdade por trás do mito – algo capaz de mudar suas vidas, mas também de despertar a ganância de colecionadores de arte dispostos a tudo para pôr as mãos no lendário Tesouro das Amazonas.

Entrelaçando passado e presente e percorrendo Inglaterra, Argélia, Grécia e as ruínas de Troia, *A irmandade perdida* é uma aventura apaixonante sobre duas mulheres separadas por milênios, mas com uma luta em comum: manter vivas as amazonas e preservar seu legado para a humanidade.

A rainha normanda

PATRICIA BRACEWELL

Em 1002, Emma da Normandia, uma nobre de apenas 15 anos, atravessa o Mar Estreito para se casar. O homem destinado a ser seu marido é o poderoso rei da Inglaterra, Æthelred II, muito mais velho que ela e já pai de vários filhos. A primeira vez que ela o vê é à porta da catedral, no dia da cerimônia.

Assim, de uma hora para outra, Emma se torna parte de uma corte traiçoeira, presa a um marido temperamental e bruto, que não confia nela. Além disso, está cercada de enteados que se ressentem de sua presença e é obrigada a lidar com uma rival muito envolvente que cobiça tanto seu marido quanto sua coroa.

Determinada a vencer os adversários, Emma forja alianças com pessoas influentes na corte e conquista a afeição do povo inglês. Mas o despertar de seu amor por um homem que não é seu marido e a iminente ameaça de uma invasão viking colocam em perigo sua posição como rainha e sua própria vida.

Baseado em acontecimentos reais registrados na Crônica Anglo-saxã, *A rainha normanda* conduz o leitor por um período histórico fascinante e esquecido, no qual fantasmas vigiam os salões do poder, a mão de Deus está presente em cada ação e a morte é uma ameaça sempre à espreita.

Governando na época compreendida entre o rei Artur e a rainha Elisabeth I, a rainha Emma é uma heroína inesquecível cuja luta para encontrar seu lugar no mundo continua fascinante até hoje.

O nome do vento

PATRICK ROTHFUSS

Ninguém sabe ao certo quem é o herói ou o vilão desse fascinante universo criado por Patrick Rothfuss. Na realidade, essas duas figuras se concentram em Kote, um homem enigmático que se esconde sob a identidade de proprietário da hospedaria Marco do Percurso.

Da infância numa trupe de artistas itinerantes, passando pelos anos vividos numa cidade hostil e pelo esforço para ingressar na escola de magia, *O nome do vento* acompanha a trajetória de Kote e as duas forças que movem sua vida: o desejo de aprender o mistério por trás da arte de nomear as coisas e a necessidade de reunir informações sobre o Chandriano – os lendários demônios que assassinaram sua família no passado.

Quando esses seres do mal reaparecem na cidade, um cronista suspeita de que o misterioso Kote seja o personagem principal de diversas histórias que rondam a região e decide aproximar-se dele para descobrir a verdade.

Pouco a pouco, a história de Kote vai sendo revelada, assim como sua multifacetada personalidade – notório mago, esmerado ladrão, amante viril, herói salvador, músico magistral, assassino infame.

Nesta provocante narrativa, o leitor é transportado para um mundo fantástico, repleto de mitos e seres fabulosos, heróis e vilões, ladrões e trovadores, amor e ódio, paixão e vingança.

Mais do que a trama bem construída e os personagens cativantes, o que torna *O nome do vento* uma obra tão especial – que levou Patrick Rothfuss ao topo da lista de mais vendidos do *The New York Times* – é sua capacidade de encantar leitores de todas as idades.

O despertar do príncipe

COLLEEN HOUCK

Aos 17 anos, Liliana Young tem uma vida aparentemente invejável. Ela mora em um luxuoso hotel de Nova York com os pais ricos e bem-sucedidos, só usa roupas de grife, recebe uma generosa mesada e tem liberdade para explorar a cidade.

Mas para isso ela precisa seguir algumas regras: só tirar notas altas no colégio, apresentar-se adequadamente nas festas com os pais e fazer amizade apenas com quem eles aprovarem.

Um dia, na seção egípcia do Metropolitan Museum of Art, Lily está pensando numa maneira de convencer os pais a deixá-la escolher a própria carreira, quando uma figura espantosa cruza o seu caminho: uma múmia – na verdade, um príncipe egípcio com poderes divinos que acaba de despertar de um sono de mil anos.

A partir daí, a vida solitária e super-regrada de Lily sofre uma reviravolta. Uma força irresistível a leva a seguir o príncipe Amon até o lendário Vale dos Reis, no Egito, em busca dos outros dois irmãos adormecidos, numa luta contra o tempo para realizar a cerimônia que é a última esperança para salvar a humanidade do maligno deus Seth.

Em *O despertar do príncipe*, Colleen Houck apresenta uma narrativa inteligente, cheia de humor e ironia. Este é o primeiro volume da aguardada série Deuses do Egito, uma aventura fascinante que vai nos transportar para cenários extraordinários e nos apresentar a criaturas fantásticas da rica mitologia egípcia.

As mentiras de Locke Lamora

Scott Lynch

O Espinho é uma figura lendária: um espadachim imbatível, um especialista em roubos vultosos, um fantasma que atravessa paredes. Metade da excêntrica cidade de Camorr acredita que ele seja um defensor dos pobres, enquanto o restante o considera apenas uma invencionice ridícula.

Franzino, azarado no amor e sem nenhuma habilidade com a espada, Locke Lamora é o homem por trás do fabuloso Espinho, cujas façanhas alcançaram uma fama indesejada. Ele de fato rouba dos ricos (de quem mais valeria a pena roubar?), mas os pobres não veem nem a cor do dinheiro conquistado com os golpes, que vai todo para os bolsos de Locke e de seus comparsas: os Nobres Vigaristas.

O único lar do astuto grupo é o submundo da antiquíssima Camorr, que começa a ser assolado por um misterioso assassino com poder de superar até mesmo o Espinho. Matando líderes de gangues, ele instaura uma guerra clandestina e ameaça mergulhar a cidade em um banho de sangue. Preso em uma armadilha sinistra, Locke e seus amigos terão sua lealdade e inteligência testadas ao máximo e precisarão lutar para sobreviver.

CONHEÇA OUTROS TÍTULOS DA EDITORA ARQUEIRO

Queda de gigantes, *Inverno do mundo* e *Eternidade por um fio*, de Ken Follett

Não conte a ninguém, *Desaparecido para sempre*, *Confie em mim*, *Cilada*, *Fique comigo* e *Seis anos depois*, de Harlan Coben

A cabana e *A travessia*, de William P. Young

A farsa, *A vingança* e *A traição*, de Christopher Reich

Água para elefantes, de Sara Gruen

Inferno, *O símbolo perdido*, *O Código Da Vinci*, *Anjos e demônios*, *Ponto de impacto* e *Fortaleza digital*, de Dan Brown

Uma longa jornada, *O melhor de mim*, *O guardião*, *Uma curva na estrada*, *O casamento*, *À primeira vista*, *O resgate* e *O milagre*, de Nicholas Sparks

Julieta, de Anne Fortier

As regras da sedução e *Lições do desejo*, de Madeline Hunter

O guardião de memórias, de Kim Edwards

O guia do mochileiro das galáxias; *O restaurante no fim do universo*; *A vida, o universo e tudo mais*; *Até mais, e obrigado pelos peixes!*; *Praticamente inofensiva*; *O salmão da dúvida* e *Agência de investigações holísticas Dirk Gently*, de Douglas Adams

O nome do vento e *O temor do sábio*, de Patrick Rothfuss

A passagem e *Os Doze*, de Justin Cronin

A revolta de Atlas e *A nascente*, de Ayn Rand

A conspiração franciscana, de John Sack

INFORMAÇÕES SOBRE A ARQUEIRO

Para saber mais sobre os títulos e autores
da EDITORA ARQUEIRO,
visite o site www.editoraarqueiro.com.br
e curta as nossas redes sociais.
Além de informações sobre os próximos lançamentos,
você terá acesso a conteúdos exclusivos e poderá participar
de promoções e sorteios.

www.editoraarqueiro.com.br

facebook.com/editora.arqueiro

twitter.com/editoraarqueiro

instagram.com/editoraarqueiro

skoob.com.br/editoraarqueiro

Se quiser receber informações por e-mail,
basta se cadastrar diretamente no nosso site
ou enviar uma mensagem para
atendimento@editoraarqueiro.com.br

Editora Arqueiro
Rua Funchal, 538 – conjuntos 52 e 54 – Vila Olímpia
04551-060 – São Paulo – SP
Tel.: (11) 3868-4492 – Fax: (11) 3862-5818
E-mail: atendimento@editoraarqueiro.com.br